KB183101

가인 家人

홍단영

가인 家人
홍단영

이은비 장편소설

북레시피

우리는 때로 저 길 너머에 있는 것이
아주 험한 것이란 걸 뻔히 알면서도
마땅히 그곳으로 나아가야만 할 때가 있다.
내 발로 어찌 사지를 향해 걸어가야 하나 싶다가도,
끝내 내게 허락된 길이 이것밖에 없음을 잘 알아
기어이 걸음하고 마는 그때.

발목을 휘어 감던 건 미래에 대한 두려움이 아닌
사실 나 자신에 대한 의심이었음을
떠올릴 수 있기를.

이 작품은 역사적 사실을 바탕으로 작가의 상상력을 더해 쓴 소설임을 밝힙니다.

목차

터 닦기

양택을 위한 인테리어

잎사귀가 윤슬처럼 빛나는 날이었다. 꽃바람이 나무의 잔가지를 흔들면 소르르르 떨리는 소리가 귓가를 간지럽혔고, 아무도 모르게 날아든 화분이 도처에 꽃향내를 심었다. 이따금 떨어진 어린 새순은 머리 위로 내려앉아 새 계절을 속삭이니, 그야말로 꽃씨처럼 번져 나가는 봄이었다.

입을 헤벌린 채 늘어선 나무를 보길 한참. 어린아이들이 으레 그러하듯 단영은 별안간 휙 돌아 집으로 달려갔다. 사주문을 밀고 들어간 앙증맞은 걸음을 따라 백토를 깐 아담한 앞마당이 자글자글한 소리를 내었다. 공연히 작은 돌들을 발끝으로 놀리고 있는데 사랑채를 휘감던 춘풍이 다정한 목소리를 싣고 돌아왔다.

"예부터 땅에는 지기地氣가 있다 하였다. 기란 무소부재無所不在요, 불생불멸不生不滅이요, 무시무종無始無終이며 또 불변형질不變形質이라. 이는 언제 어느 때에나 존재하며 새로 생겨나지도 사라지지도 않고 변하지도 않는다는 뜻이다."

단영은 살금살금 마당을 가로질러 툇마루에 엉덩이 한짝을 붙여 걸터앉았다. 바닥에 콩댐을 먹인 지 얼마 되지 않아 고소한 향이 솔솔 풍기는 가운데, 살짝 열린 여닫이문 너머로 아버지의 진중한 음성이 이어졌다.

"『금낭경』에 이르기를 화복은 지난날을 돌이킬 수 없으므로, 무릇 군자라면 신이 할 수 있는 일을 빼앗아 하늘이 내린 운명을 바꿀 수 있어야 한다 하였으니, 어찌하는 것이 가장 좋을꼬?"

"땅의 생기는 조상과 그 후손의 몸을 관통하므로, 땅을 성실히 살펴 조상의 음택陰宅을 잘 택해야 합니다."

"하면 땅이 좋지 아니할 때에는?"

"땅이 좋지 아니할 때엔……."

오라버니가 대답을 머뭇거리던 찰나.

"집입니다!"

벌컥 사랑채 문을 연 어린 단영이 해맑게 웃으며 답을 가로채었다. 세월만 다른 얼굴로 미소를 띤 아버지와 오라버니를 보며 소녀는 한 번 더 또박또박하게 답하였다.

"물과 좌와 향을 잘 보아 집을 지으면, 온 천지를 다녀도 버릴 땅이 없다 하였습니다!"

그에 홍지반이 딸아이의 귀밑머리에 붙은 꽃가루를 떼어주며 흡족한 미소를 지었다.

"그래, 단영이 네 말이 맞다. 좋은 지기는 못 받더라도 천기天氣는 좋게 받아야 하니, 네 말대로 입수맥과 좌, 향을 잘 살핀다면 명당이 아니더라도 필히 좋은 집을 지을 수 있을 것이다."

"저는 나중에 커서 좋은 집을 지을 겁니다. 어떤 사람이든 명당과 흉당에 얽매이지 않고 복을 누릴 수 있는, 땅을 누를 수 있는 아주 좋은 집이요!"

"하하하! 녀석 참. 이 조그만 게 오라비보다 더 큰 꿈을 꾸고 있구나."

"네! 오라버니보다 제가 더 큰 꿈을 가질 겁니다!"

그에 열 살 터울의 단건이 씨익 입가를 늘였다.

"어디, 우리 단영이 꿈이 얼마나 큰지 한번 볼까?"

"꺄아!"

단건이 어린 누이를 높이 들어 올렸다. 단영은 꺄르르 웃으며 오라버니, 저기, 저기로, 하며 장난을 쳤다. 버둥거리며 단건에게서 내려온 단영이 이번엔 발 닿는 대로 뛰어갔다.

"오라버니, 나 잡아봐!"

한데 아무리 달려도 뒤따르는 발소리가 없다. 뒤를 돌아보니 조금 전까지 함께 웃던 오라비가 보이지 않았다. 오라버니, 오라버니, 소리 높여 부르고 찾아봐도 온데간데없었다. 하늘로 솟았나, 땅으로 꺼졌나. 돌차간 비를 퍼부으며 밀려드는 먹구름에 덜켜 겁까지 난 단영이 사랑채의 닫힌 문을 열었다. 그러자 방 한가운데 미동도 없이 누워 계신 아버지가 보였다.

"아버지. 아버지이."

단영은 엉금엉금 무릎걸음으로 기어가 지반을 불렀다. 하나 핏기 하나 없이 허옇게 뜬 지반의 입술에선 앓는 소리조차 들리지 않았다. 방바닥엔 전과 달리 아무런 훈기도 느껴지지 않았고, 아버지를 도와 손수 속새질하였던 기둥은 결로와 곰팡이로 죄 망가져 있었다. 그 틈으로 조금씩 비가 새기 시작했다.

"아버지, 일어나세요. 집이 이상해요. 아버지, 아버지……!"

단영이 굵은 눈물을 뚝뚝 흘리며 지반을 들깨웠다. 통곡이 높아질수록 썩은 집은 시시각각 물에 젖어 들어가 우레가 칠 때마다 위태롭게 흔들렸다. 콰광! 또 한 번 하늘을 찢는 우레 소리에 단영이 흠칫 놀라 바깥을 보았다. 저 멀리 어둡고 음산한 아지랑이가 보인다. 아니다, 저것은 아지랑이가 아니었다. 내리친 폭우에 기어이 둑을 넘어서고 만 홍수였다. 빠르게 마을을 덮친 홍수가 높은 파고를 일으키며 집을 향해 덮쳐왔다. 오라버니가 좌향坐向을 살피고 아버지가 세워 올리신, 땅을 짚고 하늘을 이며 가족들을 품어주었던 안락한 집이 무참히 내려앉는 순간.

"아버지, 오라버니……!"

제 앞으로 무너지는 그림자를 마지막으로 단영은 질끈 눈을 감았다.

"헉!"

단영은 벌떡 일어나 주위를 살폈다. 어둠에 익지 않은 눈이 허겁지겁 어슴푸레한 사위를 더듬었다. 차츰 시야가 밝아지며 윤곽이 선명해졌다. 무너져 내리던 벽체는 언제 그랬냐는 듯 견고하게 서 있었고, 빗물에 축축이 젖어 곰팡이가 피던 종이반자 역시 희멀겋기만 하였다. 때마침 불어온 외풍에 창문이 덜컹거렸다. 흠칫 어깨를 떨던 단영은 그제야 이곳이 꿈속의 옛집과는 다른 집임을 깨달았다. 아버지의 손때 묻은 서탁도, 오라버니의 우글쭈글한 서책들도 보이지 않는 이 집은 오로지 그녀의 흔적으로만 채워진 집이었다.

길게 한숨을 내쉰 단영은 쓸쓸한 적막에 잠겨 느리게 몸을 웅크렸다. 가슴이 아리도록 뻐근했다. 꿈에서 본 장면들이 눈앞을 어룽어룽 떠도는 탓이었다. 유배를 떠났다가 홍수에 물귀신이 된 오라버니가 춥고 무섭다며 울고 있는가. 아들의 억울한 누명을 밝히지 못하고 돌아가신 아버지가 여태 구천을 떠돌고 계신가. 뒤숭숭한 기분에 한참을 사로잡혀 있던 단영은 어느새 새벽빛에 물드는 창을 보고선 기진한 몸을 일으켰다.

능숙하게 이불을 갠 단영은 곧장 나갈 채비를 시작하였다. 하지만 그녀의 단장은 여타의 여인들과는 사뭇 달랐다. 머리를 땋아 내리는 대신 높이 틀어 올렸고, 봉긋한 젖가슴 위로 긴 천을 여러 번 둘렀으며, 광목 치마 대신 솜을 누빈 바지를 다리에 꿰었다. 이윽고 문을 열고 나온 단영은 누가 보아도 사내의 모습이었다. 본디 이목구비가 수려하고 선이 고운 얼굴이라. 대놓고 드러내면 여인임을 단박에 들킬 것이기에 단영은 검게 칠한 대나무 갓인 중립中笠과 아무것도 그려지지 않은 흰 접선摺扇으로 최대한 얼굴을 가린 채 다녔다. 그래도 길쭉하게 뻗은 팔다리와 호리호리하게 큰 키 덕분에 도포를 걸치면 제법 사내처럼 보여, 단영은 부러 품이 큰 옷을 지어 입곤 하였다. 일가친척 하나 없는 여인이 스스로를 지키기 위해 택한 방법이었다.

"오늘도 날이 참 맑겠구나."

새벽하늘은 구름 한 점 없이 청명하였다. 제 꿈속에서 남김없이 비를 퍼부은 까닭인가 보다. 다시금 넘실대는 흙탕물에 단영은 얼른 눈꺼풀로 꿈의 잔상을 씻어내었다. 갓양태를 바짝 내리고 야무지게 갓끈까지 묶은 그녀는 빈 초가를 향해 꾸벅 허리를 숙였다.

"다녀오겠습니다."

어디선가 아버지와 오라버니의 '잘 다녀오거라', 하는 목소리가 들리는 것도 같다. 한결 마음이 편안해진 단영은 접선을 펼쳐 얼굴을 가리고선 사립문을 나섰다. 마른 가지를 기지개하듯 뻗은 응봉산이 남바위처럼 하얀 눈을 두른 채 그녀의 길을 배웅하였다.

* * *

도성 한가운데, 하늘의 구름처럼 사람들이 모이고 흩어지는 자리라 하여 이름 붙여진 운종가雲從街. 어느 곳이든 사람이 바글

바글한 이 거리에는 유독 발 디딜 틈 없이 인파가 몰린 가게가 하나 있었다. 운종가 동남쪽, 정면으로 세 칸, 측면으로 두 칸, 몸채의 양 끝에 마루방을 돌출시키고 풍판을 단 맞배지붕을 얹어 왼쪽에 작은 별채를 둔 단층짜리 건물이 바로 그 주인공이렷다.

"어어, 뒤에 밀지 마시오!"

"거 좀만 더 앞으로 갑시다. 여기 아주 사람 깔려 죽겠소!"

아직 문도 열리지 않았건만. 와편을 얹은 붉은색 토석담 주위로 꼭두새벽부터 사람들이 바글바글 분운하니, 지나가던 사람들도 괜한 호기심에 한 번씩 기웃거리게 되는 것이다.

"여긴 대체 언제 문을 연답니까? 젠장, 파루* 울리자마자 왔는데 들어가기도 전에 발가락이 전부 얼어 똑 부러지겠네."

기다리다 지친 누군가가 볼멘소리를 내었다. 엄살은 아닌 모양인지, 대한을 막 넘긴 계절에 솜옷 하나 없이 도롱이만 덜렁 두르고 나온 사내는 짚신 신은 발등을 번갈아 꾹꾹 밟아대며 추위와 싸우고 있었다. 필시 어느 대감댁에서 보낸 노비거나 얼마 전 한성부에서 간신히 입안을 받은 농민일 것이다. 그를 방증하듯 손톱마다 흙인지 때인지 모를 것이 잔뜩 끼어 있었다.

그렇게 얼마나 더 기다렸을까. 토담의 기와 파편 위로 아침 햇살이 찬란히 부서지던 때, 드디어 사주문이 활짝 열리더니 안에서 우락부락 험상궂게 생긴 사내가 나왔다. 도깨비라 해도 믿을

---

*파루 조선시대, 새벽에 통행금지를 해제하기 위하여 종을 33번 치던 일.

외양에 기다리던 이들이 모두 숨을 삼킨 그때였다. 도깨비 사내, 동석이 구수한 사투리와 함께 순진무구한 얼굴로 물었다.

"상담 시작하겠슈……. 순서지 1번 계시어유?"

"나요, 나요! 내가 1번이오!"

그에 맨 앞에 서 있던 최 생원이 들고 있던 종이를 팔랑팔랑 흔들며 앞으로 나왔다. 최 생원은 잔뜩 들뜬 얼굴로 안궐의 서압*과 오늘의 날짜, 그리고 한일자가 선명히 새겨진 종이를 자랑스럽게 내밀었다.

"보시오. 1번! 내가 제일 먼저 맞지 않소?"

최 생원의 성마른 재촉에도 동석은 순서지를 꼼꼼히 살폈다. 혹여 위조를 하진 않았는지, 날짜는 오늘이 맞는지 살피느라 가뜩이나 굼뜬 그의 눈알이 더욱 느리게 굴러갔다. 그렇게 최 생원의 숨이 꼴까닥 넘어가기 직전.

"따라오시어유……."

드디어 떨어진 허락에 최 생원은 에헴, 수염을 쓸며 동석을 따라 안으로 들어갔다. 널찍한 마당 너머로 우뚝 솟은 기와 건물은 얼핏 보면 어느 고관대작의 사랑채처럼 보일 만큼 으리으리하였다. 단층짜리 자연석 기단이 아니었다면 정승댁이라 해도 끄덕였을 외관이었다.

하지만 방 안으로 들어간 최 생원은 저도 모르게 고개를 갸우

*서압 문서상에 초서로 성명을 쓰는 기호.

뚱하였다. 으리으리한 외관과 달리 안은 썰렁하기 그지없었던 것이다. 기껏해야 고서를 쌓아놓은 서장과 동창 앞에 놓인 작은 화병, 벽에 걸린 평범한 잉어 그림 한 점, 그리고 가렴이 드리워진 낡은 서탁 하나가 전부였다. 심지어 여섯 칸의 몸채 안에 장지문을 두 짝이나 달아놓았는데, 이 때문에 공간이 세 칸으로 나뉘어 조금 답답해 보이기도 하였다.

하지만 내가 그리면 낙서인 것이 정승이 그리면 명화가 된다고, 명성 높은 공간에 오니 발에 차일 것 없이 썰렁한 것도 부처의 공심처럼 느껴져 절로 두 손이 모아졌다.

"여기가 바로 안궐이로구나."

안궐安橛. '편안한 말뚝'이란 이름을 지닌 이곳은 공장안工匠案에 이름을 올리지 않은 사공장들의 집단이었다. 이들은 주로 양택陽宅, 즉 집터에 관한 의뢰를 받아 사람들에게 집을 지어주었는데, 특이한 점은 따로 풍수가를 구하지 않고 안궐의 행수가 직접 땅을 살펴 집을 설계한다는 것이었다.

때마침 문이 열리며 한 사내가 들어왔다. 흰색 도포에 남색 술띠를 맨 사내는 흔한 산수화 하나 그려지지 않은 접선으로 얼굴을 가리고 있었는데, 중립을 거의 이마에 쓰다시피 하고 있어 눈조차 제대로 보이지 않았다. 뿔처럼 앞을 향하고 있는 갓모자는 둥근 태가 무색할 만큼 저돌적으로 보이기까지 했다. 이 사내가 바로 안궐의 행수, 가인家人이었다.

"저 가 앉으시유……."

쭈뼛거리던 최 생원을 향해 동석이 가인이 앉은 서탁 앞을 가리켰다. 엉거주춤 맞은편에 앉자 가렴 너머의 가인이 먼저 말문을 텄다.

"그래, 손님께선 어떤 의뢰를 하고자 오시었소?"

덜 여문 소년인가, 걸걸한 여인인가. 낮은 듯하면서도 보드랍고, 간드러진 듯하면서도 힘이 느껴지는 목소리는 언뜻 사내인지 여인인지 알 수 없을 만큼 오묘하였다. 최 생원은 어쩐지 목젖 아래가 간질거리는 듯해 대답 대신 헛기침을 하였다.

대목도 아니요, 지관도 아니요, 하물며 점술가도 아닌 안궐의 행수는 사람들에게 스스로를 '가인'이라 소개하고 다녔다. 집 지으면서 산다 하여 가인, 육십사괘 중 하나인 '풍화가인風火家人'처럼 안궐을 통해 집을 짓는 모두가 평안하길 바라서 가인이다.

그러나 사람들 사이에선 이 가인이 또 다른 뜻으로 통했다. 바로 아름다울 '가佳' 자를 쓴 가인佳人이었다. 중립과 접선으로 죄얼굴을 가린 사내를 두고 어찌 아름다운 사람이란 별칭이 붙었나 싶지만, 으레 은밀한 것은 감춰지면 감춰질수록 호기심과 상상력을 불러일으키는 법이다. 보이지 않는 가인의 얼굴은 사람들의 입과 입을 통해 빚어져 어느새 조선의 제일가는 옥골선풍이 되어 있었다.

들기론 얼굴이 뭇 기생보다 고와 같은 사내들까지 홀린다던데. 대체 얼마나 곱기에 그런 소문이 나도는 것인가? 가렴의 좁은 틈으로 얼굴 한 면이라도 볼 수 있지 않을까, 최 생원은 엉덩이를 이리 슬쩍 저리 슬쩍 들썩이며 입을 열었다.

"근자에 내 며늘아기가 셋째 손주를 낳기도 하였고, 나 또한 생원시에 합격하여 언제든 조정에 나갈 준비를 해야 하니 사대문 안으로 들어와야 할 터인데, 거 알아보니 이미 명당이란 명당은 죄 남들이 채갔다 하질 않소. 그나마 남은 땅 중에 나은 곳이 어디일지⋯⋯."

"땅을 보러 온 것이라면 잘못 오셨소. 여긴 땅을 파는 곳이 아닌 집을 짓는 곳이니."

가인이 최 생원의 말허리를 단칼에 잘라냈다. 과연 무턱대고 명당만 부르짖어 정승도 물렸다던 안궐의 행수라. 아차 싶었던 최 생원은 얼른 자세를 바로 하고서 말을 이었다.

"아, 거참 성격 급하시긴. 그러니까 내 말은, 남은 땅 중에서도 그나마 발복을 하려면 집을 어찌 지어야 하나, 그걸 여쭈러 온 것이오."

"진즉 그리 말씀하셨어야지. 좋소."

순간 양태와 접선의 가는 틈으로 가인의 두 눈이 드러났다. 까맣고 단단한 눈동자는 생기로 가득하였으며 그 안에 품은 눈빛은 칠성을 박은 듯 반짝이고 있었다. 가만히 보고 있으면 꼭 그 안으로 빨려 들어갈 것만 같았으니, 항간에 어찌 그리 야릇한 소문들이 퍼졌는지 저 눈만으로도 실로 납득이 될 지경이었다.

"그럼 어떤 집을 지어야 대대손손 발복을 할지, 같이 한번 살펴봅시다."

서탁 위로 두툼한 책이 펼쳐졌다. 도성 안부터 성저십리城底十
里의 땅까지 풍수적으로 모두 정리해놓은 비록이었다. 그곳에서
단박에 최씨가 말한 지역을 찾아낸 가인은 귀신같이 그 땅의 특
성을 짚어내 주르륵 읊었다.

"용맥龍脈*이 홀로 외롭게 내려오는 형국에, 주룡主龍**의 요도
지각橈棹支脚***이 약해 전진에 힘이 없는 땅이로군."

"그, 그럼 어찌해야 하오? 지금이라도 다른 땅을 살펴야 할
지……."

"그럴 필요는 없소. 좋은 기운은 배가 되고 나쁜 기운은 줄어
들 수 있게 집을 잘 지으면 될 터이니."

"아니, 땅이 좋지 않은데 어찌 화를 피한단 말이오?"

"사주는 바꿀 수 없어도 팔자는 고칠 수 있다는 말, 들어보시었
소?"

한창 풍수 얘기를 하다 갑자기 웬 사주팔자인가. 최 생원은 미
심쩍으면서도 일단은 고개를 끄덕였다. 가인이 종이 위에 구불구
불한 길과 화禍, 복福이 새겨진 문을 여러 개 그렸다.

"흔히 사주가 길이라면 팔자는 문이라 하오. 주어진 길을 떠나
걷는 것은 불가능하지만, 문을 열지 말지 결정하는 것은 오직 스
스로의 선택이란 뜻이지. 풍수도 이러한 오행에서 크게 벗어나지

---

*용맥龍脈 풍수지리에서, 산의 정기가 흐르는 산줄기. 그 정기가 모인 자리가 혈穴이 된다. **주룡
主龍 주산主山의 줄기. ***요도지각橈棹支脚 산봉우리의 양쪽에 나타나는 줄기로 그 생긴 형태가
마치 배의 노[棹]와 같고 지네의 다리[脚]와 같다 하여 요도지각이라 한다.

않으니, 좋은 문은 더 많이 열어두고 나쁜 문은 최대한 걸어 잠가 화를 피하게 하는 것이오."

길을 따라 여러 문을 지나던 붓이 '화' 자가 새겨진 문을 열십자로 죽죽 그었다.

"바로 그것이, 우리 안궐이 하는 일이고."

접선 너머로 가인, 홍단영이 자신만만하게 웃었다. 그 웃음에 남아 있던 일말의 걱정까지 녹아내린 최 생원은 단영이 물으면 묻는 대로 답하고, 하라면 하라는 대로 고개를 끄덕이며 발복의 꿈을 키웠다.

"그럼 잘 좀 부탁드리겠소. 값은 얼마가 들어도 상관없으니, 부디 좋은 기운 꽉꽉 들어차게 지어주시오!"

"그리하겠소. 견양見樣(설계도면)이 완성되면 연통을 보내드리리다."

상담을 끝낸 최 생원이 가벼운 발걸음으로 안궐을 떠났다. 이후로도 손님들이 차례로 안궐에 들어가 단영에게 상담을 받았다. 그들 중 누군가는 미심쩍은 표정으로 서탁 앞에 앉기도 하였으나, 대문을 나올 적엔 운수대통의 점사라도 들은 양 싱글벙글하였다. 만족하며 나오는 사람들을 보며 줄을 선 손님들은 더욱 애가 달아 자신의 차례를 오매불망 기다렸다.

그럼 무엇이 사람들로 하여금 이토록 안궐에 열광하게 하는가. 본디 묫자리는 물론이요, 집이든 관청이든 세우기 전에 땅의 형질을 살피는 것이 우선이라 하였다. 하지만 명당이란 결국 한

정되기 마련. 누군가는 피치 못하게 명당이 아닌 자리, 심하게는 흉지라 일컬어지는 땅에 들어서야 할 때도 있는 것이다. 대개는 터를 포기하거나 울며 겨자 먹기로 들어갔다가 패가망신하기 일쑤였고 말이다.

하나 이곳 안궐을 만난다면 얘기가 달라진다. 바로 단영의 신통방통한 건축술 덕분이었다.

"창은 남향으로 트고 서안은 벽이 아닌 문을 마주 보게 하며, 경대와 장롱은 양 벽 사이에 두도록 하시오. 그렇게 하면 학문은 넓은 곳으로 나아가고 정숙은 안에 쌓여 가정이 두루 평화로울 것이오."

"정녕 그렇게만 지으면 되는 것입니까?"

"또한 이 터엔 목의 기운이 적으니, 담장 안은 물론 집 안 곳곳에도 꽃이 있으면 좋을 것이오."

"꽃이요? 거참, 사람 놀리는 것도 아니고. 도처가 돌밭인데 대관절 꽃을 어디에 심는단 말입니까?"

손님이 의뢰서에 적힌 '초艸' 자를 보며 헛웃음을 쳤다. 그 순간 닫혀 있던 장지문이 양옆으로 활짝 열리더니, 황홀한 분내가 혹 하고 끼쳐왔다. 이윽고 하얀 손이 어깨 너머로 들어와 손님의 의뢰서를 부드럽게 가져갔다. 병풍장이 청하였다.

"사시사철 지지 않는 꽃을 두면 되지요."

화려하게 모습을 꾸민 청하의 외양에 한 번, 간드러지는 교태에 또 한 번. 두 차례에 걸쳐 커다래진 손님의 눈에 청하가 후훗

웃음을 흘렸다. 지화장紙花匠*이었던 어미를 따라 날 적부터 종이 꽃을 만지며 놀던 청하는 돌림병이 창궐한 해에 가족을 죄 잃고 말았다. 이곳저곳을 전전할 운명이었던 어린 계집을 때마침 병풍 장이 삼촌이 거두었으니, 어려서부터 종이꽃을 만지던 어린 계집 은 자연스레 비단 꽃을 다루게 되었다.

"이리로 오시어요. 사시사철 지지 않는 꽃이라면 이것이 잘 안 답니다."

청하가 살갑게 팔을 잡아 올리자 손님이 꼭두각시처럼 스르르 일어났다. 그러자 열린 장지문 너머 병풍으로 또 반 칸 나뉜 곳에 서 안궐의 목수이자 석수인 동석이 떨떠름하게 항변하였다.

"뭐여……."

짧고 굵직한 한마디에 그의 불만이 꾹꾹 눌러 담겼다. 가인이 전체적인 집의 설계를 마쳤으니, 목수인 자신이 집의 구조를 짜 는 것이 순서라는 뜻이었다.

"조금만 기다리시어요, 동석 오라버니. 이 손님께선 지금 꽃이 더 급하시답니다."

하나 이미 손님의 팔을 꽉 붙들어 맨 청하는 쪼르르 제 공간으 로 들어가 문을 닫아버렸다. 그러자 동석의 뒤로 보이는 또 다른 장지문이 열리며 기와장이 황 노인과 단청장이 머루가 쏙쏙 고개 를 내밀었다.

---

*지화장紙花匠 종이로 의례에 사용되는 꽃을 만드는 장인.

"응? 벌써 병풍장이로 넘어간 게야? 나 아직 지붕 종류도 뭘로 할지 못 들었는데?"

"동석 형님 얼굴을 보니 또 청하 누님께서 멋대로 순서를 가로챈 모양입니다."

"이런. 그래서 동석이 저리 망부석처럼 굳어 있었구면."

할아버지와 어린 손자 같은 두 사람이 알 만하다며 키득거렸다. 황 노인은 본래 월당사라는 사찰에 승적을 두고 있던 기와공 승려였고, 머루는 그곳에서 단청 일을 배우던 사미沙彌*였다. 한때 제와 기관인 별와요別瓦窯에서 일하며 백성들에게 기와를 공급하던 황 노인은 점차 가난한 이는 내치고 부자들에게만 기와를 파는 별와요의 작태에 질려갔는데, 얼마 안 가 요승들의 행패에 분노한 유생들이 별와요로 가장 많은 영리를 취하던 월당사에 불을 질러버렸다. 황 노인은 그 길로 도첩을 반납하고, 죽은 손자처럼 곱사등이인 머루와 함께 환속하여 안궐까지 흘러 들어오게 되었다.

"청하……. 원제까지 할 겨."

"다 됐네요, 다 됐어. 하여간 행동은 거북이인데 재촉은 토끼라니까?"

새치름하게 쏘아붙인 청하가 언문으로 쓴 의뢰서를 손님에게 들려 동석의 자리로 보내었다. 동석은 그제야 싱글벙글 손님을

---

*사미沙彌 십계를 받고 구족계를 받기 위하여 수행하고 있는 어린 남자 승려.

제 앞에 앉혔으나, 조금 전까지 아리따운 꽃을 마주하던 손님은 난데없이 저를 붙든 도깨비에 다시 바들바들 몸을 떨어야 했다.

그렇게 손님의 이름과 땅이 적힌 의뢰서엔 가인 단영을 필두로 병풍장이 청하, 목수 겸 석수 동석, 기와장이 황 노인, 단청장이 머루의 의견이 차곡차곡 적혀 내려갔다. 그들은 손님과 땅의 특성을 토대로 풍수와 사주, 오행을 두루 고려하여 최적의 집을 설계하였다. 그렇게 안궐 장인들의 의견이 종합된 의뢰서가 접수처인 별채로 넘어가면 수일 내로 영건營建이 시작되는 것이다.

이렇듯 안궐에선 집으로 땅의 기운을 다스려 사람을 보하고자 하니, 사람들은 이를 가리켜 인태리어人兌利裏, 즉 '사람을 기쁘게, 이롭게, 배부르게 만드는 방안'이라 하더라. 안궐의 인태리어 방안을 듣기 위해 사람들은 오늘도 끝없이 몰려들었다.

살을 당할 악지

성종 9년, 음력 1월 24일

"전하! 작금에 이르러 조선 땅 곳곳에 지진과 같은 재이災異가 계속해서 일어나고 있으니, 이는 모두 도성의 왕기가 쇠퇴한 데서 기인하는 것이옵니다!"

삼엄한 공기가 만춘전 안에 맴돌았다. 들어선 안 될 것이라도 들은 양 낯빛을 가누지 못하는 임금을 향해 경연청 영사 한명회가 한 번 더 힘주어 말하였다.

"태백성이 대낮에 나타나 하늘을 어지럽히고 토성과 헌원성을 범하는 것 역시 이와 같은 사변이니, 태백이 토성을 범하는 것은 곧 원자가 불안해질 것이란 증좌요, 헌원성은 소릉昭陵*의 한을 나

---

*소릉昭陵 단종의 어머니인 현덕왕후가 문종과 합장되기 전 묻혀 있던 능.

28

타내는 것이옵니다."

소릉의 한! 그 말에 임금이 용상을 강하게 내리쳤다.

"영사는 지금 서인의 사특한 혼이 감히 나라와 왕실을 위협한다 말하려는 것인가!"

"원한은 귀천을 가리지 않는 법이옵니다, 전하."

홉뜬 임금의 눈에 시린 핏줄이 올랐다. 한때 세자빈의 자리에 올라 원자까지 생산하고 왕후로 추존되었으나, 친정이 노산군魯山君(단종)의 복위를 도모했다는 이유로 세조에게 묘가 파헤쳐지는 수모를 당한 폐왕후 권씨의 시퍼런 살기가 목 뒤를 훑는 것만 같았다.

"무릇 나라의 횡액은 왕실의 힘으로 눌러야 하는 법. 하나 원자께선 아직 몹시도 어리시니……."

깊이 고개를 숙이고 있던 한명회의 눈이 오만하게 앞을 향하였다. 흉흉한 빛이 검은 눈에 가득 들어찼다.

"월산대군 이정을 안산군 와리산으로 보내시어, 그 흉기를 누를 수 있도록 통촉하여주시옵소서."

"통촉하여주시옵소서!"

문무백관들의 매서운 청이 파도처럼 용좌를 덮쳤다. 임금은 떨리는 손을 말아 쥐며 턱에 꾹 힘을 주었다. 와리산이 어디인가. 조선팔도 최악의 흉당으로 일컬어지는 곳이 아니던가. 와리산은 폐왕후 권씨의 소릉이 파헤쳐진 후 이듬해부터 지진과 재해가 끊이지 않는 곳이었다. 그로 인해 온갖 사건 사고가 연달아 일어나 사람의 왕래도 끊긴 지 오래였다. 오죽하면 들어서는 모든 것들을 필살한다 하여 '살을 당할 악지惡地'라 불릴까. 한데 그런 사지로 제 형을 보내라니. 나라의 안위와 형제의 운명 사이에 놓인 임금은 쉬이 결정을 내리지 못하였다. 흔들리는 어심을 간파한 한명회는 간사하게도 그 마음을 파고들었다.

"안산군에 궁가를 짓는 것은 오로지 재액을 막을 장소로 삼기 위한 것이옵니다. 땅의 기운만 잠잠해지면 언제든 대군 자가를 부르실 수 있을 터이니, 부디 사사로운 은혜에 얽매이지 말고 종묘와 사직을 보전하여주시옵소서, 전하."

"보전하여주시옵소서, 전하!"

한명회를 따라 백관이 모두 허리를 숙였다. 그 거스를 수 없는 파도를 임금은 무력하게 바라볼 수밖에 없었다. 이미 결과를 짐작한 한명회는 소리 없이 입가를 늘였다. 바야흐로 소리 없는 전쟁이 시작되고 있었다.

* * *

추국장의 문이 거친 소리를 내며 닫혔다.

"살펴 가십시오, 대군 자가."

나장의 인사를 받은 월산대군 이정은 굳은 얼굴로 의금부를 나섰다. 언제나 흐트러짐 없이 단정하던 걸음걸이는 오늘따라 억누른 화로 거칠어져 있었다. 밖으로 나온 이정은 잠시 발길을 멈추고서 답답한 폐부에 숨을 채워 넣었다.

한 달 전, 모화관 인근에서 한 여인의 변사체가 발견되었다. 어찌나 처참히 훼손되어 있던지, 맨 처음 시신을 발견한 사내는 그만 졸도하여 아직까지 악몽에 시달리고 있다 하였다. 여인이 누구인지, 어찌하여 이리 끔찍한 몰골로 죽어 길가에 버려져 있던 것인지 알아낼 수 없어 수사가 난항을 겪던 중, 익명의 누군가로부터 제보가 들어왔다. 살해당한 여인이 창원군 이성과 깊은 연관이 있다는 내용이었다. 삼사는 곧장 관련자들을 색출하여 심문하였고, 결국 여인이 창원군의 집에서 관노비로 일하던 고읍지였다는 사실을 밝혀내었다. 고읍지에게 흑심을 품고 있던 창원군이 고작 '그녀가 다른 사내를 좋아하는 것 같다'는 얼토당토않은 이유로 그녀를 무참히 죽였다는 것도.

하나 노비들의 자복에도 불구하고 창원군은 끈질기게 본인의 죄를 부인하였다. 관노비의 등록대장과 범행에 쓴 칼을 숨긴 것은 물론이요, 수색하러 온 삼사의 출입을 막고 누군가 저를 모함하고자 농간을 벌인 일이라 뻔뻔히 주장하기까지 하였다. 하여 종부시 제조로서 왕실 종친인 이정이 직접 국문에 참여하게 된 것이었다.

고신拷訊도 하지 않았건만, 옥사에 밴 비릿한 혈향이 그새 몸에 배었는가. 어쩐지 가슴이 묵직하게 눌리는 듯하여 이정은 조금 더 겨울 공기에 몸을 맡겼다.

"모든 증좌들이 이렇듯 명백한데, 전하께선 여전히 엄벌을 주저하고 계시니……."

옥사에 갇힌 죄인답지 않게 시답잖은 농지거리까지 하며 방자하게 굴던 창원군이 떠올라 이정은 더욱 속이 답답하였다.

"자가, 경복궁으로 드시겠습니까?"

청지기 옥룡의 목소리가 창원군의 얼굴을 지워주었다. 남은 상념을 마저 몰아낸 이정은 작게 고개를 저었다.

"전하께서 금일 밤 풍월정을 찾으신다 하였으니, 우선 집으로 돌아가자."

"예, 자가."

이정이 말에 오르자 옥룡이 선두에 서 연경궁이 위치해 있는 황화방皇華坊으로 향하였다. 멀어지는 의금부를 돌아본 이정은 오늘에야말로 임금의 어심을 돌리리라 다짐하였다.

* * *

연경궁에 실로 오랜만에 활기가 돌았다. 임금이 특별히 하사한 선물들이 마당을 빼곡히 채운 덕이었다. 비단과 면포는 물론이요, 전국에서 올라온 산해진미에 명에서 온 귀한 약재, 거기에 온갖 방한용품과 사슴 가죽으로 만든 신발까지. 쉬이 볼 수 없는 진귀한 하사품들에 아랫것들은 눈이 휘둥그레져 구경하느라 신이 났다.

그사이 이정은 연경궁 서쪽 후원에 위치한 정자에 올라 임금을 환대하였다. 임금께서 직접 하사한 '풍월정風月亭'이라는 현판이 정자에 높이 걸려 있었다.

"꼭 다른 세상에 온 것만 같습니다."

"그러하옵니까, 전하."

임금은 고아한 풍월정의 경치를 하염없이 바라보았다. 이곳에 오를 때면 잠시나마 조정의 일을 잊고 어린 날의 추억을 되살릴 수 있어 좋았건만, 오늘은 태평하게 옛 기억을 곱씹을 수가 없었다. 조정 대신들이 그의 어깨에 매달아놓은 결단의 무게 때문이었다. 다만 이것을 쉬이 내려놓을 수 없어, 임금은 공연히 덧없는 이야기만 덧붙였다.

"형님께서 지으신 시문을 볼 때마다 어찌 그리 율격이 높고 아름다운지 궁금하였는데, 그 질문에 대한 답을 늘 풍월정에 오르고 나서야 깨닫곤 합니다."

"이름도 없던 정자가 전하의 성심으로 비로소 가치를 얻게 되었으니, 저의 시문은 오로지 전하의 은혜로부터 나온다 할 수 있사옵니다."

"그나마 자랑거리로 삼던 미흡한 재능까지 형님께서 다 가져가신 게로군요."

"욕심 많다 벌하실 것이옵니까?"

이정의 너스레에 임금이 피식 실소를 흘리며 그의 잔을 채워주었다.

"그저 때마다 화운和韻이나 잘 해주십시오."

"시새움이 이실 만큼 운을 가져가겠나이다. 오늘은 무엇으로 화운을 해드리오리까?"

"흠.「조춘즉사早春卽事」, 일전에 지은 이 시에 대해 아직 답시를 받지 못하였으니, 이 시를 화운해주십시오."

"어명 받들겠사옵니다, 전하."

이정은 잠시 눈을 감고 임금이 지은 시를 떠올렸다. 한 폭의 산수화처럼 펼쳐지던 시문들 중 어린 금붕어를 떠올리듯 몇 구절 소중히 길어낸 그는 이내 낭랑한 목소리로 칠언율시를 읊기 시작하였다.

아침 해 뜨자마자 대궐 문 비추니, 새봄 풍경에 어그러짐 하나 없도다. 못가에 난 가느다란 풀은 푸르게 잎이 솟고 정원의 긴 가지는 초록으로 갈아입는구나. 단청 그린 들보 위로 두 쌍의 제비가 날아가는 걸 이미 보았는데, 다시 보니 깊은 담장 안 몇 사람이 돌아가는 것이네. 나라가 태평하여 이곳에 만물이 풍성하니, 임금께서 여러 정무를 돌보신 까닭이라.*

묵묵히 이정의 시조를 듣던 임금은 탄식을 터트리며 입가를 늘였다.

"과연 형님의 시는 풍치가 남달라 흠모하지 않을 수 없습니다. 앞서 지은 제 시가 부끄러울 따름입니다."

"나날이 정진하시니, 어찌 그 끝에 도달하지 아니하시겠사옵니까?"

"하하하! 제 기필코 그 끝에 달하여 형님께 인정을 받겠습니다."

"기대하겠사옵나이다, 전하."

단둘이 있을 때만큼은 늘 어릴 적처럼 임금을 편히 대해주는 이정이라. 두 형제는 마치 왕자군 시절 궁중에서 함께 놀이를 하던 그때처럼 미소를 나누었다.

몇 잔의 술이 더 오간 뒤, 이정은 짐짓 몸가짐을 바로 하고서 임금에게 낮의 일을 보고하였다.

"전하께서 내리신 명을 따라 금일 의금부에 가 참국하였으나, 창원군은 여전히 죄를 시인하지 않고 있사옵니다."

"여전히 본인이 죽이지 않았다 부인하고 있는 것입니까?"

"그러하옵니다, 전하. 하나 이미 증좌와 사실이 명명백백하니, 비록 범행을 인정하지 않는다 한들 어찌 그 죄를 피하겠사옵니까? 전하께서 아무리 존속을 이유로 사사로운 은혜를 내리고자 하셔도 큰 의는 결코 훼손되어선 아니 되옵니다."

이정은 전에 없이 단호하였다. 창원군의 처사를 두고 논쟁이 오간 지도 수차례다. 비록 창원군이 세조의 몇 남지 않은 친자라 한들 그 죄질이 심히 무거우니, 후대의 모범을 위해서라도 창원군의 죄는 엄히 다스려야 했다.

"청컨대 창원군의 직첩**을 거두시고 외방에 부처付處하시옵소서."

어찌 왕족을 유배길에 올리겠느냐며 이번에도 불허하실까. 길어지는 임금의 침묵에 이정 역시 엎드려 간곡히 답을 기다렸다.

---

*「봉갱어제조춘즉사奉賡御製早春卽事」, 월산대군의 시조. **직첩 조정에서 내리는 벼슬아치의 임명장.

임금이 쓰디쓴 미소를 지으며 괴롭게 미간을 좁혔다.

"사사로운 은혜…… 그것이 이리 양날의 검이 될 줄이야."

뜻을 알 수 없는 말에 이정이 고개를 들어 임금을 바라보았다. 깊은 고심에 잠긴 듯, 혹은 분통을 억누르듯 임금의 용안이 시시각각 일그러지고 있었다. 가까스로 마음을 다잡은 임금이 이정을 보며 말하였다.

"형님께서 그리 말씀하시니, 그 뜻을 따라 창원군의 처사를 결정하도록 하겠습니다."

"성은이 망극하옵니다, 전하."

"대신, 부족한 덕으로 과분한 어좌에 오른 이 못난 아우가 형님께 한 가지 청을 드리려 합니다."

"어찌 그런 말씀을 하시옵니까? 무엇이든 하명하시옵소서. 어떠한 명이든 기꺼이 받잡겠나이다."

거짓 한 점 없는 이정의 눈빛을 보며 임금은 더욱 마음이 무거워질 수밖에 없었다. 이리 충심 깊은 신하이자 목숨만큼 귀한 형제를 어찌 마음 편히 사지로 보낼 수 있다던가. 임금은 괴로워하며 어깨를 짓누르던 말을 어렵게 꺼내었다.

"안산에, 새 궁가를 지으십시오."

"연성蓮城을 말씀하시는 것이옵니까? 그곳엔 무슨 연유로……."

"보름 전 백주에 태백이 나타나 토성을 침범하고 나라에 재이가 일어났으니, 이것을 가리켜 소릉의 저주라 하더이다."

그제야 임금의 뜻을 알아챈 이정이 잠시 말을 잃고 그를 보았다. 임금은 황망한 형의 눈을 똑바로 쳐다볼 수 없어 아예 눈을 감아버렸다. 옥루가 그 끝을 짙게 물들였다.

"와리산 아래에 새 궁가를 지어, 왕실의 기운으로 액운을 눌러주십시오."

일순 눈앞이 아득해져 이정은 바닥을 짚은 손에 꾹 힘을 주었다. 와리산의 악명은 그도 익히 들어 아는 바였다. 사람은커녕 풀한 포기 제대로 나지 못해 황무지가 된 지 오래인 곳이라 하였던가. 제대로 된 민가조차 몇 남지 않은 곳이라고. 그런 사지를 제발로 걸어 들어가라 하시니, 임금을 향한 그의 눈동자에 허망한 빛이 스미는 건 어쩔 수 없는 일이었다.

하나 어찌 어명을 거역할 수 있을까. 이는 비단 재액을 다루는 것 이상의 문제였다. 나라의 안위는 물론이요, 자칫 잘못하였다간 대군 된 자로서 역심을 품었다는 오해를 받을 수도 있었다. 나아가 종묘의 정통성을 세조께서 어지럽히셨다는 삿된 주장들이 나올 위험도 있었다. 하늘이 어찌하여 그곳에서 뜻을 보이고 계시는지는 알 수 없었으나, 제 목숨으로 이 환란을 잠재울 수 있다면 이정에겐 가지 아니할 이유가 없었다. 적장자임에도 아우가 왕위에 오르는 것을 바라만 봐야 했던 그날부터 이건 어쩌면 예견된 운명이었을지도.

"공자께서 말씀하시기를, 천하에 왕의 땅이 아닌 곳이 없고 왕의 신하가 아닌 사람이 없다 하였사옵니다."

낯빛을 갈무리한 이정이 평온한 목소리로 말하였다.

"아무리 와리산이 흉지라 한들 그곳 또한 전하의 성은이 깃든 땅이고, 저는 오직 전하의 충직한 신하이니, 그 땅에 나아가지 아니할 이유가 어디에 있겠사옵니까?"

"……형님."

"전하를 위해, 이 나라를 위해. 소신, 기꺼이 그곳으로 가겠사옵니다."

이정은 깊이 몸을 엎드려 지엄한 어명을 받들었다. 임금은 벅찬 감정을 억누르며 형제의 손을 꼭 마주 잡았다. 때마침 하늘을 가득 메우던 구름이 잠시 걷히어 시린 달이 두 형제를 비추었다. 다시 구름이 오가며 달빛을 지우다 그리길 반복하니, 형과 아우의 엇갈린 운명이 이로써 나타나는가. 이정은 무심한 달그림자를 눈에 담으며 새로운 운명을 맞이할 준비를 하였다. 달은 어느새 구름 뒤로 완전히 사라져버렸다.

* * *

안궐 앞은 오늘도 인산인해를 이루고 있었다. 오늘 예약한다 해도 최소 두어 달은 지나야 상담을 받을 수 있는 터라. 일찍이 예약을 걸어두었던 이들과 하루라도 더 빠른 날짜를 차지하려 몰려든 이들로 인해 발 디딜 틈조차 없었다.

"이 째깐한 종 하나가 참말로 저거 술도가 매상꺼정 올릴 수 있다, 이 말씀이십니꺼?"

술도가를 짓겠다며 찾아온 대모가 단영이 건넨 풍령을 살펴보았다. 조그만 종 아래에 대롱대롱 매달린 쇠 붕어가 대모의 손을 따라 이리 흔들리고 저리 흔들렸다. 단영은 접선 너머로 고개를 끄덕이며 말했다.

"그러하오. 입구에 걸어두면 삿된 기운을 물리쳐 나쁜 마음을 먹은 손님은 돌려보낼 것이고, 맑은 기운과 금전운을 끌어올 것이오."

"맞습니꺼! 감사합니더, 가인 얼신. 참말로 감사합니더."

금덩이인 양 풍령을 소중히 품에 넣은 아낙이 두툼한 면포 한 필을 떡하니 서탁에 올려두었다. 무려 5승포짜리 면포였다. 3승포 면포 한 필이면 저자에서 쌀 한 말도 족히 살 수 있건만, 고작 풍령 하나에 이런 거금을 떡하니 내놓은 것이다. 지아비가 안다면 필시 노발대발할 일. 하나 아낙은 일말의 아쉬운 기색도 보이지 않았다. 안궐 가인의 말을 듣고 집을 지어 과거에 급제한 이들만 여럿이요, 벼락부자가 된 이들은 두 손으로도 못 꼽는다 하였다. 안궐의 인테리어 방안을 들을 수만 있다면 천금을 낸다는 사람도 수두룩하였으니, 오랫동안 금주령이 내려지지 않아 재미 좀 본 술도가 주인에게 풍령 값으로 면포 한 필은 오히려 싼값이었다. 아낙은 연신 허리를 굽히고서 완성된 의뢰서를 들고 별채로 건너갔다. 양태와 접선 사이로 남아 있는 손님들을 힐긋 살핀 단영이 잠시 숨을 돌리던 차였다.

"이리 오너라! 이리 오라 하지 않았느냐!"

갑자기 밖에서 사나운 소리가 들려왔다. 웬 막돼먹은 양반께서 또 행패를 부리시나. 미간을 좁힌 단영은 동석이 알아서 해결하리라 생각하고선 심드렁히 기다렸다. 그런데 어찌 된 일일까. 본채 안으로 들어온 동석의 표정이 썩 좋지 않다.

"가인 나으리……. 좀 보셔야것슈."

"무슨 일이야?"

"그기 말이어유……."

동석이 아주 다급히, 하지만 듣는 입장에선 숨넘어갈 만큼 느릿한 어투로 상황을 알리려던 찰나. 쾅! 우락부락한 무뢰배들이 안궐 본채의 문을 박차고 우르르 몰려들었다. 하나같이 낫이며 곡괭이를 든 험상궂은 모습들이었다. 단영이 놀라 숨을 들이켰다.

"무, 무슨 짓들이오? 어찌 감히 남의 터에 함부로 들어와 횡포를 부리는 것이오!"

단영이 접선으로 바짝 얼굴을 가리고서 호통을 쳤다. 하나 당장이라도 낫이 날아들 것 같은 험악한 분위기에 슬그머니 동석을 잡아끌었다.

"오랜만일세, 가인."

무뢰배들 사이로 간사한 목소리가 들리더니, 이내 작달막한 사내 하나가 산만 한 덩치들을 헤집으며 앞으로 나왔다. 거들먹거리는 팔자걸음에 성성한 염소수염을 씰룩이며 나온 그는 다름 아닌 풍수가, 만불동이었다.

불동은 안궐보다 먼저 사대문 안에 터를 잡고 풍수를 보던 이였다. 하지만 본래도 이현령비현령으로 어설프게 땅을 보던 이라. 안궐의 인테리어 방안이 널리 소문나면서 가뜩이나 가뭄에 콩 나듯 찾아오던 손님들의 발길까지 뚝 끊기고 말았으니, 이렇듯 한 번씩 안궐을 찾아와 무람없이 행패를 부리곤 하는 것이었다. 상대를 확인한 단영은 작게 한숨을 내쉬고서 귀찮다는 얼굴로 대거리를 하였다.

"또 무슨 연유로 찾아온 것이오? 보아하니 집 짓자고 온 건 아닌 듯한데."

"네놈 때문에 내 밥그릇이 쨍하니 깨질 위기에 처했으니 찾아왔지!"

그 말에 단영이 헛웃음을 치며 불동을 보았다. 잡초처럼 거친 눈썹 아래 단춧구멍 같은 눈매로 용케 삼백안을 띠어 눈빛이 탁하고 게슴츠레하니, 알량한 세 치 혀로 사람을 홀려 헛된 땅을 사게 하는 협잡꾼의 관상이라. 제 실력이 모자란 줄은 모르고 늘 애먼 곳에 와서 화풀이만 해대는 반풍수半風水를 단영은 갑잖다는 듯 보았다.

"밥그릇은 각자가 알아서 간수를 해야지. 본인 밥그릇 깨졌다고 어찌 남의 밥그릇까지 깨려 하오? 하물며 내가 깬 것도 아닌데."

"대추나무 댁 삼대독자!"

버럭 일갈한 불동이 씩씩거리며 삿대질을 했다.

"네놈이 그 댁 삼대독자가 출가한 게 내가 묘지를 잘못 점혈占

穴하여 그런 것이라고 말했다면서!"

"아, 그거."

일순 떠오른 기억에 단영은 그제야 불동이 잔뜩 뿔이 난 이유를 알 수 있었다. 이게 어찌 된 일인고 하니, 석 달 전 대추나무 댁으로 불리는 대부 박가네의 증조부가 작고하여 불동에게 묏자리를 봐달라 부탁하였다고 한다. 한데 증조부의 묘를 쓴 지 채 두 달이 되지 않아 그 댁의 귀한 삼대독자가 별안간 승려가 되겠다며 출가를 해버린 것이다. 필시 묘지를 잘못 쓴 것이라 생각한 박씨는 그길로 안궐을 찾아왔고, 본디 음택에는 관여하지 않던 단영도 무언가 이상하여 불동이 점혈하였다는 묘지로 찾아가 봤더랬다. 그랬더니 주변에 보호해주는 산 하나 없이 홀로 우뚝 솟은 땅에 묘가 있는 것이 아닌가. 심지어 용맥이 외롭게 내려와 단한한 형태를 띠고 있으니, 이는 필시 후사가 끊기는 자리라. 그 황당한 점혈에 헛웃음이 터져 나온 게 불과 보름 전이었다. 단영은 한심하다는 눈으로 불동을 보았다.

"본인이 가혈假穴에 잘못 점혈해놓고 누구에게 성을 내는 것이오?"

"가, 가혈?"

가혈이란 말에 불동이 모욕이라도 당한 듯 얼굴을 붉혔다. 가혈이란 얼핏 길지吉地처럼 보여 사람들이 쉽게 속는 일명 거짓 명당이었다. 배움이 짧은 풍수가들이 흔히 저지르는 실수 중 하나가 이러한 가혈을 명당으로 착각해 점혈하는 것이었으니, 불동이라고 예외는 아니었던 것이다. 하나 곧 죽어도 제 실수를 인정하지 않겠다는 불동은 적반하장으로 목에 핏대를 세웠다.

"그게 어찌 가혈이야! 산세가 우람하고 천지간에 우뚝 솟아 땅이 수려하니, 대대손손 정승이 나고 부귀영화가 절로 찾아드는 땅인데! 네놈이 뭘 안다고 감히……!"

"보기에 수려하다고 무조건 좋은 땅은 아니오."

불동의 불같은 목소리를 단영의 차분한 음성이 지그시 눌렀다. 단영은 한 걸음 한 걸음 앞으로 나아가 불동의 앞에 섰다. 막상 가까이 마주하니 저보다 머리통 하나는 더 큰 단영의 키에 불동은 눈을 홉뜨면서도 자라처럼 목을 움츠렸다.

"호위하는 방룡傍龍* 하나 없이 악살만 겨우 털어낸 정룡正龍** 이 혈지를 맺으니, 그 기세가 가히 단한하도다. 땅이 외롭게 돌출하면 생기가 모이다가도 바람에 모두 흩어지고, 홀로 결지한 용이 그곳에 혈을 맺으면 그 집안은 절사하기 마련이니!"

척! 일자로 접힌 단영의 접선이 불동의 눈을 한가운데로 몰았다. 불동은 마치 검날이라도 목에 들어온 양 작게 벌어진 입술을 파르르 떨었다.

"음택의 기를 잘못 받아 고독한 승려나 과부, 고아가 나오는 것이란 말이오."

다시 접선을 펴 얼굴을 가린 단영이 속을 꿰뚫듯 매서운 눈으

---

*방룡傍龍 정룡의 조건에 부합되지 못하여 맥脈이 한쪽으로 기울어진 산을 이르는 말. **정룡正龍 풍수지리에서, 주된 용맥의 모든 기운을 받아 곧고 올바르게 뻗어 내려온 형세를 이르는 말.

로 불동을 내려다보았다.

"정녕 그것을 진혈이라 본 것이오? 마지막 증혈證穴*까지 꼼꼼히 한 것은 맞고? 실은 제대로 된 혈지를 볼 줄 몰라 아무 땅이나 보이는 대로 점혈한 것 아니오?"

"그, 그 입 닥치거라! 머리에 피도 안 마른 뜨내기 주제에 어딜 감히!"

수치로 두 눈이 벌겋게 달아오른 불동이 길길이 날뛰었다. 하나 조금 전까지 기세등등하던 두 눈은 마치 파리라도 쫓듯 부산스레 움직이고 있었고, 말아 쥔 두 손안엔 땀이 진득하게 배어나고 있었다. 단영에게 정곡을 찔린 탓이었다. 수십 년 전, 어깨 너머로 귀동냥하며 풍수지리를 배우다 스승의 풍수비록을 몰래 훔쳐 달아났던 불동은 그때부터 이곳저곳을 떠돌아다니며 풍수가 노릇을 하기 시작했다. 제대로 된 혈 자리 하나 볼 줄 모르나 언변만큼은 전기수 못지않으니, 어쭙잖은 실력을 번지르르한 말솜씨로 감추어 사람들을 속여왔던 것이다. 이제까진 운이 좋아 별 탈 없이 지나갔건만. 하필 안궐 가인에게 자신의 치부를 들켰다는 생각에 불동은 적반하장으로 노발대발하였다.

"요즘 손님 좀 끈다고 아주 기고만장해진 게지? 오냐, 그리 잘났으면 네놈 묘지도 네놈이 직접 점혈하거라! 여봐라, 쳐라!"

불동의 명에 왈패들이 연장을 고쳐 쥐며 방 안으로 꾸물꾸물

*증혈證穴 혈이 되는 증표를 찾는 것.

몰려들었다. 더러운 신 자국들이 마룻바닥에 덕지덕지 새겨졌다.

"어머, 어머! 아이참, 왜들 이러실까아. 우리 좋게 좋게 말로……"

"말은 무슨!"

"엄마야!"

눈웃음으로 그들을 달래보려던 청하는 왈패의 공갈 한 번에 기겁을 하며 도망쳤다. 황 노인이 얼른 머루를 끌어안고 구석으로 숨어들었고, 단영도 품속의 주먹만 한 나경羅經(나침반)을 꽉 쥐며 만약의 사태에 대비했다. 그사이 앞을 막아선 동석이 선두에 있던 왈패의 어깨를 쥐며 느릿하게 입을 열었다.

"그만하슈……"

"뭐야, 저리 안 비켜?"

왈패가 기세 좋게 동석의 팔을 뿌리치려 했다. 하지만 동석의 힘이 어찌나 센지, 팔을 뿌리치기는커녕 손가락 하나 떼어낼 수 없었다. 심지어 어른 장딴지만 한 팔뚝은 두 손에 다 잡히지도 않을 만큼 두꺼웠다. 왈패가 낑낑대며 몸부림치는 사이, 동석은 다른 손으로 그의 목덜미를 잡아 단숨에 들어올렸다.

"어어, 어!"

놀라 버둥거리던 왈패는 순식간에 허공을 날아 무리 위를 덮쳤다. 왈패들이 와르르 무너지며 마당까지 굴러떨어지는 바람에 안궐은 창졸간 아수라장이 되고 말았다. 간신히 몸을 추스른 왈패들이 동석에게 달려들었지만, 그들 역시 붕붕 하늘 높이 떠올랐다 바닥으로 곤두박질친 것은 마찬가지였다.

"뭣들 하는 것이냐! 한꺼번에 덮쳐!"

불동이 문설주에 답삭 달라붙어 외쳤다. 뭐 하나라도 부수어야 남은 잔금을 받을 수 있는 터라. 머리끝까지 열김이 뻗은 왈패들이 와아 함성까지 내지르며 사납게 달라붙던 순간.

"다들 멈추어라!"

어디선가 벼락같은 음성이 떨어졌다. 안뜰 일대를 뒤흔드는 목소리에 모두가 놀라 소리가 들려온 곳을 쳐다보았다. 그곳엔 한 관원이 청색포 관복 자락을 휘날리며 서 있었다. 바로 선공감繕工監의 판관, 최지엽이었다.

"백주에 도성 한복판에서 패싸움이라니. 다들 지엄한 국법이 무섭지 않은 모양이로구나."

그의 등장에 왈패들 중 하나가 사색이 되어 중얼거렸다.

"서, 선공감의 미친개다……."

"선공감의 미친개? 그게 뉘여? 상판대기 보니까 이제 막 관례 치르고 말단직 들어간 놈인 듯한데, 저까짓 배추 껍데기 정도는 그냥 확!"

"이게 참말로 뒈질려고! 설명은 나중에 할 테니까 일단 튀어!"

무기를 버린 왈패들이 걸음아 나 살려라 달아나기 시작했다. 육중한 몸으로 어찌 그리 날래게 도망을 치는지, 담벼락을 훌쩍 뛰어넘는가 하면 벌써 저만치 꽁무니를 빼고 달아나는 놈도 있었다.

"야, 어디 가! 하던 일은 마저 해야지! 야 이것들아!"

"비키시오!"

"억!"

불동에게 앞을 가로막은 왈패가 시퍼런 곡괭이를 그의 품에 퍽 안기고선 달아났다. 아슬아슬하게 목에 닿은 뾰족한 곡괭이 날에 불동이 힉, 숨을 집어삼켰다. 눈 깜짝할 새 홀로 남겨진 불동은 어느새 제 앞으로 다가온 지엽에 더욱 사색이 되었다. 육 척은 넘어 보이는 지엽의 그림자가 불동의 위로 짙게 드리웠다.

"네놈이로구나. 이 사달의 주범."

"그, 그것이, 나는, 아니. 소인은 그저 안퀼 가인과 긴밀히 나눌 얘기가 있어 온 것뿐인데……."

"입으로 하는 얘기에 그건 왜 필요할까?"

지엽이 불동의 품에 안긴 곡괭이를 눈으로 가리켰다. 지엽의 눈길을 따라 고개를 숙인 불동은 화들짝 놀라며 억울하다 고개를 저었으나, 이미 지엽에게 멱살이 잡힌 후였다.

"내 오늘 네놈에게 지엄한 국법의 맛을 보여주마."

"히익!"

아이 머리통만 한 주먹이 허공에서 붕붕 원을 그렸다. 지엽의 다부진 주먹이 불동의 얼굴에 막 꽂히려던 찰나.

"최 판관 나리! 예서 또 뭐 하십니까?"

뒤늦게 포졸들을 이끌고 도착한 신 포교가 헐레벌떡 달려와 지엽을 말렸다. 조금만 늦었어도 뭉툭한 불동의 들창코가 완전히 납작하게 주저앉았을 것이다.

"그만하시고 이리 넘겨주십시오, 나리."

"쯧, 평상시에도 이리 빠릿빠릿할 것이지."

"저흰 불철주야 늘 발에 불나게 뛰어다닙니다. 그러니 치안은
저희에게 맡기시고 이런 일엔 부디 좀 나서지 마십시오. 나리께서
뜨셨단 소식이 들리면 저희 심장이 다 벌렁벌렁해진단 말입니다."

"알았다, 알았어. 엄살은. 이놈이나 어서 끌고 가거라. 또 설치
지 않게 잘 타이르고."

미처 휘두르지 못한 주먹이 아쉬운지, 지엽은 마지막까지 불
동의 눈앞에 제 주먹을 보여주다 마지못해 놓아주었다. 놀란 나
머지 다리에 힘이 풀려버린 불동은 장날에 팔리는 똥개마냥 속절
없이 포졸에게 붙들렸다. 단영은 멀어지는 불동을 향해 크게 소
리쳤다.

"당나라 풍수가이신 요금정寥金精께서 말씀하시길, 칼등같이
마르고 딱딱하며 날카로운 용의 능선은 지사를 죽이는 땅이니 조
심하라 하셨소! 근자에 이상한 말을 떠들고 다니는 모양인데 괜
히 엉뚱한 땅 짚지 말고 풍수 공부나 더 하시오!"

"저, 저게 끝까지!"

단영의 말에 울컥한 불동이 처지를 잊고 허공에 발길질을 하
였다. 그러나 곧 지엽의 살벌한 눈빛에 끽소리도 못 하고 얌전히
포졸들에게 끌려 나갔다.

저러니 반풍수가 명산을 폐묘시킨단 말이 나오치. 단영이 쯧

쯧 혀를 차는데, 문득 옆얼굴이 밤송이에 찔린 양 따가웠다. 슬그머니 고개를 돌리니 지엽이 건수 하나 제대로 잡았다는 눈으로 저를 빤히 쳐다보고 있었다. 선공감의 미친개가 물어뜯을 다음 사냥감이 바로 저였나 보다.

"한동안 좀 조용히 있는다 싶더니, 무당 불러 굿하다가 포도청 끌려간 지 얼마나 됐다고 이 난리를 피우는 겐가?"

지엽은 마치 오랜 동무에게 농을 던지듯 부드럽게 웃으며 말했다. 백 리 밖부터 아낙들로 하여금 치맛자락을 붙잡게 한다는 이 젊고 아름다운 관원은 자신의 유려한 용모를 십분 활용할 줄 아는 사내였다. 하나 두 눈만큼은 먹잇감을 찾는 매처럼 예리하게 빛나고 있었으니, 그 무시무시한 눈빛을 애써 못 본 척 외면하던 단영은 최대한 불쌍하게 우는 소리를 내었다.

"집 지을 곳에 사람이 비명횡사를 하였는데, 어찌 그냥 터를 닦습니까?"

왕실 종친에게 죽은 관노비였다던가. 얼굴이며 사지며 멀쩡한 곳 하나 없이 끔찍한 몰골로 죽어 있었다 하였다. 억울하게 살해를 당하였으니 그 한이 필시 혈지까지 물들였을 게 분명하였다. 하여 어쩔 수 없이 무당을 불러 천도제를 하였건만, 아뿔싸. 그만 포졸들에게 딱 걸리고 만 것이다. 하필 나라님께서 음사淫祀*를 엄히 규찰하라 명하신 직후라. 단영은 옥사에 끌려가 꼬박 반나

*음사淫祀 부정한 귀신에게 지내는 제사.

절 동안 고생을 당하여야만 했다. 지엽은 옥사에 갇혀 있던 꾀죄죄한 단영이 생각났는지 쯧쯧 혀를 차며 고개를 저었다.

"법 위에 귀신이 있다던가? 엄연히 나라에서 억울함이 없도록 사건을 수사하고 있거늘, 법까지 어기고 음사를 굳이 행할 건 또 무언가."

하여간 법, 법, 법. 지엽의 법 지상주의에 말문이 막힌 단영은 당당히 결백을 주장하는 것으로 전략을 바꾸었다.

"아무튼, 오늘 일은 정말 억울합니다. 전 정말 얌전히 손님만 받고 있었는데 그 협잡꾼, 아니. 만 지사가 난데없이 왈패들을 끌고 쳐들어온 것이란 말입니다."

"그러니 하는 말일세."

"예?"

"함부로 날뛰지 못하게 아주 초장에 싹 휘어잡았어야지. 저 덩치를 두고 여태 무얼 했는가?"

지엽의 눈이 이번엔 동석에게로 향했다. 멀뚱히 서 있던 동석은 갑자기 날아든 지엽의 시선에 소 눈 같은 눈망울을 끔뻑이다 한 박자 늦게 고개를 숙였다.

"워메……."

동석의 울림통 큰 탄식이 애처롭게 흘러나왔다. 외양만 보면 동석의 주먹 한 방에 지엽이 꼴까닥 넘어갈 듯 보였으나, 선공감의 미친개를 함부로 건드릴 깜냥은 동석에게 없었다. 어디 동석에게만 없을까. 한 번이라도 지엽을 겪어본 사람이라면 감히 그에게 대적할 생각조차 가지지 못할 것이다.

선공감의 미친개, 최지엽. 그는 삭녕 최씨 가문의 자제로, 이조판서 최필찬의 귀한 장자였다. 지엽은 조선의 토목과 영선營繕*을 관장하는 선공감의 판관으로서 뛰어난 머리와 냉철한 판단력으로 한성 내의 모든 건축을 두루 관찰하였다. 특히나 일에 있어선 조금의 타협도 없는 골경지신骨鯁之臣이었다. 뇌물을 일절 받지 않는 것은 물론, 왕실의 종친들에게도 국법에 어긋나지 않게 집을 짓도록 엄히 관리한 일로 유명하였다. 바꿔 말하면 법을 어기는 순간 국법의 지엄한 철퇴를 아주 맛깔나게 휘두르는 인물이란 뜻이었다. 오죽하면 판관직에 오른 지 반년 만에 '선공감의 미친개'란 별칭을 얻었을까.

게다가 지엽은 '법을 어기는 것들에게 자비란 없다'는 좌우명에 따라 법의 무서움을 몸소 깨닫게 해주는 이였다. 포졸들도 오라로 묶어 온전히 지켜주는 일신一身을 지엽은 알아서 제 앞에 무릎을 꿇을 때까지 전혀 보존해주지 않았던 것이다. 꽃 같은 외모에 무관도 아닌 종5품의 판관이 싸움은 어찌 그리 잘하는지. 난다 긴다 하는 쌈꾼들도 사대문 안에선 포졸보다 최지엽을 더 무서워했다. 포도청이나 사헌부가 해야 할 직무까지 그가 활개를 치며 해내는 탓에 선진들에게 여러 번 질책을 받기도 하였다는데, 통 바뀌질 않는 것을 보면 위에서도 손을 놓은 모양이다.

*영선營繕 건축물 따위를 새로 짓거나 수리함.

"거기 너."

"저, 저 말씀이십니까?"

갑자기 지목을 받은 머루가 흠칫 어깨를 떨었다. 지엽은 품속에서 뭔가를 꺼내 휙 머루에게 던졌다. 굽은 허리로 간신히 물건을 받은 머루는 제 손에 들린 가칠붓을 보며 고개를 갸웃하였다.

"웬 가칠붓을…… 서, 설마 소인이 또 법을 어겼습니까?"

"무릇 가칠加漆이란 틈 없이 온전히 목재를 덮어야 하거늘, 어찌 그리 털 다 빠진 붓으로 대충 하였던 것이냐? 한 번만 더 그때 그 낡은 붓으로 가칠해봐라. 그땐 장애고 뭐고 확 옥사에 처넣어버릴 줄 알아."

"며, 며, 명심하겠습니다, 나리!"

지엽의 으름장에 머루가 사색이 되어 가뜩이나 굽은 몸을 더욱 굽혔다. 머루가 이토록 법에 바들바들 떨기 시작한 것도 다 지엽 때문이었다. 지난해, 국법에 무지한 머루가 개인적인 의뢰를 받고 사가에 단청을 그려주었다가 지엽에게 발각된 일이 있었다. 다행히 장애가 있는 이는 죄를 범하여도 중죄가 아닌 이상 너그럽게 넘어갔던 터라. 운 좋게 형벌은 피하였으나 그때부터 지엽의 예리한 시선이 더욱 안궐을 주목하기 시작했다. 지정된 터에서 한 자 벗어났다고 형벌, 기둥을 규정보다 길게 세웠다고 또 형벌, 반담으로 화방벽을 쌓는다 하였으면서 온담으로 쌓았다고 형벌. 안궐에서 지은 집이 조금이라도 법에 어긋난다 싶으면 지엽은 득달같이 달려와 형을 내렸다.

대관절 궐내 영선이나 신경 쓸 선공감 관원이 어찌하여 사사로이 민가의 일에까지 간섭하는지 알 길이 없었으나, 나라의 공장안에 이름을 올리지 않은 안궐로선 어쩔 수 없이 바짝 엎드려야만 했다. 그나마 '선공감의 미친개'에게 물린 이가 한둘이 아니라는 사실이 위안이라면 위안이랄까. 아마 이판의 장자만 아니었어도 그는 밤길에 대패니 톱이니 여럿 피해야 했을 것이다. 단영 역시 차마 대놓고 하지 못할 욕설을 접선 뒤에서 소리 없이 짓씹었다.

"오늘은 어쩐 일로 오신 겁니까?"

단영의 불퉁한 물음에 지엽은 뭐 하나 잡아낼 것 없나, 하는 눈으로 안궐을 둘러보며 답했다.

"이곳에서 난 소란이 백 리 밖에서도 들리기에 한번 와보았지. 그 쥐똥만 한 놈 말고 별고는 또 없었고?"

꼭 별고가 있기를 바라는 물음 같다. 단영은 한 번 더 접선 뒤에서 입술을 썰룩이고선 억지로 지엽의 비위를 맞추었다.

"나리께서 살펴주시는 덕분에 무탈히 보내고 있습니다."

"그래? 내 덕분에 무탈히 지내고 있다 하니, 앞으로도 안궐을 더 자주 들여다보아야겠군."

"예?"

"혹 무슨 일이 생기거든 주저하지 말고 바로바로 내게 알리게. 내 만사를 제쳐두고 버선발로 뛰어올 터이니."

"무슨 그런 무서운 농담을…… 나랏일로 바쁘신 어른께 어찌 사사로이 청할 수 있겠습니까."

"걱정 말게. 우리 사이에 그 정도 도움도 못 주겠나?"

나리께서 생각하시는 '우리 사이'와 제가 생각하는 '우리 사이'가 퍽 다른가 봅니다. 단영은 그렇게 대꾸하고 싶은 걸 간신히 참으며 어색하게 웃었다.

"염려 마십시오, 나리. 한때 무지하여 나리를 심려케 하였으나, 지금은 지엄한 국법과 발복의 풍수를 조화로이 하여……."

"뒤의 건 빼고."

말허리를 자른 지엽이 선선한 미소를 그렸다.

"내 그런 헛된 미신은 믿지 않는 편이라. 자네가 말한 대로 '지엄한' 국법만을 생각하는 것이 옳지 않겠는가."

지엽은 부러 싱그럽게 웃었다. 그 약 오르는 작태에 속으로 이를 부득 갈면서도 단영 역시 눈꼬리를 휠 수밖에 없었다.

"여부가 있겠습니까. 신경 쓰실 일 없게 각별히 주의하도록 하겠습니다."

"그래. 그리하여야지."

다행히 오늘은 눈에 들어오는 티끌이 없던 모양인지, 지엽은 뿔처럼 앞을 향하고 있는 단영의 중립을 두어 번 두드리고선 이내 안궐을 나갔다. 그제야 얼어붙어 있던 안궐의 식구들도 안도의 한숨을 내쉬며 널브러졌다.

"죄송합니다, 가인 나리. 저 때문에 매번……."

쭈뼛쭈뼛 다가온 머루가 가뜩이나 작은 몸을 더욱 웅크리며 사과하였다. 지엽이 다녀갈 때마다 공연히 죄인이 되는 그였다.

"죄스러워할 것 없다. 흙일하면서 선공감의 미친개한테 안 물린 이가 어디 있다고. 우린 그저 주어진 법만 잘 지키면 될 일이야."

단영은 의기소침해진 머루를 달래고서 어질러진 안궐을 함께 정리하기 시작했다. 만불동에 최지엽까지, 하나만 해도 벅찬 방해꾼들이 연달아 찾아온 탓에 할 일이 죄 미뤄지고 말았다. 지금부터 부지런히 해도 해 떨어지기 전에 끝날까 말까 한 판이라.

"자, 다음 손님 들어오시오!"

단영은 도로 서탁 앞에 앉아 바삐 의뢰를 받기 시작했다.

의뢰

　종실 웃어른인 효령대군 이보의 집에서 성대한 연회가 열렸
다. 임금의 명으로 종친들이 대거 자리하니, 널따란 사랑채의 대
청이 족히 채워졌다. 맑은 술과 기름진 음식, 거기에 소리에 능통
한 제안대군 이현의 곡조까지 더해지니 실로 신선들의 연회가 따
로 없었다.

　"국보國寶*가 하는 짓은 매양 머저리 같아도, 소리 하나는 정말
기가 막히게 잘한단 말이야."

　"그래서 전하께서도 때마다 부르시어 소리를 들으시잖는가.
제안대군이 사랑을 알았더라면 더 농익은 소리를 내었을 터인

---

*국보國寶 제안대군의 자字.

데……."

"하하! 그 부인 역시도 반푼이라 후사를 잇는 방법조차 알지 못할 것이니, 바보 부부가 어찌 평생 사랑을 알겠는가."

앞에서 종친들이 대놓고 험담을 하여도 제안대군은 마냥 좋다고 높이 소리를 뽑아내었다. 점점 높아지는 조롱의 수위에 조용히 술잔을 기울이던 이정이 결국 잔을 내려놓았다. 검고 깊은 눈이 더러운 입들을 고요히 꿰매었다.

"국보가 아직 남녀 간의 일을 알지 못한다 해도 부인을 생각하는 마음은 지극하니, 절름발이인 부인을 위하여 손수 지팡이를 깎아주었다지 않습니까."

이정의 말에 험담을 하던 종친들이 멋쩍게 헛기침을 하였다. 제 편을 들어준 것을 아는지 모르는지, 제안대군은 소리가 끝나자마자 임금에게 꾸벅 절을 하고선 이정의 옆에 답삭 붙어 앉았다.

"형니임, 저 웃기떡 하나 주십시오. 웃기떡."

어린것의 어리광에 이정은 꿀에 잔뜩 절인 웃기떡을 젓가락으로 집어 제안대군의 입에 넣어주었다. 그 모습을 못마땅하게 바라보던 덕원군 이서는 빈 술잔을 탁 소리 나게 내려놓으며 운을 띄웠다.

"그러고 보니 연경궁이 조만간 비워질 것이란 소문이 있던데. 준비는 잘 되고 있는가?"

호수처럼 잔잔하던 이정의 낯빛에 한순간 균열이 일었다. 풍악을 누를 만큼 큰 목소리는 아니어도 지근거리에 앉은 이들의 귀에는 모두 닿을 목소리라. 소식을 들어 알고 있던 이들의 눈알이 이정과 덕원군을 번갈아 쳐다보느라 바빴다. 젓가락을 내려놓은 이정은 저와 비슷한 연배의 숙부를 바라보며 평온한 목소리로 답하였다.

"제가 달리 준비할 것이 있겠습니까. 때가 되면 어련히 마련될 것을요."

하나 그의 거짓된 여유를 알아본 것일까. 피식 실소를 흘린 덕원군이 짐짓 걱정하듯 미간을 모았다.

"자네 말대로 어련히 궁가가 마련되면 좋으련만. 나라의 재액을 막기 위한 궁가인 만큼 특별히 조성도감까지 설치하였는데, 풍수를 살펴야 할 관상감 관원들이 아무도 나서서 땅을 보려 하지 않는다지?"

덕원군의 말에 여기저기서 당황한 기색들이 느껴졌다. 그의 말마따나 궐내에선 월산대군의 새 궁가를 짓기 위한 준비가 한창이었는데, 문제는 땅을 살펴야 할 관상감 관원 중 누구도 쉬이 나서려 하지 않는다는 점이었다. 어디 관상감 관원들뿐일까. 관공장들마저 이번 일은 못 맡겠다며 이름을 빼달라 아우성이었다. 액운이 붙을 것을 염려하는 것인지, 혹은 액운보다 더 무서운 누군가의 심기를 염려하는 것인지는 알 수 없었으나, 확실한 건 새 궁가의 영건 작업이 시작부터 순탄치 않다는 것이었다.

"상토주무桑土綢繆*라, 미리미리 대비를 하여야 재앙을 막을 수 있지 않겠는가. 가뜩이나 근자에 지진이 잦은데 터까지 잘못 잡으면 온갖 악재가 들이닥칠 터이니…… 집 아래 깔려 비명횡사라도 하면 어쩌려고."

짐짓 걱정하듯 말하던 덕원군이 입꼬리를 비뚜름하게 올렸다. 이정이 관노비를 죽인 창원군을 유배시키라 임금께 주청한 일을 두고 친형으로서 앙심을 품고 있던 그는 조롱하듯 조카의 불행을 달가워하였다. 삽시간에 분위기가 서늘하게 가라앉아 이번엔 임금의 눈까지 이쪽을 향하였다. 말없이 숙부를 바라보던 이정은 병을 들어 덕원군의 빈 잔에 술을 따랐다.

"숙부님께서 이리 염려하여주신다는 것을 알았으니, 저 또한 전하의 어명을 온전히 받들 수 있도록 성심을 다하겠습니다."

쪼록, 마지막 술 방울이 잔에 옅은 파고를 일으켰다. 그 잔잔한 수면 위로 풍월정의 수려한 미소가 떠올랐다.

"다만, 공연히 천명을 헤아려 지레 걱정을 끌어안지는 마십시오. 농번기를 앞두고 관상감도 한창 바쁠 때가 아니겠습니까."

이정에게서 돌려받은 말에 이번엔 덕원군의 얼굴이 딱딱하게 굳었다. 덕원군은 어릴 적부터 주역과 천문에 지대한 관심을 두고 있었는데, 몇 해 전 관상감훈도를 졸라 천문서를 몰래 빌려 읽은 적이 있었다. 한데 이 일이 발각되어 하늘의 기밀이 적힌 천문서를 함부로 유출한 죄로 관상감 관리 50여 명이 투옥을 당했던 것이다. 이 일로 관상감의 업무가 한동안 마비되어 곤혹을 치

*상토주무桑土綢繆 '새는 폭풍우가 닥치기 전에 뽕나무 뿌리를 물어다가 둥지의 구멍을 막는다'라는 뜻.

렸으니, 덕원군으로선 상당히 부끄럽고 치욕스러운 일이 아닐 수 없었다.

"하하, 다들 어련히 잘 하지 않겠소. 각자의 일은 각자가 알아서! 자자, 전하께서도 아직 자리에 계시니 걱정스러운 말은 다들 삼가고 기쁜 일만 나누세그려."

뒤늦게 다른 이들이 부랴부랴 분위기를 정리하며 화두를 돌렸다. 이정은 다시 조용히 침묵하며 자리를 지켰으나, 늘 단정하던 눈빛이 흔들리는 건 어찌할 도리가 없었다.

* * *

임금이 환궁하자 연회는 자연스레 파하게 되었다. 삼삼오오 어깨동무를 하고 비틀거리며 주취를 풍기는 종친들 사이로 이정은 고요히 효령대군의 집을 나섰다.

"대군 자가, 오르십시오."

주인을 발견한 옥룡이 말에 오를 것을 권하였다. 홀로 두엇의 술병을 비우고도 술기운이 올라오지 않더니, 뒤늦게 마음이 어지러워지는가. 이정은 오늘따라 천천히 달빛을 받고 싶었다.

"잠시 걷자꾸나. 달도 밝으니."

"예? 아무리 그래도 어찌 말을 두고……. 자가, 자가!"

이정은 옥룡이 무어라 만류하기도 전에 먼저 걸음을 옮겼다. 변덕도 없는 상전께서 웬일일꼬. 옥룡은 하는 수 없이 말고삐를 쥐고 뒤를 따랐다.

반월을 길동무 삼아 이정은 하염없이 걸었다. 걸음걸음마다 반디도 달빛을 등에 싣고 그의 앞길을 비추었으나, 어둠에 가라앉은 그의 눈까지 밝히지는 못하였다. 전부 형통하리라 애써 억누르던 불안을 덕원군이 끄집어낸 탓이었다.

어명을 거스를 생각은 추호도 없었다. 오히려 하루빨리 궁가를 이전하여 안산으로 내려가고 싶었다. 계사년에 전라도 깊은 산에서 임금의 명을 받고 다시 한성으로 올라올 때 얼마나 발걸음이 무거웠던가. 사방이 감시의 눈뿐인 한성은 그에게 감옥이나 다름없었다. 차라리 재액이 도사리고 있을지언정 와리산의 흉지가 훨씬 안온할 것 같았다.

하나 문제는 누구도 나서서 궁가를 지을 땅을 살피지 않으려 한다는 것이었다. 아니, 정확히 말하자면 '그자'의 사람들을 제외하곤 누구도 나서지 않으려 하였다. 자신이 지명한 지관들이 연달아 관직에서 물러나고 있다는 소식을 들을 때마다 이정은 절망할 수밖에 없었다. 하긴, 애초에 억지로 등 떠밀어진 상지관이 얼마나 좋은 땅을 찾아낼 수 있을까. 가뭄에 논밭을 뒤져봤자 말라비틀어진 씨앗밖에 나오지 않을 텐데.

"이럴 때 그 책이라도 있었더라면 조금 더 나았을까……."

빛바랜 기억 속에 잠겨 앞을 살피지 못하던 그때.

"아!"

어두운 길에서 그만 누군가와 부딪치고 말았다. 상대가 크게 휘청거리자 이정은 본능적으로 팔을 뻗어 그의 허리를 잡았다.

그 순간, 펄럭이며 떨어진 낡은 쓰개치마 너머로 웬 여인의 얼굴이 드러났다.

여린 잔머리카락이 가닥가닥 붙은 매끈한 이마 아래 숯으로 그린 듯 짙고 반듯한 눈썹이 있었고, 포도알처럼 새까맣고 커다란 눈동자는 선명하게 이정의 눈부처를 담고 있었다. 곧게 뻗은 콧대는 귀마루처럼 힘차게 오르나 여린 선을 지니고 있어 이목구비에 조화로웠으며, 티끌 하나 없이 백옥 같은 피부와 대조되는 붉은 입술은 영산홍 꽃잎을 문 듯 단아하고 보드라워 보였다. 이 입술이 율시를 읊으면 어떠한 소리가 날까. 홀린 듯 여인의 입술에 시선이 집중되던 찰나.

"송구합니다. 급히 길을 걷느라 미처 앞을 살피지 못하여……."

마냥 가늘지만은 않은 낮은 목소리가 이정을 다시 현실로 불러들였다. 서둘러 쓰개치마를 주워 머리 위로 뒤집어쓴 여인은 얼굴을 가리고서 재차 이정에게 허리를 굽혔다.

"무례를 용서하십시오, 나리."

몸짓은 짐짓 당황한 듯한데 목소리는 한없이 차분하다. 한 번 들으면 쉬이 잊지 못할 만큼 독특한 음성이었다. 음률을 타지 않았음에도 절로 가락이 느껴질 만큼.

"혹, 어디 다치신 곳이라도……."

아무 대답도 않으니 여인이 의아하게 물었다. 이정은 이내 정신을 가다듬고 정중히 답하였다.

"나야말로 미안하오. 길을 걸을 땐 앞을 잘 살펴야 하거늘, 미처 오시는 것을 못 보았소.”

“오로지 소인의 불찰이니 개의치 마십시오.”

문득 바닥에 있는 종이가 이정의 눈에 들어왔다. 필시 여인이 떨어트린 물건이리라. 이정은 허리를 굽혀 종이를 주웠다. 펼쳐진 종이 위엔 해서체로 '안궐'이란 두 글자가 정갈하게 쓰여 있었다. 그 아래로 누군가의 이름과 지명, 사주와 오행 등이 쓰여 있었고, 우편엔 작은 사각형들이 기하학적으로 그려져 있었다. 남의 물건을 함부로 살피는 것은 작지 않은 무례라. 이정은 아무것도 보지 못한 척 종이를 갈무리하여 여인에게 건네었다. 손을 뻗으려 했는지 작게 움찔한 여인은 얼른 종이를 받아들고 고개를 숙였다.

“조심히 가시오.”

“나리께서도 살펴 가십시오.”

갈 길이 급한지, 꾸벅 허리를 굽힌 여인이 서둘러 자리를 떠났다. 스친 바람에서 은은한 솔향이 풍겼다.

“대군 자가, 괜찮으십니까?”

뒤늦게 옥룡이 다가와 상전의 안위를 살폈다. 괜찮다 고갯짓한 이정은 어느새 여인이 사라진 밤길을 물끄러미 응시하였다. 종이에 그려진 기이한 그림. 잘못 본 것이 아니라면 그것은 분명 건물의 칸수와 규모 등을 표시한 설계도인 간가도間架圖였다. 얼핏 '택일' 등의 글자도 쓰여 있던 것을 보아 아무래도 영건을 의뢰한 종이인 것 같았다. 집을 짓기 위하여 대목을 만나고 온 여인인

가. 흐름대로 생각하던 이정이 문득 고개를 모로 기울였다.

"낯이 익은데…… 어디서 봤더라."

임금의 부름이 아니면 매양 두문불출하는 그가 아는 여인의 얼굴이 어디 있겠느냐 싶다만, 달밤에 만난 기묘한 여인이 어쩐지 낯설지가 않았다. 낯설지 않을 뿐만 아니라 필시 전에 마주한 적이 있는 듯 반가운 마음까지 일었다. 마치 오래전에 헤어진 옛 벗을 만난 것처럼.

아무래도 뒤늦게 술이 오르고 있는 모양이다. 낯선 여인을 보고 이런 허무맹랑한 생각까지 드는 것을 보면. 어느새 발소리조차 들리지 않는 길에서 시선을 거둔 이정은 이만 연경궁으로 돌아가자며 말에 올랐다. 여인의 얼굴은 금세 잊었으나, 독특한 음성은 반디처럼 오래도록 귓가에 맴돌았다.

* * *

쓰개치마를 뒤집어쓴 여인이 걸음을 더욱 재촉하였다. 행여 또 손에 쥔 종이를 흘릴까, 그녀는 종이를 품에 구겨 넣고선 도망치다시피 발걸음을 옮겼다. 응봉산 초입에 있는 초가집에 다다르고 나서야 잰걸음이 멈추었다. 여인은 조심스레 주위를 살피고서 초가집 안으로 들어갔다. 그러곤 문을 걸어 닫기 무섭게 휙 쓰개치마를 벗어던지고서 안도의 한숨을 터트렸다.

"하아, 하마터면 큰일 날 뻔했네."

여인, 단영이 가쁜 숨을 몰아쉬며 자리에 주저앉았다. 하필 치마를 입었을 때 길에서 다른 사람과 부딪칠 게 무어란 말인가. 쓰 개치마가 벗겨지며 얼굴이 훤히 드러났을 땐 정말이지 땅이 꺼지 고 하늘이 무너지는 기분이었다.

"얼굴 못 봤겠지? 어두워서 분명 못 봤을 거야. 그래, 술 냄새 도 좀 났잖아. 분명 기생집에나 있다 오는 길일 테니 내일이면 아 무것도 기억하지 못할 게 분명해. ……근데 만일 기억을 잃을 만 큼 취한 게 아니라면?"

단영은 연신 중얼거리며 천당과 지옥을 오갔다. 제아무리 중 립과 접선으로 얼굴을 숨긴다 하여도 어딘가에선 조금씩 얼굴이 보이기 마련이라. 단영은 만에 하나 벌어질 상황에 대비하여 집 밖에서는 물론 집 안에서도 치마가 아닌 바지를 입고 생활하곤 하였다. 한데 하필 이튿날까지 마쳐야 하는 간가도를 안궐에 두 고 왔고, 또 하필 오늘 입은 옷에 오물이 튀어 집에 오자마자 빨아 둔 참이었으며, 또 하필 다른 옷 두 벌은 좀이 들어 아랫마을 홍덕 어멈에게 바느질을 맡긴 참이었다. 그렇게 하필에 하필이 더해져 치마저고리를 입고 나갔다가 하필, 그런 사고를 당하고 만 것이 다. 입술을 잘근잘근 깨물던 단영은 다시금 도리질을 치며 불안 을 억눌렀다.

"그 잠깐 새에 얼굴을 봐봤자 얼마나 기억하겠어? 나도 지금 그 선비 얼굴이 기억 안 나는데."

찰나간에도 몹시 미남자였다는 감상은 남아 있었지만, 그 외 에 눈은 어떻게 생겼고 코는 어찌 솟았는지 영 기억이 나지 않았다. 단영은 꼬리에 꼬리를 무는 생각을 단칼에 잘라내고서 가져온 의뢰서를 서탁에 펼쳤다. 아무리 걱정한들 있었던 일이 없어지진 않으니, 이럴 시간에 간가도나 빨리 마무리하는 게 훨씬 생산적이었다. 단영은 스멀스멀 또 고개를 드는 불안을 연신 꾹꾹 억누르고서 도면을 마저 그려나갔다.

* * *

이튿날, 진시辰時에 제일 먼저 종학에 나온 이정은 홀로 앉아 미리 수업을 준비하였다. 그가 이토록 종학에 열심인 이유는 종부시 제조로서 모범을 보여야 하는 탓도 있었지만, 서책을 읽고 뜻을 익히며 배우는 것이 온전히 즐거운 까닭이었다. 이정은 어릴 적부터 배우기를 몹시 좋아하였다. 배움에 주저함이 없어 아는 서책이라도 새로운 주석이 있다면 함께 읽었고, 읽어보지 못한 서책은 기어이 수소문하여 구하였다. 조부의 무릎에 앉아 함께 글자를 짚어가며 경전을 외던 기억은 십여 년이 지난 지금까지도 소중히 간직하는 추억이었다. 사정이 바뀌어 배운 것을 쓸수 없게 된 지금에 이르러서도 이정은 서책을 놓지 않았다. 그에게 서책은 망각을 위한 몰두요, 현실로부터 도망칠 수 있는 유일한 통로인 셈이었다.

오래지 않아 오늘의 강講을 맡은 종학 사회가 대청에 올랐다. 하나 전날 연회의 여파 때문인지, 가뜩이나 출석이 미흡하던 대군과 군들이 죄 자리에 나오지 않았다. 그나마 전날 연회에 참석

하지 않은 나이 든 종친 두엇과 술을 전혀 마시지 않은 제안대군, 그리고 제일 먼저 자리를 잡고 있던 이정이 전부였다. 텅텅 빈 학당을 둘러보며 작게 한숨을 내쉰 종학 사회는 익숙한 듯 책을 펼쳐 강론을 시작하였다.

"예기에서 이르기를, 오랫동안 바른 사람과 함께 있으면 바르게 되지 않을 수 없다 하였으니, 여기서 이르는 '바름'이란……."

강론을 시작한 지 얼마 되지도 않았건만. 맨 뒷줄에 자리한 두 명의 군은 벌써부터 꾸벅꾸벅 졸기 시작하였고, 중간쯤에 자리한 제안대군은 공책에 뭔가를 끄적이며 혼자 키득거렸다. 이따금 졸음을 견디지 못한 종친 하나가 코를 골면 제안대군이 크게 웃으며 그를 놀리기도 하였다. 이토록 산만한 가운데 유일하게 경청하는 이는 오로지 이정뿐이었다. 종학 사회는 이 세상에 남은 건 오로지 서책과 월산대군뿐인 것처럼 그 둘에만 필사적으로 집중하여 강론을 이어나갔다.

종학 사회가 한 시진 동안 종친들을 어르고 달래가며 꾸역꾸역 청강까지 하고 나자 잠시 휴식을 알리는 북소리가 들렸다. 홀로 전쟁이라도 치른 것처럼 힘겹게 학당을 나가는 종학 사회와 교차하여 제안대군의 시중을 담당하는 근수跟隨 개똥이가 들어왔다. 그는 다과가 잔뜩 든 함과 차를 상전의 서탁에 차려주었다.

"약과다, 약과. 맛있는 약과."

제안대군은 발까지 까딱대며 약과를 집어 먹었다. 단것을 먹어 기분이 좋은지, 제안대군은 다른 손으로 약과를 집어 주위에도 권하기 시작하였다. 이가 반절 이상 빠진 군들은 질색을 하며 고개를 저으니, 제안대군의 팔이 이정에게로 향하였다.

"형니임, 약과 드십시오. 약과. 끈적끈적한 것이 혀가 아리도록 아주 답니다."

조청이 줄줄 흐르는 약과를 종이도 없이 맨손으로 집어 건네는 것이 퍽 비위가 상할 법도 하건만. 이정은 싱긋 웃으며 기꺼이 약과를 받아들었다.

"고맙구나. 잘 먹겠다."

"히히."

약과를 한입 베어 물자 제안대군의 말대로 혀가 아리도록 달았다. 그는 단것을 그다지 즐기지 않았으나 준 사람의 성의를 생각해 남은 한 조각까지 꿀꺽 삼켰다. 그사이 제안대군은 유과를 깨작깨작 씹으며 자신의 근수에게 물었다.

"개똥아, 개똥아. 내가 말한 것은 알아보았느냐?"

"안궐 말씀이십죠? 암요, 물론입죠. 소인이 누굽니까! 사돈의 팔촌의 매제의 아우에게 겨우겨우 부탁하여 어렵사리 이 순서지까지 사왔습니다요."

안궐? 익숙한 이름자에 이정의 귀가 쫑긋 올랐다. 남의 대화를 함부로 훔쳐 듣는 것은 예에 어긋나는 일이었으나, 자리가 지척인 데다 하필 대화의 내용이 내용이었던지라 아니 들을 수가 없었다.

"정말이냐? 그럼 내 궁가도 지금보다 더 크게 중축할 수 있느냐?"

"짓는 것이야 법대로지만, 중축은 따로 제하지 않으니 여부가 있겠습니까요. 요즘엔 안궐 목수들이 웬만한 관공장들보다 뛰어나다 하니, 필시 자가의 마음에 꼭 드시게 중축이 될 것입니다요."

안궐. 그 이름이 무엇인고 하였더니 집을 짓는 목수단의 이름이었구나. 그제야 종이에 간가도가 그려져 있던 이유를 이해한 이정은 나지막한 목소리로 제안대군에게 말을 걸었다.

"국보야."

"예에, 형님."

"방금 말한 그 안궐이란 곳에 대해 내게 자세히 설명해줄 수 있겠느냐."

"형님께서도 연경궁을 넓히시려는 것입니까?"

아직 안산 궁가 영건에 대한 소식을 듣지 못한 것인지, 아니면 듣고도 그새 잊어버린 것인지, 제안대군은 근수가 준 안궐의 순서지를 손에 쥔 채 순진무구하게 고개를 갸웃거렸다. 이정이 대답 대신 고개만 끄덕이니, 제안대군이 난데없이 소리를 높여 웬 글자들을 나열하기 시작했다.

"사람 인, 기쁠 태, 이로울 리, 그리고, 어, 어……."

"배부를 어요."

"맞다. 배부를 어!"

근수의 도움으로 마지막 글자를 기억해낸 제안대군이 방실방실 웃으며 설명을 이어갔다.

"안궐은 집을 짓는 목수단입니다. 명당이 아닌 곳에 집을 지어도 이 신통방통한 인테리어 방안으로 취길피흉取吉避凶하여 화는 피하고 복을 얻게 한다 하지요."

"정확히 말하자면 정식 목수는 단 한 명뿐이니, 그저 사공장 무리에 더 가깝지만요."

옆에 있던 근수가 한마디 거들었다. 고개를 끄덕인 이정은 제안대군의 설명을 나직이 곱씹었다.

"명당이 아니어도 취길피흉을 한다라."

"예에. 듣기로는 손님이 미리 봐둔 땅을 제쳐두고 들어서는 족족 패가망신하여 나간다는 흉지에 집을 지어주었다는데, 그 집을 어찌나 잘 지었는지 일가가 화를 면한 것은 물론이거니와 큰 부자가 되었다고 합니다."

흉지에 집을 지었다? 예기치 못한 이야기에 이정의 눈이 번쩍 뜨였다. 정녕 그것이 사실이라면, 안궐에 의뢰하여 조선 최악의 흉지라 일컬어지는 와리산에 새 궁가를 세울 수 있지 않을까. 이정은 흥분되는 마음을 애써 가라앉히며 재차 물었다.

"하면 그 안궐이란 곳은 어찌 갈 수 있느냐?"

"예약을 하면 되지요."

"예약?"

"예에. 한데 근수 이놈의 말을 듣자 하니, 요새 사람이 워낙 많이 몰려들어 지금 예약을 하여도 족히 석 달은 기다려야 한답니다."

석 달! 마냥 기다리기엔 너무도 긴 시간이었다. 하루라도 빨리 안궐에 의뢰하여 영건을 앞당길 방법은 없을까. 고민에 잠긴 그때, 제안대군이 불쑥 순서지를 내밀었다.

"형님께 제 순서지를 드릴 터이니, 글피에 가보십시오."

"대군 자가! 소인이 어찌 구한 것인데……!"

제안대군의 말에 근수가 경악하듯 턱을 벌렸다. 그걸 구하느라 얼마나 힘들었는지 아시느냐며 온갖 불평을 쏟아내어도 제안대군은 방긋 웃는 낯으로 이정만 바라보았다. 근수의 엄살에 미안한 마음이 들면서도 이정은 선뜻 괜찮다는 말이 나오지 않았다. 그는 갈등하듯 순서지와 제안대군을 번갈아 보았다.

"정녕 그리하여도 되겠느냐."

"예에. 제 궁가의 중축이야 지금 당장 하지 않아도 급한 일이 아니나…… 형님은 아니시잖습니까."

뒷말이 갑자기 또렷하게 들린 것은 비단 제 착각일까. 이정이 사뭇 놀란 눈으로 바라보자 제안대군이 전에 없이 진중한 눈빛으로 그와 시선을 맞추었다. 늘 어수선하게 허공을 헤매던 동공이 올곧게 이정의 눈을 향하고 있었다. 제안대군은 이정의 손에 순서지를 꼭 쥐여주며 작게 속삭였다.

"필히 무사하셔야 합니다, 형님."

숨소리로 전해진 말이 빠르게 허공으로 흩어졌다. 제가 잘못 들었나 싶을 만큼 이전의 제안대군과는 확연히 다른 또렷한 말씨였다. 하나 깊이 헤아리기도 전에 평소의 흐리멍덩한 낯빛으로 돌아온 제안대군은 울상을 짓는 근수를 깔깔거리며 놀려댔다.

이정은 제안대군이 준 안궐의 순서지를 고이 손안에 쥐었다. 한낱 사공장 집단이라 한들 지금으로선 여기에 희망을 걸어볼 수밖에 없었다. 설령, 이것이 썩은 동아줄이라 할지라도.

* * *

운종가 거리로 늠름한 말 한 필이 들어섰다. 거리마다 가득 들어차 있던 이들은 얼른 맨바닥에 엎드려 절하였고, 일부는 멀리 말이 오는 것을 보고 일찍이 피맛골로 달아났다. 흙바닥에 엎드린 사람들을 보며 이정은 사뭇 무거운 마음이었다. 할 수 있는 것은 그저 한시바삐 이 거리를 벗어나 사람들을 자유롭게 하는 것이라, 이정은 공연히 옥룡을 재촉하여 말을 빨리 몰았다.

그렇게 한참을 가로지른 끝에 저 멀리 길게 이어진 검은 담장이 보였다. 듣기론 안궐의 담장이 붉은색 토석담이라 하였는데, 아직 더 가야 하는가. 이정이 의아한 생각을 품을 때쯤 말고삐를 쥔 옥룡이 예의 그 검은 담장을 가리켰다.

"저곳입니다, 대군 자가."

"저곳이라고?"

이정이 미간을 좁히며 담장을 자세히 살폈다. 그러자 와편이 꾸물꾸물 움직이는 것이 아닌가. 그가 와편이라 생각했던 것들이 실은 사람들의 검은 머리통이었던 것이다. 가까이 다가가 보니 실로 장관이라 할 만큼 사람들이 몰려 있었다. 지금 예약을 걸어 두면 석 달은 족히 걸릴 것이라더니, 과연 그러고도 남을 듯하였다. 옥룡은 벌써부터 질린다는 듯 진절머리를 치며 말했다.

"어휴, 저기 저 사람들 몰린 것 좀 보십시오. 소문만 들었지 이 정도로 바글바글할 줄은 몰랐습니다. 자가, 소인이 벽제辟除*라도 해서 모두 물릴까요?"

"되었다. 귀천에 상관없이 엄연히 순서가 있는 곳이거늘. 차례 가 올 때까지 나도 이들과 함께 기다리는 게 옳다."

이정은 말에서 내려 앞선 손님들과 함께 차례가 오기를 기다 렸다. 한눈에 봐도 귀해 보이는 입성에 가히 눈을 뗄 수 없을 만 큼 아름다운 얼굴이라. 목이 빠져라 담장 너머만 바라보던 손님 들은 점차 월산대군에게 넋을 빼앗겨 시간 가는 줄도 모르게 기 다렸다.

그렇게 해가 중천으로 오르고, 굳건하게 버티고 있던 다리가 서서히 저릿저릿해질 때쯤. 드디어 기다리던 숫자가 들려왔다.

"37! 순서지 37번 계십니까?"

"여길세."

이정은 점잖게 번호가 적힌 순서지를 들어 보이고서 앞으로 나아갔다. 사내종이 순서지를 꼼꼼하게 확인하더니, 이내 따라오 라며 길을 안내하였다. 이정은 소란스러운 마음을 지그시 누르며 안으로 들어갔다.

섬돌에 신을 벗고서 툇마루에 오르자 굳게 닫힌 쌍창 너머로

*벽제辟除 지위가 높은 사람이 행차할 때 잡인의 통행을 금하던 일.

누군가의 인영이 아른거렸다. 마른침을 삼킨 이정은 문고리를 잡아당겼다. 측면으로 길게 난 방의 끝에 한 사내가 가렴을 내린 채 앉아 있었다. 사내는 고개를 까딱이며 새로 들어온 손님에게 인사를 건넸다.

"어서 오시오."

음률은 없으나 가락을 타듯 낮고도 부드러운 목소리. 그 독특한 목소리에 이정이 움직임을 멈추고서 앞을 바라보았다. 설마 그날 밤 만났던 그 여인인가. 한데 여인이 어찌하여 사내의 입성을 하고 안궐의 주인 노릇을 하고 있는가. 온갖 의문점이 맴도는 가운데, 우뚝 멈춰 선 이정을 향해 가인이 자리를 권하였다.

"앉으시오. 상담을 시작하겠소."

그제야 제가 멀뚱히 서 있었다는 걸 깨달은 이정은 우선 걸음을 옮겨 서탁 맞은편에 앉았다. 가렴이 드리워져 그림자만 겨우 보이는데, 가인은 거기에 중립을 바짝 내리고 접선까지 펼쳐 얼굴을 가리고 있었다. 누구에게도 얼굴을 보이고 싶지 않다는 의도가 명백한 모습이라. 이정은 촘촘한 가렴에 비친 가인의 그림자를 유심히 바라보며 입을 열었다.

"양택을 의뢰하러 왔네."

"그렇소?"

미세하게 고개를 모로 기울인 가인은 예약 장부를 뒤적였다. 수많은 이들의 예약 정보가 빼곡히 적힌 종이 위를 훑는 길고 곧은 검지가 잠시간 이정의 시선을 사로잡았다. 얼핏 보면 제법 고운 선이었으나, 자세히 보면 곳곳에 터지고 베인 흉이 있는 거친 손이었다. 감히 여인의 손이라곤 볼 수 없을 만큼.

"장가 춘석. 양화진에 상화 가게를 짓고 싶다 하였던데, 맞소?"

손가락은 곧 서탁 아래로 사라졌다. 그에 상념에서 벗어난 이정이 가렴에 비친 그림자를 바라보았다. 눈앞의 가인이 그 밤에 마주친 여인일지도 모른다니. 가당찮은 생각이었다. 여인이 어찌 사내의 옷을 입고 흙일을 할 수 있단 말인가. 그것도 수많은 사내를 인부로 거느리며 말이다. 조선에선 그 자체만으로도 죄가 되거늘. 이건 가인에게도 실례되는 생각이었다. 이정은 잠시나마 가인을 여인이라 의심한 스스로를 책망하곤 진중한 목소리로 사정을 밝혔다.

"실은 사정이 급하여 아는 이에게 순서지를 양도받았네. 혹 그리하면 의뢰는 불가한 것인가?"

가렴 너머로 가인이 이쪽을 물끄러미 응시하는 것이 느껴졌다. 침묵을 지키던 가인은 경망스럽지 않은 몸짓으로 설렁줄을 잡아당기더니, 사내종에게 나직이 무언가를 지시하였다. 곧 밖으로 나갔던 사내종이 다시 돌아와 가인에게 아뢰었다.

"확인하여보니 사흘 전 장가에서 사람을 보내어 예약을 다른 이에게 양도한다 하였답니다."

"알겠다. 나가보거라."

"예, 나리."

사내종이 꾸벅 허리를 굽히고 나가자, 가인이 새삼 공손해진 어조로 양해를 구하였다.

"무례를 용서하십시오. 간혹 예약을 걸지 않고 다른 이들의 순서지를 함부로 갈취하는 일이 있어 이렇듯 세세히 살피고 있습니다."

"억울한 이가 없도록 조처하는 것이니 어찌 불만을 품을 수 있겠나. 충분히 이해하네."

"양해해주시어 감사합니다. 그럼, 다시 처음부터 의뢰서를 작성하겠습니다."

가인이 새 의뢰지를 꺼내 서탁에 펼쳤다. 붓에 먹을 적당히 묻힌 가인은 산뜻한 목소리로 의뢰 내용을 물었다.

"손님께선 무엇을 지으시고자 저희 안궐을 찾으셨습니까?"

"듣자하니 흥당에 집을 지어 부귀를 누리게 해주었다던데, 정녕 어떠한 땅에서라도 집을 지을 수 있는 겐가?"

대답 대신 돌아온 질문에 가인, 단영은 잠시 말을 아꼈다. 이제껏 비슷한 질문은 수도 없이 받아왔다. 명당을 차지하고 싶은 마음은 귀천을 따지지 않으나 그 마음을 이룰 수 있는 힘은 애석하게도 귀천을 따지니, 명당이 아닌 곳에 집을 지어야 하는 사람이 더 많을 수밖에 없었다. 하여 안궐을 찾는 이마다 실낱같은 희망을 붙드는 것이었다. 지기는 유한하나 천기는 무한하니, 대귀대부大貴大富 할 수는 없더라도 눈물 날 일만큼은 어떻게든 줄이고 싶어서.

그렇다고 명당이 없는 자들만 안궐에 찾아오는 것은 아니었다. 안궐의 인테리어는 지기를 보는 형기론이 아닌 천기를 보는 향법론에 그 뿌리를 두고 있어 어쩔 수 없이 땅을 차지하지 못한 이들의 지푸라기가 되곤 하였는데, 이에 대한 소문이 자자해지며 고관대작들도 심심찮게 이곳의 문지방을 넘게 된 것이다. 게다가 가진 자들이 오히려 더하다고, 가진 명당을 어떻게 하면 십분 활용하여 대대손손 오래도록 발복할 수 있을지 눈이 시뻘게져서 상담을 하러 오는 경우도 부지기수였다.

그런데 눈앞의 양반은 어딘가 좀 달랐다. 입성이나 몸가짐을 보면 분명 가진 자들의 그것인데, 어쩐지 눈빛은 없는 자들의 그것과 같았던 것이다. 가진 자들의 힘에 밀려 쫓기고 쫓기다 끝내 절벽 앞에 다다른 자의 눈빛. 한 발짝만 더 밀리면 아득한 나락으로 떨어지니 어떻게든 악착같이 버텨보려는 자의 눈빛. 대관절 어떤 땅에 무슨 건물을 지으려기에 저런 눈빛을 보이는 것일까. 단영은 짧게 스친 생각들을 조용히 숨기며 고개를 저었다.

"어디서 그런 소문을 들으셨는지는 모르겠습니다만, 흉당에 집을 지어 부귀발복을 도왔다는 말은 사실이 아닙니다. 사람이라면 응당 나쁜 것보단 좋은 것을 택하기 마련인데, 저희라고 어찌 흉당을 부러 골랐겠습니까. 아무리 터를 잘 닦아 봐야 흉당은 흉당인데."

"그럼 명당이 아니어도 집을 지을 수 있다는 건 무슨 말인가?"

"음을 억지로 뒤틀어 온전한 양으로 바꾸는 것은 불가능하지만, 땅이 지닌 기운을 하늘의 기운과 두루 살펴 흉한 것은 덜하게,

길한 것은 더하게 바꿀 수는 있다는 뜻입니다."

"자네의 말대로라면 조선팔도 모든 땅을 명지로든 흉지로든 바꿀 수도 있다는 것인데, 그 말에 책임을 질 수 있겠는가?"

조금 전까지만 해도 고리타분한 샌님처럼 점잔을 떨더니, 지금은 협잡꾼의 틈을 파헤치는 포졸인 양 집요하게 묻고 있다. 단영은 어쩐지 기분이 언짢으면서도 으레 의심이 많은 손님이라 생각하고선 적당히 답하였다.

"안궐은 향법向法을 토대로 집을 세우는 곳입니다. 향법이란 음양오행을 통해 택지의 방향을 결정하여 본래 있던 지기를 적절히 다루는 것일 뿐, 음사처럼 재물복이나 흉살을 새로 만들어내는 게 아닙니다."

"하면."

이정의 눈빛이 한층 무거워졌다.

"살을 당할 땅에도, 집을 지을 수 있겠는가?"

살. 그 시퍼런 단어가 단영의 가슴을 서늘하게 훑고 갔다. 어쩐지 불길한 예감이 들어 단영은 저도 모르게 마른침을 삼켰다.

"어디에 무엇을 세우려 하기에 그러십니까?"

"대답해주게. 그런 곳에도 정녕 집을 지을 수 있겠는가?"

아무래도 위험한 의뢰인 듯하였다. 이런 건 듣지도 말고 초장에 잘라내야 뒤탈이 없다. 단영은 더 들을 것 없다는 듯 붓을 내려놓았다.

"땅을 찾는 것이라면 저희 소관이 아닙니다. 저희는 각 부에서 토지 매매 입안을 받아온 손님만 받고 있으니, 땅을 구하시려거든 저기 까치골에 사는 민 지관이란 풍수가를 찾아가보심이……."

"궁가."

묵직이 단영의 말허리를 내리누른 이정이 가렴 너머의 눈을 똑바로 응시하며 말하였다.

"새 궁가를 영건해야 하네."

"궁가라면……."

"나, 월산대군의 궁가를 말일세."

이정이 서탁 위로 자신의 아패를 꺼내었다. 보얀 상앗빛 호패에 떡하니 적힌 종친의 신분에 단영의 몸이 재빠르게 앞으로 굽어졌다.

"감히 대군 자가를 몰라뵙고 무례를 범하였습니다."

"되었으니, 나 또한 앞의 평범한 손님들처럼 대해주게."

엉거주춤 다시 자세를 바로 한 단영은 떨리는 손으로 붓을 쥐었다. 범상치 않은 가문의 양반이겠거니 생각은 했지만, 설마하니 왕실의 종친이었을 줄이야. 숙부와 아우에게 밀려 왕위에 오르지 못한 비운의 대군 이야기는 익히 들어 알고 있는 터라. 괜스레 심란해지는 마음을 억누른 단영은 애써 붓을 움직여 의뢰지에 이정의 군호를 적었다. 대군의 이름을 바라보는 단영의 눈빛이 사뭇 달갑지 않았다. 하지만 뒷목을 잡을 소식은 아직 시작도 아니하였으니.

"장소는 안산군 와리산 일대. 바로 폐왕후 권씨의 묘가 파묘된 이후 흉당이 된 그곳이네."

궁가, 와리산, 폐왕후 권씨의 묘. 연달아 머리를 아뜩하게 만드는 말에 단영은 허탈한 웃음조차 지을 수 없었다. 손이 작게 떨려와 그녀는 결국 들고 있던 붓을 도로 벼루 위에 내려놓았다.

와리산은 필살지必殺地다. 들어서는 족족 패가망신하게 만들며, 사람의 넋을 빼앗고 종국엔 숨까지 멎게 만드는 땅이다. 이제껏 수많은 무당과 승려들이 갖은 방법으로 그곳의 살기를 없애려 하였으나 번번이 실패로 돌아갔다 하였다. 지금은 어느 먼 사찰에서 거대한 말뚝을 박아 간신히 기운을 눌러놓은 게 고작이었다. 본디 파묘가 된 땅은 이미 땅의 기운이 모두 쇠하여 껍데기만 남은 땅이라 불린다. 하물며 원한을 품고 묘가 파헤쳐진 땅은 얼마나 흉할까. 그러한 까닭에 풍수가들 사이에서도 와리산은 최악의 악지로 꼽히는 곳이었다.

한데 그러한 곳에 궁가를 짓겠다니. 궁가를 세우려면 응당 박힌 말뚝부터 뽑아야 한다. 되살아난 살기를 궁가의 주인이 고스란히 받게 되는 것은 자명한 일일 터. 스스로 액막이가 되어 지옥에 걸어 들어가겠다는 뜻이나 마찬가지였다. 종실 제군은 특별한 이유를 제외하곤 도성 밖으로 나가 살 수 없다 하였으니 제 발로 필살지에 들어가야 하는 이유 또한 극히 위험할 것이다. 월산대군이 어느 땅으로 가 살든 제 알 바 아니지만, 그 길잡이 역할을 맡을 생각은 추호도 없었다. 의뢰인이 다른 누구도 아닌 왕실의 일원이라면 더더욱. 단영은 길게 고민할 것도 없이 의뢰를 거절하였다.

"송구하오나 안궐은 그 의뢰를 받을 수 없습니다, 대군 자가."

"연유가 무엇인가? 값은 충분히 치를 걸세."

"값이 문제가 아닙니다. 와리산은 오로지 살기만 가득한 땅입니다. 말뚝을 박아도 간신히 그 살기를 누를까 말까 한 곳에 집을 지을 수는 없습니다. 이만 돌아가주십시오."

하늘의 기운을 잘 살피면 집을 말뚝 삼아 땅의 기운도 다스릴 수 있다고는 하나, 와리산은 그 정도를 넘어선 땅이었다. 함부로 건드려선 안 될 악지 중의 악지인 것이다. 결국 첫 삽을 뜨기도 전에 안궐이든 의뢰인이든 화를 면치 못할 것이다.

"정히 안 되는 것인가?"

눈앞에서 희망이 바스러진 이정은 지푸라기라도 잡는 심정으로 재차 물었다.

"명당이 아닌 곳에서도 화를 면하게 해준다던 소문은 다 거짓이었느냔 말일세."

"모든 일엔 적당한 선이란 것이 있습니다. 염라께서 계신 저승을 선계仙界로 만들 수 없듯, 와리산은 저희 능력 밖의 땅입니다."

"필요한 것이 있다면 사람이든 재목이든 아낌없이 지원하겠네."

"송구합니다."

고개를 깊이 숙였다 든 단영이 가렴 너머로 이정의 눈을 똑바로 마주하였다. 결코 호의적이라 할 수 없는, 아니. 오히려 얼핏 원망까지 비치는 묘한 눈빛이었다. 어찌하여?

"안궐은, 아니. 소인은 그런 큰일을 받들 그릇이 아니 됩니다. 다른 이를 알아보십시오."

아무리 큰 보상을 약조하여도 결코 의뢰를 맡지 않겠다는 태도였다. 그 단호한 음성과 일절 틈이라곤 보이지 않는 눈빛을 곱씹길 한참. 방도가 없음을 깨달은 이정은 낮게 한숨을 내쉬고선 자리에서 일어났다.

"내 공연히…… 가인을 곤란케 만들었구려. 절박한 마음에 그러했던 것이니 무례를 용서하게."

"도움을 드리지 못해 송구합니다. 살펴 가십시오."

마지막까지 차갑게 선을 긋는 단영에 이정은 결국 발길을 돌려야만 했다. 멀어지는 대군의 뒷모습을 단영은 촘촘한 갈대밭 너머로 응시하였다. 절실해 보이던 눈빛이 마음에 걸렸으나 후회는 되지 않았다. 왕실과는 추호도 연을 맺지 않으리라, 그날의 다짐을 잊지 않았기에.

* * *

하루해가 저물고 밤이 찾아왔다. 단영은 지친 몸을 이끌고 응봉산 집으로 향하였다. 봄이 완연해도 땅거미는 제일 먼저 산부터 뒤덮는 법. 바람마저 소슬해진 어둑한 산길로 단영은 터덜터덜 걸어 올라갔다. 이윽고 집에 들어온 단영은 힘없이 툇마루에 걸터앉았다. 고개를 드니 밤하늘에 옅은 구름 몇 조각이 떠 있었다. 조금씩 하늘을 뒤덮던 구름은 어느새 타닥거리는 불씨와 함께 단영의 눈 위로 드리웠다.

'오라버니, 단건 오라버니! 가지 마세요. 이리 가시면 저랑 아버지는 어찌하라고요!'

'미안하다, 단영아……. 나도 어찌할 수가 없구나.'

'그깟 게 뭐라고, 이럴 바엔 차라리……!'

'쉬이. 걱정 말거라. 너와 아버지는 무사할 것이니.'

'그럼 오라버니는! 오라버니는 어찌하는데요!'

'……늦지 않게 돌아올 것이니, 걱정 말고 아버지 잘 모시고 있어야 한다.'

'오라버니, 오라버니!'

사납게 일렁이는 횃불과 함께 멀어지던 오라버니를 기억한다. 나장들에게 끌려가는 와중에도 마지막까지 누이에게 미소를 지어주던 그 다정한 얼굴을. 창자가 끊어질 듯 곡을 하는 아버지를 향해 극진히 절을 올리던 그 애틋한 얼굴을. 하나 늦지 않게 돌아오겠다던 단건은 끝끝내 포항으로 유배를 떠났고, 채 1년이 지나기도 전에 그가 있던 유배지 마을을 휩쓸어버린 홍수로 인해 세상을 떠나고 말았다.

시신조차 찾지 못한 이 한을 어찌 풀 수 있을까. 곪을 대로 곪은 울분을 삼키며 단영은 품속에서 나경을 꺼내 어루만졌다. 막 풍수에 눈을 뜰 무렵, 아버지께서 손수 태를 깎으시고 오라버니

가 64괘를 하나하나 새겨 만들어준 나경이었다. 여타의 패철에
비해 크기가 작아 휴대가 용이하면서도 64괘가 온전히 들어 있어
좌향을 보는 데에 무리가 없고, 테두리에 108개의 붉은 선을 기
둥처럼 그려놓아 단영의 무탈함을 기원한 물건이라. 포라만상包
羅萬象 경륜천지經倫天地*뿐만 아니라 아버지와 오라버니의 깊은 마
음이 이 안에 모두 들어 있다 할 수 있었다.

"오라버니 그리 가시고 아버지마저 몸져누우셔 결국 눈을 감
으셨는데…… 제가 어찌 나랏일을 맡겠습니까."

단건은 한평생 나라와 백성을 위해 몸 바쳐 일하던 상지관이
었다. 그런 오라버니가 하루아침에 유배지로 끌려가고 말았다.
조선에 새 임금이 나타날 것이란 난언亂言을 했다는 죄목이었다.
하나 이는 말도 안 되는 일이었다. 땅밖에 모르던 바보가 어찌 그
런 무서운 일을 벌였겠는가. 그러나 나라는 끝끝내 단건을 죄인
으로 몰았고, 결국 그는 유배지에서 참혹한 죽음을 맞이하여야
했다.

단건에게 맨 처음 난언죄를 뒤집어씌운 이가 왕실의 어느 왕
자군이라 하였다. 하여 단영에게 왕실은 가족의 원수나 다름없었
다. 찢어발겨도 시원치 않을 그 왕자군을 찾아낼 때까지 단영은
도무지 왕실에 대한 이 지독한 마음을 베어낼 수 없을 것 같았다.
나라가 월산대군을 사지로 몰아넣는 이유가 무엇이든, 단영은 말

---

*포라만상包羅萬象 경륜천지經倫天地 우주의 삼라만상을 포괄하며 하늘과 땅의 이치를 다스린다.
즉 세상 만물의 이치가 나경 안에 있음을 뜻하는 말.

도 안 되는 누명으로 오라버니를 앗아간 왕실을 위해 결코 일하고 싶지 않았다.

다시금 하늘을 보니 언제 구름이 몰려왔냐는 듯 맑기만 하였다. 사라진 구름 그늘이 모두 단영의 얼굴로 내려왔는가. 어지러운 낯빛으로 하늘을 바라보던 단영은 나경을 도로 품에 넣고서 집 안으로 들어갔다. 창호지를 밝힌 촛불은 그 밤 오래도록 꺼지지 않았다.

방화

한강 남쪽 유역, 언주면 북쪽의 한 농단에 위치한 압구정은 초저녁부터 풍악이 흐르고 있었다. 진귀한 음식과 향기로운 술이 넘쳐나는 상마다 기생들이 풍악과 소리를 울리며 흥을 돋우었고, 고관대작들이 둘러앉아 술잔을 나누었다. 그들이 자연을 벗 삼는 척 권력과 벗을 삼는 중인 가운데, 중심에 있는 한명회도 이 같은 풍경을 유유히 즐기고 있었다. 한명회가 앉은 곳과 제법 멀리 떨어져 있던 임 장령이 고개까지 쭉 빼들고서 말을 걸어왔다.

"이곳 압구정은 올 때마다 감탄이 절로 나오는 듯합니다. 한 손엔 푸르른 소나무를 쥐고, 다른 한 손은 용맹하게 허공을 가르며, 또 드넓은 강물을 등에 이어 천하가 부럽지 않은 풍광을 업었으니 실로 갈매기들이 모여 노닐지 아니할 수 있겠습니까."

임 장령은 제 짤막한 팔까지 쭉쭉 뻗어대며 압구정의 아름다움을 치살렸다. 시깨나 쓴다 하는 문사들이 이곳 압구정을 찾아와 예찬하면 벼슬자리가 턱턱 생겨난단 소문이 수백이라. 장령은 기꺼이 광대가 되어 한명회의 환심을 사려 노력했다. 그에 질세라, 겨우겨우 이 자리에 함께하게 된 다른 관리들도 앞다투어 압구정을 소재로 시조를 뽑아냈다. 노래하는 것은 아름다운 자연이나 그 가락은 오로지 세도만을 탐하고 있으니, 듣기에 더욱 좋았더라. 계자난간에 팔을 괴고서 흡족하게 찬시를 듣던 한명회는 노안비슬奴顏婢膝*이 따로 없는 형국의 그네들에게 손수 술까지 따라주었다.

"대감."

그때, 구실아치** 변씨가 정자 아래서 조심스레 한명회를 불렀다. 표정을 보아하니 구미가 당길 만한 뭔가를 물어 온 모양이다. 한명회가 손을 까딱이자 대신들이 눈치껏 고개를 돌리며 의미 없는 대화로 각자의 귀를 닫았다. 종종걸음으로 쪼르르 다가온 변씨는 몸을 낮추어 한명회에게 귀엣말을 전하였다. 한참이나 전언을 듣던 한명회가 묘한 미소를 지었다.

"그게 정말이더냐?"

"예, 대감. 그곳에서 똑똑히 보았다고 합니다."

---

*노안비슬奴顏婢膝 남자 종의 아첨하는 얼굴과 여자 종의 무릎걸음이라는 뜻으로, 하인처럼 굽실거리는 얼굴로 비굴하게 알랑대는 태도를 비유적으로 이르는 말. **구실아치 조선시대, 각 관아의 벼슬아치 밑에서 일을 보던 사람.

"월산대군이 사공장 집단에 궁가 영건을 의뢰했다라……."

정도가 아닌 것은 쳐다도 보지 않던 이였건만. 대군도 이번 일은 제법 두려운 모양이었다. 조정에서 천거한 지관들은 한사코 거절하더니 알량한 상술에 희망을 거는 것을 보면 말이다. 실로 궁지에 몰렸구나 하는 생각에 조소가 흘러나왔다.

"그래봤자 결국 절벽일 것을."

쯧, 혀를 찬 한명회가 텁텁한 입을 술로 씻어냈다. 어린 날 세조께서 월산대군을 얼마나 귀히 여기셨던가. 세조께선 원손을 지극히 귀애하시어 직접 군호를 지어주신 것으로도 모자라 지근거리에 두고 사어서수射御書數를 가르치셨다. 그 모든 가르침을 배우고 자라난 월산 역시 자신의 앞날을 필히 기대하였을 테고, 기대한 만큼 실망도 컸으리라.

한데 월산대군은 그러지 않았다. 자신을 그리 애지중지하셨던 세조께서 당신과 같은 역사를 되풀이하지 않고자 숙부인 선대왕을 세자로 삼으셨을 때에도, 대왕대비께서 월산의 몸이 병약하다는 말도 안 되는 핑계로 아우인 현왕을 후계로 앞세우셨을 때에도, 대군은 그저 고요한 얼굴로 그 뜻을 받아들였다. 기실 세조의 크고 작은 행차에 늘 뒤를 따랐을 만큼 의젓하고 건실했던 이가 말이다. 마치 애초에 아무런 욕심도 가지지 않았다는 것처럼.

한명회는 그 침묵이 마음에 들지 않았다. 대놓고 분을 터트리며 원하는 것을 드러내는 이는 오히려 다루기 쉽다. 하나 조용히 고개를 숙이고 눈빛을 가리는 이는 그 속에 무엇을 감추고 있을

지 모르니 더욱이 경계하여야 한다. 혹자는 월산대군이 나라와 아우를 생각하는 마음이 극진하여 이를 위해 은거하는 것이라 하지만, 글쎄. 과연 그럴까. 월산대군이 종부시 제조직에 오른 이후로 종실과 관련된 일을 처리함에 있어 그 영향이 결코 적지 않다 하였다. 임금께서 대군에게 마음을 쏟고 계신 것은 모두가 아는 사실이라지만, 한동안 잠잠했던 종친들까지 그에게 힘을 보태고 있다는 건 썩 좋은 현상이 아니었다.

설령 대군의 뜻이 하늘 아래 한 점 부끄러움이 없다 하여도 세상까지 거기에 따라준다던가. 임금께 그렇게나 충성을 다하였던 귀성군도 최세호의 그릇된 한마디로 하루아침에 대역죄인이 되었거늘. 작금의 세상에서 고매한 절개는 그다지 대단한 방어막이 되지 않는 것이다. 모름지기 적당히 때도 묻혀가며 흠을 내보여야 오히려 측은지심도 생기는 법이니.

"그런 걸 보면 제안대군이 외려 현명했던 게지."

피식 실소를 친 한명회는 기생이 따라주는 술을 받았다. 그러곤 그때까지 얌전히 기다리던 대신들을 향해 살코기를 조금씩 떼어주었다.

"작년에 딸아이가 넷째를 낳고 나더니 집이 영 좁다 하여 새 터를 좀 봐줄까 하는데. 요새 실력 좋은 대목이 누가 있겠소?"

"대목이라면 아무래도 정5품 사직에 오른 최가 박달이 가장 좋지요."

"에이, 그자는 올해 이순이 넘었습니다. 그보다는 이릉이란 자가

낫지요. 궁실 수리가 있을 때마다 반드시 부르는 이가 아닙니까."

한명회의 물음에 대신들이 너나 할 것 없이 아는 대목의 이름들을 나열하였다. 원하는 답이 쉬이 나오지 않아 한명회가 술잔만 툭툭 두드리는데, 세간 소문에 유독 빠삭한 대사간의 입에서 비로소 기다리던 이름이 나왔다.

"어모장군이니 사직이니 품계를 하사받은 대목들도 많지만, 뭐니 뭐니 해도 요 근래 가장 부름이 잦은 것은 안궐이지요."

그러자 다른 대신들이 망측하다며 혀를 내둘렀다.

"영감. 아무리 그래도 그렇지, 어찌 사공장 집단을 대감께 아뢸 수 있습니까?"

"맞습니다. 환속한 승려에, 기생 나부랭이 같은 것에, 심지어 집안 대대로 양수척楊水尺*이었던 자도 있다 하지 않습니까. 장적藏籍에도 들지 못하는 미천한 것들이 장인 흉내나 내는 곳인 것을요."

"게다가 사내가 돼서 가인이 뭡니까, 가인이? 멋대로 이름 붙이고 다니는 것도 유분수지. 풍수 좀 볼 줄 안다고 뭐라도 되는 양 구는 것이, 내 보기 아주 민망하더이다."

우의정이 질색을 하며 고개를 저었다. 그에 대사간이 농이라도 들은 사람처럼 푸스스 웃음을 흘리며 말하였다.

"대감께서 안궐에 몰린 사람들까지 죄 물리고서 가인을 독대

---

*양수척楊水尺 후삼국·고려시대, 떠돌아다니면서 천업에 종사하던 무리. 이들에게서 광대, 백정, 기생들이 나왔다고 한다.

하다가 끝내 의뢰도 못 하고 쫓겨났단 소문이 자자하던데, 제가 헛소문을 들은 것입니까?"

"쪼, 쫓겨났다니! 누가 그런 망발을 하고 다니는 것이오? 나와 뜻이 맞지 않는 곳인 것 같아 엄연히 내가 먼저 거절한 것이외만!"

우의정이 벌겋게 달아오른 얼굴로 시침을 떼었다. 그러나 명당만 부르짖다 안궐에서 쫓겨난 정승 이야기를 모르는 사람은 아무도 없었으니, 얕은 수로 고상한 척을 하려던 우의정은 수치를 잊고자 연거푸 술잔을 기울였다. 다른 대신들도 모르는 척 능청을 부리고 있었지만 이들 중에도 아랫것을 시켜 안궐의 순서지를 구하게 한 이들이 꽤 있으리라. 그 한심한 작태를 보며 속으로 혀를 찬 한명회가 대사간에게 물었다.

"안궐이란 곳은 정확히 어떠한 곳이오?"

"풍수를 보는 행수를 중심으로 여러 분야의 사공장들이 모여 있는 집단으로, 쉽게 말해 양택만 전문으로 짓는 목수단입니다. 때에 따라 추가적으로 인부를 구하여 일을 하긴 하지만 기본적으론 목수 겸 석수 하나, 기와장이 하나, 단청장이 하나, 그리고 병풍장이를 하나 데리고 있지요."

"풍수를 보는 목수단이라……. 관상감에서도 지켜보고 있겠군."

"그렇잖아도 4년 전 순릉을 선정할 때에 이곳 안궐의 가인을 지관으로 공천한단 말도 있었는데, 끝끝내 거절한 모양인지 결국 제수는 내려지지 않더군요."

"사공장 집단이 그 정도로 주목을 받고 있으면 필시 주변에서도 말이 제법 나왔을 터인데?"

"역시 혜안이 뛰어나십니다. 그러잖아도 법망을 피해 가는 이들에게 적절히 제한을 두어야 하는 것 아니냔 말들이 오가고 있는데, 특히 만불동이라 하는 지사가 때마다 한 번씩 찾아가 소란을 일으킨다 합니다."

흥미로운 이야기에 한명회의 입꼬리가 올라갔다. 대군으로서 조용히 죽을 수 있는 기회를 주고 있는데도 이렇듯 자꾸만 빠져나갈 틈을 노리고 있으니, 한 번쯤은 그 의지를 콱 밟아 눌러줄 때도 되었다. 한명회가 대사간의 잔에 술을 채워주며 물었다.

"그 만불동이란 지사, 내 한번 만나볼 수 있겠소?"

떠오르는 흉계로 그의 두 눈이 음흉하게 빛났다.

* * *

삼짇날에 봄 가뭄이 들려는가. 한창 땅이 촉촉해야 할 시기에 오래도록 비가 오지 않아 사방이 죄 퍼석한 이때, 만불동의 집은 오늘도 파리와 먼지만 날리고 있었다. 짝! 얼굴에 앉은 파리를 잡으려 스스로 뺨을 내리쳤던 불동은 날아가는 파리에 약이 바짝 올랐다. 엎친 데 덮친 격으로 재수 없게 흰나비까지 눈앞에서 얼쩡거린다. 삼짇날의 흰나비는 상을 당할 불길한 징조라. 에잇, 만불동은 들고 있던 곰방대를 내리쳐 애꿎은 흰나비를 죽여버렸다.

그러고도 분이 풀리지 않는지 애먼 노비에게 성을 내었다.

"야 이놈아, 비질을 하려거든 내가 없는 쪽에서 해야지. 먼지가 전부 내 얼굴로 날아들지 않느냐! 코가 매워 숨을 못 쉬겠다!"

손님 없는 화풀이를 또 내게 푸시는구나. 보이지 않게 입술을 삐죽인 어린 노비는 부러 싸리비를 탁탁 털고 다른 곳으로 가버렸다.

"저, 저저!"

당장이라도 곰방대를 휘두르려던 불동은 더운 김을 뿜으며 다시 툇마루에 걸터앉았다. 포도청에 끌려갔다 온 이후 화병을 앓아 먹는 것도 시원찮았더니, 노비를 꾸짖는 일조차 힘에 부쳤다. 하는 수 없이 한숨만 푹푹 내쉬며 곰방대에 담뱃재를 꾹꾹 눌러 채우는데, 아낙 두엇이 꽃놀이라도 하러 가는지 한껏 들뜬 얼굴로 그의 집 담장 앞을 지나갔다.

"참말로 거기 예약을 잡았소, 성님?"

"그렇다니까. 우리 서방님이 글쎄 나 모르게 순서지를 받아놓으셨더라고."

"하이고야, 안궐 예약 잡았다고 천하의 웬수 놈이 이제야 서방님으로 돌아오셨네!"

"예약 잡기가 하늘의 별 따기인데, 그럼 당연히 서방님이라고 해드려야지."

아뿔싸, 꽃놀이가 아니라 안궐로 향하는 것이었다니! 부아가 치민 불동이 벌떡 일어나 곰방대를 파르르 떨었다. 하나 아무것

도 모르는 아낙들은 그새 저만치 멀어져 깔깔거리는 소리만 길바
닥에 나뒹굴고 있을 뿐이었다. 씨근덕거리며 고개를 내리니 아직
불도 붙이지 못한 아까운 담뱃재가 바닥에 죄 떨어져 있었다. 결
국 제 분을 못 이긴 불동이 날뛰듯 발을 쿵쿵 구르던 그때.

"여봐라, 게 아무도 없느냐."

종일 파리만 날리던 집에 난데없이 사람 부르는 소리가 났다.
이 외딴섬 같은 곳에 드디어 손님이 찾아온 것이다. 오랜만에 맞
이하는 손님이라 저도 모르게 직접 대문으로 향하려던 불동은 얼
른 정신을 다잡고서 뒷마당에 있는 어린 노비를 보내었다. 그러
곤 담뱃재로 어질러진 마당을 허겁지겁 발로 쓸어 대충 정리하고
선 뒷짐 진 채 손님 맞을 준비를 하였다. 풍수가는 모름지기 누구
앞에서든 기세가 꺾여선 안 된다는 것이 평소 그의 지론이었다.

하지만 열린 대문 너머로 외바퀴의 초헌이 보인 순간, 거만하
던 불동의 손도 공손히 앞으로 모일 수밖에 없었다. 종2품 이상
의 고관대작들만 탈 수 있는 초헌이 어찌 제 집 앞에 서 있는가.
늘 고만고만한 이들만 상대해왔던 불동은 팔자에도 없는 고관의
방문에 그만 아연히 굳어버리고 말았다.

그사이 안으로 들어오려던 초헌은 사주문의 낮은 지붕에 이어
바닥을 떡하니 가로막고 있는 문지방 때문에 더 이상 진입이 불
가한 상태였다. 쯧, 작게 혀를 찬 초헌의 주인이 천천히 땅을 딛
고 내려섰다. 마침내 금옥탕창을 두른 고관의 얼굴이 드러나자,
불동은 두 눈이 화등잔만 하게 커져 본능적으로 넙죽 엎드리고야

말았다.

"이, 이, 이런 누추한 곳에 어찌 귀한 분께서……."

훈구대신 한명회. 계유정난으로 단종을 폐위시키고 세조를 왕위에 올린 공신이자 두 임금의 국구인 그가 무슨 연유로 저를 찾아왔단 말인가. 뻔뻔한 세 치 혀와 뻣뻣한 고개로 안하무인 소리를 듣는 만불동도 나라님보다 더 권세가 대단하다는 압구정 앞에 선 찍소리도 할 수 없었다.

"풍수가 집에 땅 말고 달리 볼일이 무어 있겠는가. 이만 일어나시게."

"예, 예예. 안으로 드십시오, 대감."

엉거주춤 일어난 불동은 어린 노비에게 어서 다과상이라도 봐오라 윽박지르고서 한명회를 안으로 안내하였다. 두 사람이 들어가자 청지기로 보이는 우락부락한 사내가 밖에서 문을 닫았다. 한순간에 한명회와 단둘이 남게 된 불동은 제 밥줄이나 다름없는 풍수비록을 꼭 쥐고서 하문을 기다렸다. 다과상이 차려지고도 한동안 침묵을 유지하던 한명회는 사뭇 부드러운 음성으로 말문을 열었다.

"듣기로는 근방에서 자네만큼 땅을 잘 보는 이가 없다 하던데."

"과, 과찬이십니다. 대감."

"공치사가 아닐세. 그간 대감들에게 자네의 이름을 하도 들은 탓에 내 궁금증이 일어 이렇듯 찾아오게 되었네."

높으신 분들 입에 제 이름이 오르내리다니. 생각지도 못한 이

야기에 불동의 가슴이 전과는 다른 의미로 뛰기 시작했다. 지난
해 자신이 점혈해준 음택 덕에 오랫동안 과거에 낙방하던 진사
하나가 대과에 급제를 하였다더니, 혹 그 일로 비로소 명성이 나
기 시작한 것인가! 바닥을 뚫을 기세로 엎드려 있던 불동의 엉덩
이가 슬금슬금 씰룩이기 시작했다.

"화, 황송합니다. 대감."

"한데 이렇듯 좋은 실력을 두고 법도도 모르는 사공장 놈들이
자네의 앞길을 막고 있으니, 원······."

안타까움이 그득 묻어나는 한명회의 목소리에 불동의 눈매가
질근 조여왔다. 가뜩이나 안궐에 본때를 보여주러 갔다가 되레
포도청으로 끌려가 고초까지 당했으니, 안궐을 향한 에염이 극에
달한 상태였다. 아득 이를 간 불동은 참지 못하고 불만을 토로하
였다.

"그 녀석들, 아주 극악무도한 놈들입니다. 본디 사람이란 땅의
기운을 벗어나 살 수 없는 법인데, 순진한 사람들에게 땅의 기운
은 하등 필요 없다느니, 흉당의 악한 지기도 집으로 누를 수 있다
느니 개소리를 지껄인 탓에 우리 선량한 지사들 일거리가 똑 떨
어졌다 이 말입니다!"

불동의 두 눈에 선명한 증오가 불타올랐다. 마음에 드는 빛깔
을 응시하며 한명회가 은근한 목소리로 말하였다.

"그치들만 없어진다면 자네의 앞날도 창창할 텐데 말일세. 안
그런가?"

"여부가 있겠습니까요. 할 수만 있다면 아주 콱 불이라도 지르고 싶은 심정입니다."

"불이라. 그래, 나쁘지 않은 생각이로군."

"……예?"

"아니면 사지를 못 쓰게 불구로 만들어도 좋고."

씩씩 콧김을 뿜던 불동이 돌연 멍청하게 두 눈을 끔뻑였다. 의미 없는 맞장구라기엔 어쩐지 간담이 서늘해진 탓이었다. 여봐라, 하고 한명회가 부르자 방 앞을 지키고 서 있던 청지기가 들어와 함 하나를 놓고 나갔다. 한명회는 함을 불동 앞으로 슥 밀어주며 열어보라 눈짓하였다. 웬 것인가 하여 함을 열어본 불동은 안에 든 물건에 또 한 번 눈이 휘둥그레졌다. 석류황石硫黃(유황), 금덩이처럼 영롱하게 빛나는 그것이 함 안 가득 들어 있었다. 요사이 나라에서 석류황의 사적인 채취를 엄하게 금하는 바람에 그 가격이 천정부지로 솟고 있는 중이었다. 안 그래도 값이 비싸 쉬이 구할 수 없던 것이 이제는 돈이 있어도 구하기 어려운 지경에 이른 것이다.

"이, 이리 귀한 것을 어찌……."

"자네가 한식산寒食散의 귀한 효험을 몸소 깨달았다지."

불동이 마른침을 꿀꺽 삼켰다. 한식산은 석류황을 비롯한 단사, 웅황, 석영 등을 갈아 만든 약으로, 뜨거운 술에 타 마시면 누구든 신선이 된다는 묘약이었다. 불동도 오래전 어느 기루에서 접한 이후로 이것의 아득한 효력을 잊지 못하고 있었다. 한식산에 한번 손을 대기 시작하면 오장육부가 다 녹아내릴 때까지 끊지 못하는 터라. 한식산의 가장 중요한 재료인 석류황을 앞에 두고 불동의 눈이 억만금을 품은 양 누렇게 변하였다. 탐욕이 아른거리는 눈동자에 한명회의 간사한 눈부처가 비쳤다.

"어떤가. 다시 한번 무위의 경지에 오르고 싶지 아니한가?"

불동이 홀린 듯 고개를 크게 주억거렸다.

* * *

쾅, 쾅, 쾅!

굉음이 사방으로 울려 퍼졌다. 하늘 높이 팔을 들어 올린 동석은 있는 힘껏 쇠메를 내리쳤다. 쾅! 또 한 번 요란한 파열음이 터지며 마침내 커다란 잡석이 반절로 쪼개어졌다.

"에헤이, 동석이 거 엄지 또 터졌네."

옆에서 기와를 나르던 황 노인이 붉게 피가 맺힌 동석의 손을 가리켰다. 상처가 난 줄도 몰랐는지 동석은 제 손을 보며 소처럼 말간 눈만 끔뻑였다.

"손 이리 내봐. 상처에 돌가루 다 들어갈라."

황 노인이 손짓하자 멀찍이 서 있던 머루가 종종거리며 달려왔다. 그러곤 배에 차고 있던 보따리 짐을 풀어 콩기름 바른 솜과 삶은 수수 밥풀, 헝겊을 꺼내 황 노인에게 건넸다. 담뱃불에 살짝 달군 솜으로 상처를 누르자 산만 한 덩치가 움찔거렸다. 이내 헝겊에 수수 밥풀을 바른 황 노인은 그것을 생채기 난 동석의 손에 단단히 붙여주었다.

"됐슈……."

"이렇게 해야 피도 빨리 멎고 돌 독도 안 올라. 지난번처럼 손 퉁퉁 붓고 싶지 않으면 잔말 말고 이러고 있어."

때마침 소쿠리를 한 아름 들고 온 청하가 콧소리를 내며 그들을 불렀다.

"다들 새참 드시고 하시어요!"

청하의 부름에 인부들이 땀을 닦으며 삼삼오오 휴식을 청하였다. 살랑살랑 웃으며 그들에게 먹을거리를 나누어주던 청하가 어느 한 곳을 바라보았다. 그곳엔 여전히 진중한 얼굴로 터를 살피는 단영이 있었다. 현장에선 두 손을 자유롭게 쓰기 위해 접선 대신 입 가리개로 얼굴을 가리는 탓에, 가뜩이나 지친 기색을 잘 드러내지 않는 단영의 낯빛을 살피기 더욱 어려웠다. 작게 한숨을 내쉰 청하가 단영에게 다가갔다.

"가인 나리, 좀 드시고 하시어요."

"이것만 마저 보고."

"아이, 참. 상량* 때까진 계속 쭉 바빠질 텐데, 쉴 수 있을 때 쉬시어요. 어서요."

청하의 재촉에 단영은 마지못해 걸음을 옮겼다. 청하의 말마따나 가구재 조립을 마치는 상량 전까진 눈코 뜰 새 없을 터이니

---

*상량 기둥에 보를 얹고 그 위에 처마 도리와 중도리를 걸고 마지막으로 마룻대를 올림. 또는 그 일.

틈날 때마다 체력을 비축해야 했다. 중립을 바짝 내린 단영은 인부들과 어느 정도 떨어진 곳에 대충 자리를 잡았다. 걸터앉은 돌이 제법 차가운 탓에 꼬리뼈가 저릿하게 시려왔다.

"나리, 이것 깔고 앉으셔요."

엉덩이를 슬쩍슬쩍 들썩이며 찬기에 적응하려 애쓰는데, 힐긋 주위를 살핀 청하가 단영에게 은밀히 무언가를 건넸다. 흙바람을 막고자 새참 소쿠리 위에 덮어놓았던 헝겊이었다.

"아무리 흙일하는 사람이래도 그렇지, 맨땅에 이리 덥석덥석 앉아도 되시어요?"

"나는 괜찮은데……."

"꼭 이렇게 두 번 말씀드리게 하시지."

청하는 단영을 고집스레 일으키고서 바위 위에 헝겊을 깐 뒤 도로 앉혔다.

"찬 데 함부로 앉으면 몸에 안 좋단 말이어요."

아랫배를 슬그머니 눈짓하는 청하에 단영은 멋쩍게 웃으며 눈짓으로 고맙다는 말을 전하였다. 사실 안궐 식구들은 전부 단영이 여인이란 사실을 알고 있었다. 그럼에도 모두가 함구하고 그녀를 안궐의 새 행수로서 따르는 것은, 바로 안궐을 만든 초대 행수가 단영의 아버지인 홍지반이었기 때문이다.

당대 최고의 대목으로 이름을 떨쳤던 홍지반은 반평생 모은 돈으로 안궐을 세웠더랬다. 처음 시작은 공장안에 이름을 올리지 못한 천한 신분의 장인들이 체계적으로 일을 받고 돈을 벌 수 있도록 도와주는 중개의 역할이었다. 그러다 점점 지반의 인품과 인덕에 반한 장인들이 스스로 이곳에 소속되기를 원하였고, 그를 토대로 안궐은 더욱 크게 성장할 수 있었다. 동석과 청하, 황 노인과 머루 모두 홍지반이 처음 안궐을 세울 때부터 함께한 안궐의 식구들이니, 이들 모두 단영에겐 피를 나눈 가족만큼이나 소중한 존재들이었다.

"상량식 때 이 댁 주인께서 잔치를 아주 크게 열어주신다지요? 악공들까지 부르실 거라던데, 이참에 제 화려한 춤 실력 좀 뽐내 볼까 봐요."

청하는 벌써부터 어깨를 이리 덩실, 저리 덩실 하며 춤추는 시늉을 하였다. 단영은 푸스스 웃으며 청하를 치켜세워주었다.

"청하 네가 춤을 추면 도성 사내들이 모두 몰려와 구경하려 들 거다."

"어머? 도성이 뭐예요? 성저십리까지 한성의 온 바닥이 다 몰려와야지."

사내만 득실거리는 흙바닥에서 청하는 믿고 의지할 수 있는 언니 같은 존재라. 새침한 청하의 농담에 단영은 모처럼 편히 웃었다.

* * *

시간은 빠르게 흘러 드디어 상량 날이 밝아왔다. 집을 의뢰한 장씨의 가노들은 새벽부터 바지런히 움직여 상량제에 필요한 음식을 준비하였다. 상량대인 마룻대 위에는 꾸덕하게 잘 말린 북어가 올라갔고, 제물상에는 돼지머리와 시루떡, 과일 등이 푸짐하게 차려졌다. 이 집의 주인이 될 장씨는 환히 웃으며 현장을 보았다. 아직 상량은 시작도 안 했건만, 벌써부터 완성된 새 집이 눈앞에 훤히 보이는 것만 같아 기쁘기만 하였다.

"자, 자! 내 음식과 술은 아쉽지 않게 마련하였으니, 얼른 상량식을 마치고 마음껏 즐겨주시게나! 여봐라, 인부들 배곯지 않게 미리 상을 차리거라!"

장씨가 명하자 가노들이 일호백낙一呼百諾으로 잔칫상을 펼쳤다. 상다리가 부러질 만큼 두둑이 차려지는 기름진 음식들에 인부들이 모두 군침을 삼켰다. 상량제는 건물을 영건하며 지내는 고유제 중 제일 성대한 고사로 꼽히는데, 바로 가택신 가운데 가장 큰 어르신인 성주신이 탄생하는 날이기 때문이었다. 이날 올리는 재물은 모두 목수들의 차지가 되니, 인부들은 벌써부터 상과 제단 위를 바쁘게 훑으며 네 것 내 것 점찍기 바빴다.

"그럼 상량문을 적도록 하겠습니다."

단영이 집의 건립 내력과 집주인의 염원, 그리고 목수들의 이름이 하나하나 적힌 상량문을 적었다. 마침내 상량문이 완성되자 단영은 선두에 서서 크게 외쳤다.

"좋은 날을 맞이하야 상량을 하게 되어 감개무량합니다. 모쪼록 마지막 담장을 쌓을 때까지 무사히 마칠 수 있게 지켜 보호하여주십시오."

단영이 절을 올리자 모여 있던 모두가 함께 따라 정성을 다해 몸을 숙였다. 상량문을 고이 접은 단영은 그것을 마룻대에 깊이 봉하였다.

"영차!"

이윽고 대들보 위에 올라간 동석이 끈에 묶은 마룻대를 들어 올렸다. 장정 너덧이 겨우 들 만큼 묵직한 무게를 동석은 나뭇가지 들듯 손쉽게 지붕 위로 올렸다.

"상량이오!"

동석이 목메를 높이 들어 상량대를 박기 시작했다. 힘찬 메질에도 단영이 직접 설계한 튼튼한 뼈대는 흔들릴 줄 몰랐다. 단영이 만족스럽게 그 모습을 지켜보는데, 한참 메질하던 동석이 일순 고개를 갸웃거리며 그녀를 불렀다.

"가인 나으리."

"왜 그러느냐?"

"여 낌어지질 않는디유……."

"기다리거라. 내 살펴볼 터이니."

소매를 걷은 단영이 사다리를 타고 올라가 대들보 위에 올라섰다. 살펴보니 거스러미가 일어 끌로 조금만 다듬어주면 쉽게 맞춰질 것 같았다.

"동석이 너는 밑으로 내려가 수평이 맞는지 한번 보거라."

"됐슈……. 지도 헐 수 있슈."

"그 손으로 또 뭘 부수려고."

숭덩숭덩 깨고 부수는 일에는 능숙하지만 섬세하게 깎는 작업
은 영 젬병인 동석이라. 화려한 전적이 떠오른 그는 멋쩍게 머리
를 긁적이며 아래로 내려갔다. 단영은 품속의 끌을 꺼내 홈이 맞
지 않는 부분을 살폈다. 나뭇결을 따라 세밀하게 깎아내자 어긋
난 부분이 차츰 맞물리기 시작했다. 마침내 상량문 위로 들떠 있
던 목재가 거의 맞아떨어지던 찰나.

"악!"

어디선가 휙 날아든 조약돌이 단영의 손을 맞추었다. 순간 힘
조절을 하지 못한 끌이 홈을 깊이 파 내렸고, 목재가 쿵 떨어지며
일어난 충격에 그만 중심을 잃은 몸이 크게 휘청거리고 말았다.
황급히 무어라도 잡으려 하였으나 팔을 뻗어도 손끝에 걸리는 게
아무것도 없었다.

"가인 나리!"

"나으리!"

결국 외마디 비명과 함께 단영은 그대로 추락하고 말았다. 기
겁한 안궐 식구들이 쏜살같이 달려와 그녀를 살폈다.

"나리, 가인 나리! 세상에, 이를 어쩜 좋아. 눈 좀 떠보시어요.
나리! 흐흑……!"

청하가 단영의 어깨를 흔들며 눈물을 쏟았다. 그제야 아득하
던 정신이 서서히 돌아와 단영은 낮게 신음을 흘렸다.

"나리, 나리! 정신이 좀 드시어요?"

"골 울리니…… 목소리는 좀 낮추거라."

"하아, 이대로 못 깨어나실까 봐 놀랐잖아요!"

단영은 끄응 앓는 소리를 내며 천천히 몸을 일으켰다. 천만다행으로 떨어진 자리에 두툼한 짚더미가 깔려 있어 큰 화를 면할 수 있었다.

"이게 다 무슨 일이오? 왜 하필 상량 날 이런 일이 벌어진단 말이오!"

아연실색한 장씨가 타박하듯 단영에게 따졌다. 그는 터주신이 숨을 트는 상서로운 날에 부정한 일이 벌어졌다며 길길이 날뛸 뿐, 높은 곳에서 사람이 떨어졌는데도 걱정 한마디 없었다. 발끈한 황 노인이 버럭 화를 내려 했으나 단영이 그를 말렸다. 겨우 몸을 추스른 단영은 깊이 몸을 숙여 주인에게 사과하였다.

"송구합니다, 어르신. 무례를 용서하여주십시오. 잠시 방심한 탓에 발을 헛디뎠으나 다행히 집터에는 아무 문제도 없으니 염려 않으셔도 됩니다."

건축 과정에서 문제가 생기면 전적으로 안궐의 책임이 된다. 이유가 무엇이 되었든 제 실수로 소란을 일으켰으니, 백번 사죄를 하여도 모자랄 일이었다. 공손히 손을 모으는 단영에 뒤늦게 계면쩍었던지, 장씨는 어색하게 눈을 굴리며 괜히 큰소리를 내었다.

"흐흠. 거! 괜히 집 무너지게 쓸데없는 짓 말고 맡은 일만 착실히 하시오. 대목도 아닌데 왜 거길 올라가선 사달을 내, 사달을."

"저, 저⋯⋯!"

멀어지는 장씨를 향해 황 노인이 다시 핏대를 세웠다. 단영은 조용히 그의 팔을 잡아 만류하곤 조금 전 제가 떨어진 대들보 위를 올려다보았다. 문득 불길한 예감이 가슴을 스친 까닭이었다.

'분명 누군가 일부러 던진 돌이었어.'

돌에 맞은 손등은 붉게 부어올라 있었다. 맞추려던 게 손이었는지 머리였는지는 알 수 없었지만, 저를 향해 날아든 돌이라는 건 확신할 수 있었다. 떨어지면 반신불수가 될 게 뻔한 지붕에 대관절 누가 감히 돌을 던졌다는 말인가. 하나 뒤늦게 주위를 둘러본들 보이는 것은 저를 걱정하는 안쿨 식구들과 인부들뿐, 돌을 던질 만한 사람은 어디에도 없었다.

'오늘은 동석에게 집까지 바래다달라 해야겠군.'

아릿한 손을 꾹 쥔 단영은 꿈쩍도 않는 기둥을 괜히 힘주어 밀어보고선 애써 발길을 돌렸다.

* * *

어둑한 숲길을 따라 집까지 데려다준 동석을 향해 단영이 미안한 듯 웃었다.

"공연히 나 때문에 네가 고생하는구나."

"그런 말씀 마슈……. 나으리 무사하신 기 제일이어유."

"해가 더 지기 전에 얼른 내려가거라. 오늘 상량제 치르느라 고생하였다."

"야아."

동석이 솥뚜껑만 한 손으로 손수 사립문을 닫아주었다. 그러면서도 걱정이 되는지 쉽사리 발길을 돌리지 못했다. 누가 부러 돌을 던진 것 같다는 말에 혹 예까지 따라와 해코지를 할까 불안한 모양이었다.

"나으리……. 그라지 말구 청하네로 가는 기 우뗗겠슈?"

"뭔 소문이 나게 하려고."

단영은 픽 웃으며 손사래를 쳤다. 사람들은 다 저를 사내라 생각할 텐데, 시집도 안 간 청하네 집으로 들어가는 모습을 들켰다간 가뜩이나 좁은 청하의 혼삿길을 죄 막아버리게 될 것이다.

"집에서만큼은 나도 편히 쉬고 싶다. 바지는 못 벗더라도 이 중립과 입 가리개는 벗을 수 있을 것 아니냐."

"나으리……."

"걱정 말고 이만 돌아가거라. 난 괜찮으니."

땅에 붙박인 듯 꿈쩍도 않는 동석을 어르고 달래 겨우 돌려세웠다. 멀어지는 동석을 향해 손을 흔든 단영은 마침내 그가 보이지 않게 되자 터덜터덜 마당을 가로질렀다. 으으, 앓는 소리를 낸 그녀는 신도 벗지 않은 채 툇마루에 드러누웠다. 낮에 대들보에서 떨어진 여파로 온몸이 쑤시듯 아파왔다. 처마 아래 뻗어 나온 서까래*를 보고 있자니 아찔했던 순간이 떠올라 저도 모르게 몸서리를 쳤다.

*서까래 지붕판을 만들고 추녀를 구성하는 가늘고 긴 각재.

"시샘을 받는 삶도 참 고달프구나."

단영은 아직 붉은 기가 가시지 않은 손을 주물주물 문지르며 하늘을 보았다. 안궐을 찾는 손님이 늘어갈수록 저를 시기 질투하는 이들도 적잖다는 걸 모르지 않았다. 만불동처럼 행패를 부리는 이는 몇 없어도 가다가 개똥이나 밟으라며 저주하는 이는 꽤 있다는 뜻이었다. 분명 오늘 돌을 던진 이도 그중 하나겠지. 아마 높은 확률로 만불동, 그 자식이겠지만.

마음 같아선 단영도 똑같이 사람을 끌고 불동의 집에 쳐들어가고 싶었다. 어쩔 땐 저놈 순 협잡꾼이라며 소문을 내 두 번 다시 지사 노릇을 못 하게 해주고 싶을 때도 있었다. 하지만 그따위 비생산적인 일에 값을 치르고 싶진 않았다. 자신에겐 그럴 재물과 시간까지 아껴서 해야 할 아주 중요한 일이 있었으니까.

"내 손 더럽힐 바에 강가에 앉아 기다리지."

그러다 보면 하늘이 알아서 천벌을 내리실 터이니. 흥, 콧김을 뿜은 단영은 무거운 몸을 어기적어기적 일으켜 욕실로 건너갔다. 이대로 퍼질러 자고 싶은 마음이 굴뚝같았지만 종일 흙을 뒤집어쓴 몸으로 이부자리에 누울 순 없었다. 욱신거리는 몸을 이끌고 손수 물을 덥힌 단영은 온몸의 흙을 구석구석 씻어내었다. 뜨끈한 물에 개운하게 씻고 나오니 초봄의 서늘한 밤기운이 몸을 더욱 노곤하게 만들었다. 누가 없나 습관처럼 담장 너머를 둘러본 단영은 어둠을 가로질러 방으로 쏙 들어갔다. 잠시 부스럭거리던 기척은 오래지 않아 깊은 밤에 잠겨들었다.

사위가 고요에 잠긴 가운데, 수풀 한 곳이 파르르 떨리더니 검은 머리통이 슬그머니 올라왔다. 바로 만불동이었다. 연신 사방을 살핀 불동은 구렁이 담 넘어가듯 수풀을 헤치고 나와 단영의 집 가까이 다가갔다. 은밀히 담장에 붙은 그는 집 안에 기척이 들리는지 유심히 귀를 기울였다. 주인은 그새 잠이 든 모양인지 뒤척이는 소리 하나 들리지 않았다. 불동은 품에서 곰방대와 담뱃재, 그리고 부싯돌을 꺼냈다. 자꾸만 손이 떨려와 하마터면 물건들을 떨어트려 소리를 낼 뻔했다. 부싯돌을 쥔 두툼한 손에 꽉 힘이 들어갔다.

"아까 저놈을 확실히 불구로 만들었어야 했는데……."

떨어진 곳에 하필 짚더미가 있을 게 뭐란 말인가. 가인 놈이 낌새를 챘는지 커다란 덩치를 끼고 귀가하는 바람에 어쩔 수 없이 이곳까지 뒤를 밟게 되었다. 하지만 막상 사람을 죽인다고 생각하니 침이 마르고 등골이 서늘하여 불동은 잠시도 가만히 있을 수 없었다. 그저 겁만 주는 것과 숨을 앗아가는 건 천지 차이였으니까.

"저놈만 없어지면 돼……. 그래, 저놈만 없어지면."

불동은 바들바들 떨리는 손으로 곰방대에 담뱃재를 꾹꾹 욱여넣은 뒤 흑, 하고 폐부 가득 숨을 들이켰다. 담뱃재에 금방 불이 붙어 연기가 났다. 자욱한 연기를 내뱉은 불동은 긴장을 억누르듯 곰방대를 더 세게 쥐었다.

"이건 다 저놈이 오만방자하여 자초한 일이야."

단영이 들어간 방을 매섭게 노려보던 불동은 마지막으로 한 번 더 연기를 깊이 들이마시고선 곰방대를 담장 너머로 힘껏 던 졌다. 허공을 가른 곰방대가 짚을 엮은 초가지붕 위로 불씨가 살 아 있는 담뱃재를 흩뿌렸다. 며칠 비가 오지 않아 바싹 마른 짚에 삽시간 불이 옮겨붙었다. 제물을 움켜쥔 화마가 점점 크게 몸을 부풀리는 것을 지켜보던 불동은 불꽃으로 주위가 환해지기 전에 얼른 칠흑 속으로 숨어들었다.

타닥, 타다닥……. 이질적인 소리가 이제 막 깊은 잠에 빠져들 려던 단영의 의식을 수면 위로 떠오르게 하였다. 가슴이 답답하 여 절로 미간이 찌푸려졌다. 잿물이라도 삼킨 듯 칼칼해지는 목 에 단영은 연신 기침을 터트리며 눈을 떴다. 어둠 속에서도 연기 가 자욱하게 보였다. 봄이라 아궁이도 때지 않은 밤에 웬 연기란 말인가. 당황한 단영의 눈에 창호문 너머로 날름거리는 붉은빛이 보였다. 여지없는 화마의 불길이었다.

숨을 집어삼킨 단영은 재빨리 방문을 열었다. 하지만 문을 열 기 무섭게 타오르는 짚더미가 떨어져 도로 뒷걸음질을 할 수밖에 없었다. 이미 창살은 화마에 먹혀 앙상한 나무살이 죄 드러나 있 었고, 방금 떨어진 짚더미가 툇마루와 기둥에 불을 옮겨 유일한 탈출구까지 막아버리고 말았다.

눈앞이 아득해진 단영은 문득 떠오른 생각에 의걸이장부터 벌 컥 열었다. 깊숙한 바닥에 손을 넣자 두툼한 책 한 권이 나왔다. 단건이 쓴 풍수지리서이자 억울한 누명의 씨앗이 된 서책, 바로

『지화비결地華秘訣』이었다. 목숨이 경각에 달린 상황에서도 이 빌어먹을 책부터 떠올리다니. 그 사실이 못내 지긋지긋하면서도 단영은 이 책을 놓을 수 없었다. 이 또한 오라버니의 흔적이 묻어 있는 유품이기 때문이었다.

단영은 낡은 쇠가죽과 보자기로 책과 나경을 감싼 뒤 단단히 가슴에 동여매고서 다시 문으로 향했다. 하지만 그사이 화마가 몸집을 더 키워 바깥은 그야말로 온통 불바다였다. 자리끼 물로 옷을 적시고 나가보려 하였으나 불길이 너무도 강렬하여 감히 나갈 엄두조차 낼 수 없었다.

"아악!"

순간 서까래가 우지끈 동강이 나며 무너지는 바람에 단영이 튕기듯 뒤로 넘어갔다. 가뜩이나 낮의 일로 성한 곳이 없던 몸은 더 이상 일으킬 수 없을 만큼 힘이 쭉 빠지고 말았다.

"아버지, 오라버니⋯⋯."

책과 나경을 꼭 끌어안은 단영이 옅게 흐느꼈다. 연기를 너무 많이 마신 탓에 점차 의식마저 몽롱해져갔다. 이대로 죽을 수는 없는데. 아직 해야 할 일이 많이 남아 있는데. 오라버니의 시신이라도 꼭 찾아야 하는데⋯⋯. 뺨을 타고 흐른 눈물이 품 안의 봇짐을 적신 그때.

쾅! 무언가 부서지는 소리와 함께 불길 속으로 웬 사내 하나가 뛰어 들어왔다. 젖은 몸에서 물을 뚝뚝 떨어트리던 그는 단영을 발견하고선 곧장 그녀를 감싸 안았다. 가녀린 몸을 가볍게 들어

올린 그는 호리병에 담아 온 물을 단영의 몸에 뿌린 뒤 거센 화마를 가로질렀다. 마침내 사내가 단영과 함께 집을 빠져나온 순간, 거대한 굉음과 함께 지붕이 주저앉고 말았다.

"하아, 하⋯⋯."

폐부로 들어오는 맑은 공기에 단영이 힘없이 눈꺼풀을 들었다. 가물가물한 시야 너머, 흐릿했던 상대의 윤곽이 조금씩 뚜렷해졌다. 처음엔 두 개였다가 다시 세 개가 되던 인영은 이윽고 하나의 얼굴이 되었다.

"정신이 좀 드는가?"

반쯤 풀려 있던 단영의 눈이 점차 커다래졌다.

"⋯⋯대군 자가?"

월산대군, 이정이 걱정스러운 얼굴로 단영을 내려다보고 있었다. 그녀의 몸을 한 치의 틈 없이 단단히 끌어안은 채.

* * *

늦은 밤까지 창원군을 시추하고 돌아가는 길이었다. 본래 의금부가 있는 견평방에서 연경궁이 있는 황화방까지는 남서쪽으로 쭉 가로지르기만 하면 될 정도의 지척이었으나, 오늘만큼은 마음이 어지러워 멀찍이 돌아가던 참이었다. 그런데 멀리 서대문 밖에서 연기가 보이더니 곧장 붉은 불기둥이 치솟는 것이 아닌가. 대보름도 아닌 밤중에, 그것도 저런 산속에서 달집을 태울 리도 없으니 급히 청지기로 하여금 멸화군滅火軍*을 부르게 하고 먼저 이곳으로 달려온 이정이었다.

한데 설마하니 안궐 가인의 집이었을 줄이야. 이정은 숯검정으로 범벅이 되어 동그란 눈만 반짝이고 있는 단영의 얼굴을 놀란 눈으로 내려다보았다.

"정녕…… 안궐의 가인인가?"

"내, 내려주십시오! 혼자 서 있을 수 있습니다."

뒤늦게 얼굴을 보인 것을 자각하였는지, 단영이 팔로 얼굴을 가리고서 버둥거리기 시작했다. 작은 체구가 갑자기 몸부림을 치자 이정도 휘청거릴 수밖에 없었다. 반사적으로 안은 팔에 힘을 준 그는 황급히 단영을 달래었다.

"내려줄 것이니 그리 발버둥 치지 말게! 그러다 다칠 수도 있네."

단영이 얌전히 움직임을 멈추었다. 하나 얼굴을 가린 팔만은 고집스레 내리지 않았다. 안궐에서도 중립과 접선으로 모자라 가렴까지 내려 얼굴을 가리더니, 그렇게나 얼굴을 보이기 싫은 모양이었다. 어차피 그을음 때문에 잘 보이지도 않는데, 얼굴을 드러내선 안 되는 이유라도 있는 것인지. 이정은 의아한 마음을 삼키고서 단영이 넘어지지 않도록 조심스레 땅에 내려주었다. 여전히 팔로 입과 코를 가린 단영이 허둥거리며 제 입성을 살피길 잠시.

---

*멸화군滅火軍 조선시대, 화재 진압을 위해 조직된 부대.

"집! 집이……!"

단영이 사색이 되어 뒤를 돌아보았다. 그사이 멸화군이 몰려와 불붙은 기둥을 도끼로 부수고, 멸화자에 건 젖은 천으로 불을 덮어 화재를 진압하고 있었다. 이윽고 급수자들이 물세례를 퍼붓자 불길이 희뿌연 연기를 내뿜으며 가라앉기 시작했다. 다행히 늦지 않게 불을 진압한 덕에 산불로 번지진 않았다. 대신 집은 화마의 먹이가 되어 검은 잿더미로 변하고 말았지만.

검회색 연기로 자욱한 집터를 단영은 그저 허망한 눈으로 바라만 보았다. 얼굴의 절반이 가려졌는데도 망령된 정신이 눈에 고스란히 비칠 정도였다. 눈 깜짝할 새에 집이 홀랑 타 사라지고 말았으니, 그 아득함을 어찌 말로 다 할 수 있을까. 넋이 나간 단영을 안타깝게 바라보는데, 문득 가인의 속적삼이 이정의 눈에 들어왔다. 탈출하기 직전 제가 부은 물 때문에 옷이 죄 축축하게 젖어 있었다. 소화를 위해 멸화군 수십 명이 몰려든 상황이었다. 아무리 사내라 한들 남들 앞에 젖은 속적삼 차림으로만 있는 것이 어찌 부끄럽지 않을까. 무엇보다 추위 때문인지, 아니면 집을 잃었다는 비관 때문인지 단영의 어깨가 옅게 떨리고 있었다. 그 애처로운 어깨를 바라보던 이정은 입고 있던 도포를 벗었다. 그것을 단영의 어깨에 걸쳐주려다가, 엉망이 된 얼굴까지 가려주려 쓰개치마처럼 머리 위로 덮어주었다.

"다친 곳은 없는가?"

머리 위로 덮인 도포를 의아하게 바라보던 단영이 눈을 들어 이정을 보았다. 그 눈이 어쩐지 낯설지 않아 이정은 기묘한 기분이 들었다.

"……괜찮습니다. 덕분에 목숨을 부지하였으니, 이 은혜를 어찌 갚아야 할지 모르겠습니다."

하나 단영이 곧 고개를 숙이는 바람에 자세히 들여다볼 새도 없게 되었다. 묘한 기시감이 들어 이정도 침묵을 지키는데, 때마침 금화 대장이 다가와 이정에게 인사를 하였다.

"대군 자가, 금화 대장 구선봉 인사 올립니다. 이곳에 난 불을 자가께서 제일 먼저 발견하셨다고 들었는데, 혹 아시는 분의 댁이옵니까? 화재 조사차 심문이 필요합니다."

금화 대장의 물음에 이정이 단영을 힐긋 보았다. 하나 아무리 봐도 심문을 제대로 받아낼 정신은 아닌 듯 보였다. 이정은 단영 대신 금화 대장에게 양해를 구하였다.

"신분은 내가 보장하니 오늘은 이만 돌아가고 내일 조사하는 것이 어떠하겠는가? 보다시피 지금은 관청에 따라갈 상태가 아닌 듯하여. 내일 사시巳時에 내가 함께 가겠네."

"예, 그리하셔도 됩니다. 그럼 살펴 가십시오, 자가."

깍듯이 인사한 금화 대장이 현장 정리를 위해 돌아갔다. 이정은 그때까지 도포 자락만 그러쥐고 있는 단영의 어깨를 지그시 감싸 산 아래로 인도하였다.

"달리 챙길 것이 없다면 이만 내려가세. 여기 계속 있는 것도 위험할 듯하니."

단영은 미련 가득한 눈으로 집을 돌아보았다. 하나 완전히 무
너져 내린 집에서 건질 수 있는 것이라곤 아무것도 없어 보였다.
결국 단영은 품에 묶은 봇짐만 꼭 쥐고서 이정을 따라 응봉산을
내려갔다.

* * *

　무슨 정신으로 산을 내려왔는지 기억이 잘 나지 않았다. 사대
문 안으로 들어갈 적만 해도 여전히 충격에서 벗어나지 못해 그
저 이정이 이끄는 대로만 따라간 까닭이었다. 그나마 머리에 도
포를 뒤집어쓰고 있었기에 망정이지, 아니었다면 한밤중 소란에
나와본 사람들에게 엉망이 된 몰골을 죄 들켰을 것이다. 그렇게
한참을 걸은 끝에 단영의 앞에 나타난 것은 대궐처럼 으리으리한
대저택이었다.
　'연, 경……'
　두 눈을 끔벅이며 현판에 쓰인 글자 하나하나를 읽어나가는
데, 그사이 대문이 열리며 대저택의 내부가 훤히 보였다.
　"안으로 들게."
　이정의 안내에 단영은 그제야 흠칫 놀라 넋이 돌아왔다. 집을
잃은 그녀가 갈 곳이 없다 생각했는지, 월산대군이 친히 자신의
궁가인 연경궁으로 데리고 온 것이다. 당황한 단영이 한 걸음 물
러서며 정중히 거절의 뜻을 표했다.
　"송구합니다, 자가. 목숨을 구해주신 은혜를 입었는데, 이 이

상의 은덕은 소인에게 과분합니다."

"큰일을 당한 것을 내 눈으로 목도하였는데 어찌 그냥 보낼 수 있겠는가. 마침 남는 방이 있으니 부담 갖지 말고 그곳에서 편히 지내게."

"말씀은 감사하나 안궐에도 숙식을 위한 공간이 있습니다. 새집을 구할 때까지 그곳에서 지내면 되니, 더 이상 폐를 끼치는 무례는 저지르지 않도록……."

"그리해선 안 될 것 같아 이리 붙잡는 것일세."

지그시 말허리를 누른 이정의 음성에 단영이 고개를 들었다. 이정의 낯빛이 안궐을 나서던 그날처럼 사뭇 어두워져 있었다. 대체 무슨 연유기에 이토록 심각한 표정을 지으신단 말인가. 하나 선뜻 꺼내기 어려운 말인지, 주위를 살핀 이정은 한 번 더 단영에게 안으로 들어갈 것을 권하였다.

"이곳에서 나눌 만한 이야기는 아니니 우선 안으로 들게."

마음 같아선 끝까지 거절하고 싶었지만, 하필 그때 통행금지를 알리는 인경이 울리기 시작하였다. 곤란한 마음에 도포를 꾹 쥐던 단영은 어쩔 수 없이 연경궁의 대문 안으로 발을 들일 수밖에 없었다. 이정이 안으로 들어가자 연경궁의 차지내관인 공 내관이 나와 주인을 맞이하였다.

"오셨습니까, 대군 자가."

"공 내관. 세숫물과 갈아입을 옷을 준비해 사랑으로 가져다주게. 손님께서 쓰실 것이니 각별히 더 신경 쓰도록 하고."

"예, 자가. 손님께는 어떤 옷을 드려야 할지……."

공 내관이 치수를 가늠하기 위해 이쪽을 쳐다보았다. 그 순간 단영은 반사적으로 도포를 여미고서 얼굴을 더욱 숨겼다. 도포를 머리끝까지 뒤집어쓴 채 아래는 속적삼만 덜렁 입고 있으니, 공 내관의 눈빛이 호색한 따위를 보듯 망측해지는 것은 당연한 일이었다.

"적당한 것으로 올려드리겠나이다."

"고맙소."

수상한 시선을 온몸으로 받은 단영은 굳이 하지 않아도 될 인사를 부러 목소리까지 한껏 깔아 대답하였다. 그래봤자 이미 경계의 씨앗은 단단히 뿌리를 내린 듯했지만. 웬 삿된 것이 순진한 대군께 달라붙은 양 공 내관은 마지막까지 미심쩍은 듯 힐끔거리며 멀어졌다. 그걸 아는지 모르는지, 순진한 눈망울로 안에 들어가자 말하는 이정을 보며 단영은 몇 번이고 한숨을 삼켜야 했다.

오래지 않아 사랑채 안으로 세숫물과 갈아입을 옷이 들어왔다. 이정은 단영이 편히 옷을 갈아입을 수 있도록 친히 자리를 비켜주었다. 마침내 홀로 남게 된 단영은 낮게 한숨을 내쉬며 생명줄인 양 붙들고 있던 도포를 벗었다.

"밤중에 이게 대체 무슨 일이야……."

단영은 자꾸만 황망해지려는 정신을 가까스로 붙잡았다. 한밤중 집에 불이 난 것도 귀신이 곡할 노릇인데, 하필 저를 구해준 사람이 얼마 전 의뢰를 거절한 월산대군이라니. 일이 꼬여도 단단히 꼬인 듯한 느낌이 들었다. 안궐로 간다는데도 한사코 말리는 걸 보면 이 일을 빌미로 재차 궁가 영건을 부탁하려는 건가 싶기도 하고. 벌써부터 머리가 지끈거려 다시금 한숨이 새어 나왔다.

따듯한 물로 세수를 하고 새 옷으로 갈아입으니 소란했던 머릿속이 조금은 잠잠해졌다. 단영은 소반 위에 놓인 새 중립과 접선을 내려다보았다. 따로 부탁하지도 않았는데 이러한 물건이 준비되었다는 건, 그녀가 얼굴을 드러내길 극히 꺼려한다는 것을 월산대군이 온전히 헤아리고 있단 뜻이 된다. 환심을 사려는 의도인가. 아니면 그저 저 사람의 몸에 깊이 밴 측은과 덕인가. 제법 오래 기다리고 있는 중임에도 재촉 한번 하지 않는 문밖의 사내는 단영의 가슴을 자꾸만 무겁게 만들고 있었다. 단영은 새 중립과 접선으로 얼굴을 온전히 가리고서 문에 대고 말하였다.

"다 되었습니다, 대군 자가."

"그럼 들어가겠네."

나직한 목소리가 먼저 문지방을 넘더니, 이윽고 천천히 문이 열리며 이정이 안으로 들어왔다. 얼굴을 가린 단영을 잠시 뜻 모를 눈으로 바라보던 이정은 아무 말 없이 자리에 앉았다.

"옷이 좀 큰 듯한데, 불편하진 않은지 모르겠군."

"지금 그것을 따질 처지이겠습니까. 이리 빌려주시는 것만으로도 감읍할 따름입니다."

"그리 말해주니 고맙네."

이정의 말을 끝으로 사랑채엔 잠시 침묵이 흘렀다. 단영은 접

선 너머로 힐긋 이정을 바라보았다. 무슨 생각을 그리 깊이 하는
지, 대군의 미간엔 짙은 근심이 어려 있었다. 필시 궁가에 관한
이야기를 고민하는 것이리라. 지레짐작한 단영은 괜히 민망한 상
황이 오기 전에 먼저 선을 긋기로 하였다.

"오늘 구해주신 은혜를 갚기도 전에 감히 이런 말씀부터 올리
는 것이 송구하나, 일전에 소인에게 의뢰하셨던 궁가 영건은 다
시 부탁하신들 어려울 듯싶습니다. 배은망덕한 것이라 질책하셔
도 달게 받을 것이니, 부디 이것의 미흡한 그릇을 탓해주십시오."

단영의 말에 이정이 잠시 놀란 듯 눈썹을 까딱였다. 그러더니
이내 힘없이 입가를 늘였다.

"잠시나마 생각을 하긴 하였는데……. 역시 안 되는가 보군."

"다른 사례를 원하신다면 재화로라도 갚도록 하겠습니다."

"보상을 바라고 한 일이 아닐세. 자네에게 도움이 된 것만으로
도 난 충분하다 생각하니, 이 일로 마음의 부담은 갖지 않았으면
하네."

빈말이라기엔 이정의 얼굴 어디에도 어색한 빛이 없었다. 그
는 진실로 단영에게 달리 원하는 것이 없어 보였다. 다만 무언가
걸리는 구석이 있는지, 목소리를 낮추어 진중하게 물었다.

"대신 오늘 일어난 화재 사건, 어찌 된 일인지 내게 자세히 말
해줄 수 있겠는가?"

"자던 중에 갑자기 일어난 일이라 소인도 영문을 모르겠습니
다. 입춘이 지나고선 구들장을 데운 적도 없어 아궁이에 불씨도

없었을 텐데, 대체 어디서 불이 옮겨붙은 것인지……."

단영의 대답에 이정은 더욱 눈빛이 어지러워졌다. 굳이 궁가 안까지 데리고 들어와 나눌 이야기란 게 오늘 화재 사건의 진위였던가. 그 속을 알 수 없어 가만히 기다리니, 이정이 사뭇 가라앉은 목소리로 충격적인 이야기를 꺼냈다.

"오늘 일어난 화재 사건, 아무래도 나로 인해 일어난 듯하네."

"예? 그게 무슨 말씀이신지……."

"내가 자네를 찾아갔단 소식이 '저들'의 귀에 들어갔단 뜻이겠지."

의미심장한 이정의 말에 단영은 쉬이 말을 덧붙일 수가 없었다. 대관절 '저들'은 누구이고, 또 월산대군이 찾아온 게 무어 그리 중한 죄라고 저를 해하려 했단 말인가. 혼란스러운 기색이 역력한 단영을 보며 이정은 사죄하듯 고개를 숙였다.

"공연히 자네까지 위험에 처하게 한 것 같아 미안할 따름이네."

"잠시, 잠시만요. 자가의 말씀이 전혀 이해가 되질 않습니다. 자가와 소인 사이 접점이라곤 딱 한 번 안궐에 찾아오신 것밖에 없는데, 그게 오늘 사건과 무어 연관이 있다고 그리 말씀하시는 겁니까?"

"안산으로의 궁가 영건. 그것이 정녕 재이를 막기 위한 단순한 액막이라 생각하는가."

이정의 두 눈에 비참한 색이 떠올랐다. 오래도록 쌓이고 쌓여 결국 말라비틀어진 끝에 공허가 되어버린 절망. 그 짙은 단념의 색이 검은 동공을 가득 뒤덮고 있었다.

"이건 보이지 않는 싸움일세. 그리고 나는 결코 이길 수 없는 이 싸움에서 나의 알량한 신념이라도 지키기 위해 홀로 버티고 있지."

왕위 계승에서 밀려난 대군이 어떠한 것을 감수하며 살아야 하는지에 대해서 단영은 생각해본 적이 없었다. 아니, 머리로는 알고 있어도 깊은 속사정까지는 알 필요 없다 여겼다. 그래봤자 남들은 감히 우러러볼 수도 없는 위치에서 조금의 비관과 막대한 부를 향유하며 죽을 때까지 왕형불형王兄佛兄*하리라 생각한 게 전부였다. 방년의 청춘을 함부로 짓밟고도 제대로 벌조차 받지 않는 것이 작금의 종친이었으니까.

한데 눈앞에 있는 대군께선 당장 목에 칼이 들어온 듯한 얼굴을 하고 계셨다. 아니, 비단 오늘뿐만이 아니라 온 생을 그리 살아온 듯 절념絶念의 색이 짙었다. 대체 무엇을 잘못하셨기에. 대체 누구를 적으로 두셨기에.

"임금께선 대체 무얼 하시고요? 대군 자가께선, 그분의 형제이시잖습니까."

"성상께서 은혜로 굽어살펴주셨기에 오늘날까지 내가 살아 있는 것이네. 아니었다면 나는 진즉 이곳에 없었겠지. 나의 당숙이

---

*왕형불형王兄佛兄 왕의 형과 부처의 형이란 뜻으로, 부러운 것이 없고 아무 거리낌이 없음을 일컫는다.

신 귀성군께서 그러하시듯이."

감당하기 벅찬 이야기에 단영은 저도 모르게 헛숨이 새어 나왔다. 까마득히 높은 곳에서 무슨 일들이 벌어지고 있는 것인지 당최 상상이 되질 않았다. 그 소용돌이 한가운데 있는 이정은 이것이 늘 있던 일인 양, 다만 상관없는 이가 까닭 없이 휘말리게 되어 미안하다는 얼굴일 뿐이었다.

"오늘 일이 경고차 벌어진 일이었다면 그나마 다행이겠지만, 하필 오늘 자네를 구한 사람 또한 나이니 어쩌면 '저들'은 앞으로도 계속 위협하려 들지 모르네. 그러니 다른 이가 내 궁가를 맡아 영건을 시작할 때까지만이라도 당분간 이곳에서 지내주게. 다른 것은 일절 바라지 않겠다고 약조하겠네."

단영은 아무 말도 할 수 없었다. 생각지 못했던 사실을 마주하여 뒤통수가 얼얼한 것도 있었지만, 그보다는 목숨이 경각에 달린 상황에서도 남을 먼저 생각하는 월산대군의 저 태도가 단영을 더욱 기가 막히게 만든 까닭이었다.

기껏해야 단 한 번 마주친 사이였다. 그것도 간곡히 청한 부탁을 매몰차게 거절하였으니, 불에 타 뒈지든 길을 가다 칼을 맞든 쌤통이다 생각해도 누구 하나 대군을 나무라지 않을 것이다. 한데 이분은 어찌하여 나를 이토록 걱정하시는 것인가.

'이건 아닌데. 이런 모습은…… 내가 아는 왕실의 모습이 아닌데.'

답답할 만큼 이타적인 그의 태도에 단영은 울컥 북받치는 무언가를 삼켜내야만 했다. 고심하던 그녀의 입에서 낮은 목소리가 흘러나왔다.

"한 가지, 자가께 여쭙고 싶은 게 있습니다."

"뭐든 물어보게."

"자가께서 와리산으로 가려 하심은 도망치기 위함이십니까, 아니면 대적하기 위함이십니까?"

이것이 얼마나 위험한 물음인지 단영은 모르지 않았다. 자칫 잘못하였다간 거대한 풍랑에 휘말려 목숨을 잃게 될지도 모를 일이다. 하지만 벗어나기엔 이미 늦은 때란 것도 단영은 알고 있었다. 오늘 일이 정녕 월산대군이 말한 '저들'의 짓이라면, 그리고 이것이 그를 향한 무언의 경고였다면, 이미 자신 역시 표적이 되었음은 자명한 일일 테니. 가족의 원수나 다름없는 왕실이라 한들 지금은 지푸라기라도 잡아야 할 때였다. 안궐을, 그리고 오라버니의 책을 지키기 위해서라도. 긴 침묵 끝에 드디어 이정이 입을 열었다.

"내가 안산으로 가려는 것은, 바로 지키기 위함일세."

"무엇을 말씀이시옵니까?"

"이 나라를. 그리고 나의 임금을."

시종일관 까만 머루알같이 보드랍고 유약해 보이던 이정의 눈이 처음으로 흑요석처럼 단단하게 빛을 내었다. 나라와 임금을 지키고자 하는 그의 맹렬한 충심이었다. 사람이 얼마나 마음을 단단히 먹어야 저렇듯 강인한 눈을 할 수 있는 것인가. 감히 끝을 헤아릴 수 없을 만큼 깊디깊은 그의 진심에 단영은 차마 어리석다며 비웃을 수조차 없었다. 복잡하게 뒤엉킨 생각들을 하나하나 정리하길 한참. 단영은 『지화비결』과 나경이 든 봇짐을 손에 꾹 쥐며 입을 열었다.

"소인은, 자가와 달리 이 나라를 지킬 생각이 없습니다."

"자네에게 부담을 주려 한 말은 아니니……."

"다만."

의지만큼 굳게 주먹을 쥔 단영이 이정과 눈을 마주하였다.

"자가께서 새로이 들어가실 궁가는, 지켜보겠습니다."

예기치 못한 말에 이정이 놀란 얼굴로 단영을 보았다. 혹여 잘못 들은 것인가, 흔들리는 눈빛에 의심과 기대가 반씩 뒤엉켜 있었다. 머릿속에선 지금이라도 돌아가라는 듯 붉은 깃발이 휘날렸지만 단영은 제가 한 말을 무르지 않았다. 대신 이정에게 결심을 확고히 밝혔다.

"의술이 한 사람의 운명을 좌우하는 것이라면, 점혈은 한 집안의 역사를 좌우한다 하였습니다. 대군 자가의 궁가 영건을 소인에게 허락하여주십시오. 저희 안궐이, 자가의 역사를 지켜드리겠나이다."

목숨을 바쳐서라도 무언가를 지키고 싶은 마음이 얼마나 간절한 것인지 단영은 누구보다 잘 알고 있었다. 월산대군 역시 그런 마음일 것이다. 그렇기에 기꺼이 그 사지로 걸어 들어갈 수 있는 것이다. 비록 나라에 의해 가족을 잃었지만, 단영은 그들과 똑같은 사람이 되고 싶진 않았다. 하여 자신이 할 수 있는 방법으로 대군을 도와볼 생각이었다. 오라버니라면, 분명 그리했을 테니까.

"어찌 마음을 바꾼 것인가?"

"지키고 싶다 하시지 않았습니까. 그 마음 하나만 믿고 따르려는 것뿐입니다. 이제 소인이 살길도 그것밖에 없을 듯하고 말입니다."

이정은 뜻하지 않은 행운을 얻은 사람처럼 얼떨떨한 미소를 지었다. 곧 진심 어린 기쁨이 그의 만면에 번졌다.

"참으로 고맙네. 이 은혜는 무엇으로도 갚지 못할 걸세. 원하는 것이 있다면 뭐든 말해주게. 내 평생을 걸쳐서라도 갚을 터이니."

"소인 역시 보상을 바라고 하는 일이 아닙니다. 그저 가인이라 명명한 소인의 직분을 지키기 위함이니, 자가께선 흔들리지 마시고 지금 가시는 그 길을 굳건히 걸으십시오. 길을 닦는 건 저희 안쿨이 할 터이니."

두 사람의 시선이 단단히 얽매어졌다. 여우를 상대하기 위해 호랑이 곁에 선 기분이 이러할까. 두려운 마음이 일었으나 단영은 의지를 굳게 다졌다. 도망칠 수 없을뿐더러 도망치고 싶지도 않았다. 기꺼이 싸워서 지켜낼 생각이었다. 안쿨이 터를 닦고 높이 세워 올린 곳에 담길, 월산대군의 그 마음을.

"영건이 시작될 때까진 이곳에서 머물면 되네."

이정을 따라간 곳에서 단영은 작게 입을 벌렸다. 연경궁의 동남쪽에 위치한 그곳에는 근래 많이 쓰이는 소나무 대신 느티나

무로 짜 올린 높다란 침루寢樓*가 있었는데, 그 외양이 가히 검이
불루儉而不陋 화이불치華而不侈**라 일컬을 만큼 절제된 아름다움이
돋보였던 것이다.

전후퇴 모두 합하여 열두 칸으로 이루어진 침루는 15척쯤 달
하는 누주樓柱***가 반듯한 정방형의 사모지붕을 이고 있었다. 계
자난간을 마루 주위에 둘러 탁 트인 전경을 볼 수 있게끔 누각의
쓰임을 살린 한편, 안쪽에 벽과 문을 세우고 창까지 내어 침식도
할 수 있게 만들었다. 침방에 들어가려면 반드시 사다리를 타고
직각으로 올라가야 했는데, 오르내리며 미끄러지는 것을 방지하
기 위해 디딤대마다 평평하게 다듬어 마치 계단처럼 꾸며놓았다.
그 높이가 몹시 까마득하니, 땅의 습기가 함부로 침방과 마루를
범하지 못할 듯하였다. 그저 행랑채 한 칸 내주어도 감지덕지인
데 이렇듯 높고 아름다운 침루라니. 단영은 어쩐지 송구한 기분
이 들어 선뜻 사다리에 오르지 못하였다.

"소인이 감히 이곳에 거하여도 될지 모르겠습니다."

"접빈객은 곧 군자의 덕이니, 『동국이상국집』에 따르면 빈객을
묵게 하는 집은 반드시 높게 지어 전망을 막아서는 아니 된다 하
였네. 연경궁에서 이 침루만큼 풍광을 즐기기에 제격인 곳도 없
으니, 가인은 사양치 말고 편히 이곳에 머물러주게."

싱긋 웃은 이정이 문득 떠오른 것을 말하였다.

---

*침루寢樓 침식이 가능한 2층 누각. **검이불루儉而不陋 화이불치華而不侈 검소하되 누추하지 않
고, 화려하되 사치스럽지 않다는 뜻. ***누주樓柱 누각의 기둥감으로 쓰는 굵고 긴 통나무.

"아, 그러고 보니 아직 통성명도 하지 못하였군. 내 군호는 월산이고 자는 자미, 호는 풍월정이네."

이정이 자신의 자와 호까지 밝히며 단영의 이름을 청하였다. 그 모습이 꼭 새 벗을 사귀는 어린아이처럼 즐거워 보였다. 그를 따라 선뜻 제 이름을 밝히려던 단영은 벌어졌던 입술을 도로 다물었다. 이내 그녀의 입에서 나온 건, 그녀의 진짜 이름이 아닌 호패에 적힌 가짜 이름이었다.

"소인은 장가 수모라 합니다."

장수모는 단건이 유배지에서 홍수로 목숨을 잃고, 그 충격으로 쓰러진 아버지의 장례를 치르던 날 안궐 식구들이 구해다 준 그녀의 거짓 신분이었다. 당장 입에 풀칠할 보리 한 톨 없는 어느 양민에게 쌀 한 가마니 넘겨주고 호패를 얻어 온 것이다. 이 호패 하나로 단영은 낙안 홍씨 양반가의 여식에서 하잘것없는 양민 사내가 되었다. '상서로운 붉은 기둥'이란 뜻의 홍가 단영이 아닌, 세상 물정에 어두운 부모가 사망 신고를 하지 못해 '아무개' 그 자체가 되어버린 장가의 수모誰某가.

"다만 오랫동안 이름을 잊고 살아 도리어 낯서니, 소인은 그저 가인이라 불리는 것으로 족합니다."

"그럼 자네의 이름은 내 마음으로만 간직하고 있겠네."

마음으로 이름을 간직한다. 그 말에 어쩐지 가슴 아래가 간지러워지는 건 거짓을 말하였다는 죄책감인가, 아니면 전혀 다른 이유 때문인가. 알 수 없는 감정에 기분이 이상야릇해져 공연히 입술을 꾹 맞다무는데, 이정이 한 번 더 곤란한 질문을 하였다.

"한데 얼굴은 앞으로도 계속 그리 가리고 다닐 셈인가?"

"예?"

"통성명도 하였겠다, 이제 한집에서 함께 거하게 되었으니 조금은 편하게 생각해도 될 듯하여 하는 말일세."

단영이 당황하여 눈을 빠르게 깜빡였다. 당장 궁가 영건에만 집중하느라 앞으로 내내 이 집에서 월산대군과 함께 생활한다는 건 깜빡 잊은 까닭이었다. 한집에 머물게 되면 아무래도 마주할 일이 더 잦을 테니, 때마다 집요하게 얼굴을 가리는 것도 요상하게 보일 터. 하나 아무리 그래도 대놓고 얼굴을 드러내는 건 문제가 될 듯하였다. 지금처럼 중립과 접선 사이로 언뜻언뜻 보일 땐 그저 '얼굴 좀 곱상한 사내'로 그칠 수 있었지만, 대놓고 얼굴을 드러낸다면 그건 전혀 다른 일이었기 때문이다. 사내와는 확연히 다른 선에 이따금 저도 모르게 나오는 사소한 습관들이 언제 어느 때건 의심을 불러일으킬 수 있었다. 하니 눈 가리고 아웅이라 할지라도 얼굴을 내보이는 건 최대한 삼가야 했다. 짧은 순간 고민을 마친 단영은 뻔뻔히 오리발을 내밀었다.

"송구하나 소인의 얼굴엔 어릴 적부터 흉한 반점이 있어, 내보이는 것을 무례라 여기며 살아왔습니다."

"반점?"

"예. 감히 자가께 함부로 내보이기 두려우니 부디 하해와 같은 마음으로 헤아려주십시오."

"그런 사정이 있었군…… 마음고생이 심했겠구려."

다행히 이정은 의심 없이 퍽 안타까운 표정을 지었다. 저리 순진하신 분을 속여 먹는 것에 조금은 양심의 가책이 느껴졌지만, 서로의 평안과 일신의 안전을 위해선 어쩔 수 없는 일이었다. 죗값으로 내일부터 얼굴에 반점 칠까지 해야 할 성싶다. 매사에 철저한 단영이 반점을 칠할 시간까지 고려해 일어날 시각을 헤아리는데, 이정이 돌연 미간을 팔자로 축 늘어트리며 말했다.

"그럼 난 길가에서 자네가 내 곁을 지나가도 알아보지 못하겠군. 그리 얼굴을 꽁꽁 싸매고 있으니, 자네가 작정하고 숨으면 찾을 방도가 없지 않겠는가."

"제가 밤도망이라도 갈까 그러십니까?"

"사람 일이란 게 무슨 일이 생길지 모르지 않는가. 길을 걷다 갑자기 인파가 밀려들어 자네를 놓칠 수도 있고, 또 누군가 얼굴을 죄 가리고 자네인 척 나를 속일 수도 있고."

허어. 거참 상상력 풍부하시네. 마치 겁 많은 어린아이를 보는 듯한 기분에 짧게 실소를 친 단영은 얼굴을 내보이는 대신 봇짐에서 나경을 꺼내 들어 보였다.

"이 나경. 이리 생긴 나경은 조선팔도에서 오로지 소인만 갖고 있습니다. 잘 때는 물론 밥을 먹든 뒷간을 가든 한시도 놓지 않고 늘 품에 지니고 있는 물건이니, 혹 누군가 소인인 척 얼굴을 가리고 자가께 접근하거든 이 나경을 찾아보십시오. 이것이 곧 저를 증명하는 물건입니다."

단영이 내민 독특한 모양의 나경을 이정은 유심히 바라보았다. 그는 마치 상대의 보물을 귀히 관찰하듯 나경에 새겨진 64괘와 108개의 적선까지 하나하나 소중히 눈에 담았다.

"이것이 자네의 얼굴이로군."

이내 단영에게로 돌아온 그의 눈이 부드러운 미소를 띠었다.

"잘 기억하여 반드시 잊지 않겠네."

그렇게 말하는 이정의 얼굴이 일순 밤하늘의 달보다 더 밝게 빛났다. 실로 눈이 멀 만큼. 그 얼굴을 바로 눈앞에서 본 단영은 저도 모르게 나경을 휙 거두고 접선을 바짝 얼굴에 붙였다. 뜀박질을 한 것도 아닌데 느닷없이 가슴이 쿵쿵 뛰어오르고 얼굴에 열이 오른다. 필시 오밤중 겪은 충격적인 일로 인해 몸에 무리가 간 것이라.

"그, 그럼 소인은 이만 먼저 물러나겠습니다. 평안한 밤 보내십시오, 자가."

꾸벅 허리를 숙인 단영이 다람쥐 달아나듯 쪼르르 사다리를 타고 침루에 올랐다. 눈 깜짝할 새에 높다란 침루 위로 사라진 단영을 보며 당황하길 잠시. 곧 이정도 낮게 웃으며 전하지 못한 인사를 건네었다.

"부디 평안하시게. 가인, 자네도."

물끄러미 침루 위를 바라보던 이정은 오래지 않아 자신의 사랑으로 건너갔다. 그렇게 비밀을 감춘 단영과 그녀에게 운명을 건 이정의 첫 밤이 저물고 있었다.

* * *

안궐이 월산대군의 궁가 영건을 맡게 된 일로 조정은 한바탕 시끄러워졌다. 왕족의 궁가를 어찌 공장안에 이름도 올리지 못한 사공장 집단이 지을 수 있냐며 반발이 일어난 것이다. 대신들은 경연을 마치기 무섭게 부당함에 대해 토로하였다.

"전하, 월산대군 자가의 궁가를 짓는 일은 곧 나라의 새 궐을 영건하는 것과 같사옵니다. 한데 공장안에 이름도 올리지 않은, 하물며 상지관도 아닌 한낱 반풍수 따위가 궁가 영건의 책임을 맡다니요. 이는 천부당만부당한 일이옵니다!"

"안궐의 가인 장수모가 공조에 나아갔을 때 얼굴에 흉이 있다는 이유만으로 낯을 온전히 드러내지 않았다 하옵니다. 이리 의뭉스러운 자를 어찌 믿고 궐의 일을 맡기신단 말씀이시옵니까?"

"그자는 필시 요설로 나라를 흔들려는 협잡꾼이 틀림없사옵니다. 이 일로 백성들이 요사스러운 학설을 믿는 풍토가 만연해질 것이 염려되오니, 청컨대 조성도감을 철저히 살피시어 실로 믿을 만한 이를 세워주시옵소서!"

"세워주시옵소서!"

백관들이 강력히 안궐 가인의 면직을 주청하였다. 하나 일찍이 월산대군이 찾아와 영건의 진행과 안궐의 안위를 지켜줄 것을 간곡히 청하고 간 터라. 임금도 이번만큼은 쉬이 뜻을 굽히지 않았다.

"지난날 궁궐을 수리할 때는 관상감에서 기년 ##에 택일을 하였다고 처벌하기를 청하더니, 어찌하여 오늘은 대간들의 말에 차이가 있는가? 이제 와 풍수를 요사스러운 낭설로 치부하는 것은 받아들일 수 없다. 과인이 살펴보니 안궐의 가인이 이미 갑오년에 풍수학인으로 공천을 받은 일도 있는 터, 어찌 이번 영건에 적합하지 않다 할 수 있겠는가."

자신들의 억설에 도리어 발이 묶인 대신들은 더 이상 강하게 밀어붙이지 못하였다. 이대로라면 월산대군의 궁가 영건이 제 손아귀를 벗어날 수도 있는 터라. 조용히 돌아가는 태세를 살피던 한명회가 비로소 나아가 입을 열었다.

"전일에 주계부정 ## 심원이 세조조의 공신은 쓸 일이 없다 글을 올린 것을 보고 노신이 통분하기 이를 데 없었사옵니다. 근자에 노신이 천거한 인사는 쓰지 않으시고 사사로이 세간의 범부를 쓰신 것 또한 이와 같은 일이니, 이는 노신을 배척하여 물러나게 하려 하심이옵니까?"

다소 날이 선 한명회의 언사에 사정전의 공기가 한순간에 서늘해졌다. 한명회는 세조 때부터 여러 번 공신을 수여받았으나 때마다 여러모로 뒷말이 많았다. 이로 인해 그를 비판하며 파란을 일으킨 신하들도 적지 않았으나, 하나같이 그 말로가 좋진 않았다. 하여 한동안은 모두가 쉬쉬하며 몸을 사리는 듯했건만, 작금에 이르러 이러한 비판이 다시금 수면 위로 오르기 시작한 것이다. 설상가상 임금께서 훈구를 몰아낼 요량으로 사림까지 조정에 불러들이고 계시니. 예전 같지 않은 위세에 한명회도 이를 드러낼 수밖에 없었다.

임금이라고 이러한 한명회가 어찌 달가울까. 하나 아직은 때가 아니었다. 서서히 세심하게 세력의 균형을 잡아야 후에 뒤탈이 없는 것이 조정의 일이다. 지금은 늙은 여우가 함부로 날뛰지 못하게 뒷목을 잡아채는 것만이 최선이었다. 임금은 대놓고 불편함을 드러내는 한명회의 진의를 간파하면서도 짐짓 모른 척 그를 달래주었다.

"과인이 주계를 인견하여 물으니, 다만 은혜와 의를 헤아려 공신 쓰기를 조심하라는 말이었으므로 다른 뜻을 숨긴 것은 아니었다. 하니 영사는 그 일을 마음에 두지 말라. 또한 사람마다 자신이 흉하다 생각하는 부분을 감추고 드러내지 아니하는 것은 응당 지탄받을 일이 아니니, 이는 궁가 영건과는 하등 관계가 없는 일이다. 더 이상 이 일로 논하지 말라."

임금은 영건의 책임자를 바꿀 일은 없을 것이라며 못을 박았다. 임금이 저리 강경하게 나올 땐 그 뜻을 꺾을 방도가 없으니, 마지못해 허리를 숙인 한명회는 아무도 모르게 이를 갈았다.

주춧돌
놓기

조성도감

아늑한 꿈결 너머로 새벽 산새의 울음소리가 나직이 스며들었
다. 천천히 눈꺼풀을 들어 올린 단영은 아직 잠기운이 묻어난 눈
으로 멍하니 천장을 보았다. 천장지를 바르지 않아도 나무의 아
름다움을 충분히 살려 서까래를 내보인 연등천장에 어슴푸레한
새벽빛이 아롱지고 있었다.

연경궁 침루에서 신세를 지기 시작한 지도 어느덧 아흐레가
지났다. 첫날만 해도 종이반자 대신 보이는 연등천장에 흠칫 놀
라 경칩 개구리라도 된 양 펄쩍 뛰어올랐는데. 며칠 사이 적응이
되었는지 이제는 저 반질반질한 서까래가 퍽 반갑기도 하였다.
느티나무의 향긋한 내음과 비단 금침의 보드라운 감촉 속에서 동
창을 열어 탁 트인 전경을 바라보고 있노라면, 잠시나마 거대한

학을 타고 하늘로 오른 기분까지 들었다. 고작해야 일다경一茶頃*
도 못 즐길 신선놀음이긴 했지만.

"누가 일어나기 전에 얼른 채비하자."

남은 잠을 털어낸 단영은 갈아입을 옷과 중립에 접선, 거기에
손바닥만 한 단지 하나까지 바리바리 챙기고서 밖으로 나섰다.
능숙하게 사다리를 타고 내려온 단영은 곧장 목간으로 향하였다.
연경궁엔 두 개의 목간이 따로 설치되어 있었는데, 하나는 주인
인 월산대군이 쓰는 것이요, 또 하나는 이 댁에 머물다 가는 손님
의 것이었다. 크고 화려하진 않아도 손님에게 불편함이 없도록
필요한 것을 모두 갖추었으니, 한낱 목간에도 월산대군의 사려
깊은 성정이 고스란히 녹아 있다 할 수 있었다.

단영은 시비가 미리 준비해놓은 따듯한 물로 세수를 시작하였
다. 아침마다 침루로 세숫대야를 올려 시중을 드는 대신 목간에
따듯한 물만 준비해달라 일러두었던 것이다. 빠르게 용모를 단장
한 단영은 가져온 단지를 열었다. 단지 안엔 숯가루와 잇꽃을 돼
지기름에 개어 만든 검붉은 염료가 들어 있었다. 일전에 매분구**
에게 부탁했던 물건이 어제 막 완성된 것이다. 단영은 물에 얼굴
을 비쳐가며 그것을 콧등과 뺨 언저리에 꼼꼼히 바르기 시작하였
다. 월산대군에게 얼굴을 숨기기 위해 내놓은 핑계가 하필 얼굴
에 난 흉한 반점이라. 행여나 얼굴이 드러날 사태를 대비하기 위

---

*일다경一茶頃 한 잔의 차를 마실 정도의 사이라는 뜻으로, 매우 짧은 시간을 이르는 말. **매분구
조선시대, 집집마다 돌아다니며 화장품을 팔던 상인.

함이었다. 사서 고생을 한다며 살짝 후회가 일기도 하였지만, 모름지기 사람을 속이려면 이 정도의 수고는 필수불가결이었다.

그렇게 얼굴 한가운데에 아이 주먹만 한 반점을 그린 후, 단영은 중립과 접선으로 겹겹이 얼굴을 가리고서야 목간을 나올 수 있었다. 그사이 행랑의 종들도 잠에서 깨어나 부산스레 돌아다니고 있었다. 단영은 최대한 그들과 눈이 마주치지 않게 조심하며 침루로 돌아갔다. 침방으로 들어가니 이미 그녀를 위한 조반상이 차려져 있었다. 방금 지어 김이 모락모락 나는 따끈한 흰쌀밥에 잘게 찢은 닭고기와 무 조각을 오래 끓여낸 계탕, 그리고 각종 장과 김치들까지 정갈하면서도 맛깔스럽게 담겨 있었다. 단영은 접선만 거두고서 맛나게 조반상을 비웠다.

부른 배를 두드리며 사다리를 타고 내려가는데, 저 멀리 사랑채에서도 종들이 바지런히 움직이는 모습이 보였다. 중문을 넘어 사랑채로 향한 단영이 닫힌 문을 향해 꾸벅 허리를 숙였다.

"대군 자가, 소인 이만 길을 나서기 전에 문안 인사 올립니다."

"가인."

단영의 인사에 이정이 사랑채에서 나와 그녀를 반겼다. 그러다 문득 표정을 가다듬더니, 짐짓 엄한 목소리로 묻는 게 아닌가.

"자네는 진정 가인이 맞는가?"

진지한 표정과 달리 두 눈엔 장난기가 그득그득했다. 익숙한 상황에 지겹다며 한숨을 내쉬면서도 단영은 품에서 나경을 꺼내 보여주었다.

"예. 맞습니다. 소인이 바로 자가의 연경궁에 머물고 있는 안 궐의 가인이옵니다."

"나경을 보니 진정 자네가 맞는구먼."

그제야 이정이 소년처럼 환하게 웃었다. 누가 가인인 줄 모르겠으면 나경을 확인하시라 일렀더니, 그날 이후로 이정은 종종 저렇게 장난을 걸어오곤 하였다. 아무도 모르는 단둘의 비밀 신호처럼 생각하시는 건지. 아주 다섯 살배기 꼬마가 따로 없다.

"간밤에도 평안하였는가?"

"자가의 은덕에 평안하였습니다. 자가께서도 간밤 안녕하셨습니까?"

"나도 덕분에 안녕하였네."

매일같이 나누는 이 인사가 무어 그리 좋은지. 이정은 마치 우애 깊은 벗과 오랜만에 마주한 사람처럼 다정히 웃었다. 객을 대함에 있어 늘 예와 의를 다하려는 것인가, 아니면 제 궁가를 지어줄 이이니 비위를 맞추려는 것인가. 그도 아니면, 그저 마음을 나눌 사람이 고팠던 것일지도. 뭐가 되었든 참 사람 홀리게 하는 미소임에는 변함이 없었다.

"그럼 이만 물러가겠습니다."

"오늘도 평온 무탈히 잘 다녀오시게."

침루에는 금세 적응하였어도 저 곱디고운 꽃도령 미소는 볼 때마다 새로운지라. 마주할 때마다 괜스레 기분이 이상해져 단영은 서둘러 인사를 마치고서 연경궁을 나섰다.

밖으로 나서자 어쩐지 더욱 뿌예진 공기가 그녀를 맞이하였다. 초일부터 흙비가 내리더니 이레가 지난 오늘까지 걷히지 않고 있었다. 숨을 들이쉴 때마다 목 안이 깔깔해져 저도 모르게 헛기침을 하게 될 정도였다. 흙비도 자욱한 데다 얼굴에 그린 반점까지 신경이 쓰여 단영은 접선을 얼굴에 바짝 붙인 채 안궐로 향하였다.

늘 검은 머리통으로 빼곡했던 안궐의 붉은 토석담이 오랜만에 본모습을 드러내었다. 월산대군의 궁가 영건을 이유로 안궐이 임시 조성도감으로 지정되며, 사사로이 받던 의뢰를 전부 중단하게 된 것이다. 나라에서 시킨 일이니 어찌할 수 있겠느냐만, 몇 달을 기다려준 손님들을 나 몰라라 할 순 없었다. 하여 단영은 기존 의뢰가보다 반절을 낮춘 가격으로 집을 지어드리겠노라 약조하고서 기약 없이 기다려야 하는 손님들의 속상한 마음을 달래주었다. 안궐이 존재할 수 있는 이유는 이곳을 찾는 손님들에게 있고, 그들에게 있어 집은 삶과 직결된 문제이니, 손님들의 마음을 지극히 헤아려야 한다는 것이 단영의 오랜 지론이었다. 아버지 홍지반이 그녀에게 남겨준 자산이기도 했고.

"자, 다들 사진仕進*하였는가!"

단영이 장난스레 외치며 안으로 들어가자, 마당에서 싸리비를 쥔 황 노인과 헝겊을 쥔 머루가 그녀를 맞이하였다.

---

*사진仕進 벼슬아치가 규정된 시간에 근무지로 출근함.

"오늘도 일찍 나오셨구먼그래."

"오셨습니까, 가인 나리."

"흙비가 심하니 적당히 쓸고 들어가게나. 하루 이틀 만에 끝날 흙비가 아닌 듯하니."

손수건으로 입을 가린 채 사뿐사뿐 걸어온 청하도 인상을 찡그리며 말했다.

"어우, 난데없이 이게 웬 흙비래요? 꽃샘추위 갔다고 좋아라 했더니, 이건 뭐 흙비 때문에 비싼 돈 들여 사들인 비단까지 죄 누레지게 생겼어요. 아니, 게다가 어제는 글쎄 누가 저더러 안궐이 월산대군의 궁가 영건을 맡아서 하늘이 흙비를 내린 거란 말도 안 되는 소릴 하는 거 있죠?"

청하가 쉬지도 않고 내뱉은 말에 황 노인이 싸리비를 붕붕 휘두르며 대번에 화를 내었다.

"어떤 썩을 놈의 자식이 그런 몹쓸 구업口業을 쌓아? 염병할, 흙비는 우리가 아니라 나라님께서 번거롭게 토목공사를 일으키셔서 그런 게지!"

"스승님, 그 또한 구업입니다."

머루의 말에 황 노인이 입을 꾹 다물면서도 씨근거렸다. 그들의 말마따나 이번 흙비를 두고 누군가는 임금이 농번기에 숭례문 수리를 강행하여 백성의 원망을 불러일으킨 탓이라 하였고, 또 누군가는 한낱 사공장 집단인 안궐이 함부로 궁가의 역사役事를 맡아 하늘이 노하신 탓이라고도 하였다. 그것이 안궐을 향한 불만인지, 아니면 멀쩡한 연경궁을 놔두고 또 으리으리하게 지어질 새 궁가를 향한 사정 모르는 불만인지는 알 수 없었지만, 확실한 건 작금의 영건을 썩 좋지 않게 보는 시선들이 많다는 것이었다. 단영은 쏩쓸해지는 입안을 마른침으로 훑고서 애써 마음을 다잡았다.

"어쩔 수 없지. 가라앉을 때까진 최대한 우리가 조심하는 수밖에."

"한데 가인 나리, 오늘따라 어찌 그리 접선을 바짝 붙이고 계시어요?"

문득 청하가 눈두덩에 힘을 주더니 단영을 유심히 쳐다보기 시작했다. 지레 접선 쥔 손에 힘이 들어간 단영은 눈을 좌우로 굴리며 시치미를 떼었다.

"내, 내가 얼굴을 가리고 다니던 게 하루 이틀 일인가, 뭐."

"손님들이 계실 때면 모를까, 지금은 저희들밖에 없는데 뭐 그리 가리시어요."

"담장 너머로 누가 보기라도 하면 어쩌려고."

"흐응, 자꾸 가리시니 더 궁금해지네. 뾰루지라도 나신 것이어요?"

청하가 눈을 흘기며 요사스럽게 웃었다. 그러잖아도 여인임을 숨긴 채 연경궁에 들어가게 된 것을 몹시 걱정하던 이들이라. 가뜩이나 노심초사하는 그들에게 얼굴에 흉한 반점까지 그리게 된 사정을 알리고 싶진 않았다. 깔깔거리며 놀려대는 꼴은 또 그것대로 보고 싶지 않았고 말이다. 하여 단영은 부러 목에 힘을 주어 행수답게 엄히 말하였다.

"잡설은 그만하고! 이만 들어가서 다들 일하도록 해. 시일이 촉박하여 여유 부릴 때가 아니란 말이야."

"어! 말벌! 나리, 조심하시어요!"

"으악!"

그 순간, 말벌 한 마리가 맵찬 날개 소리를 내며 달려드는 바람에 놀란 단영이 반사적으로 접선을 날렸다. 휙- 하고 허공을 날아간 접선은 정확히 말벌을 맞춘 뒤 떨어졌고, 접선을 따라 땅으로 향했던 여섯 개의 까만 눈들은 고스란히 궤적을 타고 올라 단영의 얼굴로 향했다. 침묵이 지나간 자리로 숨 집어삼키는 소리가 뒤따랐다.

"히익……!"

"나리! 얼굴이 대체 왜 그러시어요?"

"누가 고운 얼굴을 이리 알록달록하게 만든 게야! 그 대군 놈이 그런 겝니까? 예?"

세 사람은 단영의 얼굴에 생겨난 붉은 반점을 보곤 기겁을 하며 난리를 쳤다. 이걸 어디서부터 설명해야 하나. 지끈거리는 머리를 짚은 단영은 호들갑 떠는 세 사람을 조용히 시키려 애를 썼다.

"생각하는 그런 것 아니야."

"아니긴 무어가 아니란 말씀이시어요! 한 집안에 김 별감 성을 모르는 것도 유분수지, 감추지 말고 다 털어놓으시어요. 대체 누

144

가 나리의 얼굴을 이리 만들었단 말이어요? 정녕 대군 자가께서 이러신 것이어요?"

"사람 얼굴을 아주 곤죽으로 만들어놓았구먼그래! 코는 안 주저앉았나? 이런, 조금 낮아진 것 같은데!"

"그러고 보니 얼굴이 조금 부숭해지신 것도 같고……. 가인 나리, 연경궁에서 대체 무슨 험한 일을 겪고 계신 겁니까."

아니란 한마디에 세 사람의 눈물바람이 밀려들었다. 사람 그렇게 안 봤는데 손버릇이 영 좋지 않다며 그들은 월산대군을 욕하기까지 하였다.

"잠깐, 이 손 좀……! 말 좀 하게 해줘!"

단영은 제 얼굴을 떡 반죽인 양 주물러대는 세 사람을 간신히 떼어내고서 자초지종을 설명하였다. 그러자 당장이라도 연경궁으로 쳐들어갈 듯이 굴던 세 사람이 한 김 흥분을 거두었다.

"그게 참말이어요?"

"이것 봐. 이리 문지르면 지워지잖아."

단영은 끄트머리만 살짝 문질러 번지는 염료를 보여주었다. 그제야 세 사람이 안도의 한숨을 내쉬었다.

"어휴, 난 또. 하마터면 관아에 고할 뻔했네."

"돌아가신 행수 어르신 뵐 낯이 없어질 뻔하였어."

"동감입니다, 스승님."

저마다 가슴을 쓸어내리는 그들을 보며 단영은 못 말린다는 듯 헛웃음을 흘렸다. 이러나저러나 다들 저를 아끼는 마음에 그런 것이니, 저들을 어찌 나무랄 수 있을까. 조금 유난스럽긴 해도 저 마음들 덕분에 제가 이날 이때껏 살 수 있었던 것을. 세 사람을 보며 흐뭇하게 웃는데, 단영의 눈에 문득 마지막 안궐 식구가 보였다. 어디에 있다 이제야 나타난 건지, 뒤늦게 단영의 반점을 마주한 동석이 세상 무너진 표정을 지으며 절규하였다.

"나으리이, 얼굴이 그게 뭐유! 내 이놈의 대군 놈을 기양-!"

분노와 비례하는 동석의 말 길이가 쩌렁쩌렁 마당을 울렸다. 저놈은 또 어찌 진정시켜야 하나……. 귀청이 떨어져라 울부짖는 동석을 보며 단영은 체념하듯 한숨을 내쉬었다.

* * *

안궐 식구들은 각자 맡은 소임대로 움직이기 시작하였다. 목수 겸 석수인 동석은 영건에 쓰일 자재들을 구하러 온갖 곳을 돌아다녔다. 본래라면 강원도 떼꾼에게 직접 의뢰하여 벌목한 나무를 받고, 또 이 나무를 말려 껍질을 벗기는 것만으로 3년을 소요했을 것이다. 하지만 때마침 나라에서 현숙공주의 새 궁가를 짓기 위해 일찍이 말려두었던 목재들이 있어 이것을 월산대군의 새 궁가에 쓰기로 하였다. 최소 100년생 이상의 소나무 목재들로만 특별히 엄선한 덕에 질 좋은 목재가 공으로 생겼다. 부가적으로 필요한 목재는 추후 강원도에 직접 가 구하기로 하고서 동석은 석역에 필요한 자재들만 우선적으로 구하였다. 황 노인은 자신의 옛 친우가 운영하는 사요私窯에 종일 앉아 기와를 구워내었다. 남

146

들이 만든 기와는 도통 믿을 수가 없으니, 제 손을 거친 기와가 아니라면 와편 하나 쓰지 않는 것이다. 가마를 빌리는 대신 사요에서 팔 기와도 함께 만들어주니, 별와요 출신의 특출한 장인이 만들어주는 기와에 옛 친우는 재료와 공간을 아낌없이 제공해주었다. 머루와 청하는 당장 급한 일이 없는 대신 이곳저곳에 발품을 팔아 필요한 잡무들을 처리해주었다.

단영은 공사의 기틀이라 할 수 있는 견양 제작에 심혈을 기울였다. 지진이 잦은 험한 땅에 짓는 데다 난생처음으로 맡아본 궁가라. 단영은 나라의 큼직한 공사에 참여했다던 대목들까지 한 명 한 명 찾아다니며 궁가에 관련된 양식과 법도 등을 세세히 배워나갔다. 물론 나랏일이니만큼 공조에서도 사람을 보내어 임시 조성도감을 관리하게 하였다.

"가사제한령家舍制限令에 한 치도 어긋나지 않게 제작하라 그리 일렀거늘!"

바로 선공감의 미친개, 최지엽이었다.

"이 견양대로라면 전후퇴를 아울러 서청의 크기가 12칸이 넘지 않는가. 설마 대군의 궁가가 60칸을 넘어선 아니 된다는 것도 모르는 것은 아니겠지?"

본디 지엽은 어릴 적 월산대군의 배동으로 그와 깊은 우애를 나누던 사이라. 벗의 곁에 법의 테두리를 아슬아슬하게 오가며 장사치 놀음이나 하는 단영이 있는 게 그로선 영 불안했나 보다. 가뜩이나 원칙주의를 부르짖으며 안궐의 틈을 호시탐탐 노리던 이가 이토록 쥐 잡듯이 꼼꼼하게 괴롭히는 것을 보면 말이다.

"어허, 참! 이것 보게. 여긴 계산도 틀렸지 않은가! 흙일을 한다는 이가 구장산술九章算術*도 제대로 익히지 못한 겐가?"

"그러잖아도 잘못 기입하여 조금 이따 한꺼번에 고치려 하였는데, 그새 보신 겁니까? 하여튼 귀신입니다, 귀신!"

"몰래 넘어가려 했던 것이라면 아서게. 아무리 꼼수를 부려도 내 눈을 피할 수는 없을 테니."

"염려 붙들어 매십시오. 경국대전의 공전工典이 이 머릿속에 전부 다 있다 이 말입니다."

"오호라, 그럼 지금 당장 시험하여도 전부 통을 받을 수 있으렷다?"

"하! 참! ……바쁘니까 저리 좀 가십시오. 최 판관께서 자꾸 방해하시니 집중이 안 되잖습니까, 집중이."

단영은 지엽과 시도 때도 없이 으르렁거리며 설전을 벌였다. 만불동이 찾아와 성질을 긁어댈 때에도 되레 여유를 부리며 농지거리만 잘하였는데. 왜 최 판관만 만나면 이렇듯 서로 못 잡아먹어 안달인지 모르겠다. 분명 전생에 원수였던 게 틀림없다.

"똑바로 정리하게, 똑바로. 나중에 필히 다시 검토할 것이야."

지엽은 곳곳을 돌아다니며 안궐 식구들이 영건 준비를 제대로 하는지 매의 눈을 뜨고 지켜보았다. 하도 야박하게 굴기에 청하가 눈웃음을 살랑 지으며 분위기를 풀어보려고도 하였으나, 어디 감히 신성한 일터에서 방정맞게 구느냐며 된통 혼만 났더랬다.

이쯤 되니 안궐이 조성도감이 아니라 꼭 죄수를 가둔 옥사 같았다. 하나 창살 없는 감옥에 갇힌 안궐 식구들에게도 이 척박한 옥에서 기다리는 한 줄기 빛이 있었으니.

"자, 다들 쉬면서들 하게."

"대군 자가! 기다렸사와요!"

바로 이정, 그리고 그가 가져오는 곁두리**였다. 처음엔 농사꾼도 아닌데 어찌 곁두리인가 싶었지만, 머리 쓰는 일도 몸 쓰는 일 못지않다며 착실히 간식을 날라준 이정 덕분에 이젠 그들도 자연스레 참을 기다리게 되었다. 이정을 따라 안궐의 대문을 줄줄이 들어온 비복들의 손엔 저마다 묵직한 보따리가 들려 있었다. 이젠 능숙하게 안궐의 장지문을 열어젖힌 그들은 일사불란하게 움직이며 한 상 거하게 차리기 시작하였다. 푹 쪄내어 한 김 식혀낸 감자와 고구마, 고소한 기름내를 풍기는 채소전에 시원한 동치미, 거기에 햇볕 아래 과즙이 끈적해지도록 말린 후 설탕물에 푹 조려 만든 정과와 조청으로 절인 유과까지. 잔칫상이라 해도 믿을 만큼 푸짐한 곁두리에 안궐 식구들은 오늘도 연모에 빠진 눈으로 월산대군을 바라보았다.

"오셨습니까, 자가."

조금 전까지 무뢰배 못지않게 행패를 부리던 지엽이 이정에겐 깍듯이 인사를 올렸다. 종친 앞에서 갑자기 예를 차리는 모양이

---

*구장산술九章算術 우리나라 산학에 큰 영향을 미친 중국의 고대 수학서. **곁두리 농사꾼이나 일꾼들이 끼니 외에 참참이 먹는 음식.

어찌나 얄미워 보이던지. 접선 너머로 지엽을 노려보던 단영도 이내 이정에게 꾸벅 허리를 숙이며 멋쩍은 목소리로 말하였다.

"어찌 또 이리 걸음하셨습니까? 번번이 받기만 하니 송구스럽습니다."

"내가 좋아서 오는 것인데 자네가 송구스러울 것이 무어 있겠는가. 오히려 나로 인해 안 해도 될 고생을 하고 있으니, 이렇게라도 마음의 짐을 덜려는 것뿐일세."

이정이 예의 그 꽃도령 미소로 환히 웃었다. 분명 흙비가 뿌옇게 내리고 있건만, 월산대군 주위로만 날이 쾌청하게 개는 듯하였다. 안궐 식구들은 불볕더위에 청량한 바람을 맞은 것처럼 황홀한 기분까지 들었다. 멀리서 본 이들도 그러할진대, 코앞에서 미소를 마주한 단영은 오죽할까. 단영은 작열하는 해를 정면으로 본 듯 머리가 아득해져 저도 모르게 불퉁히 답해버렸다.

"저희도 다 손익 계산하여 움직이는 것이니 개의치 마십시오."

"부디 그리하여주게. 줄 수 있는 것은 다 내어줄 것이니."

그마저도 이정의 달달한 미소가 무력화시켰지만. 어쨌든 이정 덕분에 안궐 식구들은 잠시나마 긴장을 풀고 맛난 간식 시간을 가질 수 있었다. 단영도 접선 아래로 달콤쌉쌀한 도라지 정과를 한 조각 무는데, 문득 이정이 그녀의 서탁을 힐긋거리는 게 보였다. 작업이 어찌 되고 있는지 꽤나 궁금한 눈치였다. 피식 웃은 단영은 끈적하게 설탕물이 든 손을 닦고서 이정의 곁으로 성큼 다가갔다.

"거기 그려진 대로 자가의 궁가가 올라갈 것이니, 한번 찬찬히 살펴보십시오."

"그리하여도 되겠는가?"

"안 될 것 무어 있겠습니까."

호기심 많은 도련님처럼 조용히 눈을 빛내는 이정에게 단영은 자신이 그린 간가도를 보여주었다. 아직 미완성인 데다 고쳐야 할 부분이 많다 미리 일렀는데도 이정은 벌써 완성된 집터를 앞에 둔 듯 상기된 눈빛을 띠었다.

60칸을 딱 채워 구성된 저택은 집의 몸채인 정침正寢을 중심으로 하인들이 거처할 수 있도록 문의 좌우편으로 죽 잇대어 지은 익랑翼廊, 곁방인 서청西淸, 집채에 딸린 누각인 내루內樓, 창고인 내고內庫 등이 배치되었으며 북서쪽의 사당과 동남쪽의 우물이 서로 대칭을 이루고 있었다. 아직 정식으로 관청에 올릴 간가도가 아니라서 각 건물마다 세부 사항들이 깨알같이 적혀 있기도 하였는데, 예를 들어 부엌은 와리산의 풍수적 요건에 맞게 동향으로 짓는다든지, 정침에는 차양과 객당이 있으니 10척 길이에 너비는 9척 5촌으로 하고 각각 9척의 기둥을 세운다든지 하는 식이었다. 이정은 곳곳에 세필로 적힌 단영의 글자들을 따라가며 조용히 입가를 늘였다.

"가인의 명성이 세간에 자자하다기에 이제껏 어떤 식으로 집을 짓는가 늘 궁금하였는데, 이것을 보니 실로 많은 사람들이 자네를 믿고 집을 맡기는 이유를 알겠군."

"……과찬이십니다."

어디서 꽃씨가 날아들었나, 아니면 흙비가 폐부까지 들어찼나. 글자를 조심히 훑는 사내의 길고 곧은 손끝을 보고 있자니 어쩐지 가슴 한구석이 간질거렸다. 꼭 저 손이 제 가슴께를 간질이고 있는 것처럼. 이럴 줄 알았으면 글자 하나하나 정성을 다해 쓸걸. 아무렇게나 휘갈긴 필체가 형편없는 낙서처럼 느껴졌다. 단영은 얼른 간가도를 낚아채 뒤로 숨겨버렸다.

"미흡한 점이 아직 많으니 너무 세세히 보시진 마십시오. 면구스럽습니다."

"아직 다 보지 못했네."

"어차피 수정하다 보면 또 달라질 겁니다. 완성본이 나오면 깔끔하게 정리해서 드릴 테니 그때 다시 보십시오."

"난 지금 것이 더 생동감 있어서 좋은데."

"제 영업비밀입니다. 많은 걸 알려고 하지 마십시오."

익살스러운 말로 부끄러운 마음을 숨기며 단영은 간가도를 꾹 말아 쥐었다. 때마침 지엽이 유과를 아작아작 씹어대며 고개를 내밀었다.

"자가, 게서 뭐 하십니까? 이러다 가져오신 곁두리 저희가 다 먹겠습니다."

그러자 어쩔 수 없다는 듯 웃은 이정이 단영의 어깨를 가벼이 다독이며 밀어주었다.

"자네도 마저 들도록 하게. 공연히 쉬는 시간만 빼앗았구려."

가슴을 간질이던 무엇이 이번엔 어깨로 죄 옮겨간 모양이다. 이제는 어깨가 저릿저릿 이상해지는 걸 보면 말이다. 단영은 이정의 손이 닿았던 어깨를 두어 번 주무르고선 부러 그와 멀리 떨어진 자리에 앉았다. 이른 여름이 오려는가. 얼굴이 더웠다.

* * *

저녁까지 이어진 작업은 술시가 될 때쯤에야 마무리할 수 있었다. 서산 너머로 불그스름하게 넘어간 노을에 단영은 서둘러 안궐 식구들을 집으로 돌려보냈다.

"우리도 이만 가세."

"예, 자가."

단영은 마지막으로 안궐의 문을 걸어 닫고서 이정과 함께 나란히 걸었다. 늘 곁두리만 주고 돌아가시던 대군께서 오늘따라 웬일로 미적거리며 안궐에 남아 계시는가 했더니, 기어이 그녀의 퇴근 시간까지 기다렸던 것이다. 그림처럼 가만히 앉아 있어도 존재 자체만으로 이목을 끄는 이가 바로 월산대군이라. 힐긋거리는 사람들을 자제시키랴, 대군의 불편함을 살피랴, 그 와중에도 시시때때로 딴지를 거는 지엽까지 상대하느라 정작 단영은 제 일에 온전히 집중하지도 못하였다. 매일같이 이리 생활한다면 안산에 내려가기도 전에 피가 말라 죽을지도 모른다. 곁두리가 없어도 좋으니 내일은 부디 궁가에만 계시기를. 단영이 녹초가 되어 속으로 조용히 비는데, 한동안 그녀의 보폭에 맞춰 걷던 이정이 나직한 목소리로 입을 열었다.

"오늘 나 때문에 자네가 많이 불편하였던 것 아네. 공연히 신경 쓰이게 하여 미안하네."

대군께선 관심법을 하실 줄 안다던가. 한순간 속마음을 들킨 단영은 당황을 숨기며 어색하게 웃었다.

"무슨 말씀이신지 잘……. 소인은 시간 가는 줄 모르고 일에만 집중하였습니다."

"그리하였다면 다행이고."

어설픈 거짓말에 이정이 피식 실소를 흘렸다. 보지 않아도 목소리에 어린 웃음기로 그가 어떤 표정을 지었는지 상상이 갔다. 다시금 가슴에 흙비가 들어차는 듯하여 단영은 얼른 말머리를 돌렸다.

"한데 자가께선 어찌 말을 타지 않으십니까? 청지기도 먼저 보내놓으시고. 남들이 보면 이래저래 구설수에 오르기 딱 좋습니다."

"내 본래도 이리 걷는 것을 좋아하여 종종 청지기 없이 산보를 하곤 하네. 특히나 봄이 만연할 적엔 답청踏靑*만큼 좋은 유희가 없으니, 어찌 말에 올라 그 싱그러운 기운을 놓치겠는가."

한낱 사대부가의 양반도 월천꾼과 종놈, 말의 허리는 없어선 안 될 필수품이거늘. 정작 대군인 이정은 제 두 발로 온전히 땅을 딛는 것을 더 좋아하는 듯하였다.

*답청踏靑 봄에 파랗게 난 풀을 밟으며 산책함.

"그렇죠. 사람은 모름지기 땅을 밟아야죠."

단영은 나직이 맞장구를 치며 의식적으로 발바닥을 꾹 내리눌렀다. 땅거미가 기어 나와도 뿌연 흙비는 여전하였다. 초파일이니 연등이라도 밝혔더라면 주위가 좀 환했겠건만. 올해는 나라에서 길거리에 공공연하게 등을 다는 것을 금하여 거리가 심심하기만 하였다.

"저기, 저기 지나간다."

그때, 문득 들려온 소리에 눈길을 돌리니 상인들 몇이 모여 이쪽을 노려보고 있었다. 흙비와 안궐, 궁가. 연달아 귀를 건드리는 단어들에 단영은 가슴 한구석이 시리게 내려앉았다. 안궐로 인해 흙비가 내리는 것이란 억울한 소문이 벌써 파다하게 번진 탓이다. 애써 못 들은 척 외면하려 해도 가는 길목마다 날아드는 눈초리가 곱지만은 않았다. 어디선가 캭, 침을 뱉는가 하면 뒤에서 대놓고 소금을 뿌리기도 했다. 괜히 내색하여 죄인처럼 보이고 싶지 않아 고집스레 걸음을 옮기던 그때.

"이리로."

이정이 단영의 어깨를 감싸며 어느 골목으로 이끌었다. 온전히 그녀를 보호하면서도 함부로 이끌지 않는 배려가 녹아든 손길이었다. 그를 따라 골목으로 들어서니 화살처럼 날아들던 비난도 딴 세상인 양 사라졌다. 그녀의 상한 마음을 굳이 들추고 싶진 않았던 걸까. 단영을 골목으로 이끈 이정이 싱긋 웃으며 어딘가를 가리켰다.

"저걸 보고 싶어 할 일 없이 안궐의 자리를 축내었던 것일세."

"아……."

이정의 손끝을 따라 고개를 돌린 단영이 작게 입을 벌렸다. 길을 잃고 헤매는 중생들에게 불을 밝혀주고자 했던 부처님의 자비가 억불을 피하여 이곳에서 피어났다던가. 빛 한 점 없던 거리와 달리 민가의 담장마다 파일등이 환하게 빛을 밝히고 있었다. 꿩의 꼬리털과 오색 비단으로 장식하여 긴 장대에 걸어놓은 등간이 집안의 머릿수대로 달려 있었고, 물을 담은 동이에 바가지를 엎어놓고 물장구를 치는 풍악 소리가 아득히 울려 퍼지고 있었다. 파일빔을 입은 아이들은 일찍이 산 연을 하늘 높이 날렸으며, 어느 집에선 느티나무의 새잎을 갈아 만든 유엽병을 찌는지 구수한 떡 냄새가 코를 감싸기도 하였다. 말 그대로 절경이 펼쳐진 거리에 단영은 속상했던 마음도 잠시 잊고서 이곳저곳을 구경하였다.

"조심."

이정이 단영의 뒤에서 어깨를 잡아 가벼이 제 쪽으로 이끌었다. 연등을 구경하느라 단영이 마주 오던 아이들을 미처 보지 못한 것이다. 이정은 호기놀이*를 하는 아이들이 온전히 지나갈 때까지 단영의 어깨를 지그시 감싸 쥐었다. 확연히 다른 두 몸피가 틈 없이 꼭 맞붙었다. 등대마다 걸려 있던 연등들이 단영의 가슴으로 데굴데굴 굴러들어와 멋대로 올공거렸다.

---

*호기놀이 아이들이 장대에 종이를 오려 붙인 깃발을 들고 돌아다니며 연등 만들 쌀이나 베 등을 구하는 놀이.

156

"가, 감사합니다."

꾸벅 고개를 숙인 단영은 부러 두어 걸음 앞서 걸었다. 심장이 논밭의 메뚜기인 양 쿵쿵 뛰어올랐다. 아무리 같은 사내라 생각하여도 그렇지, 그저 말로만 이르셔도 될 것을 어찌 그리 답삭답삭 안으시는지. 같은 사내끼리는 원래 이렇듯 서로 아무렇지 않게 어깨를 감싸 안고 막 그러는 것인가? 이제껏 사내 행색을 하면서도 안궐 외의 사람들과는 긴밀한 교류가 없던 단영이라, 갑작스러운 사내와의 접촉에 영 면역이 없었다.

"가인."

이정이 일순 가슴 저변을 누르는 듯한 낮은 목소리로 그녀를 불렀다. 마주한 시선이 짙게 엉켜 단영은 차마 눈을 피할 수도 없었다. 색색이 아롱지는 불빛이 시야를 희롱하고 아이들의 웃음소리와 노승의 불경 외는 소리가 귀를 어지럽히는 가운데, 오롯이 저를 바라보는 이정의 얼굴만이 온 신경을 사로잡던 그때.

"혹,『지화비결』이란 책을 아는가?"

"『지화비결』, 예……. 예?"

생각 없이 웅얼거리던 단영은 뒤늦게 퍼뜩 정신이 들었다. 접선에 가려져 그녀의 놀란 표정이 보이지 않았던 것인지, 이정은 허무맹랑한 소리란 걸 알면서도 희망을 걸어보듯 멋쩍게 웃으며 말하였다.

"오래전 소문이 하나 있었네. 관상감에 있던 어느 상지관이 조선팔도의 모든 명당을 전부 정리해놓은 책을 엮었다고 말이지.

많은 사람들이 그 책을 찾으려 하였으나 끝내 찾지 못하였고, 책을 쓴 상지관 역시…… 먼 곳으로 떠나고 말았네."

쿵, 쿵, 쿵. 전과는 다른 의미로 심장이 세차게 뛰기 시작하였다. 행여 굳은 표정이 보여 의심을 살까, 단영은 접선으로 가리는 것만으로도 모자라 고개를 푹 숙여 이정으로부터 얼굴을 숨겼다.

"조정의 관리들은 하나같이 모른다고 하던데, 반대로 풍수가들 사이에선『지화비결』이 꽤나 유명하였다는 소식을 들어서 가인 자네도 아는가 하여 물어본 것이네."

조금 전만 해도 감미롭게 들리던 이정의 목소리가 지금은 제 목을 노리는 망나니의 칼처럼 섬뜩하게 들렸다. 마른침을 삼킨 단영은 애써 목에 힘을 주어 말했다.

"소인은, 처음 듣는 얘기입니다. 조선팔도의 모든 명당이 다 정리되어 있다니, 그런 것이 있다면 저희 같은 놈들이 뭣 하러 필요하겠습니까? 다 그 서책으로 뫼를 쓰고 집을 짓겠지요."

"듣고 보니 그러하군.『지화비결』이 정말로 존재하는 책이라면 궁가를 영건하는 데 있어 조금이라도 도움이 되지 않을까 생각하였는데……."

이정이 쓸쓸한 미소를 지었다. 하나 지금은 그가 쓴 미소를 짓든 단 미소를 짓든 아무것도 눈에 들어오지 않았다.

"이러다 인경이 울리면 꼼짝없이 경수소警守所*행입니다. 이만

---

*경수소警守所 조선시대, 중요한 길목에 설치하여 순라군巡邏軍들이 밤에 지키도록 한 군대의 초소.

돌아가시지요."

단영은 급히 발길을 돌려 골목을 빠져나왔다. 눈이 어지럽도록 밤을 밝히던 연등이 사라지고 다시 어두컴컴한 큰길만이 눈앞에 펼쳐졌다. 거리엔 사람도 없이 고요하기만 한데 속은 어찌 이리 소란스러운지. 흙비와 연등에 이어 기어이 가슴을 차지한 건 벌떼처럼 달려든 불안이었다. 비밀을 들킬지도 모른다는 불안. 그녀는 연경궁에 도착할 때까지 끝내 다시 고개를 들지 않았다.

"그럼 편히 쉬십시오."

냉랭한 인사에 뭔가를 말할 듯 입술을 달싹이던 이정은 이내 잘 자란 말만 짤막히 건네고서 그녀를 보내주었다. 중문을 넘자 담벼락 뒤로 이정이 완전히 사라졌다. 단영은 그제야 걸음을 멈추고서 푹 한숨을 내쉬었다.

월산대군에겐 아무런 잘못이 없음을 안다. 하지만 그의 입에서 『지화비결』이란 이름이 나온 순간, 그러면 안 된다는 걸 알면서도 왕실에 대한 원망과 증오가 그에게까지 파편을 튀기고 말았다. 나라에서 『지화비결』을 빼앗고자 오라버니를 죽음에 이르게 만들었단 사실이 떠오르고 만 것이다. 월산대군 또한 혼란스러운 소용돌이 속에서 힘겹게 삶을 영위해왔을 터인데. 결국 아무 죄 없는 또 다른 피해자에게 화풀이를 한 꼴이었다. 단영은 스스로를 자책하며 침루의 방으로 들어섰다. 그러곤 단층장을 열어 안에 숨긴 봇짐을 보았다. 집에 화재가 났던 날, 나경과 함께 유일하게 챙겨온 단건의 『지화비결』이 그 안에 들어 있었다. 단영은 차마 보를 풀지는 못하고서 말없이 그 위만 쓰다듬었다.

『지화비결』은 단건이 처음 아버지께 풍수를 배울 적부터 차곡차곡 기록해온 것이었다. 마을 어귀부터 시작해 점차 이웃 마을로 넓어지던 반경은 상지관이 되면서부터 전국으로 확대되었다. 단건은 그토록 좋아하는 금수강산을 모두 눈에 담으며 명당이라 불릴 만한 땅들을 이 서책에 빼곡히 적어 내려갔다. 그리고 이따금 아무것도 모르는 어린 단영에게도 보여주며 훗날 가장 귀하고 좋은 땅에 그녀가 집을 지을 수 있도록 해주겠다 약조를 하기도 하였다. 그것이 오라버니의 목숨줄을 죌 줄 알았다면, 좋은 땅 다 필요 없다며 갈기갈기 찢어버렸을 텐데.

'단영아. 혹 이 오라비가 없을 때 누군가『지화비결』을 찾으러 오거든, 그런 서책 절대 없다며 꼭꼭 숨겨놓아야 한다.'

'왜요, 오라버니? 필요한 사람들에게 땅을 나누어주려고 이 서책을 쓰신 것 아니에요?'

'그분께선 나누지 않으실 것이다. 누구와도 나누지 않고 홀로 움켜쥐고서 독식하려 드실 것이야. 그러니 누구에게도 이 서책을 내보여선 아니 된다. 명심하거라.'

그때쯤 단건은 늘 뭔가를 두려워하고 있었다. 가장 안전한 집에 있으면서도 누군가에게 쫓겨 숨어든 사람처럼 항상 문 쪽을 힐끗거리곤 하였다. 어느 날엔 누군가에게 흠씬 두들겨 맞은 것처럼 퉁퉁 부어서 오기도 했다. 퇴청하다 계단을 잘못 디뎌 구른 상처라 하였지만, 뒤틀려 시퍼렇게 변한 손목은 끝끝내 낫지 않았다. 아니, 낫는 것을 차마 볼 수도 없었다. 그러고 채 달포가 지나지 않아 결국 오라에 묶여 끌려가고 말았으니. 아마 그때쯤 단건은 저를 잡으러 올 사자가 곧 당도할 것임을 이미 알고 있었으리라.

단건이 말한 '그분'이 누구였는지는 끝까지 알아낼 수 없었다. 하지만 한 가지 확실한 건 '그분'에게 『지화비결』을 넘기지 않아 오라버니가 화를 당했다는 사실이었다.

"이까짓 서책이 무어라고……."

한낱 서책이다. 찢으면 그만, 태우면 그만인 한낱 서책. 이까짓 서책 하나 그냥 넘겨버리고 말지. 뭐 하러 목숨까지 바쳐 지켜냈는지 단영은 도무지 이해할 수 없었다. 진저리나게 끔찍하여 단건이 유배지에서 죽은 이후론 이 책을 펼쳐 볼 수 없었다. 하나 막상 버리려니 그러지도 못하여 이토록 지긋지긋하게 보관하고 있던 것이다. 아무리 끔찍한들, 오라버니의 목숨값을 어찌 쉬이 내다 버릴 수 있을까. 물건에도 애증이 생길 수 있다는 걸 단영은 오라버니의 서책으로 깨달았다.

'『지화비결』이 정말로 존재하는 책이라면 궁가를 영건하는 데 있어 조금이라도 도움이 되지 않을까 생각하였는데…….'

이정의 말이 잠시 머리를 스쳤지만 단영은 이내 고개를 저었
다. 『지화비결』을 부정하려는 것은 아니었다. 풍수에 있어 단건
은 둘째가라면 서러울 만큼 뛰어났으니까. 다만 아직은 이 책을
온전한 정신으로 들여다볼 용기가 없을 뿐이었다. 아마 앞으로도
한동안은, 아니, 어쩌면 오라버니를 다시 만나게 될 그날까지도.
풍수에 관한 것은 이제 오라버니 못지않게 저도 많이 알고 있으
니, 『지화비결』을 보지 않더라도 분명 알맞은 터를 찾아내 궁가를
영건할 수 있으리라. 단영은 심란한 마음을 억누르고서 단층장의
문을 도로 닫아버렸다.

창원군

마침내 견양이 완성되었다. 몇 날 며칠 엉덩이가 무르도록 서탁에 붙어 앉아 머리를 쥐어뜯어가며 씨름한 끝에 최적의 설계가 완성된 것이다. 가뜩이나 사공장 집단이라며 말들이 많은 터라. 조금의 실수도 용납이 되지 않을 것이기에 몇 번이나 수정에 수정을 거듭하였는지 모른다. 단영은 각 건물의 칸수부터 시작해 기둥의 높이와 너비, 도리*의 개수, 거기에 담장에 쓰일 와편의 보급 방법까지 빼곡하게 쓴 종이를 서탁 위로 턱 올려놓았다. 전부 엮으면 서책 몇 권은 너끈히 나올 분량이었다. 단영은 빠진 제 머리카락의 지분 중 4할은 족히 가져갔을 지엽에게 보란 듯 완성

*도리 서까래를 받치기 위하여 기둥 위에 건너지르는 나무.

된 서류를 내밀었다.

"가져가십시오. 저희들 수결까지 전부 마쳤습니다."

"빠진 것은 하나도 없는 것 확실한가?"

"염려되면 직접 한번 확인해보시든지요."

"자네가 어련히 알아서 했을 텐데 무어."

성가시게 시비를 걸 땐 언제고, 제 손으로 귀찮은 일을 하긴 싫은지 지엽이 얄밉게 콧잔등을 찡긋하였다. 눈 밑의 검은 그늘을 보아하니, 그도 지난날 토씨까지 줄줄 외도록 들여다본 서류를 다시 살피기 징글징글한 모양이다. 지엽은 서류를 한데 모아 가져온 목함 안에 조심히 갈무리하였다. 묵직한 함을 한 아름 든 그는 단영과 안궐 식구들을 훑어보며 노고를 치하하였다.

"다들 보름간 수고하였네. 내 이것은 공조에 잘 보고하여 문제없이 허가를 받을 수 있도록 힘쓸 것이니, 아무 염려 말게."

"역시, 우리 최 판관 나리! 멋지시어요."

"그렇다고 긴장 풀려서 칠렐레팔렐레 쏘다니지 말고! 내가 이곳에 오지 않는 동안에도 사방팔방 내 눈과 귀가 있음을 절대 잊어선 아니 될 것이야. 허가를 받는 즉시 영건 작업을 시작할 것이니 그때까지 단단히 준비하고 있게. 하여간 쓸데없이 문제 일으키면 영건이고 뭐고 내 손으로 다 엎어버릴 걸세. 다들 알겠는가?"

어쩐지, 웬일로 좋은 말을 하나 싶더니만. 마무리는 역시나 윽박이었다. 잠깐이나마 환호하였던 청하는 입술을 비죽이며 안궐을 나서는 지엽을 향해 새치름히 눈을 흘겼다. 한시름 놓은 단영이 기운 빠진 목소리로 말하였다.

"우리도 오늘은 이쯤 파하도록 하지. 관청에서 허가가 떨어질 때까진 당장 할 것도 없으니, 다들 일찍 들어가 푹 쉬도록 해."

단영의 말에 너나 할 것 없이 모두가 좋아하였다. 건양을 준비하는 동안 다들 밤잠 줄여가며 일하였으니, 모처럼 맞이하게 된 휴식이 몹시 반가웠으리라. 콧노래를 부르던 청하가 손뼉을 짝 치며 말했다.

"오늘 같은 날 다 같이 탁주라도 한잔하는 게 어떠시어요?"

"오, 탁주 좋지! 오랜만에 돼지기름 좀 먹어보려나."

황 노인이 입맛을 쩝쩝 다시며 즐거워했다. 머루는 벌써부터 주루 몇 곳을 읊으며 어느 집 안주가 제일 맛있었는지 떠올리고 있었다. 침을 꼴깍 삼킨 동석도 단영에게 물었다.

"나으리도 같이 가시어유."

"오늘은 나 빼고들 마셔. 값은 추후 내가 치를 터이니 내 이름으로 달아놓고."

"왜요, 나리. 이럴 때 같이 가시어야지요."

청하가 조르듯 팔짱을 꼈으나 오늘은 정말 어쩔 수 없었다. 단영은 아쉬워하는 그들에게 제 몫까지 원껏 먹으라며 등을 밀어주고선 홀로 안뜰에 남았다.

시끌벅적하던 안뜰이 일시에 조용해지자 단영의 낯빛도 서서히 어두워졌다. 멍하니 허공을 바라보던 단영은 툇마루에 걸터앉아 초조한 듯 입술을 깨물었다. 사람들과 있을 땐 그래도 견딜 만

하였는데, 혼자 남겨지니 번다한 생각들이 두서없이 쏟아져 속을 소란스럽게 만들었다. 몸을 움직이면 생각이 덜어질까, 안궐 곳곳을 둘러보며 정리할 것을 찾았지만 서탁 위로 내려앉은 먼지를 조금 털어낸 게 고작이었다. 결국 단영은 서탁 앞에 앉아 흐르지 않는 시간을 억지로 견뎌내었다.

그렇게 얼마나 지났을까. 노을이 하늘에 만연하게 번질 무렵, 누군가 안궐의 대문을 두드렸다. 곧장 접선으로 얼굴을 가린 단영이 서둘러 사주문을 열었다. 그러자 예상대로 땅꾼 용배가 그 앞에 모습을 드러내었다.

"어찌 되었는가?"

단영은 인사 한마디도 없이 다짜고짜 결과부터 물었다. 거친 수염에 아무렇게나 튼 상투, 망건 대신 꾀죄죄한 면포로 이마를 두른 용배 역시 고개만 한번 꾸벅이고서 질문에 대한 답을 내놓았다.

"대마주*에서 발견되었다던 아홉 발가락의 시신은 여성의 것이었습니다."

한순간 맥이 탁 풀리고 말아 단영은 저도 모르게 헛숨을 내쉬었다. 아닌 줄 알면서도 어찌 번번이 이리 실망을 하고 마는 것인지. 단영은 자조하면서도 앙금처럼 짙게 가라앉는 비관을 여실히 느껴야만 했다.

---

*대마주 조선 세종 대에 대마도 정벌을 통해 복속된 쓰시마섬의 행정구역명으로, 조공 책봉 형태의 상징적 행정구역.

안궐이 수많은 의뢰로 엄청난 수익을 자랑하였음에도 단영이 이제껏 초가집에 살며 단출한 생활을 이어갔던 이유. 그것은 바로 단건의 시신이라도 건지기 위해 사람을 부려온 까닭이었다. 이미 죽은 사람을 살릴 순 없겠지만, 시신이라도 수습하여 좋은 땅에 묻어줘야 하지 않겠는가. 하여 경인년에 일어난 포항 물난리 때 익사한 사촌 형님을 찾는다는 거짓말로 신원 미상의 시신이 발견되는 곳마다 용배를 보내었던 것이다. 그래봤자 늘 푸른 토시를 끼고 생활했다는 것과 포항으로 향하던 길에 동상으로 오른쪽 가운뎃발가락이 잘려 나갔다는 것이 단서의 전부였지만.

하여 뱀보다 사람을 더 잘 찾는다던 용배는 푸른 토시를 끼고 아홉 개의 발가락을 가진 시신을 백화사 찾듯 뒤지고 다니다가 짧으면 석 달에 한 번, 길면 1년에 한 번씩 결과를 보고하러 왔다. 죽은 지 7년이 넘은, 그것도 물에 휩쓸려 강으로 갔는지 바다로 갔는지조차 모르는 사람의 시신을 어찌 찾겠다는 것인지. 용배는 일찍이 가망이 없다 생각하였으나, 가족을 잃은 사람의 한은 무엇으로도 달래지지 않는다는 걸 누구보다 잘 알았기에 그저 묵묵히 의뢰를 수행할 뿐이었다. 그 역시 한때 산군에게 아내와 딸을 잃은 사람으로서 할 수만 있다면 조선팔도 모든 호랑이의 뱃가죽을 가르며 다니고 싶었기에.

"수고하였네."

한참 마음을 추스르던 단영은 미리 준비해놓았던 면포 세 동을 용배에게 주었다. 면포 여섯 동이면 한성에 그럴듯한 집 한 채를 마련할 수 있는 가격이니, 도성 안에 기와집 몇 채는 거뜬히 살 정도의 돈을 이제껏 지불해온 셈이었다. 남들이 듣는다면 필시 용배가 적당히 시신 찾는 척만 하고 면포만 날름 챙기고 있는 것이라며 혀를 내둘렀을 것이다. 하지만 단영은 도무지 이 의뢰를 중단할 수가 없었다. 그만큼 단건의 시신을 찾고 싶었으니까. 이렇게라도, 오라버니를 잊고 싶지 않았으니까.

"이후에 찾게 되는 소식이 있거든 여기 와편 아래 서신으로 남겨주게. 값은 잊지 않고 치르도록 하겠네."

"어디 멀리 가십니까?"

"내 어느 대군 자가의 궁가 영건을 맡게 되었네. 언제 내려갈지 모르니 미리 말해두는 것일세."

"그렇군요. 사촌 형님의 시신은 제가 책임지고 찾고 있을 터이니, 염려 말고 조심히 다녀오십시오."

"자네만 믿고 있겠네."

습관처럼, 혹은 염원처럼 그리 말하고서 용배를 보내었다. 홀로 남겨진 단영은 우두커니 마당에 서서 움직이지 않았다. 그사이 땅거미가 뒤덮인 까닭인가. 사방이 흐릿하여 아무것도 보이지 않았다. 팔을 뻗어 어디에든 몸을 의지하려는데 눈을 한번 깜빡이니 다시 세상이 선명해졌다. 허우적대던 팔을 굽혀 축축해진 뺨을 닦아낸 단영은 무심히도 깨끗한 세상을 바라보다 차라리 눈을 감아버렸다.

어깨는 소리 없이 떨렸다. 늘 그랬듯, 아무도 모르게.

* * *

"아아아아악!"

의금부 옥사 안에서 누군가의 악에 받친 괴성과 쿵쿵거리는 소리가 터져 나왔다. 추국장을 놔두고 옥사 안에서 모진 심문을 할 리는 없으니, 이는 필시 분을 이기지 못한 죄인의 몸태질이리라. 칼까지 차고 옥방에 들어앉은 이들은 이따금 소란이 이는 곳을 힐긋거렸으나, 차마 누구도 불편한 기색을 대놓고 드러내진 못하였다. 상대가 바로 왕실의 종친, 창원군 이성이었기 때문이다.

"이놈들아, 당장 이 문을 열지 못할까! 나는 아무 잘못도 없단 말이다. 이는 다 모함이다, 모함! 당장 이 문을 열거라!"

창원군은 두꺼운 나무 창살을 덜컹거리도록 뒤흔들며 고함을 내질렀다. 악귀처럼 시뻘겋게 달아오른 눈이 얼마나 표독스럽던지, 나장들조차 그쪽을 보지 못하고 애써 외면하는 중이었다. 창원군은 이를 바득바득 갈며 그들에게 저주를 퍼부었다.

"이 육시랄 놈! 내 이 옥을 나가면 네놈들부터 물고를 낼 것이다. 내가 받은 이 수치와 모욕을 반드시 네놈들에게 되갚아줄 것이란 말이다!"

임금의 명으로 죄인을 가두고 그 앞을 지킬 뿐인 이들에게 무어 죄가 있겠느냐만, 창원군은 마치 그들이 멋대로 저를 가둬놓기라도 한 듯 분을 쏟아내었다. 그렇게 온 옥사가 울리도록 야단을 때리던 그때. 굳게 닫혀 있던 옥사의 문이 열리더니 이곳과는 전혀 어울리지 않는 귀한 입성을 한 사내가 안으로 들어섰다. 흥분한 잔나비처럼 마구 난동을 부리던 창원군이 그의 등장에 뚝 멈추어 섰다. 그러곤 오랜 벗을 만난 양 허옇게 뜬 입술로 섬뜩한 조소를 그렸다.

"이게 누구신가? 존귀하신 압구정 나리께서 어찌 이 누추한 곳에 다 오셨을꼬?"

그 변화의 간극이 가히 소름 끼칠 만큼 괴이하더라. 한명회는 나장까지 모두 물리고서 애처로운 얼굴로 창원군에게 다가갔다.

"이 험한 곳에서 그간 얼마나 고초가 심하셨습니까, 자가."

그러자 창살을 붙든 창원군이 어미에게 매달리는 어린 것인 양 애처롭게 울먹이며 말했다.

"말도 못 하게 끔찍하였지. 내 지금도 사지가 뒤틀리는 듯하여 잠시도 견딜 수가 없네. 대감, 당장 나를 이곳에서 꺼내주게. 그 미천한 계집은 정말로 내가 죽인 게 아니란 말일세. 상감마마께서 친히 내려주신 관노비를 내 어찌 그리 무참히 도륙할 수 있겠는가? 응?"

"군 자가의 원통한 마음은 소인이 잘 알고 있습니다. 하나 아직은 상황이 좋지 않아 소인도 전하께 말씀을 아뢰옵기가 심히 어렵사옵니다. 하필 종부시 제조들께옵서 연일 상서를 올려 자가께 엄벌을 내릴 것을 주청하고 계시니……."

나직이 덧붙인 뒷말에 창원군이 다시 야차처럼 눈을 부릅뜨며 더운 숨을 몰아 내쉬었다.

"이게 다 월산대군 그 빌어먹을 자식 때문이다. 그놈이 앞서서 전하께 고하지만 않았어도 내 진즉 이곳을 나갔을 터인데. 그놈이 감히 내 직첩을 빼앗은 것으로도 모자라 유배형에 처하라 아뢰고 있으렷다!"

불그림자가 일렁이는 한명회의 입술 위로 묘한 미소가 떠올랐다. 한명회는 제 분을 못 이겨 파들파들 떠는 창원군의 손을 꼭 감싸 쥐고서 요부가 속살거리듯 충정을 맹세하였다.

"자가. 자가의 안위는 소인이 힘써 지킬 것이니, 부디 소인을 믿고 잠시만 기다려주십시오."

"전하께서 저리 굳건하신데 대감이 무얼 할 수 있다고!"

"월산대군은 곧 안산으로 내려가게 될 것입니다."

"안산?"

미간을 비틀던 창원군은 뒤늦게 궁가 이전 사실을 떠올리곤 이를 드러내며 웃었다.

"하하! 그래. 우리 조카님께선 두 번이나 왕위에서 밀려 암혈지사巖穴之士*가 되시더니, 이제는 스스로 액막이 제웅이 되어 사지로 들어간다 하였지!"

"그때가 되면 전하의 어심도 자연스레 누그러지실 것이니, 기회를 보아 소인이 바로 자가의 면죄를 아뢰겠습니다."

"역시, 대감만큼 나를 생각해주는 이는 없네."

*암혈지사巖穴之士 속세를 떠나 깊은 산속에 숨어 사는 선비.

"자가께서 소인을 굳게 믿어주시니, 소인이 어찌 그 신의를 따르지 않을 수 있겠습니까."

나긋하게 창원군의 비위를 맞춘 한명회가 일순 눈빛을 바꾸었다. 의뭉스럽게 속을 감추던 눈이 벼린 듯 예리해지더니 한순간 그 안에 담긴 흉계를 드러내 보였다.

"하나, 이곳을 나가는 것만으로 만족하여선 아니 되시겠지요."

"무어 재밌는 놀이라도 생각난 얼굴이로구먼그래."

한명회가 몸을 낮추어 창원군에게만 들릴 목소리로 뭔가를 속삭였다. 가만히 듣고 있던 창원군의 눈빛이 먹음직스러운 먹이를 발견한 맹수처럼 반짝였다.

"때는 언제가 되겠는가?"

"영건이 온전히 끝난 다음에서야 가능할 것이니, 그 전까진 소인이 무슨 수를 써서라도 자가를 반드시 복위시켜드리겠습니다."

"대감만 믿고 있지."

두 사람은 서로 간악한 웃음을 주고받았다. 그들의 흉계에 횃불마저 바르르 몸을 떨었으나, 벽에 비친 검은 그림자만 더 키울 뿐이었다.

* * *

견양을 공조에 보낸 지 이틀이 채 되지 않아 다소 골치 아픈 이야기가 들려왔다. 와리산 일대에 궁가를 영건하려면 그곳의 흉기를 막기 위해 박아놓은 말뚝부터 제거해야 하는데, 이 말뚝을 어느 사찰에서 박아놓았는지 아무도 모른다는 것이었다. 무인년의 금부에 화재가 나면서 주변 일대까지 연달아 불이 번진 일이 있었는데, 이때 선공감의 일부 자료가 함께 불타 소실되어 해당 사찰의 기록이 아무것도 남지 않은 까닭이었다. 하필 안산의 군수조차 해당 기록을 남기지 않았다고 하니, 와리산에 말뚝을 박은 사찰이 강제로 비밀에 부쳐진 꼴이었다.

산의 지기를 억지로 내리누른 말뚝이니만큼 아무나 건드리면 더 큰 화를 불러일으킬 터. 그렇다고 궁가 영건을 무기한 미룰 수도 없고, 반대로 안궐에서 함부로 뽑아내기엔 몹시 위험한 일이었으니. 예기치 못한 진퇴양난의 상황에 단영은 눈앞이 아득해질 수밖에 없었다.

"이 빌어먹을 탐관 놈들! 이깟 서류 하나 제대로 관리를 못 하면서 뭘 짓겠다는 거야?"

소식을 갖고 온 지엽은 되레 제가 분통이 터져 길길이 화를 내었다. 어떻게 이런 중요한 사실을 까맣게 잊고 일을 진행시킬 수가 있었는지. 미처 이것을 확인하지 못한 스스로에게도 화가 나는 모양이었다. 저대로 놔두면 멀쩡한 집기 하나 해 먹을 기세라. 단영이 일어나 지엽의 어깨를 꾹 눌러 앉혔다.

"그리 화만 내신다고 무어 수가 생긴답니까? 괜히 열 올리지 말고 앉으십시오. 대책이라도 빨리 강구해야 하지 않겠습니까."

"대책? 옳거니, 자네 말 잘했네. 내 당장 가서 저놈의 선진 같지 않은 것들의 모가지를 확⋯⋯!"

"동석아!"

참다못한 단영의 부름에 동석이 집채만 한 거대한 몸으로 지엽의 몸을 꽁꽁 결박하였다. 숨 막혀 죽겠다며 꽥꽥거리는 입까지 솥뚜껑 같은 손으로 틀어막으니 그제야 안뜰이 좀 조용해졌다. 한구석에서 조용히 귀를 틀어막고 있던 청하가 슬쩍 손을 내리며 운을 떼었다.

"황 옹께선 무어 아시는 것 없으시어요? 환속하시긴 했어도 한때는 승적에 이름을 올린 승려시었잖아요."

"글쎄……. 최 판관 나리 말씀대로라면 와리산에 말뚝이 박힌 게 21년 전인데, 그때 딱히 들려온 소문이 없던 걸 보면 이 근방의 사찰은 아닌 것 같고."

"머루 넌? 뭐 기억나는 것 없니?"

"그때 전 태어나기도 전이었습니다, 누님."

유일하게 사찰과 관련된 황 노인과 머루도 모른다 하니. 말뚝을 박은 사찰을 이대로 영영 찾지 못하게 될까 단영은 걱정이 이만저만이 아니었다.

"일단 관청에서도 최대한 수소문을 해본다 하였으니, 그걸 믿어볼 수밖에 없나……."

"최 판관 나리! 최 판관 나리 예 계십니까?"

그런데 그때, 앳된 소년의 목소리가 안뜰의 담을 넘었다. 대문을 열자 공조에 소속된 어린 사령使令* 하나가 지엽에게 다가와 봉투를 내밀었다.

"제조 영감께서 보내시어 왔습니다! 이것을 최 판관 나리께 전하라 하셨습니다. 지금 필히 찾고 계실 거라고요."

요 며칠 풍증으로 등청도 하지 못하던 노인께서 어인 일이신가. 지엽은 곧장 봉투를 받아 안을 살폈다. 안에는 낡아 좀 먹은 듯 보이는 종이 한 장이 들어 있었다. 의금부 화재 현장에서 겨우 건져 보관하고 있던 것인지, 누렇게 변한 종이의 모퉁이가 검게 그슬려 조금만 만져도 쉬이 바스러질 듯 망가져 있었다.

"젠장, 진즉 제자리에 놔뒀으면 이리 헤매지도 않았지."

이를 갈며 무어라 중얼거린 지엽이 사령에게 씩 웃어 보였다.

"그래, 너는 말을 아주 잘 듣는 아이로구나. 하면 제조 영감께 가서 이 말도 전해주련?"

지엽이 몸을 바짝 숙여 제 허리께 오는 사령의 귀에 대고 뭔가를 속삭였다. 가만히 귀를 내어주던 아이는 들어선 안 될 소리라도 들은 양 펄쩍 뛰며 귀를 꼭 막았다.

"쇤네가 영감께 어찌 그런 험한 말씀을 올린답니까? 거두어주십시오, 나리!"

"뭐라 하면, 판관 나리께서 읊어주신 대로 뜻도 모르고 따라 말한 것이다, 그리 전하거라."

"쇤네가 글을 모르는 것이지 욕을 모르는 것은 아니온데……."

가만히 보고 있자니 사령이 금방이라도 울음을 터트릴 것 같

*사령使令 조선시대, 각 관아에서 심부름하던 사람.

왔다. 단영은 얼른 나와 간식으로 두고 먹던 엿 몇 개를 종이에
싸 아이의 손에 쥐여주었다.

"이 나리 말씀은 하등 귀담아들을 것 없으니, 개의치 말고 이만
돌아가거라. 이것은 수고한 값이니 아끼지 말고 다 먹고."

손에 쥐어진 엿 꾸러미에 사령의 표정이 금세 해맑아졌다. 동
무들과 나눠 먹을 생각인지, 엿을 소중히 품에 넣은 아이는 꾸벅
허리를 숙이고선 자리를 떠났다. 뛰어가는 아이를 흐뭇하게 바라
보던 단영이 중립 아래로 눈을 흘기며 지엽을 보았다.

"어린애한테 대체 무슨 말씀을 하신 겁니까?"

"저 아이도 엄연히 관청에 적을 둔 놈인데, 거친 사회의 쓴맛을
일찍이 깨달아야지 않겠는가. 그리고 난 엄연히 영감의 완치를
바라는 말을 전한 것뿐일세. 어서 쾌차하시어 뒤죽박죽된 문서들
당장 정리하시라……."

"쓸데없는 말씀 그만하시고 그거나 보여주십시오."

단영은 지엽의 허락이 떨어지기도 전에 그의 손에 들려 있던
종이를 가져가 읽어보았다. 다른 글씨는 이리 찢기고 저리 그슬
린 탓에 제대로 알아볼 수 없었으나, 검은 숯검정이 덕지덕지 묻
어 있는 가운데 '담희 승려'라는 네 글자만이 온전히 먹을 유지하
고 있었다.

"담희 승려? 설마……."

"자네도 나와 같은 생각인 게지?"

손끝에 묻은 검은 먼지를 슬슬 털어낸 지엽이 은근히 눈짓하

였다. 예상이 맞는다면, 필히 담희 승려가 21년 전 와리산에 박힌 말뚝과 연관이 있으리라.

"황 옹, 혹 담희라는 법명을 가진 스님을 아는가?"

"담희요? 담희라, 담희……. 아!"

주름진 눈을 찌푸리며 한참 기억을 헤집던 황 노인이 손뼉을 짝 쳤다.

"오래전 월당사에서 방부房付*를 들일 때 화객化客**으로 그분을 맞이한 적이 있었지요. 차를 어찌나 잘 내리시던지, 스님께서 차를 우리실 적엔 월당사의 모든 승려가 모여 한 잔씩 청하곤 하였습니다."

황 노인은 그때 맛본 차 맛이 다시 생각나는지 쩝쩝 입맛을 다셨다. 지엽이 기대에 차 물었다.

"혹 그자가 어느 사찰에 적을 두고 있는지도 아는가?"

"사찰을 말씀하셨던가, 안 하셨던가……."

황 노인은 다시금 미간에 깊은 주름을 새겼지만, 도무지 떠오르지 않는지 고개를 내저었다.

"사찰은 모르겠고, 강진 토박이라 하셨던 것만 기억이 납니다. 여즉 살아 있다면 그쪽 사찰 어딘가에 계시지 않겠습니까?"

강진의 토박이 승려라니. 한양에서 김 서방 찾기나 다름없었지만, 이 정도 실마리만 해도 어딘가 싶었다. 단영은 고민 끝에

---

*방부房付 승려가 절에 가 그곳에서 머물며 수행할 수 있기를 부탁하는 일. **화객化客 시주를 구하러 다니는 객승.

한 가지 결단을 내렸다.

"어차피 견양 허가가 떨어질 때까진 시간적 여유가 있으니, 직접 가서 한번 찾아봐야겠습니다."

"직접 말인가? 강진이 어디 근방도 아니고, 차라리 사람을 써서 찾지그래. 협조를 부탁하면 그쪽 군수도 사람을 풀어 찾아줄 터인데."

지엽의 말에 단영은 고개를 저었다.

"영건의 책임이 제게 있으니 제가 직접 가는 것이 맞습니다. 말뚝을 뽑고 궁가를 영건하는 일에 대해서도 조언이 필요하고요."

"아서게. 내가 동행한다면야 별일 없겠지만, 애석하게도 난 관청 때문에 멀리 자리를 비우지는 못한단 말일세. 자네 혼자 가서 어찌하려고?"

"아니면 저희는요? 저희가 따라갈게요! 혼자보단 여럿이 가는 게 스님을 설득하기에도 좋지 않겠어요?"

청하가 나서자 동석과 황 노인, 머루도 함께 따라나서겠다 손을 들었다. 하나 단영은 이번에도 고개를 가로저으며 그들을 제지하였다.

"혼자 못 갈 것 무어 있겠습니까? 이래 뵈어도 저 또한 팔도의 땅을 둘러보는 풍수가입니다. 혼자 다니는 것은 익숙하니 개의치들 마십시오."

단영은 지엽과 안퀄 식구들의 만류에도 결심을 무르지 않았다. 번거롭게 여럿이 떼 지어 다니기보단 혼자 빠르게 오가는 것이 더 수월하지 않겠는가. 필히 수일 내로 담회 승려를 찾아 와리산의 말뚝을 뽑고 안전히 궁가를 지을 방도를 얻어 오리라. 단영은 깊이 다짐하였다.

* * *

일과를 마치고 연경궁으로 돌아가는데, 문득 익숙한 대문 앞에 익숙지 않은 것들이 보였다. 궐에서 나온 호위병들이 연경궁의 대문을 지키고 서 있었던 것이다. 혹 월산대군께 일이 생긴 걸까. 가슴이 덜컥 주저앉은 단영이 황급히 그곳으로 달려갔다.

"대군 자가, 자가!"

그런데 당장이라도 앞을 막을 듯하던 호위병들이 단영의 입성을 확인하고선 친히 대문을 열어주는 것이 아닌가. 곧이어 녹색 포를 입은 내관이 다가왔다.

"목소리를 낮추시게. 상감마마께서 안에 계시니 예를 갖추어야 할 것일세."

그 말에 부리나케 대문 안으로 뛰어 들어가려던 단영이 우뚝 멈추어 섰다. 상감마마라니. 저 안에 진정 나라님께서 계신단 말인가? 한순간 머릿속 사고가 모두 정지된 단영은 간신히 이성을 붙들고서 쭈뼛쭈뼛 뒷걸음질을 쳤다.

"가, 감히 두 분의 시간을 소인이 어찌 방해할 수 있겠습니까? 소인은 얹혀사는 객에 불과하니, 개의치 말고 일들 보십시오."

하나 대문을 채 다시 넘기도 전에 기다란 당파창 두 개가 그녀의 뒤를 가로막았다. 내관은 독 안에 든 쥐를 바라보듯 가소롭단 표정을 지으며 말하였다.

"지체 말고 들어가시게. 상감마마께서 자네를 기다리고 계시니."

"소, 소인을 어찌하여……."

"따라오시게."

내관은 가타부타 설명도 없이 휙 돌아섰다. 범의 아가리가 눈앞에서 떡 벌어지면 꼭 이러한 기분이 들까. 도망치고 싶은 마음이 굴뚝같았지만 차마 임금의 부름을 저버릴 순 없었다. 단영은 절벽 끝에서 잡은 동아줄인 양 접선을 힘주어 쥐고서 울며 겨자 먹기로 내관의 뒤를 따랐다.

"상감마마, 안궐의 가인이 들었사옵니다."

"들라 하라."

내관이 고하자 안에서 묵직한 어성御聲이 들려왔다. 그 나직한 음성이 어찌나 천둥소리처럼 들리던지. 단영은 사형 선고라도 받은 사람처럼 어기적어기적 방 안에 들어섰다. 그나마 불행 중 다행이라면 사랑채의 방이 마당만큼 넓어, 임금과 이정이 앉은 곳에서 이곳 문 앞까지의 거리가 꽤나 멀다는 점이었다. 단영은 필사적으로 고개를 숙인 채 임금을 향해 사배四拜를 올렸다. 절을 마치고 나서는 바닥에 납작 엎드려 얼굴을 가렸다. 얼핏 얼굴이 드러났더라도 코와 뺨에 그린 붉은 반점으로 인해 어느 정도의 이

목구비는 가려졌으리라. 말없이 단영이 하는 양을 지켜보던 임금이 비로소 입을 열었다.

"그러잖아도 궁가를 짓겠다 나선 이가 누구인지 궁금하여 조만간 궐로 부르려던 참이었는데, 이리 만나게 되어 몹시 기쁘도다."

"성은이 망극하옵나이다, 전하."

단영은 방에 들어서기 전 내관에게 배운 대로 답하였다. 한껏 몸을 움츠린 게 그저 나라의 지존 앞에 선 긴장이라 생각하였는지, 임금은 전보다 목소리를 더 부드럽게 풀어 말하였다.

"그대의 어진 마음은 내 필시 잊지 않을 것이니, 이번 궁가만 무사히 영건하여준다면 큰 상을 내릴 것이다."

"성은이 망극하옵나이다, 전하."

"혹 영건을 준비하며 필요한 것은 없는가? 무엇이든 소상히 고하라. 나라에서도 이번 영건을 중히 여기고 있는 바, 아낌없이 지원하여 보충할 것이다."

그럴 필요까진 없사온데. 단영이 미처 입 밖으로 말하지 못하고 우물쭈물하던 찰나, 임금이 더욱 곤란한 말을 이어나갔다.

"이럴 게 아니라 공조에 따로 부처를 만들어 조성도감을 위한 공간을 마련하는 것도 나쁘지 않겠군. 안궐이 운종가에 위치하여 관청과의 협조가 여러모로 용이하지 못할 것이니, 내일부터 바로 시행함이 어떠하겠는가?"

"그건……!"

"그건 어려울 듯하옵니다, 전하."

놀란 단영이 명을 거두어달라 청하려던 찰나, 이정이 한발 앞서 고하였다.

"안궐은 본디 민가를 위해 존재하던 곳이옵니다. 지금도 소신의 궁가를 영건하느라 이제껏 받아온 의뢰를 모두 미뤄놓았다 들었사온데, 안궐의 위치까지 다른 곳으로 옮겨버리면 그곳에 의지하던 백성들의 마음이 얼마나 허망하겠사옵니까? 무엇보다 안궐이 수십 년 동안 그 터를 고수한 이유가 분명 있을 것이니, 청컨대 안궐이 지금의 터를 유지할 수 있도록 헤아려주시옵소서."

단영은 슬며시 고개를 들어 이정을 보았다. 초파일 이후로 이렇다 할 접점이 없어 문안 인사를 제하고는 따로 마주친 적이 없던 그였다. 곁두리를 주러 안궐에 올 적에도 그저 가벼이 상만 차려지는 것을 확인하고선 별말 없이 돌아가곤 하였으니, 그날의 퉁명스러웠던 태도에 대해 새삼 변명이나 사과를 하는 것이 우스워져 묘하게 거리감을 느끼던 차였다. 그런데 이렇듯 단영의 곤혹을 먼저 헤아리고 나서서 막아주니. 내내 묵지근하던 마음이 일시에 사르르 녹아내리는 듯하였다.

"가인의 생각은 어떠한가?"

임금의 시선이 도로 날아들자, 단영은 얼른 다시 고개를 숙이고서 목을 가다듬었다.

"대군 자가께서 말씀하신 대로 안궐은 오래도록 그 터를 유지해왔사옵니다. 안궐의 선대 행수께서 심혈을 기울여 잡으신 터이니, 부디 어명을 거두어주시옵소서."

"자네까지 그리 생각한다니 어쩔 수 없군. 하면 내 조만간 그 유명하다는 안궐을 직접 가보도록 하지."

산 넘어 산이라더니, 이젠 아예 안궐로 행차를 하시겠단다. 눈 앞이 아득해진 단영은 이번에도 이정이 막아주기를 고대하였으나, 두 번의 전심은 이루어지지 않았다. 단영은 전보다 더 깊게 고개를 조아리며 목을 내놓는 심정으로 답하였다.

"아뢰옵기 황공하오나, 쇤네가 수일 내로 잠시 안궐을 비워야 하옵니다."

"곧 영건이 시작될 때에 대체 어디를 간다는 말인가?"

"그것이⋯⋯."

단영은 낮에 있었던 일들을 상세히 임금께 고하였다. 와리산 에 박힌 말뚝을 뽑으려면 그 말뚝을 박은 사찰의 도움을 빌려야 하니, 그와 연관된 것으로 추정되는 담희 승려를 찾아 데리고 오 겠다는 내용이었다. 잠자코 듣고만 있던 이정이 사뭇 걱정스레 물었다.

"강진으로 자네 홀로 떠난다는 것인가?"

"예, 자가. 마침 천안에 소인이 아는 상단이 있으니, 거기서부 턴 행수에게 청하여 호위와 길잡이를 동행할 수 있습니다."

"천안이라."

이정이 나직이 중얼거렸다. 아무리 빠르게 움직여도 한성에서 천안까지 가려면 이레를 꼬박 걸어야 할 터. 한데 그 길을 혼자 떠나겠다고 하니 적잖이 걱정이 되는 까닭이었다. 우락부락한 장정이 홀로 떠난대도 그 길이 몹시 염려되는데, 하물며 저토록 왜소한 이가 홀로 그 먼 길을 잘 다녀올 수 있겠는가. 산을 넘다 산적이나 호랑이라도 만나면 어찌하려고. 고민 끝에 이정이 임금을 향해 청을 올렸다.

"전하, 소신 한 가지 청을 올려도 되겠나이까."

"무엇이 어렵겠습니까. 말씀하십시오, 형님."

"와리신에 박힌 말뚝은 애초에 소신의 궁가가 아니라면 제할 이유도 없었을 것이니, 이는 소신과 결코 연관이 없다 할 수 없사옵니다. 청컨대 소신을 안궐 가인과 함께 강진으로 보내시어 담회 승려를 찾을 수 있도록 허락해주시옵소서."

"예?"

놀란 단영이 저도 모르게 새된 소리를 내었다. 함께 강진으로 가자니. 지금도 한 담벼락 안에서 생활하느라 매일같이 긴장을 늦출 수 없는데, 강진까지 함께 간다면 같은 건물에서 숙식을 할 것이 아닌가. 필시 어느 순간에 여인임을 들키고 말리라! 치켜들뻔한 고개를 가까스로 땅에 박은 단영은 최대한 당황을 숨기며 거절의 의사를 표하였다.

"어찌 자가께서 그 험한 길을 가려 하십니까. 소인, 이제껏 풍수를 살피고자 온갖 산과 들을 살핀 경력이 깊사오니 소인을 믿고 맡겨주십시오. 자가께서 가실 만한 길이 아닙니다."

"궁가 영건은 안궐의 소임이기도 하지만 나에게도 적잖은 책임이 있네. 쓰임이 필요한 것을 알았는데 내 어찌 모른 척 외면할 수 있겠는가? 이렇게라도 자네들의 짐을 함께 나눠 들고자 함이니, 부디 어렵게 여기지 말고 함께 가세."

제일 큰 짐이 대군 자가십니다! 단영은 그리 외치고 싶은 걸 꾹 참으며 이번엔 임금에게 기대를 걸었다. 무릇 종친은 도성 밖으로 쉬이 나갈 수 없으니, 부디 이 험한 길을 허락지 말아주십사 간절히 빌고 또 빌었건만.

"내구마內廐馬* 두 필을 내어드리겠습니다. 가인 장수모는 양민이나 한시적으로 말에 오를 수 있도록 허락할 것이니, 모쪼록 몸 성히 다녀오십시오, 형님."

"성은이 망극하옵나이다, 전하."

맙소사, 믿었던 임금마저 대군의 동행을 허락하고 말았다. 고아한 미소를 지으며 몸을 숙이는 이정을 단영은 곤혹 가득한 눈으로 바라보았다. 달포가 넘는 기간 동안 과연 대군에게 제 위험한 비밀을 들키지 않을 수 있을까. 글쎄, 오히려 첩첩산중을 지나며 호랑이를 한 번도 만나지 않는 것이 더 쉬울지도.

"성은이…… 망극하옵나이다, 전하."

단영은 울음을 삼키며 임금께 억지 감사를 올렸다.

*내구마內廐馬 조선시대, 내사복시에서 기르던 말. 임금이 거동할 때 쓴다.

나주 금성관

한동안 흙비로 누렇기만 하던 하늘에 저녁나절부터 먹구름이
서서히 드리우더니, 새벽이 되자 드디어 비님이 내리기 시작하였
다. 맑고 청아해진 공기에 백성들은 모처럼 비님께 감사하며 하
늘에 절을 올렸다.

단영도 모처럼 내리는 비를 향해 손을 뻗었다. 중립이 비에 젖
지 않게 기름종이로 만든 갈모를 쓰고, 삼베로 만든 입 가리개로
눈 아래를 죄 가린 뒤, 기름에 절인 생가죽 아래 징을 박아 만든
유혜까지 신은 그녀는 영락없이 빗길을 헤집는 양반 나그네의 모
습이었다. 손바닥과 도롱이에 떨어진 빗방울이 토독토독 간지러
운 소리를 내며 사방으로 튀겼다. 그 시원한 감촉에 절로 미소가
피어올랐다.

때마침 히힝, 하고 우는 소리와 함께 내구마 두 필이 마당으로 나왔다. 말들도 내리는 비가 시원한지 투레질을 하며 촉촉이 젖은 땅에 다그닥다그닥 발굽을 새겼다.

"이 고삐를 잡으시면 됩니다."

"고맙네."

단영은 옥룡이 건네는 말고삐를 어색하게 쥐었다. 차마 그 먼 길을 대군의 뒤에 답삭 붙어 갈 자신이 없어 홀로 말을 몰아보겠노라 호기롭게 말했건만. 막상 고삐를 쥐고 나니 뒤늦게 후회가 밀려왔다. 멀리서 볼 땐 고삐를 쥐는 게 마냥 쉬워 보이기만 했는데, 정작 말에 오르는 것부터 까마득하여 쉬이 엄두가 나질 않았던 것이다. 옆에서 단영과 비슷한 입성을 한 채 능숙하게 말갈기를 쓸어내리던 이정이 걱정스러운 얼굴로 물었다.

"정녕 괜찮겠는가? 전하께서 친히 온순한 내구들로 내려주시긴 하였네만, 말을 타는 것이 처음이라면 아무래도 고삐를 다루기가 어려울 터인데……. 지금이라도 내 말을 함께 타는 것이 어떻겠나?"

그에 단영이 부러 젠체하며 고삐를 꽉 틀어쥐었다.

"이래 뵈어도 소인, 엄연히 사내대장부로 태어난 몸입니다. 이 정도는 식은 죽 먹기이니 염려 마십시오."

그래, 이깟 말 하나 제대로 타지 못한다면 내 어찌 사내 행세를 계속할 수 있겠는가. 콧김을 훅 내뿜은 단영이 자신만만하게 힘껏 다리를 차올린 순간!

"히히잉!"

"으아앗!"

단영의 큰 몸짓에 놀란 말이 대번에 앞발을 쳐들고서 몸을 흔들기 시작했다. 단영이 고삐를 쥐고 있어 이정도, 옥룡도 차마 말을 진정시킬 수가 없었다. 여기서 떨어지면 곧장 황천길이다! 눈을 질끈 감은 단영은 말의 목을 단단히 끌어안고서 필사적으로 버텼다. 그렇게 세상이 몇 번 뒤집히고, 사지의 감각이 얼얼하게 마비될 때쯤.

"……말씀, 드렸잖습니까. 이 정도는 식은 죽 먹기라고."

우욱, 단영은 뒤집히는 속을 가까스로 삼키며 축 늘어졌다. 단영의 대범하고도 엉뚱한 그 모습에 이정은 푸스스 듣기 좋은 웃음을 흘렸다.

숭례문을 지나 도성을 벗어난 단영과 이정은 곧장 남쪽을 향하기 시작하였다. 처음엔 방향조차 제대로 잡지 못하던 단영은 다행히 도성을 나설 무렵 고삐 쥐는 것에 적응하여 제법 원하는 대로 말을 움직일 수 있게 되었다. 그래도 아직 빨리 달리는 것은 위험하다 생각하였는지, 이정은 부러 앞에서 천천히 말을 몰아 단영의 말이 앞서 나가는 것을 막아주었다.

가랑비로 시작되었던 비님은 성저십리를 완전히 지나 대숲에 들어설 무렵 거친 빗줄기로 변모하였다. 그간 땅을 뒤덮은 흙비를 완전히 몰아낼 요량인지, 하늘은 한 치 앞도 보이지 않을 만큼 비를 퍼부었다. 말들도 버거운지 연신 푸르르 갈기를 털어 단영은 온몸에 힘을 바짝 주어야만 했다. 굵은 비에 이리저리 흔들리는 갈모를 쥐고서 이정이 말했다.

"이 정도 비면 말도 금세 지치고 말 걸세. 쏟아지는 모양을 보아하니 잠시 스치는 소낙비인 듯한데, 잠시 비를 피했다가 날이 개면 다시 출발하는 것이 어떠하겠나?"

"그리하는 것이 좋겠습니다."

하나 이미 민가를 벗어난 탓에 비를 피할 적당한 오두막 하나 찾기가 힘들었다. 곧은 대나무 사이를 이리저리 헤집던 두 사람은 어느 바윗골 틈으로 간신히 비를 피해 들어갔다. 도롱이도 소용없을 만큼 폭 젖은 단영이 부르르 몸을 떨었다.

"소만 바람에 설늙은이 얼어 죽는다더니, 비까지 오니 아주 겨울이 따로 없습니다."

"아까의 사내대장부는 어디 가고 설늙은이가 내 옆에 있는 겐가."

이정이 웃으며 놀림조로 말하였다. 필시 우스꽝스럽게 말에 올라타던 자신을 놀리는 것이리라. 입술을 비죽인 단영은 도롱이를 탈탈 털어내며 볼멘소리를 내었다.

"수마와 더불어 사람이 추위와 더위를 느끼는 것은 모두 자연의 이치이니, 자연 앞에 장수가 따로 있고 늙은이가 따로 있겠습니까?"

"말이나 못 하면."

피식 웃은 이정이 걸치고 있던 도롱이를 벗어 낮은 바위에 널어두었다. 비가 그칠 때까지 에서 말릴 생각인 듯했다. 단영도 도롱이를 함께 말려두려 끈을 풀고서 고개를 드는데, 글쎄 이정이 안에 입고 있던 도포와 저고리까지 차례로 벗고 있는 게 아닌가. 갈모 너머로 실오라기 하나 걸치지 않은 그의 맨 어깨가 보이기 직전, 숨을 집어삼킨 단영은 벗던 도롱이도 도로 껴입고서 얼른 뒤돌아섰다.

"자네도 옷을 벗어 이쪽에 걸어두게."

아무것도 모르는 이정이 단영에게도 옷을 벗을 것을 권하였다. 사그락사그락 젖은 옷을 벗는 소리가 예민한 귀를 어찌나 괴롭히던지. 눈을 감는다고 귀까지 막아지는 것도 아니건만, 이미 갈모로 시야를 죄 차단했음에도 불구하고 단영은 눈까지 질끈 감아버렸다.

"소, 소인은 그냥 이대로 있겠습니다. 도롱이를 벗으려니 바람이 매서워서 원……."

"젖은 옷을 그리 입고 있으면 감모에 걸리기 더 쉽네. 이리 걸어두면 금세 마를 것이니 잠시만 견디고 옷을 벗게."

"서, 선비가 되어 어찌 목욕탕도 아닌 밖에서 함부로 옷을 벗을 수 있겠습니까?"

"아, 이제는 예를 차리는 선비가 되었군그래."

연등절 이후 한동안 서먹하였던 자신에게 은근히 불만을 토로하려는 건가. 오늘따라 유달리 말꼬리를 잡는 이정에 단영은 곤혹스럽기 그지없었다. 평소엔 그렇게 인의예지를 강조하며 도가 아니면 행하려 하지도 않으시더니. 왕실의 종친이 저리 옷을 홀렁홀렁 벗어젖혀도 되는 것인지, 할 수만 있다면 따져 묻고 싶었다.

"에취!"

하지만 추위 앞에서 인의예지가 다 무슨 소용이겠는가. 자연의 이치 앞에선 그마저도 허례허식에 불과하거늘. 이대로 있다간 이정의 말대로 된통 고뿔을 앓을 것 같았다. 훌쩍 코를 들이켠 단영은 차마 뒤를 돌아보지 못한 채 도롱이만 겨우 벗었다.

"거보게. 벌써 기침이 나지 않는가. 안에 입은 옷들도 서둘러 벗지 않으면 필히 열병이 들 걸세."

이리 있다간 꼼짝없이 옷을 벗어야 할지도 모르는 터라. 김이 나도록 머리를 굴리던 단영은 퍼뜩 떠오른 생각에 얼른 핑계를 내뱉었다.

"반점! 소인은 얼굴뿐만 아니라 몸에도 커다란 반점이 있습니다."

"몸에도 말인가?"

"예. 아버지께 듣기로는 어릴 땐 몽고반점인 줄 알고 그저 놔두셨다는데, 그것이 점차 붉게 변하여 몸을 흉측하게 뒤덮었다 합니다. 어찌나 흉측한지 소인 또한 목욕을 할 때에도 몸을 내려다보지 않을 지경입니다."

한 번이 어렵지 두 번은 쉽다고, 제 입에서 술술 나오는 거짓말에 단영은 스스로도 놀랄 수밖에 없었다. 하지만 대군 앞에서, 그것도 자신을 사내라 굳게 믿고 있는 이의 앞에서 어찌 여인의 몸을 함부로 드러내겠는가. 차라리 앓아눕는 게 낫지. 단영은 젖은 도포 자락을 필사적으로 여미며 옷을 벗지 않겠다는 뜻을 강하게 내비쳤다.

"정 그렇다면 어쩔 수 없지."

등 뒤에서 다시금 사락사락 옷자락 스치는 소리가 났다. 고집 센 막막조는 놔두고 홀로 옷을 벗어 말리려나 보다. 단영은 최대한 뒤를 돌아보지 않은 채 적당한 곳에 자리를 잡고 앉았다. 그러곤 몸을 둥글게 웅크려 얼마 안 남은 체온이나마 지키려 애썼다. 스멀스멀 올라오는 한기에 무릎을 더 세게 끌어안으며 이를 깨물던 그때.

"사람에겐 불보다 같은 체온이 추위를 쫓는 데 더 효과적이라 들었네."

묵직한 존재감과 함께 따스한 체온이 느껴졌다. 이정이 단영의 곁으로 바짝 다가와 앉은 것이다. 갈씬거리는 너른 어깨가 몸에 닿을 때마다 불을 쬐듯 냉기가 사라졌다. 그녀와 눈을 마주한 이정이 부드러이 미소를 지었다.

"비가 그칠 때까지만 이리 온기를 나누세."

그리 말하는 이정의 몸엔 속적삼이 걸쳐져 있었다. 분명 조금 전 맨 어깨가 드러나는 걸 보았던 것 같은데, 잘못 보았던 것인가. 단영이 의아한 눈으로 속적삼을 바라보니 이정이 자랑스레 얇은 소매를 들어 보였다.

"군자는 벗이 곤경에 처하였을 때 그것을 외면하지 않는다 하였느니. 비록 젖은 나무에 불을 피울 능력은 없으나, 추위를 함께 나눌 재간은 있지 않겠는가."

요컨대, 반점 때문에 단영이 젖은 옷을 벗지 못하니 이정도 홀로 옷을 말리지 않고 그녀와 함께 젖은 옷을 걸치겠다는 뜻이었다. 젖은 옷을 함께 입는다고 추위가 가시는 것도 아니건만, 어이없을 만큼 무용한 저 마음이 어찌 이리 따스한 것인지. 벗, 그 낯간지러운 단어에 괜스레 기분이 이상해진 단영은 공연히 마음에도 없는 불퉁한 말을 내뱉었다.

"소인이 어찌 자가의 벗이라는 말씀이십니까? 엄연히 반상의 법도가 지엄한데."

"세종께서도 관노 출신이었던 장영실과 각별한 사이셨다지 않은가. 우애를 나눔에 있어 신분은 그저 거추장스러운 체면치레에 불과하네."

"……괜히 소인 때문에 고뿔에 걸렸다 탓하지나 마십시오."

"내 선택에 대한 결과를 벗에게 책임지라 할 만큼 파렴치한은 아닐세."

그 어설픈 불평마저 이정은 농처럼 넘기고서 더 가까이 붙었다. 감히 꿈에도 생각지 못하시겠지. 당신과 나 사이엔 신분보다 더한, 아무리 지우려야 지울 수 없는 남녀의 유별이 있다는 걸. 단영은 어쩐지 기분이 묘연해져 씁쓸히 입가만 늘였다.

"자, 이 대추편 좀 먹어보게. 단것이 들어가면 열이 조금 더 날걸세."

역시나 아무것도 모르는 대군께선 작은 두루주머니를 꺼내 고들고들하게 말린 대추편을 건넸다. 건장한 사내가 들고 다니며 먹기엔 심히 아기자기한 간식이라. 단영은 신기한 듯 대추편을 받아들었다.

"주전부리를 즐기시는 줄은 몰랐습니다. 곁두리도 잘 안 드시더니."

일순 뜻을 알 수 없는 무언가가 이정의 눈을 스쳤다. 어둡고 시늘한, 깊이를 알 수 없는 무언가가.

"그저 몸에 좋다 하여."

찰나간 스친 것은 흔적도 없이 사라졌다. 다시 보았을 땐 평소처럼 은은한 미소만 보일 뿐이었다. 잘못 보았나. 어쩌면 비구름이 잠시 그늘을 드리웠던 것일지도. 대수롭지 않게 생각한 단영은 이정과 나란히 앉아 대추 조각을 우물거렸다.

하나 예상과 달리 비는 쉬이 그치지 않았다. 오히려 전보다 빗줄기가 더 굵어져 한 치 앞을 보기 어려워졌다. 물보라를 타고 스며드는 냉기에 단영은 슬그머니 엉덩이를 움직여 이정에게 붙었다. 남녀의 유별이고 뭐고, 일단 사는 게 우선이지 않겠는가. 다행히 이정은 군말 없이 제 어깨를 내어주었다.

시간이 흐를수록 젖은 옷을 사이에 두고 낯선 체온이 달큼한 대추 향처럼 뭉근히 번져왔다. 마주 댄 팔은 고작 한 뼘뿐인데, 어찌 목덜미가 팔팔 끓인 물에 푹 담근 듯 더워지는지 모르겠다. 심장이 쿵쿵 뛰고, 얼굴에 홧홧한 열이 오르고, 맞닿은 어깨가 자꾸만 간질거려 단영은 저도 모르게 헛기침이 새어 나왔다.

"어찌 기침을 그리 잦게 하는가."

"벼, 별거 아닙니다. 비 때문에 물안개가 쳐서 그런가. 목이 왜 이리 간질거리지……."

단영이 멋쩍게 중얼거리며 또 한 번 헛기침을 하였다. 사내와 몸을 맞대고 앉은 게 자꾸만 의식이 되어 헛기침이라도 하지 않으면 견딜 수가 없었다. 그 사실을 알 리 없는 이정은 심각한 얼굴로 단영을 보다 이내 그녀의 갈모 끝을 쥐었다.

"잠시 실례하겠네."

단영이 피할 새도 없이 사내의 커다란 손이 그녀의 이마를 지그시 짚었다. 숨결이 섞일 만큼 가까운 거리, 코끝으로 훅 풍겨오는 물 내음과 깊은 묵향, 이마 위로 느껴지는 뜨거운 체온과 시야를 가득 메운 사내의 진중한 얼굴. 그 모든 것들이 신경을 옭아매어 단영은 미동도 할 수 없었다. 어떤 웅대한 북을 치더라도 이보다 더 큰 소리가 날 수 있을까. 거센 심장 박동이 이정에게도 들릴 것 같아 단영은 숨까지 참아야 했다.

"아무래도 열이 좀 나는 것 같은데……."

뺨에 손등을 대며 그가 조금 더 가까이 다가왔을 땐 정말이지 심장이 몸 밖으로 튀어나올 뻔하였다. 피가 한꺼번에 얼굴로 쏠려 일순 현기증까지 일 정도였다. 더 이상 견딜 수 없었던 단영은 단박에 갈모를 눌러쓰며 몸을 옹송그렸다.

"소, 소인이 원체 몸에 열이 많습니다!"

"아까는 춥다 하지 않았는가?"

"열이 많으니 더 쉽게 추위를 느끼는 것이지요!"

"음?"

"본디 열병에 걸렸을 때 몸이 으슬으슬하며 한기를 느끼지 않습니까! 그, 그것과 똑같은 이치인 겁니다."

제 입으로 말하면서도 무슨 이런 뚱딴지같은 소리가 다 있나 싶었지만, 단영은 되는 대로 내뱉으며 엉덩걸음으로 슬금슬금 이정과 거리를 넓혔다.

"젖은 옷끼리 붙어 있으니 공연히 불쾌를 끼칠까 염려됩니다. 소인은 진실로 괜찮으니, 개의치 마시고 몸을 보전하십시오."

세 뼘 정도 멀어진 거리를 물끄러미 바라보길 잠시. 이정도 더는 권하지 않고 순순히 단영의 의견을 따라주었다. 제 배려가 도리어 상대를 불편하게 만들 수 있음을 충분히 이해한다는 얼굴이었다. 그는 언제든 추우면 제게 몸을 기대라 말하는 것도 잊지 않고서 이후부턴 고요히 비 오는 풍경만 응시하였다. 그 옆모습을 잠시 눈에 담던 단영은 조용히 무릎을 끌어안았다. 지금 제 숨을 떨리게 하는 것이 추위인지, 아니면 이름 모를 열기인지 알지 못한 채.

한바탕 세차게 쏟아지던 빗줄기는 다행히 오래지 않아 사그라들기 시작했다. 조금씩 가늘어지는 빗방울에 이정이 반가운 미소를 띠며 옆을 돌아보았다.

"이제 슬슬 다시 출발하는 것이……."

하나 그의 말은 채 끝을 맺지 못하고 빗소리에 묻히고 말았다. 단영이 암벽에 등을 기댄 채 꾸벅꾸벅 졸고 있었던 것이다. 무방비하게 졸고 있는 단영을 보며 이정은 가늘게 입가를 늘였다. 처음 말을 타느라 바짝 긴장하였을 텐데 거기에 비까지 흠뻑 맞았으니, 그 몸이 필시 고단하였을 것이다.

"어⋯⋯."

옆으로 휙 꺾이는 고개를 이정이 재빠르게 손으로 받쳤다. 무어라 나직이 웅얼거리던 단영은 이정의 팔에 기대어 한층 더 깊은 잠에 빠져들었다. 해가 지기 전에 민가에 도착해야 할 텐데, 이를 어찌하나. 잠시 고민하던 이정은 단영을 깨우는 대신 작은 머리통에 제 어깨를 빌려주기로 하였다. 앞으로 갈 길이 구만리인데, 시작부터 무리를 했다가 몸이 축나는 것보단 조금 천천히 가는 편이 나았다. 단잠을 깨우지 않도록 조심스레 다가가 어깨를 괴어주려는데, 일순 느슨하던 끈이 풀리며 단영의 중립과 갈모가 툭 아래로 떨어지고 말았다. 무심코 내려다본 이정은 그녀의 얼굴에 그만 시선이 묶이고 말았다.

망건을 맨 이마는 반듯하고 깨끗한 빛으로 봉긋이 솟아 있었고, 그 아래 솜씨 좋은 화공이 일필휘지로 옥산을 그린 듯 단아한 눈썹이 자리 잡고 있었다. 지그시 감은 눈꺼풀은 붉은 기를 머금고, 그 아래 촘촘히 뻗은 속눈썹은 누에나방의 그것인 양 가늘고 길게 굽어져 있으니, 금방이라도 날갯짓을 할 듯 여리게 떨리는 것 같더라.

미간 사이로 곧은 선을 자랑하는 콧대는 입 가리개 아래로 수줍게 숨어들었으나, 높이 솟은 등마루로 그 모양을 충분히 가늠할 수 있었다. 사내의 얼굴이 이리 고운 선을 띨 수도 있다던가. 얼굴의 절반이 가리개에 가려져 보이지 않음에도 미색이 뚜렷할 정도이니, 가려지지 않은 온전한 얼굴은 얼마나 더 아름다울지 상상이 되지 않을 정도였다. 하여 예가 아님을 알면서도 이정은 잠든 단영의 얼굴에서 눈을 뗄 수 없었다. 제게 기댄 이 작은 몸이 얼마나 왜소한지도 새삼 실감이 났다.

이정은 천천히 손을 들어 망건 위로 흐트러진 머리카락을 뒤로 넘겨주었다. 한 가닥 티끌이 사라지니 청초한 미색이 더욱 살아나는 듯하였다. 빗물이 마른 입 가리개는 제법 성긴 편이라, 그 아래 붉은 반점이 보일 듯 말 듯 아리송하기만 하였다. 정녕 반점 때문에 얼굴을 내보이길 꺼려하는 것일까. 아니면, 남들이 모르는 또 다른 비밀을 이 아래 감춘 것일까. 서서히 아래로 내려온 그의 손끝이 입 가리개의 얇은 자락을 툭 건드렸다.

"……"

허공을 배회하던 손이 굳게 말아 쥐어졌다. 이정은 함부로 입 가리개를 들추는 대신 떨어진 중립을 주워 다시 씌워주었다. 행여 잠든 몸이 추울까 봐 얼추 마른 도롱이를 끌어와 몸 위에 덮어주기까지 하였다.

"사람으로서 신의가 없으면 좋을 수 없으니."

나직이 논어의 구절을 읊조린 이정은 이내 고개를 돌려 시선을 먼 곳에 두었다. 빗소리는 잦아드는데, 목덜미를 간질이는 여린 숨소리는 점차 짙어만 간다. 열이 옮기라도 한 것일까. 이상하게 몸이 더워 이정은 비가 그칠 때까지 물안개 피는 전경만 오래도록 바라보았다.

* * *

어젯밤도 구름이 심상찮게 꾸물럭거리더니 기어이 비가 쏟아지기 시작하였다. 한동안 쾌청한 날씨가 이어지기에 신나게 달렸건만, 강진을 코앞에 두고 다시 비 때문에 발이 묶이게 된 것이다. 사흘 내리 빗길을 뚫고 민가와 오두막을 전전하던 이정과 단영은 결국 해가 지기 전 간신히 도착한 나주목에서 며칠 묵고 가기로 하였다.

"자가, 이곳에 얼마 전 새로 지은 객사가 있다고 하니 그곳으로 가시는 게 어떻겠습니까?"

"그리하는 것이 좋겠네."

단영은 이제 제법 능숙하게 고삐를 틀어쥐며 말을 몰았다. 사마교를 지나 남쪽으로 더 들어가니, 드디어 망화루란 현판이 걸린 세 칸짜리 외삼문이 보였다. 2층으로 우뚝 선 문루가 여느 성문 못지않은 위세를 드러내고 있었다. 마침 그 아래로 비를 피하고 있는 관리 몇이 보이는 터라, 단영은 소리 높여 사람을 불렀다.

"이리 오너라."

가뜩이나 폭우가 쏟아지는데 웬 객들인가 싶어 귀찮았던 걸까. 서로 눈짓을 주고받던 관리들은 개중 제일 나이 어린 관리의 등을 밀어 보냈다. 비를 뚫고 나온 관리는 단영과 이정을 힐긋힐긋 훑어보며 심드렁하게 물었다.

"어디서 오신 뉘께라우?"

"이분은 이 나라 왕실의 종친이신 월산대군이시네. 강진으로 가던 중 빗줄기가 세차 잠시 머물 곳을 찾고 있으니, 이곳 객사의 방을 내어주게."

대군의 작호에 어린 관리의 눈이 휘둥그레졌다. 저 혼자 감당할 문제가 아니라고 생각했는지, 관리는 잠시만 기다려달라 양해를 구하고서 쪼르르 선진들에게 달려갔다. 이윽고 어린 관리의 말을 들은 선진들 중 하나가 안으로 잽싸게 튀어 들어가고, 나머지는 우르르 몰려 나와 이정 앞에 부산스레 몸을 숙였다.

"오메, 이 먼 곳까정 귀하신 대군 자가께서 우짠 일로 다 오셨당께요? 오신다구 노고가 많아불구마잉. 안으로 뫼실 텡게 이짝으로 따라오시랑께요."

그러곤 앞다투어 대군의 앞길을 안내하니, 높으신 분께 조금이라도 얼굴 도장을 찍어 중앙으로 가고픈 마음은 아랫것들도 마찬가지인 모양이다. 단영과 이정은 그들을 따라 외삼문의 동쪽으로 들어갔다. 중삼문에 이어 내삼문까지 넘어 들어가니, 드디어 금성관이 모습을 드러내었다.

나주목사가 연초에 건립을 마쳤다던 이 금성관은 넓은 박석을 앞에 깔고 월대를 둘러 웅장한 위용을 자랑하고 있었다. 18본本의

밭둘렛기둥과 8본의 안둘렛기둥을 배열한 금성관은 배흘림 없이 일자로 곧은 원기둥을 세워 가지런히 정돈된 미를 뽐내고 있었다. 객사의 지붕은 맞배지붕을 올리는 것이 보통인데, 금성관은 특이하게도 팔자 모양을 한 팔작지붕을 올리고 있었다. 화려한 모로단청 아래로는 기둥 위에만 공포棋包*를 배열한 주심포 형식이 가구되어 있음을 볼 수 있었는데, 고려 때 성행하던 1출목에 3포식, 즉 주삼포 형식을 띠고 있었다. 정면 5칸, 측면 4칸짜리의 정청을 사이에 두고 한 단씩 지붕을 낮춘 익사가 좌우에 붙어 있었으며, 서익헌보다 동익헌이 두 배가량 커서 마치 수려한 매가 한쪽 날개를 길게 뻗고 있는 듯하였다.

"이짝서 쪼매만 기다려주쇼."

잠시 처마 아래로 비를 피하게 한 관리가 어딘가로 쪼르르 달려갔다. 언제쯤 비가 그치려나. 이정이 하늘을 올려다보는데, 문득 단영의 들뜬 목소리가 그의 귓가를 간질였다.

"새로 지은 객사라 그런지 확실히 건물이 깨끗하고 잘 정돈되어 있습니다."

고개를 돌리니 단영이 요목조목 구조를 뜯어보며 눈을 빛내고 있었다. 그 모습이 꼭 새로 만든 목마를 보고 신난 어린아이 같아서 이정이 작게 웃었다.

"새 건물을 보는 것이 그리도 좋은가."

*공포棋包 처마 끝의 무게를 받치기 위하여 기둥머리에 짜 맞추어 댄 나무쪽.

"메를 들진 않아도 소인 또한 엄연히 흙일을 하는 사람이니, 이리 잘 지어진 건물을 보면 마음이 뿌듯할 수밖에요."

단영은 기둥부터 지붕, 벽체까지 세세히 살폈다. 분명 중립과 입 가리개로 얼굴이 죄 가려졌는데도 즐거워하는 기색이 여실히 느껴질 정도였다. 이정은 가만히 자리에 서서 그런 단영의 모습을 물끄러미 눈에 담았다.

"……귀엽네."

생각이 머리를 거치지 않고 입 밖으로 튀어나온 건 찰나의 일이었다. 이정은 꿈에서 깬 사람처럼 움찔 어깨를 떨었다. 가인도 저와 같은 사내이거늘, 한참 어린 사람도 아니고 어엿이 관례를 치렀을 성인에게 귀엽다니. 스스로 당황하여 이정은 차마 단영을 계속 보고 있을 수가 없었다.

"워메! 대군 자가께서 금성관을 찾아오시다니, 소인 생견 영광이불구마요! 지가 이곳 나주목의 목사, 이유인이여라우."

때마침 관리의 부름을 받고 나주목사가 헐레벌떡 다가왔다. 이정은 당혹스러운 마음을 애써 삼키며 그의 인사를 받았다.

"갑작스레 폐를 끼치게 되어 미안하군."

"아유, 먼 그런 섭한 말씀을 다 하신당가요? 우덜이 나랏밥 먹는 것이 다 대군 자가 같으신 분덜 뫼시라구 있는 거제. 계시는 도막에 불편 없도록 가꿀 텡께, 자가께선 께판 마쇼잉. 자, 이짝으로 오쇼."

목사는 억양 강한 사투리를 구수하게 구사하며 그들을, 정확히 말하자면 왕실의 종친인 이정을 반갑게 맞이하였다. 하지만 먼저 동익헌의 상태를 살피고 온 관리의 말을 들곤 목사의 얼굴이 금세 흙빛이 되고 말았다.

"오메, 우짜쓰까잉. 메칠 비가 소찬히 와부려서 벽오헌 벽지가 다 울어버렸네요잉. 그렇다구 차마 비 새는 방으루 대군 자가를 뫼실 수도 없구, 남은 건 저짝 짝은 방밖이 없는디…… 쩌 옆 내아內衙인 금학헌으루 가시는 것이 어떠실란가요?"

"몸을 누일 수만 있다면 어디든 좋으니, 내아 말고 남은 방이라도 내어주게."

"그라믄 우짤 수 없지라. 안으로 드소잉."

목수는 동익헌보다 작은 서익헌으로 두 사람을 안내하였다. 그곳은 종3품 이하인 당하관 관리들이 묵는 방답게 겨우 몸만 누일 수 있을 정도로 단출한 방이었다. 대청에 오른 단영은 이불 두 채를 펴기도 빠듯해 보이는 방을 보며 식겁하여 물었다.

"설마 이 방 하나만 있는 것이오?"

"야. 이자 곧 보름이라 다들 일찍부터 이짝으로 모였당께요."

도성으로부터 멀리 떨어진 지방에선 수령과 관리들이 초일과 보름, 명절마다 전패殿牌*를 모신 객사에서 예를 올리는 망궐례를 행하는 터라. 가뜩이나 연일 폭우가 쏟아지니 나주에서 가장 큰 금성관으로 관리들이 일찍이 모이게 된 것이다. 이제껏 들른 객

---

*전패殿牌 임금을 상징하는 전殿 자를 새겨 각 고을의 객사에 세운 나무패.

사에선 운 좋게도 방이 두엇 이상 있어 편하게 나누어 생활하였고, 민가에서 밤을 보낼 적엔 어른 아이 할 것 없이 열댓 명이 우르르 몰려 있어 차라리 괜찮았었다. 그런데 이곳에서 꼼짝없이 이정과 단둘이 한방을 쓰게 생겼으니. 이상야릇한 기분이 들어 단영은 벌써부터 눈앞이 캄캄하였다.

"자가, 이리 좁은 방에서 소인과 어찌 함께 계신단 말씀이십니까? 자가께서만이라도 내아로 가 편히 지내시는 것이⋯⋯."

"발도 못 뻗고 새우잠을 잔 적도 있는데 새삼 무얼 불편하게 여기겠나. 게다가 금학헌으로 간다면 새로 빈객을 맞이할 준비를 한다고 많은 수고를 들이겠으나, 이곳은 객사라 이미 손님을 맞이함에 있어 부족함이 없으니 더 바라는 것은 욕심일세."

아니, 더 바라주십시오. 제발 더 바라시란 말입니다! 단영이 속으로 애타게 외쳤으나 이정은 젖은 도롱이를 단정히 털고서 먼저 방 안으로 들어갔다.

"방이 참 아늑하고 따듯하군. 자네도 어서 들어오게."

그러곤 저리 순수한 얼굴로 손짓을 하기까지. 저 배려가 되레 사람 피를 말리는 줄도 모르고 말이다. 묵직이 한숨을 삼킨 단영은 결국 도리 없이 좁은 방 안으로 따라 들어갔다.

곧 관노비가 들어와 따끈한 차와 수건 몇 장, 그리고 갈아입을 옷 몇 벌을 가져다주었다. 대군이 행차하셨다며 특별히 좋은 것으로만 골라 준비했는지 광목이 몹시 보드라웠다. 단영은 차마 입 가리개를 벗지는 못하고 겉으로만 톡톡 물기를 닦아내는데,

이정이 젖은 얼굴을 닦으며 단영에게 말했다.

"듣자 하니 객사 뒤에 욕실이 마련되어 있다 하던데, 관비에게 말하여 물을 데워놓으라 이를 터이니 자네는 옷부터 갈아입게."

"어찌 자가께서 움직이십니까? 소인이 다녀오겠습니다."

"그 손부터 녹이고 말하지 그러는가?"

이정의 눈짓을 따라 고개를 내리니, 한겨울도 아닌데 동상이라도 걸린 듯 붉게 튼 제 손이 보였다. 비바람을 맞으며 고삐를 틀어쥐느라 손이 죄 얼어버린 것이다. 멋쩍게 눈을 굴리니, 이정이 피식 실소를 흘리며 어깨에 묻은 비를 털어주었다.

"개의치 말고 예 있게. 준비가 되는 대로 관비를 보내겠네."

이정은 싱긋 웃어 보이고서 홀로 방을 나섰다. 기실 그의 말을 듣고 나니 으슬으슬한 한기가 온몸을 휘감는 것 같았다. 정작 그의 손이 닿은 어깨는 또 불에 덴 듯 화끈거렸지만.

"하여간 쓸데없이 다정하시다니까."

단영은 코를 훌쩍이며 이정이 돌아올 때까지 뜨끈히 달아오르는 구들장에서 몸을 녹였다.

펄펄 끓인 목욕물에 몸이 녹진하게 풀리도록 목욕을 한 뒤, 단영은 쪼르르 처마 아래로 움직여 방으로 돌아왔다. 그사이 촛불을 밝혔는지 창호 너머로 이정의 불그림자가 번지고 있었다. 목욕을 하며 간신히 마음을 가라앉혔거늘. 그림자마저 단정하고 아름다운 이정에 단영의 가슴이 다시금 쿵쿵 뛰어대기 시작했다.

"괜찮아. 안 들킬 수 있어."

스스로에게 몇 번이고 격려한 단영은 깨끗이 씻어 말린 입 가리개의 끈을 다시 한번 확인하고선 방으로 들어갔다. 문을 열자 앞서 목욕을 마치고 들어온 이정이 음전하게 앉아 눌은밥을 먹고 있었다. 자기 직전임에도 단정히 의관을 정제한 모습은 가히 예에 한 치 어긋남이 없었다.

"왔는가? 식사는 밤이 늦어 눌은밥으로만 부탁하였는데, 혹 자네에게 부족하진 않을까 염려되는군."

"괜찮습니다. 마침 소인도 몸이 노곤하여 입맛이 없던 참입니다."

몸을 돌려 입 가리개를 살짝 들춘 단영은 누룽지를 자리끼 들이켜듯 벌컥벌컥 마셨다. 방금 끓여 내온 것인지 입천장이 다 까지도록 뜨거웠으나 눈물까지 꾹 참고서 억지로 삼켜냈다. 겸상이야 익숙해졌다손 치더라도, 한방에서 단둘이 마주 앉아 하하 호호 웃으며 잠자리를 준비할 자신은 없었던 것이다. 가급적 신속하고 빠르게 이부자리 안으로 숨어들고 싶었다.

"괜찮은가? 김이 이토록 펄펄 나는데……."

"소, 소인이 원체 뜨거운 것을 잘 먹습니다. 하암, 목욕까지 했더니 눈꺼풀이 천근만근 무거워져서……. 소인은 이만 먼저 잠자리에 들겠습니다. 그럼 안녕히 주무십시오, 자가."

휘모리잡가를 부르듯 숨도 안 쉬고 인사를 올린 단영은 재빨리 이불 속으로 쏙 들어가 벽을 보고 돌아누웠다. 누워서도 입 가리개를 벗기는커녕 이불을 머리끝까지 뒤집어쓰니, 결단코 얼굴을 보이지 않겠단 의지가 강하게 돋보였다.

기절이라도 한 양 미동조차 없는 단영을 보며 이정은 차마 잘 자라 마주 인사할 수도 없었다. 헛웃음인지 실소인지 모를 소리를 짧게 흘린 이정은 먹던 숟가락도 조용히 내려놓고서 상을 물리고 촛불을 껐다.

"편히 자게."

행여 제 목소리에 선잠이라도 깰까, 소리 죽여 인사를 한 이정이 단영의 옆자리에 누웠다. 곧바로 잠이 오지 않아 어둑한 천장을 바라보길 한참. 이정은 천천히 고개를 돌려 옆을 보았다. 따개비처럼 벽에 바짝 붙어 누운 단영은 상투조차 보이지 않게 이불을 뒤집어쓰고 있었다. 마침 이불도 온통 하얘서 눈 쌓인 하얀 둔덕을 보는 듯도 하였다. 숨을 들이마시고 내쉴 때마다 오르내리는 움직임은 한없이 미약하여서 꼭 암흑 속 아지랑이처럼 보이기도 하였다.

아지랑이는 오래지 않아 그의 마음속에도 피어났다. 그저 누운 뒷모습을 보는 것뿐인데 어찌하여 마음이 이리 일렁이는가. 이유를 자문해도 답은 쉬이 떠오르지 않았다. 그저 누룽지를 먹은 것이 한참 전의 일인 양 조갈만 날 뿐이었다. 단영을 보며 귀엽다 생각했던 일이 내내 머리에 맴도는 까닭이었다.

대관절 그게 무슨 큰일이라고 이토록 심란해하는지. 스스로 생각해도 어이가 없어 이정은 고개를 작게 내저었다. 같은 사내라 할지라도 성정을 흠모하는 것은 벗끼리 흔한 일이다. 게다가 건물을 보며 좋아하던 가인은 다 큰 성인답지 않게 순수하였으니, 누구라도 그 모습을 보면 저와 꼭 같이 생각했을 것이다. 그건 또 그거대로 썩 달갑지 않아 저도 모르게 한숨이 나왔지만.

단영은 그새 깊은 잠이 들었는지 고른 숨에 이불이 규칙적으로 오르락내리락하고 있었다. 자는가, 묻고 싶어 벌어진 입술이 결국 한일자로 다물렸다. 막상 가인을 불러도 이을 말이 없었기 때문이다. 그럼에도 가인을 계속 부르고 싶어지는 건 어인 이유에서인지.

겹쳐 깔린 두 요가 도도록이 선을 그려 두 사람 사이를 가로지르고 있었다. 이정은 그 금줄을 물끄러미 바라보다 다시 단영의 뒷모습을 보았다. 토독토독 처마 아래로 떨어지는 빗소리가 무심하게 사위를 울리고, 깊이 잠든 누군가의 숨소리가 고요한 방 안을 채우는 밤. 막상 걱정하였던 한 사람은 금세 잠들었는데 정작 아무 생각 없던 이는 오래도록 잠이 들지 못하여, 이 밤은 유달리 느리게만 흘러갔다.

* * *

궐패를 모신 정청에 이정을 비롯한 나주목사와 주변 고을의 수령 및 관리들이 모두 모였다. 보름을 맞아 망궐례를 올리기 위함이었다. 의관을 정제한 그들은 각자의 자리에 위치하여 엄숙한 분위기로 망궐례를 시행하였다.

"사배—."

전의典儀가 외치자 정청에 모인 이들이 일제히 전패를 향하여 네 번 절하기 시작했다. 멀리 계신 임금의 안녕과 나라의 태평성대를 간절히 비는 의식이라. 이정은 그 어느 때보다 진심을 다하여 절을 올렸다. 안개처럼 흩날리는 가랑비도 임금을 향한 그의 충정은 가리지 못하였다.

마침내 네 번째 절을 올리던 그때.

"윽……."

일순 눈앞이 아득해질 만큼 가슴을 파고드는 통증에 이정은 그만 휘청거리고 말았다. 향배에 있어 한 치도 흐트러짐 없던 월산대군이 난데없이 몸을 뒤트니, 주변에 있던 관리들이 모두 의아한 눈으로 그를 쳐다보았다.

"자가, 괜찮으시단가요?"

"……괜찮네."

이정은 가까스로 중심을 잡았다. 걱정스레 보는 관원들에게 개의치 말라 손짓한 그는 낯빛을 단정히 갈무리하고서 아무 일 없던 듯 마저 몸을 숙였다. 망건 아래 가려진 이마에서 식은땀이 배어 나왔으나 그는 망궐례가 끝날 때까지 아무런 내색도 하지 않았다. 주먹을 꾹 말아 쥐고서, 누구에게도 들켜선 안 될 비밀을 감추듯.

그 시각, 단영은 갈모에 도롱이까지 야무지게 채비하고서 어딘가로 향하고 있었다.

"분명 이쯤 어디라 하였는데."

마을 어귀에서 좌우를 살피던 단영의 눈에 드디어 멀리 팔작지붕을 얹은 커다란 정자가 보였다. 씩 입꼬리를 올린 단영은 갈모와 입 가리개의 매무새를 만지고선 정자로 향하였다. 종일 추적추적 비가 내리고 있음에도 불구하고 정자엔 벌써 노인 예닐곱이 자리를 잡고 앉아 바둑을 두고 있었다. 오래전 고을의 어느 유지께서 사비를 들여 지으셨다던가. 군자의 은덕으로 세워진 이 정자는 높이가 낮고 크기가 넓으며 우물가에 위치하여 마을 사람 누구나 편히 이용할 수 있었다. 그 딕에 지금처럼 하릴없는 노인들이나 물을 길러 온 아낙네들, 길을 가던 나그네들까지 잠시 머물다 가곤 하였으니, 온갖 소문과 사건들이 이 정자를 통해 퍼진다 하여도 과언이 아니었다.

으흠, 헛기침 한 번으로 존재감을 드러낸 단영은 거추장스러운 도롱이를 벗어 옆에 고이 널어두었다. 그러곤 잠시 풍광을 즐기듯 의미 없이 주변을 바라보다가, 부러 큰 동작으로 소매에서 서책 한 권을 꺼내었다. 이날을 위해 미리 준비해두었던 풍수서, 『유산록』이었다. 조선 산천의 풍수가 낱낱이 적혀 있다는 이 책은 풍수가들 사이에서는 물론 민간에서도 제법 유명한 것이었다. 명당 냄새를 솔솔 풍기는 서책에 바둑을 두던 노인네들과 우물가에서 가랑비에 옷 젖는 줄 모르고 수다를 떨던 아낙들까지 이쪽을 힐끔거리기 시작하였다.

"이 근방엔 어느 산이 좋으려나."

굳이 하지 않아도 될 혼잣말까지 들으란 듯 중얼거리며 단영

은 책장을 펄럭펄럭 넘겼다. 그러자 파들파들 떨리는 손으로 겨우
바둑돌을 내려놓던 노인 하나가 주름진 눈에 빛을 내며 물었다.

"지관이시당가?"

"그저 이곳저곳 발 닿는 대로 걸으며 아름다운 산과 깨끗한 물
을 보는 것을 즐기는 사람이외다."

두루뭉술한 답변은 오히려 그네들의 호기심을 더욱 부풀렸다.
양지바른 땅이라도 알 수 있을까, 노인들은 한창 재밌어지던 대
국까지 뒤로하고서 단영을 정자 한가운데로 불러들였다. 아낙들
까지 슬그머니 정자에 엉덩이를 붙이고서 눈을 반짝반짝 빛내었
다. 조선팔도 어디를 가나 사람들에게 환대받는 직업이 몇 있었
으니, 첫째는 소금 장수요, 둘째는 의원이요, 셋째가 바로 지사였
다. 명당이라 일컬어지는 좋은 혈 자리에 뫼를 쓰면 대대손손 발
복하여 부귀영달이 이루어질 것이라 굳게 믿었기 때문이다. 제일
먼저 단영에게 말을 건 노인이 늘어진 눈꺼풀을 힘껏 흡뜨며 물
었다.

"나넌 올해 나이가 종심을 넘어서, 이자 은제 다시코 땅으로 돌
아가두 요상시럽지 않을 나이랑께. 눈을 감아도 늘장 자슥들 무
탈하기만 비는 마음이라야. 내가 으디 뫼를 써야 우리 집안이 발
복할께라우?"

"어디 보자. 보아두신 땅이 따로 있소?"

"암사, 당연히 있지."

노인이 정자에서 보이는 어느 산을 가리켰다. 저 일대가 대대

손손 내려오는 선산인데, 남은 땅 중 어디가 명당자리인지 도통 모르겠다는 것이었다. 산이 바로 지척에 있는 데다 어찌나 맑고 청아한지 한눈에 그 형세가 그려졌다. 단영은 자리에서 일어나 까치발까지 들며 노인이 가리킨 산을 자세히 살펴보았다. 어림짐작으로 나경까지 이리저리 돌려가며 좌향을 살피던 단영은 싱긋 웃으며 말하였다.

『청오경』*에 따르면 산은 맞이하는 것을 좋아하고 물은 그 맑음을 좋아하니, 산이 오고 물이 돌면 귀(貴)가 가까이 있고 재물이 풍족하다 하였소. 저 산은 맑은 물이 굽이치며 주산과 현무봉이 모두 단정하고 또 용맥이 기세 있게 내려와 맥을 받는 곳이니, 저 곳에 묘를 쓰면 부귀를 이루고 장수하여 자손이 번창할 것이오."

"워메, 다닐로 우리 조상들이 터를 잘 잡으셨구마잉."

질문 한 번에 명당자리가 떡하니 나오니, 이때부턴 너나 할 것 없이 단영에게 땅을 물어보기 시작하였다. 소문은 빗방울을 타고 퍼져 나가 한 식경쯤 지났을 땐 정자 주위가 사람들로 바글바글해졌다. 단영은 어느 정도 사람이 모인 것을 확인하고선 슬그머니 본론을 꺼내었다.

"혹 이 주변에 불공을 드릴 만한 사찰이 있소?"

"사찰? 사찰이야 허벌나게 많제잉."

"담방 이 아랫골만 가도 사찰이 셋이여."

*『청오경』 1866년, 한나라의 풍수지리학자 청오가 묘터를 정하는 데 필요한 사항을 정리하여 쓴 지리서.

212

아낙들은 친히 자신들이 자주 가는 사찰의 이름까지 알려주었다. 단영은 감흥 없이 고개를 끄덕이며 넌지시 찾는 이의 이름을 대었다.

"전라에 담희 스님이란 분의 공덕이 대단하단 소문을 듣고 왔는데. 혹 그 사찰에 계신 것이오?"

"담희 시님?"

한창 신나게 사찰 이름을 대던 이들이 일순 꿀 먹은 벙어리처럼 눈짓만 주고받았다. 이전에 머물렀던 몇몇 객사에서도 다들 이런 반응이었다. 차라리 모르면 낫지. 비슷한 이름이었다면서 이 사찰 저 사찰 끌고 다니는 통에 이삼일을 꼬박 날린 적도 있었다.

'여기서도 아는 이가 없는 모양이로구나.'

실망한 단영이 기대를 접으려던 그때. 작게 속삭이는 목소리가 그녀의 귀를 건드렸다.

"담희 시님이믄 자네가 말헌 도강 무위사에 계신 그분 아니여?"

"잉, 맞는 것 같은디."

긴가민가 고개를 갸웃거리면서도 반쯤 확신을 보이는 아낙들에게 단영이 재차 물었다.

"그 법명을 들어본 적이 있소?"

"막 시어무니가 유명한 사찰이라믄 금강산이래두 안 가릴 맹키로 뎅기셨는디, 도강에 있는 무위사 사찰 시님 중에 담희라는 시님이 차를 글큼 기가 멕히게 잘 끓인다데? 하도 말씀을 허셔서 내 귀에 따껭이가 앉아부렸어."

차를 잘 끓인다! 황 노인이 했던 말과 정확히 일치하는 설명이었다. 더군다나 도강은 강진의 옛 명이니, 필시 제가 찾는 담희 승려와 같은 사람임에 분명하였다. 드디어 얻게 된 실마리에 응어리진 근심이 일시에 녹는 듯하였다.

"오늘 이곳에 계신 분들의 땅은 모두 보아드릴 것이니, 조급해하지 마시고 차례대로 줄을 서십시오."

넉넉한 인심에 사람들이 좋아라 손뼉을 치며 궁둥짝을 붙이고 앉았다. 단영은 기분 좋게 사람들의 땅을 살펴주었다.

* * *

종일 사람들의 땅을 살펴준 단영은 뉘엿뉘엿 해가 서산으로 넘어갈 무렵에서야 금성관으로 향했다. 그사이 하늘도 개어 붉은 노을이 아름답게 편운을 물들이고 있었다. 머리만 대면 곯아떨어질 만큼 몹시 고단하건만, 발걸음만은 구름을 걷듯 가볍기만 하였다. 담희 승려가 있는 곳을 알아냈다 고하면 대군께서도 얼마나 기뻐하실까. 환하게 웃는 그의 모습이 벌써부터 눈에 선했다.

"들어가자마자 쩌렁쩌렁하게 외쳐야지."

키득거린 단영은 더욱 발걸음을 서둘렀다. 이윽고 세 개의 삼문을 지나 서익헌으로 향한 단영이 단숨에 방문을 벌컥 열며 기쁜 소식을 전하였다.

214

"자가! 소인이 드디어 담희 스님께서 계신 사찰을……."

신나서 재잘거리던 단영의 목소리가 차츰 사그라들다 뚝 멎고 말았다. 불도 켜지 않은 어둑한 방 한가운데, 이정이 의식을 잃고 쓰러져 있었던 것이다.

"자가, 대군 자가!"

단영은 부리나케 안으로 뛰어 들어가 이정을 살폈다. 대체 얼마나 이러고 있었던 건지, 얼굴 곳곳에 생땀이 송골하니 맺혀 있었다. 숨을 쉴 때마다 괴롭게 비틀리는 미간은 보는 사람이 다 애가 탈 만큼 깊이 파여 있었다. 이마에 손을 대어보니 제법 열이 높다. 아무래도 감모에 걸린 모양이다.

"어쩐지, 망궐례 준비한답시고 새벽 비를 고스란히 다 맞으시더니만……!"

마음이 급해진 단영은 서둘러 의원을 부르려 일어났다. 그런데 채 몸을 다 일으키기도 전에 덜컥 붙들리고 말았다. 고개를 돌리니 간신히 의식을 되찾은 이정이 힘에 겨운 얼굴로 그녀의 손목을 잡고 있었다.

"아무도…… 부르지 말게. 잠시 쉬면 곧 나을 걸세."

"지금 열이 얼마나 나는지 아십니까? 이러다 또 정신을 놓으면 어찌시려 그럽니까!"

"내 몸은 내가 더 잘 아네. 그저 가벼운 열병일 뿐이니…… 구태여 사람을 부르지 말게."

이정이 손목을 쥔 손에 조금 더 힘을 주며 단영을 만류하였다.

간절히 청하는 눈빛이 어쩐지 소란을 일으키고 싶지 않다는 단순한 이유 따위가 아닌 듯하였다. 임금의 건강은 나라의 안녕과 같아 극비에 부친다던데, 왕실의 종친들도 비슷한 것인가. 고심하던 단영은 하는 수 없이 고개를 끄덕였다.

"아무도 부르지 않겠습니다. 그저 땀을 식힐 수건이라도 받아올 터이니 잠시만 기다려주십시오."

이정이 그제야 손에 힘을 풀었다. 기실 놓아준 것이라기보다는 더 이싱 잡고 있을 힘조차 없는 편에 더 가까워 보였지만. 단영은 황급히 과방으로 달려가 찬물과 수건 몇 장을 받아왔다. 방이 조금 추운 것 같으니 아궁이 불을 더 세게 때달란 말도 잊지 않았다. 방에 들어갈 땐 행여 열린 문틈으로 누가 보기라도 할까, 저 들어갈 만큼만 살짝 문을 연 뒤 재빨리 닫았다. 펼친 요에 간신히 이정을 눕힌 단영은 적신 수건으로 조심조심 그의 얼굴을 닦아주었다. 몸살 기운도 있는지 수건이 닿을 때마다 이정이 옅게 앓는 소리를 흘렸다.

"조금만 참으십시오. 지금은 열을 떨어트리는 게 우선이니."

행여 땀 때문에 찝찝할까, 단영은 구석구석 꼼꼼히 이정의 얼굴과 목을 닦아주었다. 땀을 다 닦은 후엔 새 수건을 적셔 이마에 얹어주었다. 늘 흔들림 없이 단정한 모습만 보다 이리 앓아 흐트러진 모습을 보니 괜스레 속상해져 저도 모르게 볼멘소리가 튀어나왔다.

"대체 언제부터 이리 계셨던 겁니까?"

"글쎄……. 망궐례가 끝나고 방으로 돌아온 것까진 기억이 나는데, 오찬을 든 이후부터는 잘."

망궐례를 아무리 오래 했다 하여도 반 시진이면 끝났을 것인데. 그럼 정오부터 날이 저물 때까지 몇 시진을 내리 앓고만 계셨단 말인가. 이럴 줄 알았으면 서둘러 자리를 정리하고 돌아올 것을, 뭐 좋다고 정자에 눌러앉아 일면식도 없는 사람들의 땅만 봐 주었는지. 자책은 공연히 화로 변해 단영은 그새 식은 수건을 다시 갈아주며 지청구 아닌 지청구를 늘어놓았다.

"그리 편찮으시면 망궐례고 뭐고 다 제치고서 몸부터 보전하셨어야죠. 뭣 하러 새벽 비까지 맞으며 그 고생을 하셨습니까?"

"신라의 김후직은 죽어서까지 임금을 생각하였다는데, 신하된 자로서 어찌 충심보다 내 일신을 더 중히 여기겠는가."

"하. 죽고 나면 그놈의 충심이 다 무어 쓸모가 있답니까? 그래봤자 다들 말로만 칭송할 뿐이지, 남는 것은 아무것도 없습니다."

단영의 일갈에 이정이 설핏 미소를 지었다. 아득히 먼 곳을 바라보듯 천장을 헤매던 눈이 이내 감긴 눈꺼풀 너머로 숨어버렸다.

"그래……. 자네 말이 맞을지도 모르지."

그 미소가 왜 그리 쓸쓸해 보이던지. 공연히 아픈 사람을 상대로 화를 낸 것 같아 뒤늦게 미안한 마음이 들었다. 단영은 애꿎은 수건만 대야에 꾹꾹 눌러대며 이정의 상태를 살폈다.

"약은 정말 드시지 않아도 되겠습니까?"

"약으로 다스릴 수 있는 병이 아닐세."

"이리 열이 펄펄 나고 식은땀이 죽죽 나는데, 어찌 듣는 약이 없다 하십니까?"

"그저 때마다 한 번씩 발작처럼 찾아왔다가 또 언제 그랬냐는 듯 사라지곤 했네. 한숨 푹 자고 나면 곧 괜찮아질 것이니 너무 염려 말게."

서서히 수마가 다가오는지, 이정의 목소리가 느릿느릿 가라앉았다. 단영은 더 얘기 말고 이만 자라며 침묵을 지켜주었다. 오래지 않아 그는 고른 숨소리를 내며 깊은 잠에 빠져들었다.

단영은 잠든 이정을 물끄러미 바라보았다. 그래도 수건으로 열을 식힌 덕일까. 조금 전만 해도 괴로운 기색이 역력하더니 지금은 얼굴이 제법 편안해 보였다. 밤만 되면 매양 돌아눕기 바쁘고, 새벽을 깨우는 것도 늘 이정이라. 눈을 감은 그의 얼굴을 가만히 들여다보고 있자니 새삼 신기한 기분이 들었다. 자는 얼굴은 한 번도 본 적이 없던 까닭이다. 사람이 어찌 이리 자는 모습마저 단정할 수 있을까. 깨어 있을 땐 도리에 맞춰 움직일 수 있어도 잘 때는 코를 곤다든지, 잠꼬대를 한다든지 흐트러지는 것이 당연지사 아닌가. 한데 이정은 마치 잘 때에도 정신이 깨어 있는 사람처럼 한없이 반듯하기만 하였다. 만약 군자에게 잘 때도 지켜야 하는 모습이란 게 있다면, 그건 필시 지금 월산대군의 모습일 게 분명했다.

그나마 이 흐트러짐 없는 왕족이 자면서 내보이는 유일한 틈이라면 열로 인해 뜨겁게 달궈진 숨이 흘러나오는 저 입술이랄까. 그사이 병색이 옅어진 것인지, 아니면 애초에 입술에는 병색이 스며들지 않은 것인지, 얼굴빛은 창백하기만 한데 숨이 드나드는 곳만 유독 짙은 붉은색을 띠고 있었다. 두 개의 봉우리가 봉긋이 솟은 윗입술은 시원하게 곡선을 뻗어 내려가다 물줄기가 굽이치듯 양 입꼬리가 위로 솟구치고, 아랫입술은 현무봉처럼 도톰하게 부풀면서 그 아래 아늑한 혈처럼 작은 그늘을 만들어내니. 사람의 얼굴에도 풍수란 게 있다면 이정의 입술은 명산 중의 명산이요, 길지 중의 길지가 됐으리라. 누구든, 탐을 낼 만한.

"……아픈 사람 갖고 뭔 생각을."

단영은 퍼뜩 도리질을 쳤다. 마치 못된 짓을 하려다 들킨 것처럼 가슴이 쿵쾅대며 얼굴이 뜨거워졌다.

"참나, 내가 뭘 하려 그랬다고. 그냥 쳐다본 것밖에 없잖아."

듣는 이도 없는데 절로 변명이 튀어나왔다. 의식의 흐름처럼 스친 생각에 지레 발이 저린 탓이었다. 그에 더욱 부끄러워져 단영은 벌떡 일어나 제 몫의 요를 펼쳤다. 어느 정도 열은 내렸으니 더 이상 지켜볼 필요는 없으리라. 단영은 늘 그랬듯 허물처럼 재빠르게 겉옷을 벗고 이불 속으로 쏙 들어갔다. 쿵쿵거리는 심장을 애써 누르며 일찍이 잠을 청하려는데, 이상하게 몸이 더워 쉬이 잠이 오지 않았다. 내가 그렇게 난잡한 생각을 하였나? 고작 입술 좀 쳐다본 게 다인데?

"맞다. 아궁이에 불 더 때달라고 했었지……. 앗 뜨거."

구들장에 손을 대보았다가 파르르 손을 떨었다. 바닥이 뜨겁다 못해 절절 끓는 듯하다. 아릿한 손에 호호 바람을 불던 단영은 힐긋 옆을 돌아보았다. 평온히 잠든 이정의 얼굴 아래로 적삼에 저고리는 물론 도포까지 모두 갖춰 입은 모습이 퍽 답답하고 더워 보였다. 아닌 게 아니라 그새 그의 목덜미가 끈적하게 번들거리고 있었다. 식은땀이라기엔 혈색이 불그스름하게 좋았으니, 필시 더워서 흘리는 땀이리라.

도포라도 벗겨드려야 할까. 자연스레 옷고름으로 시선을 향하던 단영은 스스로의 생각에 소스라치게 놀라며 몸을 홱 돌렸다. 아무리 병자라도 그렇지, 어찌 외간 사내의 옷고름을 함부로 풀 생각을 하는가. 제가 아무리 사내 노릇을 한다고 해도 그런 음란한 짓을 할 수는 없었다. 하지만 이토록 푹푹 찌는 방에서 계속 저리 놔둘 수도 없고, 그렇다고 언제 추워질지 모르는 밤에 섣불리 불을 빼달라 할 수도 없으니. 이러지도 저러지도 못하고 고민하길 한참.

"애초에 저 대군을 달고 오는 게 아니었는데. 내 팔자 내가 꼬았지, 내가 꼬았어."

불퉁하게 중얼거린 단영은 벗었던 저고리에 도로 팔을 꿰어 넣었다. 그러곤 농 위에 아무렇게나 놓여 있던 둥글부채를 가져와 이정을 향해 슬슬 부쳐주기 시작하였다. 잠결에도 바람이 시원하였는지 굽이친 이정의 입꼬리가 조금 더 위로 말려 올라갔다. 그 천진한 미소에 단영도 피식 실소를 흘렸다.

부디 내일은 강녕한 몸으로 그 미소를 지어주시기를. 단영의
간절한 마음이 부채 바람에 실려 밤이 깊도록 이정의 곁을 맴돌
았다.

무위사 극락보전

성종 9년, 음력 5월 17일

세차게 내리던 빗줄기가 가늘어지며 단영과 이정은 다시 길을 나섰다. 담희 승려가 있는 사찰도 알아냈으니 한시바삐 그를 만나러 가기 위함이었다. 나주목사는 여비를 비롯하여 가는 길에 먹을 수 있는 말린 곡식과 육포까지 두둑이 챙겨주었다.

"쪼까 더 머물다 가시제, 뭐 이리 뒤꽁무니 불붙은 것맹으로 가신당가요?"

"그간 실례가 많았소. 덕분에 후하게 환대받고 잘 머물다 가니, 이곳에서 받은 은혜는 내 필히 잊지 않겠소."

"아따, 암만 대군 자가께서 오신 것인디 아무케 헐 수 있을라구요. 갸튼 자가께서 그리 말씀해주싱께 생견 몸 둘 바를 모르겠소잉. 무쭈록 가시는 길 몸 성성히 가시랑께요."

222

두 사람은 성대한 배웅을 받으며 다시 남쪽으로 향했다. 말들도 며칠간 푹 쉰 덕인지, 질척한 땅을 밟으면서도 고삐를 당기는 대로 고분고분 가주었다. 먹구름도 색이 옅은 것을 보니 곧 비가 완전히 갤 것 같았다.

단영은 가랑비에 젖은 말갈기를 툭툭 쓸어내며 힐긋 이정을 보았다. 그 밤, 까닭 모를 열병으로 앓아누웠던 이정은 다행히 이튿날이 되자 씻은 듯 나았다. 의원에게 자세히 몸을 보이지 않아도 되느냐 물으니 그는 한사코 괜찮다며 거절하였다. 병에 대해 잘 알고 있는 듯한데 또 어떤 병이냐 물으면 그저 빙긋이 미소만 지으며 침묵하니, 단영도 더 이상은 자세히 물을 수 없었다. 다만 이후로 말린 대추편을 자주 씹는 것으로 보아 병환 때문에 저것을 들고 다니셨나 짐작할 뿐이었다. 무슨 병이기에 그리 숨기시는 것인지. 벗이라면서, 그런 것까지 말해줄 만큼은 아니란 건가. 때마침 눈이 마주친 이정이 싱긋 웃어 보였다. 단영은 어색하게 고개만 끄덕이고선 슬그머니 시선을 돌렸다. 서운함보다는 가볍고, 아쉬움보다는 무거운 이름 모를 감정이 마음을 어지럽게 만들었다.

안주면 월출산에 위치한 무위사는 금성관에서 한 시진하고도 반을 더 달려서야 비로소 도착할 수 있었다. 장대석 기단을 쌓고 눈이 돌아갈 만큼 화려하게 금단청을 그린 일주문이 두 사람을 반기는 가운데, 사천왕문 앞에서 혀를 날름 내밀고 빗물을 받아먹던 어린 동자승 하나가 두 사람에게 합장을 하였다.

"나무아미타불 관세음보살."

혀 짧은 소리로 염불을 왼 동자승이 까만 바둑알 같은 눈을 깜빡이며 물었다.

"여는 워쩐 일루다가 오셨디야?"

예닐곱은 되었을까. 앳된 것이 말씨는 퍽 구수했다. 단영은 말에서 내려 동자승에게 물었다.

"혹 이 사찰에 담희란 법명을 가진 스님께서 계시느냐?"

"담희 시님요? 저 꼬짝에 산보 나가셨는디……."

무위사에 담희 승려가 참으로 있다! 단영은 애써 흥분을 가라앉히며 재차 물었다.

"혹 언제쯤 돌아오시는지 아느냐? 그분을 만나 뵙고 긴히 드릴 말씀이 있다."

"길게는 아니 다녀오싱께, 잠시 들어와 계시요잉. 따라오시요."

동자승은 제법 능숙하게 객을 대하며 안으로 들어갔다. 서로 시선을 주고받은 단영과 이정은 동자승의 뒤를 따라 사천왕문을 지났다. 돌담을 따라 작은 돌탑들이 올망졸망 모여 있었고, 속세의 번뇌를 씻기는 돌계단이 열반으로 인도하듯 높게 이어져 있었다. 맞배지붕을 이고 두리기둥으로 몸을 지탱한 2층 누문 보제루普濟樓를 지나 경내로 들어간 동자승은 차담실로 쓰이는 어느 작은 방으로 두 사람을 안내하였다.

"시님 오시믄 여루 모실랑께, 예서 쪼매만 기다려주시요잉."

동자승은 고사리 같은 손으로 맹물 두 잔을 내오고서 조용히 문을 닫아주었다. 그렇게 얼마나 기다렸을까. 산새 울음소리가 더 이상 신경이 쓰이지 않을 무렵, 마침내 기다리던 이가 모습을 드러내었다.

"소승을 찾으시었다 들었습니다."

단영과 이정은 반사적으로 일어나 승려와 마주 합장을 하였다. 나이는 지천명쯤 되었을까. 나부죽한 얼굴에 푸근한 인상, 호리호리한 체형을 지닌 승려는 얼핏 보면 건장한 청년인 듯하였으나, 말을 하거나 표정을 그릴 때마다 선명히 드러나는 주름이 그의 나이가 적지 않음을 알려주었다. 인자한 눈빛엔 오래도록 참선한 법도가 짙게 배어 있어 그가 당장 열반에 오른다 하여도 이상하지 않을 것만 같았다. 특이한 점은 강진 토박이라 하였으나 예의 동자승보다도 전라의 억양이 거의 없어, 모르고 들으면 한양 말씨처럼 들리기도 하였다. 사뭇 긴장이 누그러진 단영이 찾아온 연유를 밝혔다.

"이리 갑작스레 찾아들어 송구합니다. 저는 한성에서 목수단을 이끄는 행수이온데, 안산군 와리산에 여기 계신 월산대군 자가의 궁가를 영건하게 되어 실례를 무릅쓰고 이곳까지 왔습니다."

와리산이란 이름에 담회 승려의 눈빛이 묘하게 달라졌다. 그것은 예기치 못해 놀랐다기보다 '올 것이 왔다'라는 느낌에 더 가까웠다. 언젠가는 피치 못하게 말뚝을 뽑아야 할 날이 올 것이란 걸 일찌감치 알고 있었다는 듯이.

"이야기가 길어질 듯하니, 앉아서 말씀 들으시지요."

담희 승려가 입가를 옅게 늘이며 자리를 권하였다. 멀찍이 혼자 놀고 있는 동자승에게 찻상을 준비하라 이르고는 그도 곧 차담실 안으로 들어와 자리에 앉았다. 오래지 않아 동자승이 제 몸만 한 찻상을 야무지게 들고 와 담희 승려 앞에 놓았다.

승려는 능숙한 손길로 행다를 시작하였다. 숯불 피운 차로 위에서 차관의 물이 끓는 동안 그는 손수 차 맷돌로 떡차를 갈았다. 한 칸짜리 방 안에 금세 짙은 다향이 퍼져 마시지 않은 차가 온몸을 재우는 듯하였다. 갈아낸 찻가루는 물을 먼저 차부에 붓고 가루를 넣는 상투법으로 우려내었다. 마침내 적당히 색이 우러나자 승려는 찻종에 차를 부어 한 김 식힌 후, 두 사람의 잔에 각각 따라주었다. 그 일련의 과정이 모두 상좌의 엄숙한 수행 같아서 단영과 이정은 숨죽여 그를 지켜보았다.

"드시지요. 부끄럽지만 부족한 솜씨로나마 올립니다."

"감사히 마시겠습니다."

단영은 입 가리개 아래로 조심히 차를 머금었다. 잘 우려진 차를 한입 마셔보니, 은은한 다향이 혀를 타고 코끝으로 환하게 피어나 절로 미소가 지어졌다. 과연 황 노인이나 나주 아낙의 시모가 담희 승려의 차 맛을 입술이 마르도록 칭찬한 이유가 있었다. 두 사람이 충분히 한 잔의 차를 다 즐길 때쯤, 잠연히 시간을 흘려보내던 담희 승려가 마침내 입을 열었다.

"어찌 그 험한 땅에 궁가를 지으려 하시는지 여쭈어도 되겠습니까?"

담희 승려의 물음은 정확히 이정을 향하고 있었다. 이곳에 온 이후로 내내 침묵을 지키고 있던 이정은 제게로 날아든 승려의 눈길에도 선뜻 입을 열지 못하였다. 시선을 내려 자신의 빈 찻잔을 내려다보던 그는 낮게 가라앉은 목소리로 이곳에 오게 된 까닭을 읊었다.

"세조께서 폐왕후 권씨의 묘를 파헤쳐 바다에 버리신 후, 나라에 크고 작은 재이가 끊이지 않고 있네."

곳곳의 지진과 흙비, 백주에 나타난 금성과 홍성까지. 그 모든 것들이 폐왕후 권씨의 한으로 비롯된 것이니, 왕실의 피를 지닌 대군으로서 권씨의 한을 누르러 간다는 것이었다.

"스스로 살아 있는 제웅이 되고자 하시는군요."

"……달리 방도가 있는 것도 아니지 않은가."

"도망치시려는 겁니까?"

담희 승려는 이정에게 대놓고 액막이가 될 것이냐 묻는 것으로도 모자라 감히 도망치느냐 물었다. 그의 숭고한 희생을 한낱 겁쟁이의 도주로 만들어버린 것이다. 단영이 되레 놀라 눈치를 살폈으나, 대군은 오히려 자신의 처지를 잘 알아 그저 쓸쓸한 미소로 답을 대신할 뿐이었다. 선실께서 혜안으로 보신 것을 어찌 아니라 부정할 수 있을까. 삼척동자도 다 아는 사실인 것을. 오히려 승려의 입으로 듣고 나니 새삼 기구한 제 처지가 실감났다.

아니, 실은 이곳에 들어설 때부터 간신히 가라앉힌 심화가 다시 타올라 가슴이 뜨겁기만 하였다. 도망치고 싶었고, 어디론가

숨고 싶었다. 왜 하필 나여야만 하는 것이냐며 불상에 대고 소리치고 싶기도 하였다. 한평생 적장자이자 대군이란 이유로 감시아닌 감시를 받아온 삶이었다. 어좌를 앗아가버린 저들은 자신을언제든 종묘와 사직에 위협이 될 잠재적 반역자로 보았고, 그에이정은 필사적으로 결백을 드러내 보이며 꾸역꾸역 목숨을 부지해야만 했다. 늘 도성을 벗어나 자유로이 살고 싶었지만 진정 이런 식으로 쫓겨나길 원한 건 아니었다.

차라리 마음 편하게 눈을 감아버릴 수 있다면 얼마나 좋을까. 함부로 그러지도 못하여, 차마 그럴 수가 없어 심화가 더욱 타오르는 것을 모르지 않았지만. 운명은 늘 제게만 잔혹하다는 것을너무 이른 나이에 깨달아버린 그는 평온한 죽음마저 쉬이 허락받을 수 없었다. 안산으로 향하는 길이, 결국 제게 허락된 유일한안식의 길이라는 것도.

해서 이정은 이 피눈물 맺힌 기회나마 움켜쥐려는 것이었다. 귀성군처럼 반역자로 몰려 치욕을 당하느니 나라를 위해 이 한몸 희생하는 것이 훨씬 낫지 않겠는가. 정녕 이 선택이 나를 죽음으로 이끈다 하더라도 도망치지 않고 마땅히 그 길로 나아가고싶었다. 내게는 단 한 치의 부끄러움도 없음을, 단 한 순간의 부정도 구용苟容*도 없었음을 저들에게 낱낱이 증명하고 싶었다! 이토록 한스러운 삶, 그 정도는 허락되어야 하지 않겠는가.

*구용苟容 비굴하게 남의 비위를 맞춤.

"궁가를 영건하려면 와리산에 박힌 말뚝부터 뽑아야 합니다. 혹 방법이 있겠습니까?"

그러한 이정의 마음을 알 리 없는 단영은 오로지 안전한 궁가를 지을 방도만 생각하는 듯하였지만. 간절한 눈빛으로 담희 승려에게 묻는 단영의 옆모습을 이정은 지그시 눈에 담았다.

"방법이라……."

나직이 중얼거린 담희 승려가 대답 대신 빈 잔에 다시 차를 따라주었다. 적당히 식은 차는 허연 김 대신 뭉근한 온기로만 자근자근 차반을 데웠다. 아득히 멀리서 산새 지저귀는 소리와 동자승의 여린 발소리가 잦아들 무렵. 아무도 들지 않는 찻잔을 물끄러미 바라보던 담희 승려가 이내 고개를 끄덕였다.

"말뚝은, 원하시는 대로 뽑아드리겠습니다."

"그럼 이후 땅의 액운은 어찌 없애야 합니까? 듣기로 말뚝은 잠시 지기를 눌렀을 뿐, 완전히 끊어놓지는 못했다고 하던데 말입니다."

"예. 아시는 대로 액운을 완전히 없애는 것은 불가합니다. 방도가 하나 있긴 하나…… 그것은 작금의 왕실에 좋지 않을 것이니 말을 삼가도록 하지요."

듣지 않아도 폐왕후 권씨의 추복追復을 말하는 것임을 알 수 있었다. 복권이 가능했다면 애초에 월산대군이 안산으로 갈 일도 없었을 것이라. 단영이 낙심하던 찰나, 담희 승려가 그녀의 마음을 헤아린 듯 원하는 답을 들려주었다.

"대신 지기가 함부로 날뛰지 못하도록 법력으로 최대한 눌러 보도록 하겠습니다."

"그게 정말이십니까?"

"말뚝을 박는 것만큼 효과가 확실하진 않겠지만, 적어도 궁가가 영건되는 동안 어느 정도는 버틸 수 있을 것입니다."

"감사합니다, 참으로 감사합니다!"

희소식에 단영의 눈이 번쩍 뜨였다. 말뚝을 제거하고 나면 필시 흉살이 뛰놀 테니 그걸 어찌 막아야 하나 골머리를 앓았건만. 담희 승려가 자신의 법력으로 직접 액운을 눌러준다 하니, 그제야 한시름 놓을 수 있었다. 이제 남은 것은 지기와 천기를 모두 아울러 궁가를 잘 영건하는 것이리라. 단영은 새삼 막중한 책임감을 느끼며 마음을 다잡았다.

* * *

휘영청 둥근 달이 환한 달무리를 뿌리며 창호지를 밝히는 밤. 모처럼 이정과 따로 방을 쓰게 된 단영은 이부자리도 펴지 않은 채 멍하니 허공을 바라보고 있었다. 말뚝도 해결이 되었고, 영건을 진행하는 동안 지기를 누를 방도도 생겨 마음이 가벼울 법도 하건만. 이상하게 갈앉은 침묵이 그녀의 마음을 소란스럽게 만들고 있었다. 타오르는 촛불로 흐르는 시간을 세길 한참. 결국 단영은 입 가리개를 도로 쓰고 방을 나섰다. 축시를 지나는 때라 그런지 경내는 온통 고요 속에 잠겨 있었다. 멀리 부엉이 우는 소리가 길게 밤을 가로지르고, 낮 동안 사른 분향이 곳곳에 남아 고즈넉한 어둠을 꾸리는 가운데. 발 닿는 대로 걷던 단영의 눈앞에 법당한 채가 나타났다. 아미타여래를 모신 수륙사水陸社, 극락보전이었다. 단영은 걸음을 옮겨 극락보전으로 다가갔다.

정면 세 칸, 측면 세 칸의 극락보전은 고려 대 뭇 사찰들처럼 기둥 위에만 공포를 짜 올린 주심포 형식으로 소박한 맞배지붕을 받들고 있었다. 도리를 받친 첨차檐遮*가 두 줄로 나온 이출목二出目은 소의 혀처럼 생긴 쇠서받침을 쓰고 있어 용머리 장식 없이도 단순하면서 고아한 분위기를 자아내었다. 기단은 아래로 경사진 땅에 맞추어 양 측면과 배면은 한 단의 잡석 기단을 쌓았고, 정면은 잡석과 장대석, 그리고 갑석을 함께 쌓은 형태였다. 기둥은 상하부에 비해 중심부가 굵은 배흘림기둥이, 초석은 아무런 무늬도 없는 잡석이 쓰였는데, 그 높이와 모양이 제각각임에도 어지러운 느낌은커녕 오히려 조화롭게 느껴졌다.

격자빗살문을 여니 웅장함과 검박함이 동시에 공존하는 내부가 보였다. 잠시 눈을 감고 따스한 향 내음을 폐부에 가득 채운 단영은 신을 벗고 마루 위에 발을 들였다. 극락보전은 가운데 칸이 양측 두 칸에 비해 좁아 얼핏 수수한 느낌이 들었으나, 내부에 고주高柱**를 세우지 않고 종도리를 직접 보에 결구하는 소슬합장*** 방식으로 탁 트인 공간감과 절제미를 살렸다. 지붕의 서까래를 가로질러 받치는 도리는 일곱 개로, 부처의 공덕처럼 깊은 아늑함이 칠량가七樑架에 녹아 있었다. 불상이 있는 천장 중앙

칸엔 네모난 귀틀에 청판廳板****을 얹은 화려한 우물천장과 보개형닫집*****이, 가장자리엔 서까래를 고스란히 노출한 연등천장이 자리하고 있어 장엄한 아름다움이 엿보였다.

홀린 듯 극락보전의 구조를 하나하나 살피던 단영의 눈에 비로소 세 개의 불상이 들어왔다. 관음보살과 지장보살이 아미타불을 협시하여 극락세계를 둘러보듯 인자한 미소를 짓고 있었다. 수륙사에서 행하는 수륙재는 물과 육지를 떠도는 넋을 천령하는 제사라. 이곳에 모셔진 삼존좌상을 보고 있자니 거친 물살에 휩쓸려 간 오라비와 원통으로 눈을 감은 아버지 생각이 간절해졌다. 행여 지금도 땅과 바다 어딘가에서 통한의 울음을 쏟고 계실까, 단영은 조용히 엎드려 아미타여래께 부형의 명복을 빌었다. 홀로 남겨진 저를 걱정하여 어지러운 구천을 떠도는 일은 없기를. 아버지와 오라비 대신 하늘과 땅이 나를 보하고 안궐 식구들이 지키니, 부디 극락정토에 다시 태어나 안락하고 걱정 없이 살기를. 단영은 오분향례五分香禮****** 대신 간절한 숨을 하늘로 피워 올리며 먼저 떠난 가족을 위해 기도하고 또 기도하였다.

이후에도 어쩐지 발길이 떨어지지 않아 단영은 불상 뒤에 세워진 후불벽을 구경하였다. 불상 바로 뒤에 설치된 후불벽엔 화

---

*첨차檐遮 삼포三包 이상의 집에 있는 꾸밈새. 초제공, 이제공 따위의 가운데에 어긋나게 맞추어 짠다. **고주高柱 높은기둥. 안둘렛간(벽이나 기둥을 겹으로 두른 건물의 안쪽 둘레에 세운 칸)을 감싸고 있는 기둥. ***소슬합장 부재 상단이 종도리와 결구되는 것. ****청판廳板 마룻바닥에 깔아 놓은 널조각. *****보개형닫집 불단이나 어좌 위에 천장 일부를 감실처럼 속으로 밀어 넣은 조형물. ******오분향례五分香禮 부처의 다섯 가지 공덕에 비유하여 향을 피우는 불교 의식.

려한 색채의 불화가 그려져 있었는데, 특이하게도 관음보살의 눈에만 눈동자가 없었다. 눈을 감은 것도 아닌데 어찌하여 눈동자가 보이지 않는가. 그것이 묘하게 눈길을 끌어 가만히 들여다보는데, 문득 뒤에서 누군가의 목소리가 들려왔다.

"병신년에 이곳 극락전이 막 지어졌을 무렵, 한 노덕께서 찾아와 49일 동안 이 법당 안을 들여다보지 말라 당부하시고선 문을 걸어 닫으셨지요."

뒤를 돌아보니 담희 승려가 인자한 미소를 지으며 다가왔다. 밤중에 몰래 법당에 들었다며 나무랄까 봐 걱정하였는데, 다행히 담희 승려는 어린 손자에게 옛날이야기를 해주듯 나긋나긋하게 말을 이었다.

"그런데 49일이 되던 날, 저희 주지스님께서 그만 호기심을 참지 못하고 법당 문에 구멍을 내셨지 뭡니까. 때마침 법당 안에선 웬 파랑새 한 마리가 붓을 물고 관음보살의 눈동자를 그리려던 참이었는데, 그 순간 깜짝 놀라 그만 날아가버리고 말았지요. 하여 관음보살께서만 눈동자가 없으신 겁니다."

"금기를 어기는 바람에 중생을 널리 굽어살펴야 할 관음보살께서 눈을 잃으신 것이군요."

단영의 해석을 들은 담희 승려가 지그시 입가를 늘였다.

"보이는 것과 보이지 않는 것은 사실 아무런 차이가 없으니, 오히려 눈을 잃음으로써 세상의 더 많은 소리를 살피시게 되었지요."

보이는 것과 보이지 않는 것은 아무런 차이가 없다. 어쩐지 이해가 가는 듯도 하고, 영 이해가 가지 않는 듯도 하였다. 수수께끼 같은 승려의 말을 이리저리 곱씹어보는데 그 해답을 찾기도 전에 승려가 새로운 질문을 던졌다.

"거사께서는 동기감응同氣感應에 대해 아십니까?"

"사람이 죽어 땅속에 묻혔을 때 받은 땅의 생기를 자손에게 온전히 전하는 것이 동기감응 아닙니까."

동기감응은 풍수설의 핵심이라 할 수 있을 만큼 중요한 이치였다. 조상이 묻힌 땅의 형질에 따라 자손에게 길운이 향할 수도, 또 액운이 향할 수도 있으니 조상의 음택을 명당에 모셔야 대대손손 발복할 수 있다는 것이다.

"맞습니다. 또한 오행의 기는 땅속으로 흐르면서 만물을 낳는다 하였으니, 마치 사람이 그 부모로부터 몸을 받는 거와 같은 이치이지요."

"서산이 붕괴하면 동쪽의 신령한 종이 응하여 울리게 된다……."

"잘 아시는군요."

"풍수가로서 어찌『금낭경』을 모를 수 있겠습니까."

멋쩍게 웃으며 답하니, 담회 승려가 소매에서 뭔가를 꺼내 단영에게 내밀었다. 붕어 모양의 쇳조각이 달린 구리 풍령이었다. 얼결에 받은 단영이 의아한 눈으로 승려와 풍령을 번갈아 보았다.

"이것이 무엇입니까?"

"소승이 드리는 작은 선물입니다. 이것이 대군 자가를 보호하여줄 것이니, 궁가가 영건되고 나면 자가의 침전 가까이에 이것을 걸어두어주십시오."

하나 대군께 드릴 물건치곤 겉모양이 울퉁불퉁하고 더러운 데다, 붕어 조각도 썩 어여쁘지 않았다. 아무리 풍령이 삿된 것을 막아준다지만 이리 더러운 풍령이라면 오히려 안 좋은 것들이 꼬이지 않을까. 이런 것을 감히 대군의 침전에 걸어두어도 될는지 단영은 영 찜찜하였다.

"보이는 것을 경계하고 보이지 않는 것을 헤아리십시오. 그곳에 답이 있을 것입니다."

그 마음을 들여다본 것인지, 담희 승려가 싱긋 웃으며 말하였다. 보이지 않는 것에 답이 있을 것이라니. 작금에 내가 구해야 할 답은 진정 무엇이던가. 그조차 답을 알 수 없어 단영은 그저 조용히 승려와 마주 합장을 하였다. 뎅그렁……. 단영의 손에 들린 풍령이 맑은 소리를 울리며 깊어지는 밤을 장식하고 있었다.

기둥
세우기

나경

하지가 지나고 긴긴 장마까지 끝을 보일 무렵. 드디어 와리산의 말뚝이 뽑혔다는 전갈이 날아왔다. 담희 승려가 무위사의 스무 승려와 함께 와리산에 박힌 말뚝을 뽑고 그네들의 법력으로 와리산의 흉기까지 일시적으로 억눌러놓았다는 내용이었다. 땅이 준비가 되었으니, 이제는 사람이 향할 차례였다.

구름 한 점 없는 쾌청한 여름날, 중립 끈을 고쳐 묶고 입 가리개까지 야무지게 여민 단영이 침루의 방을 둘러보았다. 며칠 묵었다고 그새 정이라도 든 것인지, 휑하니 비어진 방을 보니 어쩐지 시원섭섭한 기분이 들었다. 작은 보따리 하나 들고 들어왔던 첫날과 달리 지금은 옷이며 공책이며 늘어나 제법 짐이 묵직했다.

단영은 어깨에 멘 봇짐을 슬며시 만져보았다. 폭신한 여벌 옷 사이로 각진 서책의 모서리가 만져졌다. 오라버니의 『지화비결』 이었다. 차마 주인 없는 연경궁에 놔두고 갈 수도 없고, 그렇다고 이제 와 버릴 수도 없어 결국 챙기고야 만 것이다.

"이 책을 펼치는 일은 절대 없을 거야."

오라비의 목숨을 앗아간 이 서책 없이 온전히 제힘으로 해내고 싶었다. 단영은 다짐처럼 봇짐을 꽉 메고서 침루를 내려갔다.

"다 준비되었는가?"

"예, 나리!"

안궐에 도착하니, 안궐 식구들과 그간 모은 목수들이 어느새 마당을 빼곡하게 채우고 있었다. 여기에 산적과 호랑이로부터 무리를 지키기 위해 아는 행수에게서 빌린 호위까지 합류하자 웬만한 상단 행렬 못지않았다.

"이야, 누가 보면 피난 가는 줄 알겠구먼."

"오셨습니까."

언제 온 것인지 말을 탄 지엽이 모인 인부들을 보며 혀를 내두르고 있었다. 단영은 비뚜름하게 입술을 씰룩이며 형식적으로나마 그에게 인사를 올렸다. 말에서 내린 지엽은 사람들의 짐을 쿡쿡 찔러보며 호패는 잘 챙겨왔는지, 혹 지난달부터 내려진 금주령을 어긴 술병은 없는지 일일이 확인하고 돌아다녔다. 청하가 제일 아끼는 사치스러운 호박 노리개를 빼앗으려 할 땐 단영이 그 앞을 막으며 볼멘소리를 내었다.

"꼭 이리 같이 가셔야겠습니까? 강진 내려갈 땐 선공감을 오래 비우면 큰일 날 것처럼 말씀하시더니."

"그러게. 그리 둘이서 갈 줄 알았더라면 나도 아득바득 쫓아갈 것을."

"예?"

무어라 중얼거리던 지엽이 별말 아니라며 손을 내저었다.

"아무튼 이번엔 관리자로서 함께 가는 것이니, 무엇 하나 법도에 어긋나선 아니 될 것이야."

막무가내인 그의 태도에 단영은 헛숨을 터트릴 수밖에 없었다. 안 그래도 타 지역에서의 영건은 이것저것 고려할 게 많아 신경을 곤두세워야 하는데, 거기에 지엽까지 합세를 한다니. 벌써부터 머리가 지끈거리는 것 같았다.

"이제 출발하면 되겠는가."

일찍이 단영과 함께 와서 행장을 살피던 이정이 단정히 웃으며 물었다. 강진에 한번 다녀온 뒤로 멀리 한성을 떠나는 것에 재미라도 붙이셨는지, 대군께서도 이번 안산행에 함께 발을 맞추실 예정이었다. 대관절 흙먼지 날리고 온갖 메 뚜드리는 시끄러운 곳에 귀하신 분들께서 무엇 하러 가신다는 것인지. 선공감의 미친개야 제 일이니 그렇다손 치더라도, 그곳에서 아무 할 일도 없는 대군까지 동행할 필요는 없지 않은가. 하나 말려도 듣는 귀가 없으니, 그저 제 궁가 잘 지어지나 구경하고 싶으신갑다 체념할 수밖에. 단영은 애꿎은 봇짐만 꼭 붙들어 매며 큰 소리로 외쳤다.

"그럼, 출발하겠습니다!"

안궐의 긴 행차가 비로소 안산을 향해 움직이기 시작하였다.

그 시각. 변씨의 귀엣말을 들은 한명회가 입꼬리를 뒤틀었다.

"그래. 이제 출발하였다고."

"예, 대감."

"사람은."

"비슷한 체구로다가 잘 심어놓았습니다요."

"살 준비하여 환송하라 이르거라."

"예, 대감. 일 잘하는 놈으로 구해놨으니 염려 마십시오."

뒷걸음질로 나가는 변씨를 보며 한명회가 만족스레 입가를 늘였다. 궁가를 지을 땅을 점혈하기 위해 안궐의 행수가 길을 떠난다 하였다. 안궐의 사공장 놈들과 핏덩이 같은 판관 놈 하나, 거기에 월산대군까지 줄줄이 달고서. 대군을 위해 기꺼이 영건을 맡아준 귀하신 분께서 멀리 행차를 나가신다는데, 길을 배웅하지는 못할망정 약소한 선물 하나 없이 보내드리면 되겠는가.

"그래도 한 번쯤은 회유의 기회를 줄까도 생각하였는데……."

대군께서 귀한 금덩이인 양 연경궁에 숨겨두시며 하도 곁을 허락하지 않으시기에 결국 이 방법을 택할 수밖에 없었다. 한명회는 피식 조소를 흘렸다.

"화를 자초한 건 결국 월산대군이니, 원망을 하려거든 그분을 원망하거라."

비로소 첫발을 떼었다 생각하겠지만, 이 첫발이 곧 그를 절벽으로 이끌 것이다. 내가 바로 그리 만들 것이니. 한명회는 남아 있던 미소마저 지우고서 사정전으로 향하였다.

* * *

해가 저물 무렵, 단영 일행은 관악산 아래 있는 자하 마을에 도착할 수 있었다. 본래 한강만 넘으면 바로 앞 신방뜰의 사당 부근에서 하루를 묵으려 했건만. 한시가 급하다는 지엽의 재촉에 본래 계획했던 거리의 반절을 더 이동했던 것이다. 다행히 월산대군의 행차가 이르렀단 소식을 들은 과천 현감이 부리나케 버선발로 뛰어나와 그들을 내아로 안내하였다.

"모쪼록 계시는 동안 불편함이 없도록 성심껏 뫼시겠습니다."

"고맙네. 하룻밤만 신세를 지지."

종일 걷느라 지친 일행들은 시원한 방과 깨끗한 이부자리를 보곤 새삼 권력의 유용함을 깨달았다. 안궐 식구들과 한방을 쓰게 된 단영은 잠시나마 긴장을 풀고 중립을 슬쩍 들어올렸다. 더운 여름날에 중립과 입 가리개로 얼굴을 꽁꽁 싸맸더니 땀으로 세수를 할 지경이었다. 옆에서 딴딴해진 장딴지를 두들기던 청하가 지친 목소리로 물었다.

"나리, 여기서 얼마나 더 걸어야 해요?"

"딱 오늘 걸은 만큼만 더 내려가면 안산군이 나올 거다."

"힉, 오늘 걸은 만큼요? 아이고, 발바닥에 불나서 다 탈 때쯤 도착하겠네."

"저는 이러다 몸이 반으로 접힐 것 같습니다, 누님."

청하의 말에 머루도 기진한 목소리로 말했다. 완전히 맥을 못 추는 그들을 보며 단영이 안타까이 미간을 좁혔다.

"그러게 터 잡히면 내려오라니까. 뭐 하러 이리 일찍 따라와."

"그래도 어찌 나리를 혼자 보내어요. 다른 것도 아니고 궁가 지을 자리를 알아보러 가는 일인데."

황 노인도 청하의 말에 맞장구를 치며 끄덕였다.

"한낱 민가를 짓는 일이었으면 저희도 느긋하게 내려갔지요. 어찌 나리 혼자 이 큰 짐을 짊어지게 놔둔답니까?"

"미리 내려가 있으면 공사도 바로 시작할 수 있을 테니 더 좋고요."

"이하동문이유……."

안퀼 식구들이 한목소리로 하는 말에 단영은 가슴속이 녹녹해 지는 것만 같았다. 어느 복을 타고나서 이토록 든든한 이들과 함 께 일을 하게 되었을까. 비록 피를 나누진 않았지만, 아버지께서 남겨주신 또 다른 가족이나 다름없었다.

"식사들 하셔요."

때마침 반빗아치*가 저녁상을 내왔다. 뜨끈한 눌은밥에 장과 김치, 거기에 귀한 계란까지 올라온 상이었다. 단영은 어서 들자 며 안퀼 식구들을 자리에 앉혔다. 그런데 막 입 가리개를 벗고 첫 술을 뜨려던 찰나, 밖에서 단영을 찾는 낯선 목소리가 들려왔다.

---

*반빗아치 반찬 만드는 일을 맡아 하던 여자 하인.

"가인 나리, 가인 나리 예 계십니까?"

단영이 반사적으로 입 가리개를 다시 하였다. 익숙한 듯 큰 덩치를 일으킨 동석이 그녀 대신 문을 열고 밖을 살펴보았다. 문밖엔 깡마른 사내가 서 있었다.

"뭔 일이유……?"

"송구합니다. 저는 이곳 관아에서 일하는 사령인데, 급하게 가인 나리를 찾으시는 분이 있어 결례를 무릅쓰고 찾아뵈었습니다."

그에 단영이 빼꼼 몸을 기울여 물었다.

"나를 찾는 분이라니?"

"그게, 여기서 드릴 말씀은 아니고……. 잠시만 시간을 내어주시면 감사하겠습니다. 저희 마님께서 바로 요 앞에서 기다리신다 하였으니 오래 시간을 앗지 않을 겁니다."

사령이 곤란한 낯빛으로 사정하였다. 어느 댁 마나님께서 풍수가 왔단 소식을 듣고 걸음하신 건가. 사대부가의 여인이 함부로 저를 드러내며 외간 사내를 만날 순 없는 노릇일 테니. 단영은 기껏해야 조상의 묏자리를 봐달라는 청일 것이라 생각하고서 몸을 일으켰다.

"저희도 같이 갈까요, 나리?"

"무얼. 이 앞이라는데."

됐다며 손사래를 친 단영은 품에 있는 나경을 습관적으로 확인하고서 방을 나섰다. 사령은 내아의 마당을 가로질러 어디론가 단영을 데리고 갔다. 아까는 멀리 갈 필요도 없다더니, 대문을 지나 관아 담벼락을 끼고 쭉 걷는 모양새가 어쩐지 쉬이 멈출 걸음은 아닌 듯 보였다. 멀리 내다보아도 마나님께서 타실 만한 가마 또한 보이지 않았다.

"이보시게. 어디까지 가야 하는가? 내 오는 길이 곤하여 멀리 갈 수는 없을 듯한데."

"곧 도착합니다, 나리."

사령이 비위를 맞추듯 실실 웃으며 걸음을 더욱 재촉했다. 점차 관아로부터 멀어지는 게 불안해 연신 뒤를 돌아보며 걷던 그때.

픽! 별안간 눈앞이 번쩍하더니 몸이 중심을 잃고 쓰러졌다. 뒤통수로 번져오는 엄청난 통증에 단영이 신음을 흘리며 몸을 움찔거렸다. 간신히 눈을 들자 앞서가던 사령이 방망이를 든 채 그녀를 내려다보고 있었다.

"에이 씨, 빗맞았네."

"갑자기, 왜……."

"미안하게 됐수다. 개인적인 유감은 없지만, 나도 챙겨야 할 식솔이 많아서."

퉤, 손바닥에 침을 뱉은 사령이 다시금 방망이를 고쳐 쥐었다. 붕붕 허공에서 돌아가는 방망이에 단영의 눈이 공포로 질렸다. 안간힘으로 몸에 힘을 준 단영이 도망치려던 찰나, 또 한 번 가격한 방망이에 단영의 몸이 힘없이 축 늘어지고 말았다. 서늘한 정적이 안개처럼 흘렀다. 쓰러진 단영의 코 아래 손을 대본 사령은 그녀의 팔을 잡고 어디론가 질질 끌고 갔다.

* * *

그 시각. 한창 저녁상을 비우고 있는 안궐 식구들의 방으로 단영이 돌아왔다. 바닥까지 싹싹 긁어먹고 있던 청하가 활짝 웃으며 그녀를 반겼다.

"나리! 왜 이리 늦으시었어요. 하마터면 나리 것까지 다 먹어 버릴 뻔했네!"

하나 능청스러운 청하의 말에도 단영은 대꾸 없이 상을 지나쳤다. 그녀는 입 가리개도 벗지 않은 채 도포와 중립 차림 그대로 이부자리에 들어갔다.

"나리, 무슨 일 있으셨습니까?"

머루가 조심스레 묻는 말에 단영은 그저 손사래만 저었다. 밖에서 무슨 안 좋은 일이라도 있으셨던 건가. 웬만해선 기분 나쁜일이 있어도 티를 안 내는 분이시건만. 저런 모습을 처음 보는 탓에 어쩐지 섣불리 묻기도 어려웠다. 걱정 어린 눈빛을 주고받은 안궐 식구들은 피곤한 사람 깨우지 말고 쉬게 해주자며 조용히 상을 치웠다.

"다들 식사는 맛있게 하였는가."

"대군 자가."

마침 달밤에 마당을 거닐던 이정이 상을 들고 나오는 안궐 식구들을 보며 물었다. 우르르 몰려나온 이들이 부른 배를 두드리는 모습에 싱긋 웃는데, 문득 한 사람이 보이지 않았다. 이정은 불빛이 비치지 않는 창호를 힐긋 보고선 모른 척 물었다.

"가인은 안에 있는가?"

"아, 그게요……."

눈치를 살핀 청하가 목소리를 낮춰 조금 전 있었던 일을 말해 주었다. 이정이 미간을 어긋내며 물었다.

"저녁도 들지 않고 말인가?"

"예. 어찌나 풀 죽어 계시던지, 차마 더 묻지도 못하고 이리 조용히 나온 것이어요. 혼자만의 시간이 필요하신 것 같아서요."

"어디 아픈 것은 아니고?"

"글쎄요. 걸음걸이가 좀 이상했던 것 같기도 하고……."

대체 누굴 만나 뭘 하였기에 저녁도 먹지 않고 잠자리에 든단 말인가. 뱃가죽이 등에 붙었다며 너스레까지 떨던 사람이. 혹 어디 아픈 것은 아닌가, 걱정이 된 이정이 방 앞으로 다가갔다.

"가인, 자는가."

나직이 물었으나 돌아오는 대답은 없었다. 조금 더 소리를 높였으나 이번에도 마찬가지였다. 그새 잠든 모양일까. 강릉에 갈 적에도 머리만 대면 색색 숨이 깊어지곤 했으니 충분히 그럴 만도 했다. 분명, 평소와 다를 게 없는데.

뭔가 이상하다. 어쩐지 서늘한 예감이 가슴을 훑었다. 당장이라도 이 문을 열어 가인을 살펴야 할 것만 같은 기묘한 감각이었다. 평소였다면 괜한 기우라며 넘겼을 텐데, 오늘은 이상하게도 마음이 초조하였다.

"가인, 잠시 일어나 보게나."

이정은 깊이 잠든 사람도 듣고 깰 수 있을 만큼 언성을 높였다. 갑작스러운 행동에 안퀼 식구들이 왜 그러느냐며 다가왔으나, 그는 손을 들어 보이고서 툇마루에 올랐다.

"가인, 잠시 들어가겠네."

그러곤 벌컥 문을 열었다. 등불 하나 켜지 않은 어둠 가운데, 문이 열리기 직전 파스락하는 미약한 소리가 이정의 귀를 건드렸다. 분명 이불이 마찰하는 소리였다.

"안 자고 있는 것 다 아네. 잠시 일어나 보게나."

이정이 가라앉은 목소리로 말하였다. 그러자 누워 있던 단영이 흐트러진 중립을 앞으로 푹 눌러쓰고서 부스스 상체를 일으켰다. 이쪽에서 얼굴을 볼 수 없게 등을 돌린 채였다.

"밖에서 누굴 만나고 왔다 들었는데, 무슨 일이라도 있었던 것인가."

"……고뿔이 드는지, 목이 너무 아픕니다."

잠시 침묵하던 단영이 갈라지는 목소리로 말했다. 절로 미간이 찌푸려질 만큼 다 쉰 목소리였으나, 얼핏 듣기에 예의 그 독특한 목소리와 비슷한 듯했다. 작은 몸피 역시 분명 평소의 그것과 같았다. 한데 어찌 이리 묘한 괴리감이 들까. 꼭 눈앞에 있는 이가 가인이 아닌 것처럼.

하지만 저이가 진짜 가인인지 아닌지 이정에겐 증명할 방법이 없었다. 가인의 얼굴을 본 적이 없으니 중립과 입 가리개 아래 가려진 얼굴을 본다 한들 생면이나 다름없는 것이다. 설명할 수 없는 답답함에 이정이 지그시 주먹을 쥐던 그때.

'이 나경. 이리 생긴 나경은 조선팔도에서 오로지 소인만 갖고 있습니다.'

'혹 누군가 소인인 척 얼굴을 가리고 자가께 접근하거든 이 나경을 찾아보십시오. 이것이 곧 저를 증명하는 물건입니다.'

그래, 나경! 해답을 떠올린 이정이 긴장을 억누르며 말했다.

"자네는 진정 가인이 맞는가?"

연경궁에서 숱하게 던진 질문. 그 물음에 단영의 어깨가 미약하게 움찔 떨려왔다. 이정이 한 번 더 말했다.

"가인이 맞는다면 내게 증표를 보여주게."

자네만이 갖고 있는, 자네를 증명하는 그 물건을. 이정의 말에 눈앞의 이가 눈에 띄게 당황하는 것이 보였다. 품속을 몇 번 더듬던 그는 고개를 갸웃거리며 애매한 말을 흘렸다.

"그게, 봇짐에 두었나……. 어디다 잘 놔둔 것 같은데 갑자기 기억이 잘……."

어디다 놔두었다니. 가인은 언제 어느 때건 절대 나경을 품에서 빼놓는 일이 없다 하였다! 이정이 곧장 가짜 가인을 향해 달려들었다.

"헉, 대군 자가!"

놀란 안궐 식구들이 우르르 방으로 올라왔다. 소란을 듣고 나온 지엽도 심상찮은 낌새를 느끼고 안으로 들어왔다. 몇 번의 실랑이 끝에 간신히 몸에 올라탄 이정이 가짜 가인의 중립과 입 가리개를 휙 벗겨내었다.

"꺅, 저게 누구야?"

"저, 저분은 저희 가인 나리가 아닙니다!"

얼굴을 본 안궐 식구들이 단번에 외쳤다. 반점 없이 깨끗한 얼굴임을 보아 이정도 그가 가인이 아니란 것쯤은 알 수 있었다.

"누구냐. 가인은 지금 어디 있지?"

이정이 가짜 가인의 목을 팔로 짓누르며 물었다. 숨통이 막힌 사내가 벗어나려 몸부림을 쳤으나 단단한 이정의 몸을 밀어내기엔 역부족이었다.

"커헉, 저, 저도 잘……! 저는 그저 시키는 대로 했을 뿐입니다!"

"누가 시킨 짓이냐. 당장 가인이 있는 곳을 말해!"

이정이 더욱 세게 목을 누르자 사내의 눈이 부릅 흰자를 보였다. 꺽꺽 숨넘어가는 소리를 내던 사내는 결국 울부짖듯 사실을 실토했다.

"그, 그게, 허윽……! 그놈 배 태우기 전까지만 시간을 끌라고……."

배? 예기치 못한 말에 모두의 얼굴이 사색이 되었다. 누군가 가인을 납치한 뒤 비슷하게 꾸민 사람을 들여보낸 것이다. 가인을 일찍 찾아 나서지 못하도록, 그들의 영건을 방해하기 위해.

"대군 자가!"

머릿속이 새하얘진 이정이 순식간에 자리를 박차고 뛰어나갔
다. 그사이 가짜 가인도 쏜살같이 달아났지만, 녀석의 뒤를 쫓을
시간 따윈 없었다. 지엽과 안궐 식구들도 서둘러 밖으로 나가 단
영을 찾기 시작했다.

"가인, 가인!"

이정이 목청을 높여 가인을 불렀다. 혹여나 아직 근처에 있진
않을까, 실낱같은 희망을 붙들었으나 돌아오는 기척은 없었다.
소란에 나온 마을 사람들에게 일일이 물어보아도 가인을 보았다
는 이는 아무도 없었다. 어찌할 바를 몰라 발 닿는 대로 뛰던 이
정의 눈에 문득 낯익은 물건이 보였다. 108개의 적선이 그어진
나경! 틀림없이 가인이 늘 품에 지니고 다니던 그것이었다. 황급
히 나경을 주워든 이정은 그 옆에 뭔가를 끌고 간 듯한 흔적을 발
견하였다. 점점이 튄 검붉은 흔적과 누군가의 발자국 역시도. 일
순 가슴을 스친 불길한 예감에 불이 인 듯 눈이 뜨거워지며 숨이
떨려왔다. 나경을 꽉 움켜쥔 이정은 가인이 남긴 흔적을 따라 어
둠 속으로 들어갔다.

* * *

아스라이 번지던 통증이 일시에 짙게 파고들었다. 괴롭게 신
음을 흘리던 단영은 미간에 힘을 주어 겨우 눈꺼풀을 들어올렸
다. 사방에서 퀴퀴한 냄새가 풍겨오는 가운데, 빛 한 점 들지 않

는 칠흑 같은 어둠이 그녀의 세상을 뒤덮고 있었다.

대체 여기가 어디일까. 땅을 짚고 일어나려는데 등 뒤로 두 팔이 묶여 꿈쩍도 안 했다. 두 다리 역시 마찬가지였다. 그제야 단영은 사령을 따라나섰다가 그에게 머리를 얻어맞은 일이 생각났다. 통증과 함께 되살아난 기억에 끙 고통을 삼키던 단영은 몸을 꿈틀거리며 주위를 파악하려 애썼다.

다른 기척은 일절 없고, 희미한 빛조차 들지 않는 것으로 보아 어느 댁 광에 끌려온 것 같았다. 과연 코끝에 집중하니 짙은 곰팡내와 마른 장작 냄새가 났다. 곡식 냄새는 나지 않는 것으로 보아 오래전 쓰임을 다한 낡은 광 같았다. 대체 누가, 왜 자신을 이런 곳에 가둬놓은 것인가. 답을 알 수 없는 의문이 들었으나 지금은 이러고 있을 때가 아니었다. 어떻게든 손발에 묶인 밧줄을 풀고 이곳을 빠져나가야 했다. 단영은 몸을 이리저리 뒤틀어가며 밧줄을 풀려 애썼다. 하지만 어찌나 단단히 묶어놓았던지, 밧줄이 풀리기는커녕 살갗을 파고들어 쓰라림만 더했다. 눈물이 돌 만큼 화끈거렸지만 단영은 이를 악물고 팔을 뒤틀었다. 그렇게 몇 번의 시도 끝에, 조금씩 헐렁해지기 시작한 밧줄에서 손이 빠지기 시작했다.

"조금만, 조금만 더……!"

있는 힘껏 팔을 비틀자 드디어 한쪽 손이 밧줄에서 빠져나왔다. 재빨리 발목에 묶인 밧줄도 풀고 자리에서 일어났으나, 순간 머리에 강한 통증과 함께 현기증이 일었다. 사령에게 얻어맞은 충격이 제법 깊은 듯하였다. 간신히 벽을 짚은 단영은 한 걸음 한 걸음 문을 찾아 나섰다. 툭 튀어나온 선반에 부딪치고 무언가에 발이 걸려 넘어지기까지 하던 그녀의 손에 드디어 목문의 까슬한 감촉이 느껴진 순간. 끼익……. 거친 문소리와 함께 횃불을 든 사령이 모습을 드러냈다.

"어라, 이거 벌써 깨어났네. 밧줄은 또 언제 풀었어?"

"아악!"

뒷걸음질 치던 단영의 머리채를 단번에 휘어잡은 사령이 그녀를 다시 안으로 내동댕이쳤다. 문을 닫은 사령은 횃불이 꺼지지 않게 잘 세워두고서 단영에게 다가왔다. 턱턱 걸어오는 짚신발이 그렇게 두려울 수가 없었다. 사령은 쭈그리고 앉아 몸을 낮추고서 엎어진 단영을 들여다보았다.

"쯧쯧, 이렇게 몸이 비실비실해서야. 명나라에 노예로 팔려가도 밭일이나 제대로 하려나 모르겠네."

"대체 왜 이러는 것이오. 내가 무얼 잘못했다고!"

"잘못?"

피식 웃은 사령이 고개를 모로 꺾으며 섬뜩하게 말했다.

"'그분'의 심기를 거스른 게 네놈의 가장 큰 잘못이다."

"그분이라니. 누구를 말하는 것이오?"

"누구긴 누구야. 월산대군을 필살지로 보내시는 분이지."

그 말에 단영의 눈동자가 옅게 떨렸다. 월산대군이 와리산으로 향하는 건 나라의 재이를 막기 위해 가는 것이 아니었던가. 한데 그를 그곳으로 보내는 이가 따로 있었다니. 설마 임금일 리는 없고, 대체 누가…….

"너무 많은 걸 알려줬나. 괜히 어디 가서 이상한 말 하면 안 될 텐데. 혀라도 잘라야겠군."

뒤늦게 제 입방정을 깨달았는지 사령이 단영의 턱을 붙들었다. 그의 손끝에 얼굴을 가리고 있던 입 가리개가 힘없이 떨어지고 말았다.

"음?"

단영의 얼굴을 확인한 사령이 사뭇 놀란 눈빛을 띠었다. 분명 사내놈이라 들었는데, 마주한 얼굴이 생각보다 몹시 고왔던 것이다. 피부병인지 뭔지 울긋불긋한 흉이 있긴 했지만, 까맣고 동그란 눈하며 봉긋이 솟은 콧대하며 꽃잎을 문 듯 불그스름한 입술까지 허리 아래가 절로 빠듯해질 만큼 아름다운 미색이었다. 찬찬히 단영의 얼굴을 훑어본 사령이 야릇한 미소를 띠었다.

"아, 거참. 비역질은 끊은 지 오래인데……. 뭐, 사지 성하게 팔란 말씀은 없으셨으니 아무렇게나 해도 되려나."

혀로 느리게 입술을 핥은 사령이 돌차간 단영의 앞섶을 쥐었다. 기겁한 단영이 저항하였으나 사내의 힘을 당해낼 순 없었다.

"이거 놓으시오. 놓으라고!"

"가만히 있어!"

"아악!"

뺨을 후려친 사령이 옷고름을 쥐어뜯었다. 투둑, 힘없이 떨어

져 나간 천 조각에 단영의 눈앞이 하얗게 질렸다. 그녀는 필사적
으로 사령을 할퀴고 발버둥을 치며 비명을 질렀다.

"살려주시오! 여기 사람이 갇혀 있소! 아아악!"

"이 육시럴, 조용히 안 해!"

사령이 광 안 한구석에 놓인 장작을 들어 하늘 높이 쳐든 그
때. 쾅! 엄청난 굉음과 함께 굳건히 닫혀 있던 광의 문이 활짝 열
렸다.

"가인!"

"자…… 자가!"

문을 박차고 들어온 이정이 순식간에 날아올라 사령에게 주먹
을 꽂았다. 난데없는 급습에 대비할 틈도 없었던 사령은 그대로
바닥을 나뒹굴었다.

"가인, 괜찮은가? 어디 다친 곳은 없는가?"

"예, 저는 괜찮……. 자가, 뒤에!"

단영이 가리킨 뒤쪽에서 사령이 달려들었다. 가까스로 단영
을 안고 그를 피한 이정이 단영을 제 등 뒤로 보내고서 사령과 맞
섰다.

"누가 사주를 하였느냐. 바른대로 고하면 목숨만은 살려주겠
다."

이정의 말에 사령이 코웃음을 쳤다. 그는 조금 전 단영을 내리
치려던 장작을 집어 들었다. 감히 일국의 대군도 두렵지 않은 모
양인지, 이정에게 함부로 말까지 낮추며 비아냥거렸다.

"어차피 들어봤자 너흰 아무것도 할 수 없을 것이다. 그분께선 한번 마음먹은 일은 반드시 이루시거든."

"글쎄. 그건 네놈 입에서 이름을 들어보고 난 후에 걱정해도 늦지 않을 듯한데."

"헛소리하지 말고 얌전히 죽어라!"

사령이 매서운 기세로 장작을 휘둘렀다. 그러나 한낱 뜨내기 쌈꾼 따위에게 질 이정이 아니었다. 그는 능수능란하게 사령의 공격을 피하며 결정적인 순간 그의 배를 걷어차 날려버렸다.

"커헉……!"

사령이 배를 잡고 괴롭게 굴렀다. 급소를 제대로 맞은 모양인지 숨조차 제대로 쉬지 못했다. 그사이 이정은 구석에 웅크리고 있던 단영을 다시 일으켰다.

"일어날 수 있겠는가?"

"예. 괜찮, 괜찮습니다……."

단영이 부축을 받아 가까스로 일어났다. 이정은 비틀거리는 단영을 단단히 붙잡고서 천천히 문으로 향했다. 하나 방심은 더 큰 화를 불러일으켰다. 쓰러졌던 사령이 정신을 차리고선 이정의 머리를 장작으로 내리친 것이다.

"악!"

순식간에 허물어진 이정의 위로 사령이 올라탔다. 그가 장작으로 목을 짓누른 탓에 이번엔 이정의 숨이 위태롭게 넘어갔다. 눈이 회까닥 돌아간 사령이 있는 힘껏 이정의 목을 조르며 단영에게 외쳤다.

"이놈부터 처리하고 네놈도 죽여주마!"

이정이 쓰러지며 함께 넘어진 단영이 거칠게 숨을 삼켰다. 머리를 맞은 충격으로 눈앞은 어질어질하고, 다리엔 힘이 들어가지 않아 홀로 일어설 수조차 없었다. 눈앞에서 이정의 숨이 다해가고 있는데 할 수 있는 게 아무것도 없었다.

생각해내야 한다. 뭐든 생각해내야 한다, 어서! 어그러진 정신을 어떻게든 그러쥐며 사방을 둘러보던 그때. 단영의 눈에 거대한 청동호박이 보였다. 어림잡아도 스무 근은 족히 넘어 보이는 호박이었다. 사령이 이정에게 정신이 팔린 틈을 타 바닥을 기어간 단영은 온몸으로 호박을 안았다. 실패하면 모두가 죽는다!

"이야악!"

무슨 힘이었는지, 단영은 제 몸만 한 청동호박을 번쩍 들어 사령의 머리를 내리쳤다.

"억!"

호박이 깨지며 사령도 옆으로 넘어지고 말았다. 그 틈에 얼른 밑에서 빠져나온 이정이 단영의 손을 잡고 밖으로 뛰어나갔다.

"거기 서! 게 서지 못할까!"

머리를 부여잡고 일어난 사령이 악착같이 두 사람의 뒤를 쫓으려 하였다. 하지만 충격 탓인지 갈지자로 비틀대던 사령은 그만 제가 들고 온 횃불을 건드리고 말았다.

"아아악!"

횃불이 하필 그의 다리로 떨어지며 불이 옮겨붙었다. 사령이 미친 듯이 몸을 뒤틀며 불을 끄려 했으나 마른 장작과 짚더미로 번진 불은 더욱 무서운 기세로 그를 삼켜나갔다. 화마의 현신이 된 사령이 온 사방에 몸을 부딪치다 광 밖으로 빠져나오려던 찰나, 우지끈하는 굉음과 함께 낡은 광의 천장이 무너지고 말았다. 찢어질 듯한 비명 소리에 이정이 얼른 단영을 끌어안아 귀를 막아주었다.

"대군 자가, 가인 나리!"

뒤늦게 그들을 발견한 지엽과 안궐 식구들이 아연실색하여 달려왔다. 두 사람의 처참한 몰골, 그리고 닫힌 광문을 비집고 나오는 비명과 연기를 보고 참혹했던 순간을 짐작한 그들은 말없이 두 사람을 에워쌌다.

"일단 이곳을 벗어나는 게 좋겠습니다."

지엽의 말에 이정이 성치 않은 몸으로 단영을 일으켜 세웠다. 누군가 쥐어뜯은 흔적이 역력한 그녀의 옷에 지엽의 낯빛이 딱딱하게 굳었다. 그는 재빨리 도포를 벗어 쓰개치마처럼 단영을 머리부터 꽁꽁 싸매었다. 만일 사령이 불에 타지 않았더라면, 제 손으로 죽이기라도 했을 눈이었다.

"……가시죠."

그들은 사람들이 몰리기 전에 서둘러 현장을 빠져나갔다.

* * *

"두 분 다 축혈증蓄血證*이 보이긴 하지만 다행히 심하진 않은 듯합니다. 당분간 무리하지 마시고 며칠 푹 쉬면 괜찮아지실 겁니다."

의원이 이정과 단영에게 꽂은 침을 차례로 뽑았다. 지엽이 추후 탈은 없을지, 갑자기 몸이 안 좋아지면 어찌해야 하는지 꼬치꼬치 묻느라 침을 뽑는 의원의 손이 갈팡질팡하였다. 귀한 약재까지 탈탈 털어 처방하게 한 지엽은 새벽이건 밤중이건 언제든 오겠다는 약조를 받고 나시야 겨우 의원을 보내주었다. 의원이 방을 나가자 내내 밖에서 기다리던 구실아치 정씨가 지엽에게 고하였다.

"관관 나리. 말씀하신 대로 관아에 사라진 사령이 있는지 살펴보았으나, 모두 자리에 있었습니다."

"사라진 사령이 없다고? 그럴 리가 없는데……."

"현감께 여쭈어보니 따로 심부름을 보내신 일도 없다 하였습니다."

그 말에 여러 입에서 한숨이 새어 나왔다. 결국 가짜 사령 놈에게 놀아난 것이었다. 사주를 받은 자는 불에 타 죽고, 가인을 사칭한 자도 사라지고 말았으니. 배후를 알아낼 길이 영영 사라지고 말았다. 구실아치를 보내고 방문을 걸어 잠근 지엽이 이를 바득 갈며 말했다.

---

*축혈증蓄血證 하초(배꼽 아래 부위)에 어혈이 생긴 병증을 통틀어서 일컬음.

"씹어 먹어도 시원치 않을 것들……. 아까 그 자리에서 다리몽 둥이를 분질러버리는 거였는데."

"일단 호위들이 비슷한 행색을 한 자를 찾아본다 하였으니, 소 식을 들고 와주길 기다리는 수밖에 없겠지."

이정이 애써 그리 말했지만, 가짜 가인을 찾을 수 있으리라 생 각하는 사람은 아무도 없었다. 이미 마을을 벗어나고도 남았을 시간인 데다 변장까지 했던 사람을 찾기란 쉽지 않을 터였기 때 문이다.

범인을 놓쳤다는 생각에 씨근덕거리던 지엽이 힐긋 시선을 들 었다. 청하가 새로 구해다 준 중립과 입 가리개로 얼굴을 가린 단 영은 무슨 생각을 하는지 멍하니 바닥만 바라보고 있었다. 많이 놀랐겠지. 납치를 당한 것으로도 모자라 그리 험한 일까지 당했 으니, 앞으로 이어가야 할 길이 더욱 두려워졌을 것이다. 이 같은 일이 또 일어나지 않으리란 보장도 없을 테니. 애처로운 눈으로 단영을 보던 지엽이 이내 결심한 듯 입을 열었다.

"아뢰옵기 송구하오나 자가, 이 이상 안산으로 향하는 건 위험 할 듯합니다."

지엽의 말에 이정이 천천히 고개를 들었다. 죄책감으로 무거 워진 시선이 단영을 향하였다. 그 역시 같은 고민을 하고 있었던 것이다. 겨우 점혈을 하러 가는 길에도 이토록 험한 일이 벌어졌 는데, 본격적으로 영건이 시작되면 얼마나 위험천만해질지. 감히 상상도 하기 싫어 절로 미간이 구겨졌다.

차라리 처음부터 영사의 사람을 썼더라면…… 그랬더라면 오늘 같은 일은 일어나지 않았을 텐데. 공연히 제 욕심으로 아무 상관도 없는 단영이 험한 일을 겪는 것 같아 이정은 죄스럽기만 하였다. 길고 긴 고민 끝, 이정이 떨어지지 않는 입술을 억지로 열어 그만 돌아가잔 말을 하려던 그때.

"전 안 돌아갑니다."

내내 침묵을 지키던 단영이 목에 힘을 주어 말했다.

"안산 땅에서 죽는 한이 있더라도 소인, 반드시 이 영건을 해낼 겁니다. 아니, 해내야겠습니다."

"가인."

"가인 나리!"

단영의 말에 모두가 아연히 탄식을 질렀다. 그럼에도 단영은 결심을 무르지 않고 자신의 뜻을 밝혔다.

"누군가 이 일을 방해하고 싶어 하는 이가 있는 모양인데, 여기서 꽁무니 빠지게 도망가면 저들 좋은 일만 하는 것 아니겠습니까. 발을 걸면 보란 듯 그 발을 밟아주어야지요."

"쓸데없는 객기를 부릴 때가 아닐세. 오늘 일을 겪고도 그런 말이 나오는가!"

"예, 나옵니다!"

단영이 단호한 눈빛으로 지엽을 보았다.

"한낱 돈이나 명예 따위를 얻을 요량으로 이 길에 오른 것이 아닙니다."

"가인!"

"이미 충분히 각오한 일이었고, 그 일이 오늘 일어난 것뿐입니다. 여기서 겁먹고 도망칠 거였다면 애초에 길을 오르지도 않았을 거란 말입니다."

가짜 사령이 말했다. 제가 오늘 험한 일을 당한 것은 '그분'의 심기를 거스른 까닭이라고. '그분'은 자신이 원하는 일을 반드시 해내는 사람이라고. '그분'이 누군지는 끝내 알아낼 수 없었으나 한 가지 사실만큼은 확실해졌다. 바로 오래전 이정이 말한 '저들'과 오늘 저를 죽이라 명한 '그분'이 동일 인물이란 것.

"고집부린다고 될 일이 아니네, 가인. 오늘은 운이 좋게 자네를 구하였으나 다음에 또 이런 일이 일어난다면 그땐……."

이정이 차마 말을 잇지 못하고 침통한 얼굴로 단영을 바라보았다. 죄책감으로 이지러진 낯빛이 그녀의 가슴을 무겁게 짓눌렀다. 하나 단영은 그런 이정에게도 꺾이지 않을 심지를 드러내었다.

"일전에 소인이 자가께 드렸던 약조, 기억하십니까."

그의 역사를 지켜주겠다던, 안궐 가인으로서의 약조. 한시도 잊어본 적 없던 그날의 약조에 이정이 괴로운 듯 고개를 돌려버렸다.

"자네의 목을 옭아맬 약조 따위 필요 없네. 사람의 목숨보다 중요한 것이 무어 있겠는가."

"자가의 말씀이 옳으십니다. 목숨보다 중요한 것은 없습니다."

"그러니 자네는 이만 여기서……."

"그리고 소인에겐, 대군 자가의 목숨 역시 무엇보다 소중합니다."

이정의 굳은 눈이 다시 단영에게로 향했다. 단영은 오롯이 이정의 눈을 마주하며 말을 이었다.

"그러니 자가께서 책임지고 소인을 지켜주십시오. 소인은, 끝까지 자가의 역사를 지킬 것이니."

굳어 있던 이정의 눈빛이 다시금 거센 파고를 일으켰다. 함부로 격랑을 일으켜 애써 다잡은 이성을 무너트리고 갈앉은 본심을 떠오르게 한다. 저 굳센 의지에 기대고 싶다고. 하나같이 낭떠러지로 밀어트리는 손 가운데 유일하게 자신을 붙들어준 저 손을 움켜쥐고 싶다고. 이겨내고 싶다고. ……살고 싶다고.

"소인을 돌려보내시려거든 자가께서도 도성 밖으로 나오지 마십시오. 그게 아니라면, 소인은 자가와 함께 안산으로 향할 것입니다."

막무가내로 고집부리는 것에 가까운 단영의 말에 기어이 이정은 눈을 감았다. 저항을 관두고 파도 아래 깊이 잠기자 비로소 소란스럽던 머리가 맑아졌다. 이미 그들에게 돌아갈 길은 없었다. 그저, 앞만 있을 뿐이었다.

"목숨을 바쳐 가인, 그대를 지키도록 하지."

"구하고자 향하는 길이니 그리 무서운 각오는 하지 마십시오."

같이 삽시다, 우리. 단영의 두 눈 위로 싱긋 떠오르는 미소에 이정도 그제야 옅은 미소를 그렸다. 숨죽인 채 눈물을 삼키던 안궐 식구들도 지켜주겠단 각오인지 울음인지 모를 것들을 엉엉 쏟아내며 단영을 끌어안았다. 지엽은 끝끝내 못마땅한 얼굴이었으나, 단영의 고집을 꺾을 수 없단 걸 알았는지 더 이상 아무 말도 하지 않았다.

지키리라. 반드시 지켜내 보이리라. 죽어라 제 앞길을 막아서는 그들에게 보여주기 위해서라도. 자신을 위해 운명을 내건 가인을 위해서라도. 안궐 식구들과 얼싸안은 단영을 깊이 눈에 새기며 이정은 굳게 다짐하였다.

* * *

헐레벌떡 과천을 벗어난 가짜 가인, 을병은 간신히 인경이 울리기 전 도성 안으로 들어갔다. 입고 있던 옷과 중립, 입 가리개까지 모두 벗어던진 그가 향한 곳은 어느 으리으리한 기와집이었다. 주위를 살피며 아무도 없음을 확인한 을병이 솟을대문을 두드렸다.

"관악산 나무를 꺾고 왔소!"

그가 외친 암어에 거대한 문이 열렸다. 미리 귀띔을 받았는지 늙은 행랑아범이 그를 안으로 들였다. 어차피 과천에서 일을 그르쳤다는 걸 이 댁 주인이 알기까진 시간이 걸릴 테니, 약속한 재물만 받고 잠적할 생각이었다.

"어차피 시간을 끄는 것까지가 내 임무였으니 난 내 할 일 다한 거야. 다른 건 내 알 바 아니라고."

불안을 떨치듯 중얼거린 을병은 너른 마당을 지나 사랑채로 향했다. 저 멀리 들어열개를 모두 올린 마루에 어느 대감이 술을 들고 있었다. 황급히 그 앞으로 뛰어간 을병이 바닥에 납작 엎드려 대감께 고하였다.

"대감, 말씀하신 대로 가인으로 변장하여 시간을 벌었습니다."

그에 대감, 한명회가 느릿하게 술잔을 기울였다. 빈 술잔에 손수 술을 채운 그가 나직이 물었다.

"가인은 어찌 되었느냐."

"봉수가 데려가는 것까지 보았사온데, 그 이후로는 잘……."

사실 봉수가 불길에 휩싸여 죽어가는 것을 두 눈으로 똑똑히 보았지만, 차마 목숨이 아까워 사실대로 고할 수는 없었다. 을병은 식은땀 나는 이마를 더욱 바닥에 조아리며 약조를 들먹였다.

"쇤네는 시키신 대로 하였으니, 약조한 재물을 주십시오."

"그래. 맡은 일을 마치고 돌아왔으니 그에 합당한 보상을 내려야겠지."

을병이 욕심 그득하게 입가를 늘인 찰나. 푸욱, 등 뒤에서 꽂힌 검이 그의 배를 뚫고 나왔다. 삽시간에 몸이 관통당한 을병은 파르르 떨리는 고개로 배를 뚫은 검과 한명회를 번갈아 보았다. 더 이상 숨이 들어가지 않는 목을 꺽꺽거리던 그는 그대로 축 늘어지고 말았다.

"거짓말을 하려면 그럴듯하게 해야지. 동트기도 전에 돌아와 놓고 시간을 벌긴 무슨."

피로 물드는 마당을 보며 한명회가 마뜩잖게 혀를 찼다. 어둠 속에 조용히 몸을 숨기고 있던 변씨가 눈짓하자 행랑아범이 장정들을 시켜 마당의 시체를 치웠다. 한밤중 말을 달려 과천에서 돌아온 변씨의 손엔 아직 고삐 자국도 지워지지 않은 채였다.

"일이 어그러졌으니 저쪽도 경계를 더하겠구나. 당분간 직접 건드리는 건 자제해야겠군."

재차 술잔을 기울였으나 이미 술맛은 달아난 지 오래였다. 핏빛 마당에 신경질적으로 술잔을 집어 던진 한명회는 이를 바득 갈았다. 오늘 일은 반드시 곱절로 갚아주리라. 감히 대적할 생각조차 하지 못하도록. 독사와 같은 눈에 시퍼런 살의가 스며들었다.

안산군 와리산

성종 9년, 음력 6월 23일

이정과 단영이 몸을 완전히 회복하자 그들은 다시 안산을 향한 길에 올랐다. 다행히 첫날 강행군을 치른 덕에 한나절 만에 안산군에 도착할 수 있었다. 월산대군의 뽀얀 상앗빛 호패 덕에 별무리 없이 관문을 통과한 그들은 곧장 목적지인 와리면으로 향하였다. 곳곳에 드넓은 논밭이 펼쳐진 마을은 소릉의 저주 따윈 전혀 모른다는 듯 평화로워 보이기만 했다. 정녕 이런 곳에 거대한 말뚝까지 박아야만 했던 흉지가 있는 것일까. 단영이 의아한 눈으로 고요한 마을들을 둘러보며 길을 향하던 때였다.

"어이구, 나리! 제발 한 번만 봐주십시오! 이 땅은 쇤네의 땅이 맞는데 어찌 이러십니까요!"

어디선가 사내의 절박한 외침이 들려왔다. 소리가 들리는 곳으로 고개를 돌리니, 멀리 어느 밭에서 농부 한 사람이 무릎을 꿇고 누군가에게 빌고 있었다. 어느 양반네의 겸종으로 보이는 사내가 농부를 매섭게 겁박하였다.

"네 이놈! 고을이 합병되어 이 땅이 우리 대감의 소유가 된 지 오래거늘, 어찌 남의 땅을 네 땅이라 하는 것이냐!"

"이 밭은 쇤네의 고조부 때부터 대대로 이어받은 땅입니다. 이 땅에서 난 것들로 여덟 식구 모두 입에 풀칠하며 겨우 살고 있는데, 이 땅마저 없으면 저흰 무얼 먹고 살란 말씀이십니까!"

"그걸 왜 나한테 물어? 이곳에 터를 잡은 네 조상이나 탓할 것이지! 이거 놓아라!"

"아악!"

겸종이 바짓가랑이를 붙든 농부를 대번에 차버렸다. 중심을 잃은 농부는 비탈밭 아래로 데굴데굴 굴러떨어져 더러운 흙바닥을 뒹굴었다.

"뭣들 하는 거야. 시작해!"

겸종이 명령을 내리자, 우르르 몰려온 장정들이 저마다 들고 온 곡괭이로 밭을 갈아엎기 시작했다. 이제 막 알알이 굵어져가던 감자는 무참히 뽑혀 아무렇게나 버려졌다. 어이구, 어이구. 울부짖는 농부의 설움이 감자와 함께 여기저기로 터져 나갔다. 밭섶에서 이웃으로 보이는 몇몇 아낙들이 안타까이 탄식을 터트렸다.

"에구머니나, 저걸 어째! 그 몹쓸 양반이 또 애먼 사람 땅을 빼앗는구먼."

"이번이 벌써 몇 번째야? 이러다 안산 땅 다 그 양반 댁으로 넘어가게 생겼어!"

아낙들의 수런거림이 심상치 않은 터라. 중립을 내린 단영이 아낙들에게 조심히 사정을 여쭈었다. 낯선 외지인에게 경계를 품기도 잠시, 아낙들은 곧 그조차도 잊고서 다시 한탄을 늘어놓았다.

"글쎄 저기 저 농장이 한성 사는 어느 대감댁 것인데, 저 농장을 오가는 길목이 좁아 물길을 트기 어렵다며 수령님께 한탄을 했다지 뭐요. 그 한마디에 고을 수령들끼리 구역을 새로 갈라먹어 결국 저 땅을 양반댁 땅으로 귀속시켰으니, 한성도 아닌 곳에서 눈 뜨고 코 베일 줄 누가 알았겠습니까? 저 방법으로 땅을 빼앗긴 이들이 셀 수도 없어요, 셀 수도."

아낙 하나가 농부의 밭과 얼마 떨어지지 않은 농토를 가리켰다. 겨우 한 마지기 될까 말까 한 농부의 감자밭과 달리 양반의 땅은 수백 마지기는 능히 될 만큼 거대한 논이었다. 밭과 논의 마지기는 그 크기부터 배로 차이가 나니, 논으로 빗대면 농부의 땅은 반의반 마지기도 되지 않는다는 뜻이었다. 한데 저렇게 넓은 토지를 가지고도 고작 작은 밭을 빼앗지 못해 고을까지 멋대로 바꿔버렸다니. 생판 모르는 사람의 일인데도 기가 막혀 헛웃음이 나올 지경이었다. 다른 아낙은 제 사촌도 숭덩숭덩 땅을 빼앗기다가 결국 장릿벼나 얻어먹는 처지가 되었다며 가슴을 퍽퍽 쳐냈다.

"안산의 명지는 다 그 대감 것이라 해도 과언이 아녀요."

"여기엔 코빼기도 비치지 않는 양반이 기름진 땅만 나날이 야금야금 갉아먹어 가니, 우리같이 힘없는 상것들은 집도 절도 없이 산으로 쫓겨날 수밖에요."

듣고 있던 지엽이 목에 핏대를 세우며 물었다.

"대체 그 빌어먹을 양반이 누구란 말이오?"

"누구긴요? 그 대애단하신 압구정 대감이시지요!"

압구정! 그 익숙한 별호에 이정의 낯빛이 매섭게 굳어버렸다. 설마하니 이곳까지 와서 그의 이름을 듣게 될 줄이야. 가뜩이나 과천에서의 일로 답답하던 가슴에 불이 댕겨 이정의 눈이 전에 없이 끓어올랐다. 이 와중에도 장정들은 농부가 피땀 흘려 일군 농작물을 마구잡이로 찍고 내리쳐 못쓰게 만들고 있었다. 자식 새끼같이 키운 감자가 퍽퍽 곡괭이에 내리찍혀 터지고 으깨지니, 농부의 가슴에도 피멍울 같은 시꺼먼 절망이 번지더라. 절규하던 농부가 겸종의 허리를 붙들며 애타게 부르짖었다.

"차라리 쇤네가 거두겠습니다! 말씀하신 대로 조용히 땅을 놓고 떠날 터이니, 제발 남은 작물이라도 수확할 수 있게 해주십시오!"

"따로 수확할 게 뭐 있어? 우리가 친히 다 뽑아주고 있는데. 걸리적거리니까 파낸 거나 얼른 치우거라!"

"나리, 제발 남은 작물만이라도……!"

"이 쌍놈의 새끼가 오냐오냐하니까! 네놈도 저 감자처럼 쥐터지고 싶은 게냐? 옳다구나, 소원대로 해주마!"

겸종이 근처에 있던 장정에게서 날이 시퍼렇게 살아 있는 곡괭이를 낚아챘다. 번쩍 치든 곡괭이에 농부가 피하지도 못하고 질끈 눈을 감은 그때.

"멈추어라."

묵직한 음성과 함께 겸종의 손목이 붙들렸다. 가뜩이나 흙먼지를 뒤집어쓴 농부 놈이 달라붙어 짜증이 일던 차에 늘씬 두들겨 패주려던 팔까지 가로막혔으니, 심사가 뒤틀린 겸종이 벌건 눈으로 고개를 홱 쳐들었다. 그러나 상대가 저보다 한 척은 족히 큰 데다 그의 뒤로 눈부신 태양까지 내리쬔 탓에 절로 눈이 찌푸려졌다. 간신히 빛을 막은 겸종의 눈에 보인 건 때깔 좋은 비단옷에 대모로 만든 구슬갓끈, 그리고 같은 사내임에도 넋을 놓고 빤히 쳐다볼 만큼 아름다운 이정의 옥골선풍이었다. 하나 국구를 등에 업은 그에게 어느 양반이 두려울까. 얼른 정신을 차린 겸종은 감히 상대가 뉘인지도 모르고 함부로 으름장을 놓았다.

"뭐요? 다치고 싶지 않으면 가던 길이나 가시오. 이건 우리끼리 긴히 해결할 문제이니."

"더 이상의 행패는 내 가만 두고 볼 수 없으니, 이쯤에서 그만하고 농부의 청대로 행하게."

"하! 아, 나 원 참. 이 세상 물정 모르는 샌님이 겁도 없이……
아, 아악!"

기세 좋게 상대를 겁주려던 겸종이 갑자기 괴로운 소릴 내었

272

다. 붙잡힌 손목이 희게 질리며 반대로 꺾이고 있었던 것이다.

"손, 손!"

쨍그랑, 곡괭이까지 놓친 겸종이 우스꽝스레 몸을 크게 뒤틀고 나서야 이정은 그의 손목을 놓아주었다. 욱신거리는 손목을 연신 문지르며 겸종이 버럭 성을 내었다.

"이보시오! 책상 앞에서 글만 읽느라 세상일을 잘 모르나 본데, 내가 누구의 명으로 이 시골까지 내려왔는 줄이나 아시오? 괜히 인이네 예네 지껄이다 얻어터지지 말고 썩 꺼지시오!"

"모시는 이가 누구이기에."

"그분의 존함을 듣고도 감히 감당할 수 있겠소? 우리 주인마님께선 바로 한성에서 나는 새도 떨어트린다는……!"

하나 기세등등하게 한명회의 이름을 입에 올리려던 겸종은 눈앞에 떡하니 내밀어진 상아패에 그만 돌처럼 굳어버리고 말았다. '현록대부 이정'이란 여섯 글자가 그의 쥐눈에 선명히 새겨진 것이다. 현록대부라면 정일품 종친의 품계가 아니던가. 제아무리 한명회가 작금의 실세라 한들 당장 눈앞에 있는 왕실의 피를 쥐락펴락할 순 없었다. 하물며 저 따위 겸종을 물고 내는 일은 얼마나 쉬울까. 금붕어처럼 입술을 빠끔거리던 겸종은 건방을 떨던 것도 잊고 납죽 바닥에 엎드렸다.

"쇠, 쇤네가 감히 대군 자가를 알아뵙지 못하고 무례를 저질렀습니다요. 죽여주십시오!"

이정은 차갑게 내리뜬 눈으로 겸종에게 명하였다.

"당장 저들을 물리고 농부에게 작물을 거둘 말미를 내어주거라. 땅의 주인이 바뀐 것은 어찌할 수 없다만, 이제껏 수고하여 기른 작물은 본래 주인에게 종속됨이 옳지 않겠느냐."

"아, 아무렴요. 말씀대로 하겠습니다요. 여봐라, 당장 그만두고 썩 물렀거라! 어서!"

엉거주춤 고개를 든 겸종이 장정들에게 마구 팔을 휘저었다. 난데없는 상황에 멀거니 곡괭이만 쳐들고 있던 장정들은 겸종이 꽥 소리를 지르고 나서야 슬금슬금 밭에서 나왔다. 예기치 못한 도움에 감격과 통한이 뒤섞인 눈물을 쏟아내던 농부는 연신 이정을 향해 절을 하고서 허겁지겁 감자를 수확했다. 이정은 농부가 감자를 모두 거두어들일 때까지 밭을 떠나지 않았다.

그림처럼 우아하게 웃으며 늘 법도와 예를 지키던 월산대군이 드물게 보인 화난 모습이라. 어쩐지 예사롭지 않아 단영은 걱정스레 이정을 바라보았다. 부러 대군의 위세를 드러낸 그의 뒷모습이 오히려 전보다 더 위태로워 보인 까닭이었다. 무언가를 두려워하듯. 혹은, 스스로 감당할 수 없는 분을 억누르듯. 미처 숨기지 못한 감정의 파편이 그의 옆모습에 고스란히 드러나 있었다. 무어라 마음을 달래주고 싶어도 아는 것이 없으니, 그저 조용히 곁에 있을 수밖에. 농부가 감자를 전부 거둘 때까지 떠나지 않을 이정의 곁에서 단영도 묵묵히 자리를 지켰다.

* * *

객사에서 하룻밤을 보낸 단영과 이정, 그리고 지엽은 곧장 향리를 대동하고서 궁가를 지을 땅을 찾아 나섰다. 단영이 산세를 둘러보고 땅의 좌향을 살펴 얼추 궁가를 짓기에 괜찮은 땅이라 낙점하면, 향리가 토지대장인 양안을 살펴 주인이 없는 땅인지 확인하는 방식이었다. 하지만 안산에서 궁가 지을 땅을 찾기란 하늘의 별 따기보다 어려운 일이었다. 어렵사리 찾아낸 길지마다 죄 땅 주인이 있었던 것이다.

"이 땅도 영사 한명회 대감께 내려진 공신전功臣田이라…… 사용이 어렵겠는뎁쇼."

향리가 그들의 눈치를 살피며 겸연쩍게 말하였다. 벌써 한명회의 이름만 다섯 번째였던 것이다. 이 땅은 공신전이라 아니 되고, 저 땅은 별사전別賜田*이라 아니 되고, 또 그 땅은 얼마 전 새로 매입한 땅이라 아니 된다 하니. 땅을 짚는 족족 한명회가 가로채는 기분이라 단영은 울컥 울화통이 솟구칠 수밖에 없었다. 이쯤되면 땅에 주인이 있는지 묻기보다 주인 없는 땅을 묻는 쪽이 더 빠를 지경이었다.

"그것이…… 일단 이 일대는 없다고 보시는 게……."

그마저도 회의적인 답변이 돌아오고 말았지만. 작게 욕을 뇌까린 지엽이 향리에게 윽박지르듯 말했다.

"우라질, 땅이 이리 넓은데 어찌 30부負도 못 내어준다는 것인

---

*별사전別賜田 고려시대, 승직僧職이나 지리업에 종사하던 사람에게 나라에서 특별히 내려주던 논밭.

가? 당장 한성부에 고하여 대감의 땅 중 일부를 환속시키도록 해도 되지 않는가!"

"그, 그건 저희도 좀 곤란합니다. 근자에 등관한 벼슬아치라면 모를까, 오래전 일등 공신에 오르신 분의 땅을 저희가 무슨 수로⋯⋯."

"내 말뚝 때부터 이 거지 같은 행정을 알아봤지! 이런, 우라질!"

아악, 제 분에 못 이겨 욕설을 내지르는 지엽에 애먼 향리만 잔뜩 겁을 먹었다. 작금에는 부족한 직전職田 때문에 새로 관직에 오른 이에게 지급하는 사전私田조차 줄이고 있는 실정이었다. 한데 한명회를 비롯한 훈구대신들은 되레 공신의 지위를 휘둘러 욕심껏 땅을 불리고 있던 것이다. 아마 세금을 내지 않으려 은밀히 숨긴 은토까지 합하면 족히 1등전만 수십 결은 넘을 터였다.

"정자께서 말씀하시길 불위귀세소탈不爲貴勢所奪이라 하였으니, 백성들로 하여금 권세가에게 빼앗기지 않을 땅을 찾으라 하셨습니다. 하지만 작금에 땅이란 땅은 모두 힘을 가진 이들의 것이 되었으니, 힘없는 백성들이 험한 산세로 밀려나지 않고 어찌 버티겠습니까?"

단영이 부아가 치밀어 울분을 토하였다. 전일 한명회의 겸종이 죄 없는 농부에게 횡포를 부리던 일까지 떠올라 더욱 견딜 수가 없었다. 그때는 때마침 저희들이 농부의 딱한 사정을 목도하여 조금이나마 도울 수 있었다지만, 이제껏 그와 똑같은 일을 겪고도 작물 한 줄기 건지지 못한 이들이 셀 수 없이 많았을 것이다. 사람을 부양해야 하는 땅이 사람을 해치는 수단으로 전락한 꼴이었다. 깨끗한 선비들을 지킨답시고 무지한 백성들을 장사치보다 못한 난민으로 만드는 것이 과연 누구인가. 생업과 소득을 잃고 항심恒心마저 어그러진 백성의 원성은 종국에 고스란히 나라로 향하는 법이거늘. 참다못한 지엽 역시 이를 바득 갈며 험하게 욕을 뇌까렸다.

"이 썩을 놈의 종자 같으니라고. 나라를 좀먹는 쥐가 조정에 많은 줄은 알았지만, 그놈이 제일 큰 도둑놈이었구나!"

작금에 훈구공신들을 고발하는 것은 전부 무고로 치부된다. 감히 국구를 무고한 죄는 삭탈뿐만 아니라 장 일백 대에 삼천 리 유배형까지 처해질 수 있으나, 누가 감히 저 분통을 그릇되다 할 수 있을까. 단영은 되레 법이 막은 가슴을 지엽이 뻥하고 뚫어준 것 같아 시원하기만 하였다. 어느덧 중천에 떠 있던 해는 서산으로 뉘엿뉘엿 몸을 숨기고 있었고, 꼬박 두 시진이 넘게 돌아다닌 까닭에 다리도 무지근해지던 차였다. 이정은 아픈 다리를 퉁퉁 두들기는 단영을 보고선 가라앉은 목소리로 말하였다.

"날도 저물고 있으니 오늘은 이만하고 내일 다시 둘러보도록 하지."

결국 세 사람은 아무런 소득도 없이 돌아갈 수밖에 없었다. 종일 객사에서 기다리던 안궐 식구들이 우르르 달려 나와 그들을 맞았다.

"어찌 되었어요, 나리? 괜찮은 땅 좀 찾으시었어요?"

청하의 물음에 단영은 말도 마라며 고개를 절레절레 흔들었다.

"말짱 소용없었다. 고르는 족족 죄다 주인이 있다 하더구나."

"주인이 있어도 양도를 받으면 되지 않습니까. 다른 것도 아니고 대군 자가의 궁가를 짓는 일인데, 어찌 나라에서 가만히 있는단 말입니까?"

"……그러게나 말이다."

머루의 물음에 단영은 한숨을 폭 내쉬며 힘없이 중얼거렸다. 그 수많은 땅 중 단 한 곳만이라도 양도받을 수 없을까 하여 여러 방도로 알아보았지만, 돌아온 것은 결국 '그럴 수 없다'는 전언뿐이었다. 공신의 땅은 함부로 빼앗을 수도 없을뿐더러, 땅 주인조차 오랜 경작으로 땅이 헐어 감히 궁가의 터로 양도하기 민망하단 말도 안 되는 핑계를 대었던 것이다. 눈 가리고 아웅도 정도가 있지. 안산의 궁가 영건을 제일 강하게 주장하였다는 이가 정작 땅은 내주질 않으니, 이쯤 되면 기름진 땅을 죄 차지하기 위해 일부러 흉지라 소문낸 게 아닌가 싶은 고약한 생각까지 드는 것이었다. 황 노인이 욕지거리와 함께 침을 퉤 내뱉었다.

"염병할. 그놈의 허울뿐인 공신, 뭐 대단한 거라고 땅덩어리를 줘버려 갖곤."

"농사꾼 잡도리하던 거 봐유……. 못됐슈, 아주."

웬만하면 남을 헐뜯지 않는 동석도 두툼한 눈썹까지 이리저리 찡그리며 고관을 내씹었다. 공연히 저 때문에 사서 고생을 한다 생각하는지, 이정이 짐짓 사기를 북돋듯 그네들을 격려하였다.

"설마하니 궁가 하나 세울 빈 땅이 없겠는가. 애초에 명당을 바라고 온 길도 아니니, 좋은 땅을 찾으려 굳이 애쓰지 않아도 되네."

"정 안 되면 소인이 갯벌이라도 간척할 터이니 염려 마십시오, 자가!"

그때, 객사에 들어서자마자 어딘가로 사라졌던 지엽이 술병 너덧 개를 달랑달랑 들고 오며 외쳤다. 그 뒤로 그럴싸한 주안상까지 따라오는 것을 보니, 오자마자 반빗간부터 찾아가 술상을 봐달라 이르고 오는 모양이었다. 오랜 장마로 아직 금주령이 해제되지 않았는데 술이라니. 국법에 살고 국법에 죽는 지엽의 일탈에 단영과 이정은 물론 안궐 식구들까지 모두 놀라고 말았다. 선공감의 미친개가 드디어 정상으로 돌아오려는가.

"어이구, 이 귀한 것을 어디서 구하셨남."

"나리, 행여 누가 보기라도 하면 어쩌려고 술을 가져오시어요!"

청하와 황 노인이 기겁을 하면서도 얼른 술병을 받아들었다. 술 좋아하기로는 안궐에서 둘째가라면 서러운 두 사람이라. 금주령 때문에 한동안 술병을 보지 못하던 그들의 눈이 반짝반짝 빛이 났다. 한데 어찌 된 술병인지 찰랑이는 소리는 나면서도 술 냄새는 안 난다. 청하가 킁킁 냄새를 맡는 사이, 병째로 나발을 분 지엽이 심드렁하게 말했다.

"나라에서 금한 술을 어찌 먹겠느냐? 그냥 우물에서 길어 온 물로 병만 채운 것이다."

"예에?"

"한번 마셔보거라. 그래도 나름 술 마시는 기분은 난다."

그럼 그렇지. 최 판관이 웬일로 국법을 어기는가 싶더니만, 술병에 술이 아니라 물을 채워 온 것이었다.

"에잇, 좋다 말았네."

"어쩐지 술 냄새가 하나도 안 나더라니. 깜빡 속았잖아요, 나리."

실로 미친개다운 행동에 황 노인은 그만 김이 팍 식고 말았다. 지독한 국법수호자한테 놀아났단 생각에 청하는 앙칼지게 눈을 흘기기까지 하였다. 그래도 심각하던 분위기가 지엽의 가짜 술병 덕분에 한결 풀어졌으니, 낮게 웃음을 흘린 이정이 제일 먼저 대청에 자리를 잡고 앉았다.

"그래. 술이든 물이든 무어 상관있겠는가. 한잔 마시고 털어버릴 수 있다면 족한 것을."

그러곤 제 잔에 물을 가득 따른 뒤 멋들어지게 시조까지 읊었다.

혜강은 양생陽生을 흠모하였으나 양생은 하늘이 허락한 생이 아니라. 어지러운 때에 목숨을 잃고 말았으니 좋은 이름 끝내 널리 떨치지 못하였네. 사람이 세상을 살아가며 목숨이 금석처럼 굳건하지 못하니, 내 몸을 귀히 다루는 것이 어찌 중하지 않으리. 삶이란 거듭 즐길 수 없는 것이고 세월은 흐르는 냇물과 같다. 원하건대 날마다 술이나 마시세. 어질고 어리석음을 더불어 생각지 마세.*

• 「음주飲酒」, 월산대군의 시조.

낭창한 이정의 시조에 어둡던 분위기도 한결 가벼워졌다. 대군께서 저리 즐거워하시니 별수 있나. 결국 단영과 안궐 식구들도 함께 주안상에 둘러앉았다.

"어디 누가 이기나 한번 해보자고!"

지엽의 호기로운 선창에 안궐 식구들이 저마다 한마디씩 보태며 이정에게 잔을 맞대었다.

"옳소! 땅 찾기라면 우리 가인 나리가 두더지보다 잘한다 이 말이야."

"될 때까지 하는 게 우리 안궐이란 걸 보여주자고요."

"저흰 할 수 있습니다!"

"혀봐유……!"

여섯 명의 시선이 이번엔 단영에게로 향하였다. 어서 한마디 시원하게 외치고서 잔을 부딪치란 눈빛이다. 쑥스러워 미적거리던 단영은 쏟아지는 채근에 못 이기는 척 잔을 쭉 뻗었다.

"안산 땅을 다 뒤지는 한이 있더라도 반드시 대군 자가를 위한 땅을 찾아낼 터이니, 함께 갑시다!"

그들은 우렁찬 패기를 안주로 시원한 물을 들이켰다. 맹물에 취기가 오를 리도 없건만. 털어 마신 물 한잔에 기분이 한껏 고양되며 답답했던 가슴이 확 트이는 듯하였다. 그들은 분위기에 취해, 또 희망에 취해 오래도록 물잔을 나누었다.

* * *

이튿날. 일찍부터 채비를 마친 단영은 눈곱도 떼지 못한 향리를 대동하고서 다시 혈지 찾기에 나섰다. 지엽이 직접 관아에 가서 소유 여부는 물론 행정적으로도 아무 문제 없는 땅을 추리는 동시에, 단영은 직접 발로 찾아 나서기로 한 것이다. 이정은 궁가의 주인으로서 책임을 져야 한다는 명분으로 단영을 따라나섰다. 그들은 전날의 실패를 교훈 삼아, 좋아 보이는 땅을 살피고 주인의 여부를 확인하는 대신 처음부터 주인 없는 땅만 골라 찾기로 하였다. 하나 애초에 땅 주인이 없는 곳은 다 이유가 있는 법이었으니…….

"여긴 아니 됩니다. 골짜기가 너무 응달져 음습하고 위쪽은 바람을 막는 산이 없어 풍살風殺이 심합니다."

"여기도 아니 됩니다. 산 능선이 너무 날카롭고 땅이 다 깨졌습니다."

"토석을 채취한 흔적이 있어 혈장이 죄 파이고 부서졌습니다. 이런 땅은 쓸 수 없습니다."

금천에서 인천부 경계까지 가로지르고, 또 소리곶에서 부평까지 말을 타고 거슬러 올라가는 동안 단영은 거듭 고개를 내저었다. 폐왕후 권씨의 묘가 파헤쳐진 후 곳곳에 지진이 숱하게 발생한 탓인지 그나마 용진혈적龍盡穴的*한 땅들도 죄 깨지고 주룡이 끊어져 쓸 수 없는 땅이 되고 만 까닭이었다. 아무리 악지를 각오

*용진혈적龍盡穴的 산맥이 뻗어나간 끝에 기운이 모여 혈이 생기는 것.

282

하고 왔다지만, 최소한 향법으로 천기를 아우를 수 있는 땅은 되어야 하지 않겠는가. 한데 보는 곳곳마다 중혈조차 할 수 없는 폐지廢地이니, 도저히 점혈을 할 상황이 아니었다. 어제와 완전히 반대가 되어버린 입장에 향리는 전날 단영과 꼭 같은 표정이 되어 한숨을 푹 내쉬었다.

"에구구, 조금만 쉬었다 갑시다. 다리가 아파 더는 못 가겠습니다."

험한 산지를 기다시피 오르던 향리가 팔을 내저으며 주저앉았다. 주인이 없는 땅만 살피려다 보니 그만큼 길이 험해진 까닭이었다. 단영과 이정도 바위에 걸터앉아 지친 다리를 쉬어주었다. 깊은 산속이라 하여도 하지의 무더위는 피할 수 없던 터라. 이미 가진 물을 다 마셔 빈 호리병만 찬 단영이 앞섶을 들추며 미풍이나마 만들어내는데, 일순 눈앞으로 종이끈을 둘둘 만 자라병이 스윽 다가왔다. 이정이 내민 것이었다.

"목 좀 축이게. 땀도 많이 흘린 듯한데."

그도 험한 산지를 오랫동안 휘젓고 다녀 물 한 방울이 귀할 텐데, 더워하는 단영에게 선뜻 자신의 생명수를 내준 것이다. 겸양으로 한 번쯤은 사양하고 싶었으나 당장 목이 말라 타액조차 나오지 않을 지경이었다. 단영은 염치를 무릅쓰고 얼른 몸을 돌려 이정의 물을 마셨다. 그 물이 어찌나 꿀처럼 달던지. 절로 캬, 하는 탄성이 흐르며 배시시 미소가 새어 나왔다.

"그리 목이 말랐으면 말을 할 것이지."

솔직한 반응이 귀여웠는지 이정이 눈꼬리를 휘며 놀리듯 말하였다. 뒤늦게 부끄러워진 단영은 아닌 척 시침을 떼며 멋쩍게 눈을 굴렸다.

"계곡까지 가려면 한 시진이 더 걸린다는데 어찌 함부로 물을 탐한답니까. 자가께서도 아껴 드신 물일 터인데……."

"나는 본디 갈증을 잘 느끼지 않네. 물이 많이 남은 것만 보아도 알 수 있지 않은가."

이정의 말대로 자라병엔 물이 철렁이도록 남아 있었다. 정오가 지나도록 가져온 물의 절반도 비우지 않은 것이다. 이 더운 날 쉬지도 않고 걸으며 어찌 저리 지친 기색 하나 없는지. 새삼 사내의 체력이 여인과는 다른가 싶다가도, 여태 헥헥거리며 쉬고 있는 향리를 보면 그냥 대군의 몸이 남다르다는 결론에 이를 수밖에 없었다. 가만히 산을 둘러보던 이정이 뒤늦은 질문을 건넸다.

"길을 나설 때부터 궁금하였네만, 최 판관이 관아에서 사용할 수 있는 땅을 찾고 있는데 굳이 이리 직접 나서는 이유는 무엇인가?"

단영은 답에 대한 대가로 슬쩍 물 한 모금을 더 마시고서 말하였다.

"주자께선 풍수의 핵심이 산세의 아름답고 추함에 있다고 하셨습니다. 복되고 후덕한 땅은 모습이 온화하여 궁색하지 않으니, 보기에 좋은 땅이 딛기에도 좋은 것이지요. 서류상 문제없는 땅을 찾는다 한들 쓸 수 있는 땅은 한정적일 테니, 이 두 눈으로 미리 직접 살피려는 것입니다. 풍수가의 발은 잠시도 쉬어선 아니 되거든요."

단영이 제 길쭉한 허벅다리를 자랑스레 툭툭 치며 말했다. 그 모습이 꼭 망아지만 한 목마를 타며 젠체하는 어린아이와 같은지라. 이정의 입에서 듣기 좋은 웃음소리가 흘러나왔다.

"어찌 그리 웃으십니까?"

"자네는 정녕 땅을 좋아한다는 생각이 들어서."

"예?"

"땅에 대해 얘기할 때면 눈이 꼭 별처럼 맑게 반짝거리거든. 보고 있는 나까지 기분이 좋아질 만큼 말일세."

단영의 뺨이 창졸간에 달아올랐다. 환히 웃고 있는 이정의 얼굴이 감히 형용하기 어려울 만큼 아름다운 탓도 있었지만, 그보다 그가 제 눈을 유심히 바라보고 있었다는 사실에 어쩐지 가슴께가 간질거렸다. 숨길 수 없는 호기심으로 가려진 얼굴을 뜯어보고 싶어 하는 이는 많았어도 이처럼 드러난 눈에 집중한 이는 처음이라. 누가 봐도 비밀이 많은 그녀를 있는 그대로 바라봐주는 대군에게 문득 마음이 동하고 만 것이다. 가슴이 뻐근하도록 벅차올라 단영은 숨죽여 이름 모를 감정을 억눌러야만 했다.

"자신의 업을 귀히 여기는 이는 자연히 낯에도 그 고상한 마음이 드러나기 마련이니, 아마 그것이 내게도 보인 것이라 생각하네."

"되도 않는 흰소리에 뭘 그리 치켜세워주십니까? 사람 민망해지게……."

"칭찬일세. 자네는 내가 본 풍수가 중 가히 최고일세."

"이, 이만 가시죠! 미적거리다 해만 지겠습니다."

명치께가 견딜 수 없이 간지러워져 단영이 결국 벌떡 자리에서 일어났다. 그녀는 대충 도포 자락을 털고서 부산스레 길을 재촉하였다. 향리가 조금만 더 쉬면 안 되겠느냐 사정하였으나 자비 없이 일으켜 세웠다. 뒷모습만 봐도 수줍어하는 기색이 역력한 터라. 이정은 푸스스 웃음을 흘리며 여유롭게 그 뒤를 따랐다. 비밀 많은 벗으로 인해 웃을 일이 많아진 요즘이었다.

첫 번째 혈지

"웃차!"

높다란 바위를 짚고 올라선 단영이 숨을 몰아쉬며 주위를 둘러보았다. 첩첩이 쌓인 녹음이 푸르게 번지는 가운데, 산봉우리와 산봉우리를 이어주는 고개인 과협過峽이 그녀의 눈길을 끌었다. 산의 능선, 즉 용이 힘차게 행룡하며 뻗어 갈 적에 잘록하게 내려가는 부분이 바로 과협인데, 과협이 없다면 아무리 큰 산이라 할지라도 순수한 생기를 걸러내지 못하기 때문에 결코 혈을 맺을 수 없다. 또한 과협은 용의 허리로서 그 행태를 적나라하게 드러내니, 산맥의 성질을 헤아리는 데 가장 적합한 부분이라 할수 있었다. 그러한 까닭에 풍수에서 중요하게 보는 여러 가지 중하나가 바로 이 과협인 것이다.

주위 호종산들의 호위를 받으며 힘차게 행룡한 주룡이 거칠고 험한 돌산에서 곱고 부드러운 흙산으로 바뀌고, 학 다리의 무릎과 같은 학슬형 과협을 지니고 있으니 과연 길한 형세라. 단영은 사뭇 마음이 들떠 단숨에 아래로 내려갔다. 얼마 남지 않은 살기를 전부 털어낸 용이 뱀처럼 구불구불 변화하는 위이逶迤를 거쳐 마침내 행룡을 멈추니, 이곳이 바로 산의 생기가 오롯이 모인 혈지, 즉 산진처山盡處라. 발을 멈춘 단영은 이십여 채의 초가집이 옹기종기 모인 마을을 휘둘러보며 향리에게 물었다.

"이곳은 어디입니까?"

"능길입니다. 본래 저쪽 산 정상에 봉화대가 있어 적길리라 불리다가, 소릉…… 그러니까 그 묘가 쓰인 후부터는 능으로 가는 길이라 하여 능길로 불리게 되었습죠."

하필 어미를 그리워하던 아들의 발걸음과 무덤을 파헤치려는 시아주비의 발걸음이 공존하는 곳이라니. 묘한 감상이 들어 단영은 잠시 위화감을 달래야만 했다.

이윽고 단영은 이곳이 진짜 혈지인지 가짜 혈지인지 확인하는 증혈을 시작하였다. 혈 자리의 바로 뒤에 있어 용의 생기를 저장하는 입수도두入首倒頭, 이 입수도두의 양옆에 매미 날개처럼 뻗어나와 생기를 보호하는 선익蟬翼, 남은 혈이 뭉쳐 생기를 가두는 순전脣前, 그리고 생기가 단단히 뭉쳐 비석비토非石非土가 된 혈토까지. 단영이 심혈을 다해 증혈하는 동안 이정은 숨죽여 그녀가 하는 양을 지켜보았다.

땅을 슬슬 훑은 단영이 엄지와 검지로 흙을 비볐다. 참기름을 뿌린 듯 밝고 윤기가 흐르며 단단하기까지 한 혈토에 비로소 그녀의 눈이 만족스레 빛났다.

"용의 생기도 잘 자리하였고, 이 정도면 바람도 적당히 막아져 지기가 흩어질 위험도 없으니 능히 괜찮은 혈지라 할 수 있습니다."

"그럼……."

"예. 이곳에 자가의 궁가를 짓도록 하겠습니다."

며칠을 내리 둘러본 끝에 비로소 혈지라 불릴 만한 곳을 발견한 것이다. 드디어 궁가를 영건할 수 있겠다는 생각에 몸의 긴장이 풀리던 찰나, 단영의 눈이 놀라 크게 휘둥그레졌다. 감격에 벅찬 이정이 그녀를 돌연 끌어안은 것이다.

"고생하였네. 필살지에서 죽음까지 각오한 내가 언감생심 어찌 명지에 궁가를 지을 욕심을 품을 수 있었겠나. 이 모든 건 다 가인, 자네의 덕분이네."

단영은 차마 숨조차 내쉴 수 없었다. 어깨와 허리를 그러안은 두 팔 때문에 단단한 사내의 가슴팍이 제 몸을 누르고, 한 자는 더 큰 키 때문에 눈만 간신히 어깨 위로 빼꼼 빠져나와 의지와 상관없이 그의 체향이 폐부를 가득 채운 까닭이었다. 거친 목수들과 밥 먹듯 함께 일하면서도 이토록 진한 접촉은 난생처음이라. 이정의 품에 갇히다시피 안긴 단영은 금방이라도 얼굴이 터질 듯 뜨겁게 달아올랐다. 갓 태어난 송아지처럼 어찌할 줄 모르고 버둥거리던 단영은 가까스로 그를 밀쳐냈다. 쿵쾅거리는 심장에 그만 말까지 더듬거리며 횡설수설하였다.

"이, 이제 겨우 시작에 불과합니다! 이러다 또 주인 있는 땅이라 하면 어쩌시려고……."

"이미 주인 없는 땅만 골라 살핀 것 아니었는가?"

"관아에 가서 해결해야 할 일도 산더미, 벌써부터 다 끝난 것처럼 김칫국 드시지 마십시오. 부정! 그래, 부정 탑니다!"

"아, 그런 것인가? 미안하네. 내 너무 기뻐서 그만."

말도 안 되는 억지에 이정은 또 순순히 사과를 한다. 홍당무처럼 빨개진 얼굴을 필사적으로 숨긴 단영은 요란하게 뛰는 심장을 억누르며 서둘러 발길을 돌렸다. 같이 가세, 등 뒤에서 이정의 웃음기 어린 목소리가 들렸으나 단영은 짐짓 못 들은 척 걸음을 빨리 옮겼다. 그래봤자 성큼성큼 걸어온 이정의 긴 다리에 금세 따라잡히고 말았지만.

* * *

능길은 관아에서 지엽이 추린 땅 목록과도 정확히 일치하였다. 마을 사람 대부분이 전객(佃客)으로 소작을 벌어 살아가는 이들이라. 그마저도 최근 관수관급제를 거스른 몇몇 전주들의 횡포로 논밭을 잃고 마을을 떠난 이들이 적지 않아 빈집도 있다 하였다. 이정은 궁가를 위해 헐어야 할 집들을 확인하고선 지엽에게 거듭 당부하였다.

"민가를 헐 때엔 반드시 그에 걸맞은 합당한 보상을 치러야 하니, 필히 새 터를 잡기에 부족함이 없도록 마련해주게."

"여부가 있겠습니까. 차질 없도록 준비할 터이니 염려 마십시오, 자가."

지엽은 곧 관아의 수령과 함께 절차에 필요한 것들을 준비하기 시작하였다. 영건은 좋은 날을 택일하는 데서부터 시작하니, 관상감에 아뢰어 절차에 필요한 모든 날을 받았다.

단영과 안궐 식구들 역시 공사 준비에 돌입하였다. 한성에서부터 함께 내려온 목수들 외에도 현장에서 추가로 인부가 필요했기에, 관공장들 외에도 번상番上*한 장정들까지 병조에 요청하여 공사에 동원하기로 하였다. 순박한 와리면 사람들은 선뜻 자신들의 집을 인부들에게 숙소로 제공해주기도 하였다. 단영이 바쁜 와중에도 짬을 내어 틈틈이 마을 사람들에게 간단한 풍수를 알려주며 인심을 얻은 덕이었다. 치목장과 목재 보관소가 차례로 마련이 되었고 질 좋은 나무 목재와 잡석, 화강석 등이 속속들이 도착하였다. 여러 사정으로 그간 치른 마음고생을 보답하듯 모든 일이 매끄럽게 척척 진행되었다.

그리고 마침내 공사의 첫 시작이나 다름없는 개토제開土祭**를 나흘 앞둔 저녁. 머리를 맞대고 마지막까지 절차에 대해 논의하던 이정은 공사 과정에서 이뤄질 모든 제사를 검소하게 진행하자 주장하였다.

---

*번상番上 지방의 군사를 뽑아서 차례로 서울의 군영으로 보내던 일. **개토제開土祭 건물을 짓거나 묘를 조성하기 위하여 땅을 파기 전에 토지신에게 올리는 제사.

"옛말에 서직黍稷이 향기로운 것이 아니라 명덕明德이 향기로운 것이라 하였으니, 제상에 올리는 제물보다 제사를 드리는 이의 마음을 더 중히 여겨야 하네."

지엽이 이정의 말에 백번 공감한다며 고개를 끄덕였다.

"지당하신 말씀입니다, 자가. 가뜩이나 농번기로 백성들이 고단할 때인데 과도한 제사는 폐단이 될 수밖에 없지요."

"이왕이면 개토제를 비롯한 모든 절차를 전부 간결하게 줄이면 좋을 텐데……."

"북어포 한 마리면 적당하지 않겠습니까?"

"두 분 대체 무슨 말씀들을 하시는 겁니까? 개토제는 선택이 아니라 필수라고요, 필수!"

청렴하다 못해 휑하니 제상을 비워버릴 것 같은 두 분 나리에 단영은 기겁할 수밖에 없었다. 개토제는 토지신께 고하여 잠시 땅을 빌리는 의식이다. 행여 부실한 제사로 개토를 허락받지 못할까, 단영은 최소한의 도리를 부르짖으며 마지막 방어선을 필사적으로 고수하였다. 결국 그들은 예조에서 제정한 제식을 그대로 따르기로 하되, 목수들의 안전을 기원하는 모탕고사까지 한날한시에 치르기로 하였다.

이후부터는 청재淸齋로서 몸과 마음을 정결케 하였다. 목욕재계로 부정을 씻어내어 토지신 앞에 나아가기에 부족함 없는 상태를 만드는 것이었다. 삿된 것이 옮지 않게 사람들과의 왕래도 차단하고서, 단영은 어디선가 저를 지켜보고 있을 아버지와 오라버니, 그리고 천지신명께 밤마다 정화수를 뜨고 빌었다. 부디 공사를 진행하는 동안 아무도 다치지 않기를. 이제껏 지은 그 무엇보다 안전한 궁가를 지을 수 있기를. 부디, 대군 자가께서 마지막까지 무사하시기를. 단영은 진심을 다하여 빌고 또 빌었다.

* * *

탁, 탁, 탁……. 일정한 간격으로 주안상을 치는 한명회의 손끝이 사뭇 날카로웠다. 이따금 구름이 빗겨 달빛이 방 안을 비칠 때마다 그의 독사 같은 눈빛이 더욱 예리하게 빛났다.

오늘 낮, 경연청에서 썩 듣기 좋지 않은 소식이 화두로 올라왔다. 연일 마땅한 땅을 구하지 못하여 쩔쩔매던 이정이 드디어 땅을 매입한 입안을 발급받았다는 내용이었다. 이미 안산의 소문난 명지는 전부 제 소유라, 적당히 버티며 목줄을 죄다 보면 결국 굴복하고 제게 고개를 숙일 것이라 생각하였다. 한데 그 빌어먹을 가인 놈이 기어이 진흙탕 속에 숨겨진 진주를 발견한 것이다.

"내가 너무 안일하게 생각하였어. 관상감 공천까지 받을 인물이었다면 그리 반풍수는 아니었을 터인데."

이럴 줄 알았으면 과천에서 무슨 수를 써서라도 제거할 것을 그랬다. 이를 바득 간 한명회가 신경질적으로 술잔을 비웠다. 술마저 속을 타들어가게 하는 듯하여 애꿎은 잔만 꾹 쥐고 있던 그때. 드디어 세살의 창호 너머로 기다리던 변씨의 그림자가 나타났다.

"대감, 명하신 것을 알아왔습니다."

"고하거라."

"안궐은 갑술년에 홍가 지반이라 하는 자가 처음으로 세운 목수단으로, 작금의 공장들 외에도 다른 목수들이 많았으나 이후 장수모가 행수를 맡게 되면서 현재의 형태에 이르게 되었다고 합니다."

홍지반? 어쩐지 낯설지 않은 이름에 한명회의 미간이 좁아졌다.

"홍지반이란 자는 지금 무얼 하기에 행수가 바뀌었더냐."

"그자의 아들이 관상감 상지관이었는데, 풍수서로 난언을 퍼트려 유배를 갔다가 죽고 그 충격으로 아비까지 명을 달리하였다고 합니다."

"설마, 그자의 아들이 홍단건이었더냐?"

"아! 대감께서도 그 일을 잘 아시겠군요. 예, 맞습니다. 상지관 홍단건입니다."

"하!"

뜻하지 않은 우연에 한명회가 날 선 실소를 터트렸다. 홍단건, 그 이름을 이리 다시 듣게 될 줄이야. 한동안 잊고 지내었던 탓에 새삼 그 이름이 반갑기까지 하였다.

"그놈이 유배를 가고 집안이 풍비박산 났다지, 아마."

연로한 아비는 아들이 죽은 충격으로 쓰러져 수일 후에 목숨을 잃고, 소문으론 하나뿐인 여동생도 유곽에 끌려가 생사를 알 길이 없어졌다고 하니. 그야말로 처참한 결말이 아닐 수 없었다. 썩 괜찮았던 인재를 제 손으로 쳐내는 건 늘 안타까운 일이라. 한명회는 아쉽게 입맛을 다시다가 쯧 혀를 찼다.

"그 가인이란 자도 풍수에 밝다고 하였으니 분명 와리산 일대가 전부 악지로 변한 것을 알았을 터인데, 뭘 믿고 궁가를 짓겠다 나선 겐지."

"그러게 말입니다. 뭐, 평상시에도 땅보다 집이 더 중요하다며 오만방자한 소릴 떠들어댔다고 하니, 땅 무서운 줄 모르고 덤벼든 것이겠지요."

변씨의 말에도 석연찮은 기분은 쉽게 가시지 않았다. 비록 결과는 그들의 뜻대로 되었을지언정 그 시작이 썩 탐탁스럽지 않았던 것이다. 의아함에 미간을 좁힌 찰나, 일순 한명회의 머릿속에 기이한 생각 하나가 스쳤다.

"설마……."

안궐을 세운 홍지반과 그의 아들인 상지관 홍단건. 그리고 안궐의 새 행수, 가인. 그들을 연결하는 공통점 가운데 아무렇게나 끼워 맞춰도 이질적이지 않은 것이 하나 있었다. 바로 『지화비결』, 홍단건의 정수가 모두 들어 있다는 그 책이었다.

당시 홍단건은 조정의 대신들 사이에서도 꽤나 이름이 알려졌을 정도로 뛰어난 상지관이었다. 음양과 시험을 최연소로 급제한 것은 물론, 당대 지리학 교수들조차 보지 못한 명당의 혈을 홀로 찾아내어 선빈 안씨의 묘를 선정했을 정도였다. 그런데 어느 날부터인가 조정에 기묘한 소문이 떠돌기 시작하였다. 단건이 자신의 모든 지식을 동원하여 『지화비결』이란 풍수지리서를 집필

하였는데, 그 안에 조선팔도의 모든 명당이 전부 기록되어 있다는 것이었다. 군침이 도는 소문에 한명회는 단건을 찾아가 『지화비결』을 보여줄 것을 청하였다. 하나 단건은 그의 청을 거절하였다. 온갖 금은보화와 부귀영화를 약조하였는데도 서책은 헛된 소문일 뿐이라며 응하지 않았다. 어머니를 여읜 공조의 관원 하나가 그의 책을 보고 아무도 모르는 명당에 묘를 썼다는 소식을 이미 들어 알고 있었는데도 말이다.

이후로 한명회는 서서히 단건을 죄어가기 시작하였다. 처음엔 인사人事를, 그다음엔 녹봉을, 그다음엔 업적을 차례로 건드려 그를 굴복시키려 하였다. 아무리 겁박하여도 눈 하나 깜짝 안 하기에 아예 무뢰배를 시켜 광에 가두고 이틀 밤낮을 두들겨 패주기도 하였다.

'제발, 제발 손만은……! 아아악!'

다른 비록은 쓸 수도 없게 아예 손목을 비틀어 분질러버리기도 하였다. 한데도 어찌나 고집이 세던지, 단건은 쉬이 서책을 내놓지 않았다. 저 무릎을 어찌 꺾어야 좋을까. 고민하던 찰나에 예기치 못한 기회가 찾아왔다. 당시 임영대군 부인의 친족인 최세호가 '왕의 재목'이라 말한 것을 두고 귀성군이 역모로 몰리고 있었는데, 한명회와 마찬가지로 『지화비결』에 눈독을 들이던 창원군 이성이 그에게 은밀히 제안 하나를 해온 것이다.

'홍 용사庸師가 쓴『지화비결』에 괘등혈掛燈穴*에 대해 쓰인 것이 있는데, 이 중 옥촉조천혈玉燭照天穴**에 점혈하면 새 나라의 왕이 되어 천수를 누릴 것이란 해석이 있다 하더군. 한데 이 옥촉조천혈이 일전에 귀성군이 중수한 보훈사 자리를 가리키는 것이니, 이것이 귀성군이 다음 왕이 될 거란 예언이 아니면 무엇이겠는가?'

'그 말에 얼마나 책임을 질 수 있으십니까?'

'하하하! 책임이라니. 최세호는 책임이 있어 숙부님과 함께 역모로 몰렸는가?'

창원군이 만들어낸 유언비어는 욕심에 목이 타던 한명회의 구미를 바짝 당겼다. 그는 어린 창원군 대신 조정 곳곳에 거짓 소문을 퍼트렸고, 이는 마른 들판에 불 번지듯 퍼져 단건을 사지로 몰아넣었다. 그 어린 것이 어찌나 간악하고 정교하게 거짓 소문을 만들어내었는지, 누구도 창원군의 거짓 소문을 믿어 의심치 아니하였다.

'자, 이제 출구는 단 하나뿐이다. 어찌하겠느냐? 내게 그 서책을 넘기겠느냐, 아니면 이대로 반역자가 되어 불명예스럽게 죽겠느냐?'

*괘등혈掛燈穴 높은 산에서 용맥이 가파르게 내려오다 갑자기 평탄한 곳에 혈을 결지한 것으로 마치 등잔대에 등잔불이 걸린 것 같은 형상. **옥촉조천혈玉燭照天穴 옥촛불이 하늘을 비추는 형국의 용맥의 정기가 모인 자리.

한명회는 이를 기회로 삼아 단건을 다시금 구슬렸다. 제게 『지화비결』을 넘기기만 하면 이 모든 걸 없던 일로 만들어주겠다며 말이다. 기실 귀성군이 보훈사를 중수한 것은 왕대비의 탄일을 맞이하여 여러 사찰에 나눈 시주 중 하나였고, 애초에 거짓 소문인 만큼 『지화비결』에는 보훈사 자리가 옥촉조천혈이라 언급한 구절조차 없을 테니, 서책만 내놓으면 역모에 관한 소명은 식은 죽 먹기였을 것이다.

'그깟 허상의 책을 찾기 위해 나 같은 말단 관리의 목숨을 짓밟다니……. 가진 자는 더욱 갈증에 허덕인다는 말이 사실이었군.'

'자꾸 이리 발뺌해봤자 네 명줄만 당길 뿐이다.'

'죽여라! 내 설령 서책을 갖고 있다 한들 너 같은 아귀놈에게 넘길 것 같으냐! 그 욕심이 결국 네놈의 목줄까지 쥘 것이다!'

하나 단건은 끝끝내 『지화비결』을 내놓지 않았다. 도리어 뒤틀린 손으로 삿대질을 하고 시뻘게진 눈을 부라리며 저주의 말을 퍼부었다. 『지화비결』을 증거로 제출하면 그것이 한명회의 손에 들어갈 것은 불 보듯 뻔한 일. 하여 진위를 밝혀 자신의 억울함을 푸는 대신 한명회와 창원군의 끝없는 욕심을 막고자 한 것이었다.

그렇게 모진 고문 끝에 유배길을 떠나 아까운 목숨을 스스로 저버리고 말았으니, 그보다 더 어리석은 이가 또 어디 있을꼬. 『지화비결』만 순순히 넘겼더라면 모든 것이 순탄하였을 것을.

"그 서책이 여직 남아 있을 리가 없지."

한명회는 잠시나마 스친 의심을 거두며 고개를 저었다. 유배지는 홍수로 물난리가 났고, 아비와 여동생이 살던 본가 역시 홍지반의 장례를 치른 날 의문의 화재로 불타 없어졌다고 하였다. 가인이 주인 잃은 안궐을 다시 일으킨 것도 그로부터 3년이란 시간이 지난 후라 하였으니, 그사이 흔적도 없이 사라졌던 『지화비결』이 갑자기 나타났을 리도 없다. 그저 세상 무서운 줄 모르는 흑두黑頭의 객기일 뿐이라.

"당분간 안궐의 일거수일투족을 모두 보고하도록 하여라. 수상쩍은 것이 있다면 지체 말고 내게 고하고."

"예, 대감. 맡겨만 주십시오."

넙죽 엎드린 변씨는 한명회가 던져준 돈주머니를 받아 챙기고서 조용히 자리를 떠났다. 홀로 남은 한명회는 그제야 잔에 술을 채웠다. 이번에도 모든 것은 뜻대로 될 것이다. 나의 사람들을 조정에 앉히고, 내가 택한 사람을 왕위에 올리고, 나를 방해하는 모든 것들을 눈앞에서 치워버렸던 것처럼.

"꼿꼿한 대군의 고개를 꺾을 날도 머지않아 곧 올 것이니."

한명회가 한입에 술을 삼키고는 축축해진 입술을 비뚜름히 말아 올렸다. 추녀 끝에 매달린 달이 개탄하듯 구름 뒤로 숨은 밤이었다.

개토제

성종 9년, 음력 7월 3일

　개토젯날이 되었다. 횃불을 들고 어둑한 밤길을 가로질러 능길에 모인 단영과 일행은 축시가 되자 궁가가 세워질 터의 흙을 파내기 시작하였다. 신령한 지신께서는 밤에만 움직이시니, 해가 뜨기 전 지신께 복을 빌고 액운을 쫓기 위함이었다.

　네 모퉁이의 흙은 터 밖으로, 정중앙의 흙은 남쪽으로 흩뿌리고서 흙을 판 곳에는 하나의 푯대를, 터의 남쪽에는 두 개의 푯대를 박아 세웠다. 집사자執事者*를 맡은 단영이 중앙에 박은 푯대 왼쪽에 토지신인 후토씨의 신위를 남쪽으로 향하도록 설치하였다. 헌관獻官**을 맡은 이정과 알자謁者***를 맡은 황 노인, 찬자贊者****를 맡은 지엽의 자리를 마련하니, 마치 후토씨를 호위하는 호종과 같더라. 이윽고 축판과 향로, 향합, 촉대까지 설치한 단영은

300

제상 위로 제기를 차례로 진설하였다. 과일과 포를 담은 변籩 여덟 그릇, 밑반찬을 담은 두豆 여덟 그릇, 기장쌀을 담은 보簠와 궤簋 각 두 그릇이 순서에 맞게 차려지고, 술잔인 작爵과 술상인 준소樽所 역시 각각의 자리에 놓았다. 다른 한쪽엔 목수들이 마름질할 때 쓰는 나무토막인 모탕도 놔두었다. 일련의 과정들은 심히 엄숙하여 숨소리 하나 크게 나오지 않았다.

마침내 헌관과 집사가 손을 씻는 관세盥洗까지 설치되자 비로소 개토제가 시작되었다. 제일 먼저 황 노인과 지엽이 앞으로 나아가 북쪽을 향해 네 번 절하였다. 황 노인이 축문을 읽을 수령과 단영을 배위拜位로 이끌고 다시금 북쪽을 향해 서자, 지엽이 엄숙히 그들을 향해 창하였다.

"사배하십시오."

사배한 이들이 관세에서 손을 씻은 후 수건으로 닦고 제자리로 돌아가자 이정도 같은 과정으로 절을 하였다. 그는 관세 앞에 나아가 지엽의 보좌를 받으며 손을 씻은 뒤, 홀기를 들고 준소 앞에 서향하여 섰다. 이윽고 후토씨의 신위를 향해 향을 세 번 올린 이정은 단영으로 하여금 작에 술을 받아 신위 앞에 놓게 하였다.

"유세차 무술년 7월 3일에 토지신께 삼가 아뢰옵니다. 좋은 날을 받아 이곳에 회간대왕懷簡大王의 장남 월산대군 이정의 궁가를

*집사자執事者 일을 맡아서 실제로 처리하는 사람. **헌관獻官 나라에서 제사를 지낼 때 임시로 임명하던 제관. ***알자謁者 조선시대에 둔 궁중의 집사. 빈객을 안내하거나 국가 대제 때 제관을 인도하는 일을 맡아 하였다. ****찬자贊者 나라 제사 때에 홀기笏記(혼례나 제례 때 의식의 순서를 적은 글)를 맡아보던 임시 직무.

새로 영건하고자 하니, 부디 개토를 허락하사 무사히 궁가를 지어 토지신의 보호 아래 들어갈 수 있도록 굽어살펴주시옵소서."

축문이 큰 소리로 사방에 울려 퍼지자 모두가 차례로 배위에서 사배를 올렸다. 마침내 모든 제례를 마치자 단영이 진설한 제기들을 위에서부터 철상하였다. 일사천리로 제례를 끝냈음에도 벌써 축시의 끝자락이라. 흙일을 함에 있어 가장 힘든 계절은 여름이니, 해가 하늘 높이 떠올라 작열하기 전에 그날의 일을 모두 끝마쳐야 하기 때문이다. 하여 땅 위에 각 건물채가 들어설 위치를 잡고 기둥이 놓일 자리를 따라 먹줄까지 띄운 단영은 본격적으로 영건을 진두지휘하기 시작했다.

"날이 더워지기 전에 어서 터 닦기를 시작합세!"

곧이어 인부들이 가래, 삽, 괭이 등을 들고 나와 땅을 파기 시작했다. 터를 닦을 때 가장 먼저 해야 할 것은 그간 땅을 덮고 있던 한 자 정도의 갈이흙을 생흙이 나올 때까지 모두 걷어내는 작업이었다. 자연 만물이 그러하듯 땅 역시 사계절을 지내며 어녹기를 반복하는데, 표토를 충분히 걷어내지 않는다면 건물을 지탱해야 할 지반이 동결의 영향을 받아 쉬이 무너져 내릴 수 있기 때문이다. 안산은 바닷가 근처라 해풍의 영향도 커 석 자는 족히 파내려야 하는 터라. 동이 트기 전 생흙을 보기 위해 백여 명의 인부들이 땀을 뻘뻘 흘리며 가래질을 하였다.

이윽고 동결하지 않을 단단한 생흙이 모습을 드러내었다. 땅이 다소 질어 기반을 잡아줄 것이 필요했기에, 나무말뚝이 먼저 박히고 그 위로 크기가 다른 잡석 두 층과 횟가루를 섞은 모래가 부어졌다. 모름지기 기초는 반석처럼 견고하게 다져야 집이 굳건히 설 수 있는 법. 바야흐로 저축杵築*의 때라. 인부들이 잡석과 모래를 채운 땅에 물을 붓자 이번엔 달구질을 맡은 이들이 터에 올라섰다. 선소리꾼 하나에 지경꾼 열 명으로 구성된 '배퉁이패'는 안궐과 오래전부터 합을 맞춰온 전문 달구패였다. 팔다리는 가는데 배만 올챙이처럼 뽈록 나와 배퉁이란 별명을 가진 선소리꾼이 쿵떡, 장구를 치며 크게 외쳤다.

"자! 여기 월산대군 자가의 궁가 터를 잡아놓았으니, 다 같이 지경다지기** 한번 해봅시다!"

"얼쑤!"

좌우로 다섯씩 지경석의 줄을 잡은 지경꾼들이 흥겹게 장단을 맞추어주니, 배퉁이가 신나게 장구를 치며 소리를 메기기 시작하였다.

에이여라 지경이요, 에이여라 지경이요. 먼데 사람은 듣기나 좋고 가까운데 사람 보기 좋게 집 지은 지 삼 년 만에 말을 기르면 용마 되고 소를 기르면 우마가 되고 닭을 기르면 봉황이 되리. 에이여라 지경이요, 에이여라 지경이요…….***

*저축杵築 흙을 다져가며 단단하게 만드는 기법. **지경다지기 집터를 고르는 일. ***「지경다지기 소리」(집터를 다질 때 부르는 노동요) 일부.

신명 나는 지경다지기 소리에 터주신도 들썩들썩 어깨춤을 추고 휘영청 높이 뜬 달도 둥실둥실 달무리를 떠니, 열 명의 지경꾼들도 한껏 흥이 나 힘차게 지경줄을 잡아당겼다. 어른 몸통보다 큰 지경석도 지경꾼의 낙락한 소리와 함께 드니 전혀 무겁지 않았다. 배퉁이의 소리가 높아질 적에 줄을 당겼다 놓자, 하늘 높이 떠오른 지경석이 퍽 하고 떨어지며 물에 젖은 잡석과 모래를 다졌다. 이 과정을 수도 없이 반복하여 땅을 전부 다지고 나면 땅이 송곳도 들어가지 않을 만큼 단단해지는 것이다.

서산낙조 일몰하고 강상명월 솟아나고 타연곡 한 마디에 빈객들이 흐트러지네. 지경소리로 밤새울 건가, 가세이를 돌려가며 달제 우엿차 소리도 다듬어보세. 한 바퀴를 돌아가며 달제. 에이여라 지경이요, 에이여라 지경이요⋯⋯.*

이들은 해가 높이 중천에 떴을 때 잠시 들어가 쉬었다가, 저녁 나절부터 다시 지경다지기를 이어나갔다. 새벽까지 쉬지 않고 소리를 메기는 배퉁이의 정성은 가히 후토씨를 감동시킬 만하니, 덕분에 땅은 웅대한 집을 너끈히 받칠 수 있을 만큼 단단해져갔다. 지경꾼들은 물론이요, 터에 모인 모두가 곤한 줄도 모르고 함께 소리를 받았다. 마지막으로 우엿차 뒷차 절구공이를 두드리며

* 「지경다지기 소리」 끝부분.

304

반듯하게 터를 고르니 닷새 만에 그 넓던 30부가 평평하게 퍼졌다. 마지막으로 신명 나게 한판 하고 나자 어느덧 다시 해가 머리 위로 떠오른지라. 단영은 서둘러 자리를 정리하고서 저축을 마무리하였다.

이튿날부턴 기둥이 놓일 자리마다 초석, 즉 주춧돌을 놓았다. 제일 먼저 놓인 초석은 전일 지경다지기 때 쓰였던 지경석이었다. 지경다지기에 쓰인 지경석을 주춧돌로 쓰면 그 집이 오래도록 튼튼할 것이란 믿음 때문이었다. 이정은 함께 지경석을 들어 사랑채가 세워질 기둥 자리에 단단히 박고 터주신께 잘 보호하여 주십사 술까지 올렸다.

목수들이 단영의 지휘에 따라 터를 닦고 초석을 놓는 사이, 동석은 치목장에서 목재와 석재를 준비했다. 단영이 미리 전달한 견양을 토대로 각 부재의 수량, 치수, 그리고 결구법까지 차질이 없음을 확인하고서 그에 맞게 가구재를 다듬었다. 처음 궁가 영건이 결정 났을 때부터 동석이 미리 사람을 써 준비한 덕분에 대부분의 가구재는 마련이 된 상태였다. 초석 다지기가 모두 끝이 나자 집의 골격을 이루는 거대한 기둥들이 현장으로 옮겨졌다.

"기둥 가유……!"

동석이 우렁차게 외치며 어깨에 기둥을 메고 등장하였다. 인부 너덧이 달라붙어야 겨우 옮기는 기둥을 저 홀로 어깨에 멘 동석의 모습에 멀리서 구경하던 애먼 아낙들이 치맛자락을 움켜쥐었다. 덤벙주초*의 표면에 맞게 그랭이**로 기둥 밑면에 선을 그은 목수들은 초석의 모양에 맞게 끌로 기둥을 다듬기 시작하였다. 이렇게 해야 울퉁불퉁한 초석 위에 기둥을 세워도 기울지 않고 똑바로 서게 되는 것이다. 여름과 겨울을 거듭 겪어도 습기와 해충에 기둥이 썩지 않도록 각 주춧돌마다 곱게 빻은 숯가루와 소금까지 올렸다.

"상기둥 올려유."

동석이 으랏차, 힘을 써 안방과 마루 터 사이에 상기둥을 세웠다. 상기둥은 성주신을 모시는 그야말로 기둥 중에서도 가장 중요한 기둥이라. 이들은 앞으로도 공사가 순탄히 진행될 수 있도록 정성을 다하여 입주식을 치렀다. 제를 치르는 동안 목수들은 커다란 북어포를 북북 찢어 막걸리와 삼킬 생각에 침을 꼴딱꼴딱 넘겼다. 이제 겨우 기둥 하나 세운 것뿐이건만. 벌써부터 그럴싸한 집의 외관이 보이는 듯하여 단영도 만족스레 입가를 늘였다. 공사가 매사 수월하게 일사천리로 진행되니, 이대로라면 여름이 다 가기 전에 궁가를 전부 지을 수 있을 것 같았다.

"역시 우리 안궐이 나서면 능히 짓지 못할 집이 없지."

단영은 작게 콧노래까지 부르며 인부들에게 인심 좋게 북어포를 나누어주었다. 그 작은 기쁨이, 곧 얼마나 큰 절망으로 바뀌게 될 줄도 모른 채.

•덤벙주초 자연 그대로의 돌을 다듬지 않고 건물의 기둥 밑에 놓은 주춧돌. ••그랭이 나무 기둥, 돌 따위가 울퉁불퉁한 주춧돌의 모양에 맞게 다듬어져 기둥과 주춧돌이 톱니처럼 맞물린 듯 밀착되는 일, 또는 그 도구.

* * *

입주식을 치른 지 이틀째 되던 날이었다. 구르릉……. 비지땀을 닦으며 공사를 지휘하던 단영은 문득 발아래로 심상찮은 기운이 지나간 것을 느꼈다. 동석이 또 몸 생각을 않고 묵직한 기둥이나 석재를 함부로 끌어왔나. 한소리 해줄 생각으로 그를 찾았으나, 정작 동석은 아까부터 그랭이질을 한다고 여태 큰 덩치로 초석 앞에 쪼그려 앉아 있었다.

"잘못 느낀 건가."

대수롭지 않게 생각하며 넘기려던 그때. 구르르릉, 콰과광! 어디선가 거대한 굉음이 나기 시작하더니 땅이 마구잡이로 흔들리기 시작하였다.

"으악, 지진이다!"

"기둥 밑에 깔리지 않게 조심혀!"

갑작스러운 지진에 현장은 그야말로 아비규환이 되었다. 며칠간 닦은 터가 죄 갈라지고 터지는 것은 물론, 힘들여 세운 기둥이 속속들이 무너졌다.

"다들 어서 도망치십시오, 어서!"

난데없는 지진에 당황한 단영은 재빨리 인부들을 대피시켰다. 와리면 일대에 전부 지진이 덮친 것인지 와리산의 일면까지 무너져 내리고 있었다. 해일처럼 빠르게 뻗어오는 자욱한 흙먼지에 단영이 질끈 눈을 감은 순간, 양쪽에서 무언가가 그녀의 몸을 휙 잡아채더니 바닥으로 납작 내리눌러 감쌌다.

쿠구궁……. 얼마의 시간이 지났을까. 끝나지 않을 것 같던 지진이 한참 만에야 잠잠해졌다. 숨까지 죽이며 지진이 멎길 기다리던 단영은 슬그머니 눈을 떠 고개를 들었다. 한데 아무리 눈을 깜빡여도 앞이 보이질 않는다. 흙먼지가 해님을 가렸나, 땅이 갈라져 구천으로 떨어졌나. 덜컥 겁이 난 단영이 얼른 고개를 쳐들고 몸을 일으키려던 그때.

"악!"

퍽 하고 머리 위로 뭔가 부딪치는 느낌이 나더니, 시야가 환하게 트이며 누군가의 외마디 비명이 들려왔다. 홱 고개를 돌리자 지엽이 제 턱을 감싸며 끙끙대고 있었다.

"최 판관 나리, 왜 그러고 계십니까? 어디 다치셨습니까?"

단영의 물음에 지엽이 아픈 턱을 문지르며 이를 드러냈다.

"네놈이 냅다 들이박아 이런 것 아니냐!"

"예? 제가요?"

"구해준 은혜를 원수로 갚는 것도 유분수지. 아이고, 턱이야……."

구해준 은혜라니. 영문을 알 수 없는 말에 고개를 갸우뚱하니, 이번엔 반대쪽에서 나직한 목소리가 들려왔다.

"어디 다친 곳은 없는가?"

이정이 그녀의 어깨를 감싼 채 지척에서 내려다보고 있었다. 지진이 닥친 순간, 이정과 지엽이 양쪽에서 동시에 단영을 감싸 보호하여준 것이었다. 코끝에서 마주한 이정의 얼굴에 숨을 집어삼킨 단영은 헐레벌떡 그의 품에서 빠져나와 몸을 일으켰다. 그래도 이번엔 잘 살피고 일어난 덕에 대군의 턱까지 깨트리는 불상사는 일어나지 않았다.

"예, 소인은 괜찮습니다."

"다행이군. 하마터면 큰일 날 뻔하였네."

이정이 가리킨 지척을 보니 처참히 두 동강 난 기둥이 보였다. 이정과 지엽이 아니었더라면 꼼짝없이 저 기둥 아래 깔렸을 게 분명하였다. 오금이 저릿해지는 섬뜩함에 단영은 거듭 두 사내에게 감사를 전했다. 그러곤 다친 사람이 없는지 황급히 현장을 살피기 시작하였다.

"다들 괜찮은가? 누구 다친 이는 없는가?"

"저흰 다 괜찮아요, 나리. 나리께서도 몸 성하신 거죠?"

머루, 황 노인과 함께 동석의 품에 쏙 숨어 있던 청하가 사색이 된 얼굴로 물었다. 모두 흙먼지를 뒤집어쓰고 있긴 해도 다친 곳은 없는 듯하였다. 하나 안도의 한숨을 내쉬기엔 아직 일렀다.

"아아악, 내 다리! 내 다리……!"

무너지는 기둥을 미처 피하지 못한 인부 하나가 그만 기둥 아래 깔리고 만 것이다.

"동석아!"

"야, 나으리!"

동석이 여느 때 없이 재빠르게 달려가 인부를 깔아뭉갠 기둥을 들어올렸다. 천만다행으로 무너진 기둥 아래 잡석이 괴어 있어 다리가 완전히 뭉개지진 않았으나, 바지 아래로 피가 번지는 것으로 보아 심각한 상황임엔 분명하였다.

"당장 이자를 의원에게 데려가게. 어서!"

인부는 곧 건장한 장정의 등에 업혀 마을 의원에게로 보내졌다. 돌차간 벌어진 비극에 현장에 있던 모두가 아연해질 수밖에 없었다. 앓는 소리 사이로 스머든 흐느낌은 점차 인부들 사이로 번져 절망의 씨앗을 퍼트렸다.

단영은 작게 숨을 떨며 주위를 둘러보았다. 수일에 걸쳐 터를 닦고 초석과 기둥을 세운 땅이 전부 엉망이 되어 있었다. 힘들여 메꾼 잡석과 말뚝은 아무렇게나 나뒹굴었고, 기둥은 모조리 갈라지고 쪼개져 다시 쓸 수도 없게 되었다. 인부들마저 눈앞에서 목도한 재앙에 퍼렇게 질리고 말았으니, 더 이상의 공사는 불가능한 상황이라. 십여 일간의 노력이 허망하게 무너진 것을 바라보며 그녀는 좌절할 수밖에 없었다.

하나 사변은 그것으로 끝이 아니었다. 안산군 와리면과 경상도 일대에 지진이 난 지 채 이틀이 되지 않아 이번엔 한성에서 암탉이 수컷으로 변하는 변괴가 일어난 것이다. 수일 전만 해도 잘만 알을 낳던 암탉이 갑자기 볏과 발톱, 우는 소리가 전부 수탉처럼 변해 더 이상 알을 낳지 못하게 되었으니. 아무리 짐승이라 하여도 하늘이 내린 암수의 구별이 뒤바뀐 일은 재앙 중의 재앙이었다. 지진과 더불어 닭의 암수가 바뀐 재이에 관해 임금은 곧장

310

해괴제解怪祭*를 지내게 하였다. 이 기막힌 기회를 한명회가 놓칠 리 없었다.

"전하, 안산 와리면의 지진과 더불어 작금에 벌어진 재이들은 모두 월산대군 이정의 새 궁가 터가 좋지 않음을 방증하는 하늘의 뜻이옵니다. 청컨대 조성도감으로 하여금 궁가의 터를 새로 점혈하라 명해주시옵소서!"

"명해주시옵소서!"

백관들의 목소리가 사정전을 가득 메웠다. 달포에 달하는 장마가 그치자마자 가뭄이 이어져 연사年事**가 흉년이 될 조짐을 보이더니, 이제는 나라 곳곳에서 동시다발적으로 지진이 인 것으로도 모자라 닭의 성별이 바뀌는 해괴망측한 일까지 일어났다. 조정의 대신들과 백성들이 한목소리로 대군의 궁가가 잘못되었다 이르니, 해괴제를 올려도 그 원성이 잦아들지를 않는 터라. 이정이 얼마나 힘들게 지금의 터를 잡았는지 속속들이 들어 알고 있는 임금은 사림의 신하들과 함께 어떻게든 터를 새로 찾는 일만큼은 막고자 하였다.

하나 시간이 흐를수록 이는 단순히 대군의 궁가를 어디에 짓느냐의 문제로 그치지 않았다. 기존에 조정을 장악하고 있던 훈구대신과 이들에게 맞서는 사림의 싸움이 된 것이다. 하나 이제 막 움튼 싹에 불과한 신진 세력들이 어찌 잔뼈 굵은 훈구대신을

*해괴제解怪祭 조선시대, 나라에서 이상한 일이 일어났을 경우 지내던 제사. **연사年事 농사가 잘되고 못 된 형편. 또는 농사가 되어가는 형편.

누를 수 있을까. 종국엔 훈구대신들이 연일 상소를 올리고 등청을 거부하는 사태까지 일어나며 임금은 결국 그들의 손을 들어줄 수밖에 없었다. 이 절망적인 소식은 금세 안산까지 전해졌다.

"점혈을 다시 하라니요. 이미 입안을 받아 이곳을 궁가 터로 잡기로 하였는데 어찌……!"

며칠 내리 능길에서 인부들과 함께 깨진 잡석과 목재 조각들을 치우던 단영은 그만 눈앞이 캄캄해지고 말았다. 가뜩이나 지진으로 터가 엉망이 된 것도 비통한데, 아예 처음부터 다시 시작하라니. 이제껏 쏟아부은 모든 노력이 수포로 돌아갔단 생각에 단영은 남아 있던 의지마저 죄 말라버리고 말았다.

"미안하게 됐네, 가인. 내 어떻게든 막아보려 하였는데……."

지엽이 제 잘못인 양 고개를 수그렸다. 안궐 식구들까지 죄 낙담하는 것을 보며 단영은 하염없이 아득해질 수밖에 없었다. 건방지게 지기를 거스르려 한 내 탓일까. 하여 인부도 그리 다치고 이토록 괴상한 일들이 연달아 일어난 것일까. 결국, 땅을 이기는 집 같은 건 애초에 없었던 걸까. 단영의 손에서 깨진 잡석이 툭 떨어지고 말았다.

"……송구합니다. 잠시 생각 좀 정리하고 오겠습니다."

"가인 나리, 나리!"

단영은 뒤도 돌아보지 않고 자리를 떠나버렸다. 함께 터를 정리하던 청하가 곧장 뒤를 따라가려 하였으나, 황 노인이 그녀의 어깨를 잡으며 조용히 고개를 내저었다. 저도 많이 혼란스러울 테니 잠시 시간을 주자는 뜻이었다. 현장을 지휘하는 가인이 사라지니 남은 인부들은 우왕좌왕하며 어찌할 바를 몰랐다. 결국 안궐 식구들과 지엽이 대신하여 자리를 정리하였다. 단영이 사라진 방향을 걱정스레 바라보던 이정도 답답한 마음을 추스르고서 몸을 돌릴 수밖에 없었다. 그 역시 발밑이 까마득하긴 마찬가지였기에.

* * *

해가 저물도록 단영은 객사에 돌아오지 않았다. 사내라 해도 밤늦게까지 홀로 외지를 헤매는 것이 결코 안전하지 않을 터인데, 하물며 여인은 오죽할까. 단영의 정체를 알고 있는 안궐 식구들은 이러지도 못하고 저러지도 못한 채 발만 동동 굴렀다.

"저희라도 나가서 찾아봐야 하는 것 아니어요? 이러다 저번처럼 나리께 무슨 일이라도 생기면⋯⋯."

청하의 울먹임에 황 노인이 버럭 성을 내었다.

"에끼! 불길한 소리 말어라. 어디 주루에라도 들어가서 탁주 한 사발 걸치고 계시겠지."

"스승님 말씀이 옳으십니다. 명당 찾으신다고 온 산을 뒤져도 창귀倀鬼* 하나 안 달고 오신 분이니 너무 염려 마십시오, 청하 누님."

"머루 너는 속도 편하다. 그때 창귀 대신 곰 발 메고 오셨던 건

---

*창귀倀鬼 먹을 것이 있는 곳으로 범을 인도한다는 나쁜 귀신.

벌써 까먹었니? 나 원 참, 목숨 건져준 사냥꾼이 곰 발까지 줘서
횡재했다는 게 말이야, 막걸리야. 까딱 잘못했으면 그대로 황천
길이셨는데 다음 날 또 산 나가셨잖아. 부적이랍시고 이렇게 곰
발을 메시고선."

"어깨에 주렁주렁허셨지, 응……."

동석이 두툼한 손을 허공에 척 늘어트려 좌우로 흔들었다. 제
얼굴만 한 동석의 손에 그날 일이 떠올랐는지 머루도 슬슬 허옇
게 얼굴이 질려갔다. 단영의 장점이자 단점이 바로 겁이 없어도
너무 없다는 것임을 잠시 잊고 있었던 것이다. 지금쯤 바다 앞에
서 물귀신을 만나도 명당자리 알려주겠다며 고대로 바닷속으로
함께 들어갈 양반이었다, 그 양반이.

"아무래도 안 되겠어요. 저라도 나가서 나리를 찾을래요."

청하가 더 이상은 못 기다리겠다며 방문을 연 순간, 때마침 옆
방에서 나온 지엽이 신을 꿰신으며 다급히 말했다.

"오! 안 그래도 부르려 하였는데 마침 잘됐구먼. 어서들 채비
하게. 아무래도 가인을 찾으러 나가야겠으니."

"판관 나리께서도 저희 나리가 걱정되시는군요!"

"것도 그렇고, 이 근방에서 얼마 전 해적들이 출몰하였다는데
수령이 깜빡 잊고 이제야 말해줬다는구먼."

"해, 해적이요?"

"그래. 대군 자가께선 벌써 나가 찾고 계시니 우리도 얼른 나
갑세."

314

해적이란 말에 안궐 식구들의 얼굴이 사색이 되었다. 과천에서의 악몽이 다시 떠오른 까닭이다. 그들은 헐레벌떡 객사를 나와 지엽과 함께 온 마을을 휘젓기 시작했다.

"가인 나리, 어디 계시어요!"

"가인! 이제 그만하고 어서 객사로 돌아가세!"

"염병, 더위도 잘 타시는 분이 이 한여름에 어딜 그리 싸돌아다니시는 게야."

"나으리이……!"

하나 아무리 불러보아도 돌아오는 건 컹컹 개 짖는 소리뿐, 단영은 좀처럼 모습을 드러내지 않았다. 어느덧 세상은 땅거미들의 차지가 된 지 오래. 해도 서산으로 넘어가 달에게 자리를 넘긴 후였다. 지엽은 마을 골목을 샅샅이 뒤지며 다급히 단영을 찾았다.

"그 비실비실한 놈, 어디 도랑에나 자빠져 기절한 건 아닌지."

막다른 골목에 발길이 막힌 지엽이 마른세수로 얼굴을 쓸어내렸다. 크게 한숨을 내쉬었으나 불안으로 타는 가슴은 쉬이 잠잠해지지 않았다. 이럴 줄 알았으면 땅굴을 파더라도 보이는 데서 파게 할 것을, 어쩌자고 그대로 가게 놔두었는지. 그런데 그때, 해가 져도 후덥지근한 골목길로 일순 서늘한 바람 한 줄기가 찾아들었다. 지엽의 몸을 한 바퀴 휘감은 바람은 미련처럼 골목을 맴돌다 이내 사라졌다. 어서 그 아이를 찾아달라 애원하는 동무의 울음처럼.

"……걱정 마라. 네 동생 객사하게는 안 둔다."

나직이 읊조린 지엽은 다시 몸을 돌려 단영을 찾기 시작했다.

그 시각, 제일 먼저 객사를 나선 이정도 마을을 가로지르며 단영을 찾고 있었다.

"가인, 어디 있는가! 들리면 대답이라도 해주게!"

손나팔까지 만들어 소리를 멀리 보내었으나 돌아오는 대답은 없었다. 발 닿는 대로 향하다 보니 어느새 올망졸망 모여 있던 민가마저 보이지 않게 되었다. 이정은 아득히 들려오는 파도 소리를 따라 단영의 이름을 부르며 나아갔다. 그렇게 얼마나 걸었을까. 마침내 갯벌과 함께 검은 밤바다가 드넓게 펼쳐졌다. 혹 발자국이라도 찾을 수 있지 않을까 하여 바늘을 찾는 심정으로 너른 해안가를 살펴보던 그때. 애타게 주변을 둘러보던 이정의 눈길이 어느 작은 형체에 꽂혔다. 얼핏 바위처럼 보이는 그것은 무릎을 끌어안고 자그마하게 몸을 웅크린 단영이었다.

"하……."

맥이 탁 풀려 안도의 한숨을 내쉰 이정은 조심스럽게 단영에게 다가갔다. 다가오는 기척을 모르는 건지, 알면서도 모르는 체하는 것인지. 이정이 바로 뒤까지 다가갔음에도 단영은 무릎에 고개를 처박은 채 미동도 하지 않았다. 그 초라한 뒷모습을 물끄러미 바라보는데 일순 가슴 한구석이 이상해졌다. 아릿한 듯도 하고, 시큰한 듯도 하고. 터질 듯 부풀어 오르다 또 한순간 푹 꺼져버리고 마는 이것은 대체 무어란 말인가. 안 그래도 작게만 보이던 뒷모습이 오늘따라 더욱 가녀리게 느껴져 먼 파도에도 쉽게

휩쓸려 사라져버릴 것만 같았다. 온몸으로 끌어안아 지켜주고 싶
을 만큼.

사내에게 이런 마음을 품는 것은 정녕 책임감 때문인가. 아니
면…… 함부로 이름 붙일 수 없는 무언가가 뿌리를 내린 것인가.
지그시 턱에 힘을 준 이정은 감정의 이름을 헤아리는 대신 단영
의 옆에 털썩 주저앉았다. 그러곤 섣불리 말을 건네는 대신 조금
씩 갯벌을 드러내며 멀어지는 바다만 고요히 바라보았다.

"……할 수 있을 거라 생각했습니다."

얼마의 침묵이 흘렀을까. 두 팔 아래 파묻힌 고개에서 잔뜩 침
울해진 목소리가 새어 나왔다.

"뻔히 정해진 운명이라도 어떻게든 노력하면 바꿀 수 있을 거
라고 생각했습니다. 내일을 바꿀 수 있다는 굳건한 희망이 팔자
도 운명도 바꿀 수 있을 거라고……."

북받치는 감정을 참느라 지그시 입술을 깨물던 단영은 결국
낮게 갈라진 목소리로 절망을 내뱉었다.

"근데 결국 제 아집이었습니다. 제 자만이었고, 제 욕심이었습
니다. 애초에 하늘이 정해놓은 건, 운명이니 혈기니 하는 건, 고
작 저 따위가 함부로 날뛰어도 티끌조차 바꿀 수 없을 만큼 견고
하고 거대한 것이었습니다. 제가 바꾼 건…… 아무것도 없단 말
입니다."

아무리 도포를 두르고 갓을 썼다 한들, 여인이란 사실은 변하
지 않는 것처럼……. 제힘으로 어찌할 수 없는 거대한 운명의 벽

앞에서 단영은 한없이 무력할 수밖에 없었다. 오히려 이제껏 발버둥 친 과거까지 죄 우습고 같잖게만 느껴졌다.

"소인을 버리십시오, 자가. 저는 결국 허울만 산 반풍수에 불과했습니다. 안궐이 계속 영건을 맡는다면 지금보다 더 큰 화가 미칠지도 모르니, 소인을 버리시고 새 상지관을 구하시어 땅을 찾으십시오."

단영은 모든 걸 포기하고 하직을 밝혔다. 제 한계를 두 눈으로 똑똑히 보셨을 테니 대군께서도 더 이상 저와 안궐에 아무런 기대가 없으시리라. 이정이 다시 떠날 것이라 예상하며 단영이 더욱 고개를 파묻은 찰나.

"가인. 이제껏 자네가 바꾼 것들은 몹시 많네."

단영이 눈물 어린 눈으로 고개를 들었다. 이정이 금귤정과 같은 달보다 더 부드러운 미소를 지은 채 그녀를 바라보고 있었다.

"주인을 잃고 와해될 뻔한 생면부지의 안궐을 기꺼이 품어 다시 일으켰고, 이곳 안산에서 험준한 산지에 올라 움집을 짓고 살아야 했던 사람들이 더 나은 땅에서 집을 지을 수 있게도 해주었지."

둘 말곤 아무도 듣는 이가 없는데, 이정은 부러 귀엣말로 작게 지엽의 흉도 보았다.

"또 선공감의 미친개라 불리는 저 최 판관을 마치 목수 부리듯 부려 먹고 있지 않은가. 자네는 모르겠지만, 최 판관이 내 배동일 적만 해도 아주 고삐 풀린 망아지가 따로 없었다네. 원자 앞에서 어찌 그리 체통 없게 날뛰느냐며 상궁에게 자주 혼이 나도 변하는 것이 없었지."

법에 살고 법에 죽는 천하의 최지엽이 채신머리없다며 상궁에게 혼이 나던 시절도 있었다니. 단영은 침울하던 것도 잠시 잊고 피식 웃음을 흘렸다. 티끌만큼 새어 나온 미소를 따스한 눈으로 응시하던 이정은 다시 먼 바다를 보며 말했다.

"그리고 궐의 상지관들조차 감히 나서지 못한 조성도감을 맡아주었잖은가. 이 나라의 안위를 위해 말일세."

"해준 것도 없는 나라 따위 어찌 되든……."

"그래. 그럼 날 위해."

이정의 말이 나직한 파도처럼 밀려와 단영의 가슴을 덮었다. 마주한 시선 속에 다정하고 따스한 것들이 계속해서 하얀 포말을 일으켰다. 완만히 밀고 들어온 물결은 끊임없이 가슴을 간질여, 단영은 애꿎은 입술만 꾹 깨물어야 했다. 전부터 월산대군의 옆에만 있으면 왜 이리 이상한 기분이 드는 것인지. 흙바람도 연등도 모다 밀어내고 이젠 저 파도가 들이치려는 것일까. 어느새 파고가 높아져 세차게 제 속을 휘젓는 이름 모를 감정에 단영은 아무것도 할 수 없었다.

"오래전 이사철이란 자가 영안도의 경력을 맡아 하직 인사를 올릴 적에, 일을 잘못하여 그르칠까 두렵다 아뢰니 세종께서 무어라 말씀하셨는지 아는가?"

"무어라 하시었습니까?"

"너의 능력이 아름다움을 내가 이미 아노니."

이정이 단영의 눈을 지그시 바라보며 말을 이었다.

"아무것도 하지 않겠다면 어찌할 수 없다만, 만일 마음과 힘을 다한다면 무엇이든 능히 하지 못하리오."

그 눈빛에 사로잡힌 단영의 눈이 옅게 흔들렸다. 자잘하게 파동하던 가슴이 한계까지 벅차도록 부풀어 당장이라도 뻥 하고 터질 것만 같았다.

"내 비록 세종께서 하신 것처럼 자네에게 귀한 궁전弓箭*을 내어줄 순 없겠지만, 이것만큼은 약조할 수 있네."

자리에서 일어난 이정이 그녀에게 손을 내밀었다.

"그대를 내 사람으로서 지킬 것이라고."

"……."

"누가 감히 그대에게 돌을 던지거든, 기꺼이 내가 막을 것이라고."

사람의 마음에도 온도가 있다던가. 이정의 말 속에서 따듯한 진심이 고스란히 느껴져, 세차게 흔들리던 단영의 눈가에 기어이 흐린 물빛이 아롱졌다. 조금 전까지만 해도 깎아지른 절벽 끝으로 몰려 한 발자국도 움직일 수 없을 것이라 생각하였는데. 뒤를 돌아보니 절벽을 가로지른 다리가 자신을 기다리고 있었다. 다시금 앞으로 나아갈 수 있게 기꺼이 길을 내어주는 아주 튼튼하고

---

*궁전弓箭 활과 화살을 아울러 이르는 말. 궁시弓矢.

커다란 다리가.

"한미한 대군의 사람이 되어 실망하였는가."

단영이 멀거니 손만 바라보고 있으니, 이정이 웃으며 농담조로 말하였다. 설핏 실소를 흘린 단영은 이정의 손을 잡고 자리에서 일어났다.

"자가의 한미함과 소인의 한미함이 다름을 잊으신 겁니까. 소인, 한번 움켜쥔 동아줄은 절대로 놓지 않으니, 행여 나중에 생각이 바뀌시어 함부로 잘라내면 아니 되십니다."

"걱정 말게. 내 이래 봬도 한번 먹은 결심은 쇠심줄보다 질기니."

두 사람은 서로를 마주 보며 함께 웃음을 나누었다. 이 다리를 건너고 나면 과연 어떤 땅이 자신을 기다리고 있을지 단영은 조금씩 궁금해지기 시작하였다. 두렵진 않았다. 설령 그 땅이 척박하다 할지라도, 눈앞의 다리가 또 새로운 땅으로 저를 인도하여 줄 것이니.

밤이 깊도록 마을을 헤집던 지엽과 안궐 식구들 앞으로 단영과 이정이 나타났다.

"가인 나리!"

무사한 단영의 모습에 왈칵 울음이 쏟아진 안궐 식구들이 한달음에 달려와 그녀를 끌어안았다. 얼마나 걱정했는지 아느냐며 눈물 콧물 다 쏟는 그네들의 모습에 단영은 미안한 듯 웃으며 사과를 했다.

"미안하다. 부족한 나 때문에 이런 고생들을 겪게 해서……."

"그런 말씀 마시어요!"

앙칼지게 쏘아붙이며 킁, 코를 들이마신 청하가 사뭇 결연하게 말하였다.

"그까짓 거, 처음부터 다시 하면 되지요!"

"옳소! 하나의 문이 닫히면 다른 하나의 문이 새로 열린다 하였으니, 포기하지 않고 정진하면 부처께서 능히 새 문을 열어주시지 않겠습니까?"

"맞습니다. 저흰 오로지 가인 나리만 믿습니다."

황 노인과 머루까지 함께 응원의 말을 보태었다. 철부지 어린 동생을 나무라듯 혀를 차던 지엽도 단영의 어깨를 툭툭 다독이며 말했다.

"우릴 방해하는 게 무엇이든, 포기만 안 하면 되네. 누가 이기나 한번 끝까지 해보자 하지 않았나. 우리 다 같이 말일세."

저를 둘러싼 사람들을 보며 단영은 한 번 더 울컥할 수밖에 없었다. 이렇게나 든든한 제 편들이 있는데 무엇이 두려워 지레 도망칠 생각만 하였을까. 단영은 여전히 따스한 눈으로 저를 바라보는 이정과 눈을 마주하며 고개를 끄덕였다.

"예, 힘내보겠습니다. 반드시 더 좋은 혈지를 찾아낼 것이니, 그때까지 조금만 더 믿고 기다려주십시오."

단영의 의지 어린 당부에 모두가 한마음 한뜻으로 힘을 불어넣어주었다.

"가보자구유……!"

뒤늦은 동석의 기합에 한바탕 웃음바다가 일었다. 철썩철썩, 밤바다도 그들을 응원하듯 연신 파도를 쳤다.

두 번째 혈지

단영은 칠전팔기하는 마음으로 다시 혈지를 찾아 나섰다. 가뜩이나 혈지가 적었던 데다 이번 지진으로 그나마 있던 용맥마저 끊겨 죄 흉지로 변하고 말았지만, 그녀는 꿋꿋이 지기를 찾아 나섰다. 행여 놓친 곳이 있진 않을까 하는 마음에 일전에 봤던 땅도 다시 찾아가 살폈다. 포기하고 싶지 않았다. 어떻게든 해내고 싶었다. 이정이 말한 대로 제가 지닌 아름다운 능력을 믿어보고 싶었다. 설령 땅을 헤아리는 뛰어난 혜안이 아닐지라도 포기하지 않는 끈기 또한 능력이 될 수 있을 테니까.

단영이 땅을 찾는 동안 이정과 지엽, 그리고 안궐 식구들은 지진으로 부서진 자재들을 다시 구하기로 하였다. 다행히 안타까운 사정을 들은 와리면의 주민들이 십시일반으로 도움을 보태어 부족한 자재들을 빠르게 채울 수 있었다. 와리산에서 손수 잡석을 캐 조달해준 주민도 있었고, 기둥에 쓰라며 연초에 지은 외양간을 헐어 목재를 보내준 주민도 있었다. 한 걸음 한 걸음 느리지만 다시 착실히 준비되는 상황에 단영도 더욱 힘을 낼 수 있었다.

하나 지성이면 감천이라 한들, 모든 정성에 하늘이 반드시 응답해주시는 것은 아니었다. 그나마 후보군으로 생각했던 땅들마저 이번 지진으로 용맥이 단절되어 죄 쓸 수 없게 망가져버렸던 것이다. 열흘이 넘도록 안산의 산이란 산은 죄 오르고, 들이란 들은 모조리 헤집어보았으나 혈지라 불릴 만한 곳은 눈곱만큼도 보이지 않았다. 다리가 땡땡하게 붓도록 온종일 돌아다닌 단영은 더 이상 한 발짝도 움직일 수 없어 땅바닥에 아무렇게나 주저앉았다.

"어떻게 온전한 땅이 하나도 없을 수가 있지……."

너무 곤하여 제 눈이 이상해진 걸까. 아니면 정말로 이 땅은 더 이상 가망이 없는 걸까. 일어설 기력조차 없어 허탈한 마음만 곱씹던 그때. 단영의 머릿속에 문득 오래전 오라비와 나눈 대화가 떠올랐다.

'단영아. 언젠가 너만의 집을 지을 때 좋은 터를 찾기 힘들거든, 꼭 오라비가 쓴 이 책을 참고하거라.'

'정말로 여기에 명당들이 다 적혀 있어요? 저번에 보여준 것 말고도 더?'

'조선팔도에 좋다 하는 명당은 모다 적어놓았지.'

'그럼 지금 보면서 설명해주세요! 다 기억해놓을래요!'

'안 된다. 쉽게 얻은 것은 쉽게 빠져나가는 법이니, 네 힘으로 찾다가 정 안 되겠거든 그때 열어보거라.'

'치, 오라버니는 내가 고생하는 게 좋은가 봐.'

'섣부른 실력으로 이 땅들을 찾으려 하였다간 되레 네가 화를 당할 수도 있어. 충분히 땅을 헤아리고 진혈과 가혈을 구별할 수 있을 때, 그때 비로소 이 서책이 네게 새 문을 열어줄 것이다.'

어찌하여 지금 그날의 대화가 떠오르는 것인지. 단영은 머리를 세차게 털며 『지화비결』에 대한 생각을 지우려 애썼다.

"안 돼. 오라버니를 죽게 한 서책이야. 그걸 어떻게 이용해."

하나 한번 떠오른 단건의 풍수지리서는 쉬이 머릿속에서 떠나지 않았다. 단건이 유배를 떠난 이후 단 한 번도 펼쳐본 적 없는 그 서책이 처음으로 간절해진 것이다. 그만큼 제가 많이 지쳤다는 뜻일 터. 아른거리는 유혹에 고개를 저으면서도 단영은 자꾸만 마음이 흔들렸다. 혹 『지화비결』엔 안산의 숨겨진 명지가 쓰여 있지 않을까? 미처 알지 못했던 명당의 형태를 새로 알 수 있지 않을까? 하지만 그 명지마저 이번 지진으로 전부 무너졌다면? 그땐 정말로 끝일 텐데……. 뒤엉키는 생각에 단영은 심히 괴로워 섣불리 결정을 내릴 수 없었다.

그렇게 해가 저물도록 바닥에 주저앉아 고민하기를 한참. 눈이 벌겋게 충혈되도록 고심한 단영이 서서히 고개를 들었다. 언제까지고 과거의 망령에 얽매여 있을 수는 없었다. 애초에 단건이 그 서책을 읽지 말라 금한 적도 아주 어릴 때를 제외하곤 한 번도 없지 않았는가. 오히려 충분히 땅을 살피고 증혈을 가든히 해낼 수 있을 때에 『지화비결』이 새 문을 열어줄 거라 하였다. 이제껏 그 문을 굳건히 걸어 닫고 있던 건, 오히려 저 자신이었다.

"만일 마음과 힘을 다한다면…… 무엇이든 능히 하지 못할까."

단영은 자리에서 벌떡 일어났다. 조금 전만 해도 걷기는커녕 다시 서기조차 불가할 것 같았는데, 어디서 힘이 샘솟았는지 욱신거리던 통증마저 느껴지지 않았다. 부디 이것이 옳은 결정이라는 방증이기를.

"한 번만…… 이번 한 번만 도와주세요, 오라버니."

지그시 눈을 감았다 뜬 단영이 곧 객사를 향해 달려갔다.

* * *

객사 대청에는 이정과 지엽, 그리고 안귈 식구들이 옹기종기 모여 앉아 있었다. 저녁까지 거르고 일을 한 덕에 모두가 시장했던 차라. 마침 객사에서 쪄 내온 옥수수와 감자 등으로 허겁지겁 늦은 끼니를 해결하는 중이었다.

"야아, 감자 중에 제일은 여름 감자라더니 이거 아주 맛나구면 그래."

청하가 황 노인에게 통통한 옥수수를 건넸다.

"황 옹, 이 옥수수도 드셔보시어요. 쫀득쫀득 찰기가 있는 게

찰떡 저리 가라예요. 머루 넌 감자 껍질 좀 그만 벗기고."

"껍질이 질겅질겅 씹히는 게 영 이상하단 말입니다……."

감자를 크게 베어 문 지엽이 키득거리며 머루를 놀렸다.

"머루 이놈, 그리 편식을 하니 키가 안 자라지."

"허! 방금 곱사등이에게 가장 잔혹한 말씀을 하신 것 아십니까, 나리?"

"억울하면 더 열심히 먹든가. 가만 보면 왜소한 놈이 편식은 제일 심하단 말이지. 음식 귀한 줄을 몰라."

머루가 억울하다는 듯 다른 이들에게 편을 구하니, 점잖게 고구마를 먹던 이정이 지그시 고개를 끄덕였다.

"내 보기에도, 머루 자네는 조금 더 골고루 먹어야 할 듯싶네."

"대군 자가까지!"

"자, 먹어보거라. 생각보다 껍질과 포슬포슬한 속의 조화가 아주 좋다."

"목구멍에서 안 넘어가는 걸 어찌합니까. 껍질 안 벗긴 감자는 흙내 나서 정말 싫단 말입니…… 웁, 우웁!"

지엽이 단숨에 머루의 머리를 옆구리에 끼더니, 껍질 안 벗긴 감자를 통째로 입에 집어넣었다. 머루가 발버둥을 치며 뱉으려 하자 아예 입까지 막아버린다. 그에 질세라 머루가 지엽의 손가락을 꽉 깨물었다. 으드등으드등 다투는 두 사람을 보며 모두가 한바탕 웃음을 터트리던 그때. 쿵, 대문이 세차게 밀리더니 단영이 헐레벌떡 안으로 들어왔다. 대청 쪽은 쳐다도 안 보고 방으로 급히 뛰어 들어가는 모습에 모두가 의아한 시선을 주고받았다.

방으로 들어온 단영은 곧장 구석에 있던 봇짐을 풀어헤쳤다. 안산에 와서 단 한 번도 꺼내본 적 없던 보자기가 봇짐 맨 아래 고이 놓여 있었다. 마른침을 삼킨 단영은 천천히 보자기의 매듭을 풀었다. 이윽고 쇠가죽 아래 드러난 『지화비결』의 겉표지에 단영은 북받치는 감정을 삼키기 위해 잠시 숨을 골라야 했다. 화마를 피할 적에도 정신없이 들고 나온 까닭에 온전한 책의 모습을 보는 것은 실로 오랜만이었다. 단영은 떨리는 손으로 조심스럽게 『지화비결』을 집어 들었다. 흰색 실로 정성껏 엮은 서책은 단건의 오랜 손때와 세월의 흔적을 고스란히 담고 있었다. 오라버니를 향한 그리움에 사무쳐 단영은 하염없이 책을 쓰다듬었다. 첫 장을 넘기자 단건의 올곧은 성품을 닮은 해서체가 정갈하게 쓰여 있었다.

의술은 한 사람의 운명을 좌우하고, 점혈은 한 집안의 역사를 좌우한다.

단건이 풍수를 논할 때마다 귀에 못이 박히도록 하던 말이었다. 늘 명심하고 있었더냐, 오라버니의 다정한 목소리가 들리는 것 같아 단영은 눈물을 참으며 작게 고개를 끄덕였다. 이내 그녀의 손이 『지화비결』의 낱장을 한 장 한 장 넘기기 시작하였다. 그곳엔 단영이 익히 알고 있던 명당의 조건들이 낱낱이 기록되어 있었다. 하지만 놀라운 건 그다음부터였다. 소문으로만 듣던 괴교혈怪巧穴까지 세세하게 적혀 있었던 것이다. 괴교혈은 일반적인 혈지와는 괴이하게 달라 아무나 쉬이 알아보지 못하는 땅이니, 코앞에 두고도 가짜 혈지라며 외면하는 풍수가가 태반이라 하였다. 회룡고조혈, 수충사협혈, 무룡호무안산혈. 이름마저도 생소한 괴교혈의 향연에 두 눈이 바쁘게 움직였다.

"괴교혈이…… 와리면에도 있다고?"

단영의 눈이 돌차간 어느 한 대목에서 우뚝 멈췄다. 안산에 있는 괴교혈이라며 단건이 손수 그려 넣은 어느 그림이 낯설지 않았던 탓이다.

'보이는 것을 경계하고 보이지 않는 것을 헤아리십시오. 그곳에 답이 있을 것입니다.'

일순 담희 승려가 했던 말이 떠올랐다. 보이는 것을 경계하고 보이지 않는 것을 헤아리라. 설마, 그것이 이날을 예견하고 했던 말이었던가.

"가인, 비복이 새로 쪄 가져온 것이네. 자네도 종일 돌아다니느라 아무것도 못 먹었을 텐데, 잠시 쉴 겸 조금이라도 들게."

때마침 이정이 소쿠리 가득 먹을 것을 담아 방 안으로 들어왔다. 하나 그의 기척에도 단영은 돌아보기는커녕 미동조차 하지 않았다. 밖에서 무슨 일이라도 있었던 것인가. 걱정되는 마음에 가까이 다가간 순간, 단영이 들고 있는 서책의 책명을 본 이정이 걸음을 멈추었다. 『지화비결』 선명히 박힌 그 익숙한 제목에 그의 눈이 놀라 커다래졌다.

"가인, 그 서책은……."

하지만 차마 책에 대해 묻기도 전에 단영이 도로 방을 뛰쳐나가고 말았다. 벌써 사위가 밤으로 물들었는데 오밤중에 또 어딜 나가려는 것인가. 이정은 급한 대로 헝겊으로 대충 소쿠리를 덮어두고서 단영의 뒤를 따라 나갔다.

"가인, 기다리게. 가인!"

이정의 부름에도 단영은 발을 멈추지 않았다. 마치 목표한 것 외엔 들리지도 보이지도 않는 사람처럼 앞만 보고 달릴 뿐이었다. 당장이라도 그녀를 붙잡아 멈춰 세우고 싶었지만, 왠지 그러면 안 될 것 같다는 생각이 강하게 들었다. 하여 이정은 단영을 붙드는 대신 적당한 거리를 두고 함께 달렸다.

한참을 내달린 끝에 단영이 멈춰 선 곳은 바로 첫날 보았던 그 감자밭이었다. 농부에게서 빼앗은 뒤로 한동안 방치를 해놓았던 건지, 밭에는 썩은 감자만 나뒹굴 뿐 사람의 손길이 전혀 느껴지지 않았다. 밤중에 이 밭은 어찌 찾아온 것인가. 의문을 풀지 못한 이정이 의아하게 둘러보는데, 단영이 나경을 꺼내어 본격적으로 땅을 살피기 시작하였다. 하지만 평소에 혈지를 살필 때와 달리 단영은 좌청룡 우백호 등을 보지 않고 애먼 도랑만 살폈다. 진흙밭을 배회할수록 바짓단과 도포가 사정없이 더러워졌으나 그까짓 것은 안중에도 없는 듯하였다. 그 모습이 꼭 사냥감을 몰아 세우는 신중한 맹수와 같아서 이정은 숨죽여 단영이 하는 양을 지켜볼 수밖에 없었다.

그렇게 얼마의 시간이 흘렀을까. 밭 한가운데 납작 엎드려 뭔가를 뚫어져라 바라보던 단영이 별안간 벌떡 일어나 이정을 향해 환하게 웃었다.

"찾았습니다!"

"무얼 말인가?"

"새 혈지, 찾았단 말입니다!"

얼굴에 덕지덕지 진흙을 묻힌 단영이 기쁨에 겨워 큰 소리로 외쳤다. 예기치 못한 말에 잠시 넋을 놓았던 이정은 뭉친 숨을 터트리며 단영에게 다가갔다.

"그게, 그게 정말인가? 정말 새 혈지를 찾은 것인가?"

"예, 자가. 찾았습니다. 이곳에 바로 금구몰니혈金龜沒泥形이 있었습니다."

신령한 거북이가 진흙 속으로 들어가는 모습처럼 보인다 하여 금구몰니혈이라 이름 붙은 이 혈지는 괴교혈 중 하나로 꼽히는 명지였다. 행룡하던 용이 갑자기 땅속으로 숨어들었다가, 양쪽의 물이 합쳐진 곳에서 용진처龍盡處*를 이루어 거북이의 등처럼 땅이 돌출하게 되는 것이다. 천장지비지天藏地秘地, 즉 하늘이 감추고 땅이 숨겨놓았다가 밝은 덕과 향기로운 선을 지닌 사람에게만 내

*용진처龍盡處 용맥이 행룡을 멈춘 곳.

332

어준다는 땅이라 하니, 이것이야말로 월산대군을 위한 땅이 아니고 무엇이겠는가. 벅찬 기쁨을 견디지 못한 단영이 단걸음에 이정의 품으로 뛰어들었다.

"전부 자가의 덕입니다! 자가께서 소인에게 포기치 말라 격려하여주신 덕분에 이 땅을 찾게 된 것입니다!"

이정은 잠시 시간이 멈춘 듯하였다. 입 가리개며 옷이며 할 것 없이 죄 진흙 범벅이 되어 더럽다 느껴질 법도 하건만. 얼룩덜룩한 것들은 보이지 않고, 오직 중립과 입 가리개 사이로 드러난 단영의 환한 눈웃음만이 그의 시선을 사로잡았다. 허리를 둘러 감은 가녀린 팔도, 감싸 안으면 품 안에 쏙 감춰질 것만 같은 작은 몸피도, 전부 그의 신경을 옭아매어 아무 생각도 할 수 없게 만들었다. 두근, 두근, 두근. 마치 북을 내려치듯 세차게 뛰는 심장에 이정은 숨을 쉬는 것조차 두려울 정도였다. 홀린 듯 올라간 이정의 팔이 제 품에 안긴 작은 몸을 마주 끌어안으려던 순간.

"『청오경』에 은맥에 관하여 이르기를, 맥이 끊긴 듯하다가 다시 이어지고, 가다가 다시 머무는 기이한 형상은 천금을 주고도 구하기 어려운 것이라 하였습니다! 저길 보십시오, 자가. 『청오경』의 구절과 꼭 들어맞는 땅이 아닙니까!"

흥분한 단영이 쏙 품을 빠져나와 자랑스레 제가 발견한 괴교혈을 설명하였다. 허공에 덜렁 팔이 남겨진 이정은 뒤늦게 부끄러운 마음이 들어 공연히 갓의 주영만 만지작거렸다. 한참 단영의 설명을 듣고 있던 그는 잠시 잊고 있던 문제를 걱정스레 꺼내었다.

"하나 이곳은 이미 영사의 땅이 된 곳이 아니던가. 이번에도 땅을 쉬이 내주려 하지 않을 터인데, 이것을 어찌 해결해야 할지……."

"소인에게 다, 생각이 있습니다."

더 이상 당하고 있지만은 않을 것이다. 단영이 입 가리개 아래로 씨익 미소를 지었다.

* * *

경복궁 궐 밖에서 성균관 유생들의 유례없는 호곡권당號哭捲堂*이 벌어졌다. 작금의 관원들이 사리사욕에 눈이 멀어 부자는 부지런한 천명을 지니고 가난한 사람은 게으른 천명을 지녔다는 말 같잖은 주장을 하고 있으니, 종국엔 고을 단위까지 관원의 입맛대로 마구 바꾸어 농민들을 착취하고 있다는 게 그 이유였다.

"아이고, 아이고!"

온 도성을 울리는 유생들의 곡소리에 백성들까지 죄 나와 한목소리로 탐관오리를 비판하였다. 유생들은 공관空館**까지 불사할 기세로 부조리를 해결하여줄 것을 강력히 청하였다.

효과는 강력했다. 근 3년간 별다른 이유 없이 구역이 바뀌었던 고을들이 다시 원래대로 돌아가게 된 것이다. 이로 인해 바뀐

---

*호곡권당號哭捲堂 성균관 유생들이 궐 밖에 앉아 곡소리를 내던 시위. **공관空館 성균관 유생들이 강의를 거부하며 성균관 전체를 비우는 시위.

구역을 빌미로 남의 땅을 함부로 빼앗았던 관원들은 원래 주인에게 땅을 돌려줘야만 했다. 한명회가 빼앗은 감자밭 역시 예외는 아니었다.

"그럼 저희 다시 공사 시작할 수 있는 것이어요?"

"그래. 밭의 주인과도 얘기가 끝났으니, 모레 한성에서 입안을 받아 오는 대로 영건을 재개할 것이다."

"지화자!"

"얼쑤, 좋다!"

희소식을 전해 들은 안궐 식구들은 어깨춤까지 덩실덩실 추며 기뻐하였다. 그간의 고생이 주마등처럼 지나가는지, 마음 여린 동석은 덩치에 어울리지 않게 훌쩍이기까지 하였다. 탐욕스러운 훈구대신들의 코가 이번 기회로 납작 눌렸을 거라며 지엽도 통쾌하게 웃었다.

"한데 그 땅이 명지란 걸 어찌 알게 된 것인가? 이제까진 아무 말도 않지 않았는가."

"그것이……."

지엽의 물음에 단영은 선뜻 답하지 못했다. 그의 말마따나 이제껏 감자밭을 여러 번 지나다니면서도 비혈지라며 외면하던 그녀였다. 심지어 농부에게 새 땅을 봐준다는 명목으로 감자밭에서 나경을 꺼내 살핀 적도 있었으니, 입이 두 개라도 둘러댈 말이 없었다. 하나 『지화비결』이 제 손에 있다는 사실은 결코 밝힐 수 없는 노릇이었으니. 결국 단영은 설명할 수 없는 하늘의 뜻인 양 얼버무리기로 하였다.

"그냥, 갑자기 느껴졌습니다."

"느껴져? 무엇이?"

"간혹 지사가 하늘의 도움을 받아 땅의 기운을 온몸으로 느낄 때가 있는데, 그날 마침 저 감자밭에서 영험한 기운이 느껴지는 게 아니겠습니까? 하여 살펴보니 정말로 이제껏 보이지 않던 용의 등을 발견하게 된 것이지요."

"거참 신기하군. 전날까지도 안 보이던 것이 그리 갑자기 나타날 수도 있는 겐가?"

"그러니 천장지비라 하는 것이지요. 이게 다 대군 자가의 선한 품성을 하늘께서 아시고 감격하여 제게 땅을 알려주신 것 아니겠습니까? 하하하……."

술술 거짓말을 지어낸 단영이 어색하게 웃음을 터트렸다. 천만다행으로 아무도 가인의 말을 의심하지 않았다. 애초에 풍수란 것이 하늘의 명을 받아 땅이 그려낸 것이니, 이런 기이한 일 하나쯤 어찌 없다 할 수 있을까. 다들 하늘이 우릴 불쌍히 여기어 도우셨구나 그리 믿는 눈치였다. 다만, 월산대군만큼은 묘한 눈빛으로 단영을 바라보고 있었지만.

"가인."

단영이 홀로 떨어져 나올 때를 기다리고 있던 이정이 나직이 그녀를 불렀다. 주위에 아무도 없음을 확인한 이정은 객사의 은밀한 뒷마당으로 그녀를 데리고 갔다. 올 것이 왔구나. 사뭇 진중한 분위기에 단영은 마른침을 삼키며 그가 말문을 열 때까지 기다렸다.

"그날 자네가 보고 있던 서책. 내가 아는 그 서책이 맞는가?"

역시 『지화비결』 때문이었다. 경황이 없어 미처 감추지 못한 그 서책을 기어이 대군께서 보시고 만 것이다. 이제 와서 아니라 한들 의심을 거둘 순 없을 터. 오랜 침묵으로 고민하던 단영은 결국 고개를 끄덕일 수밖에 없었다.

"예, 맞습니다. 『지화비결』, 소인이 갖고 있었습니다."

"어찌하여 내게 거짓을 고하였는가? 분명 일전에 물었을 때는 그 풍수서에 대해 모른다 하지 않았는가."

이정의 눈이 사뭇 어그러졌다. 하나 어쩐지 명당을 숨겼다는 배신감이라기보다는 그에게 진솔하지 않았던 단영의 태도에 서운함을 느낀 듯한 얼굴이었다. 잠시 당황한 단영은 이번에도 양심의 가책을 느끼며 진실을 숨길 수밖에 없었다. 다만, 이번엔 거짓을 고하지도 않았다.

"송구합니다. 하나 그 서책을 소인이 홀로 독차지하려고 일부러 숨긴 것은 아닙니다. 소인도 오래전 의도치 않게 그 서책을 떠맡게 되었는데, 너무 불길하여 차마 버리지도 못하고 들추지도 못한 채 그저 갖고만 있었을 뿐입니다."

"불길하다니?"

"자가께서도 아시지 않습니까. 그 서책을 쓴 이가 어찌 되었는지……."

단건의 말로가 떠올랐는지 이정의 눈이 조금은 누그러졌다. 단영은 적당히 진실을 숨긴 사실만을 얘기하며 그런 선택을 할 수밖에 없었던 제 처지를 그에게 설파하였다.

"서책을 엮은 사람도 죽었는데, 쉬이 그것을 펼쳐 본 사람에게 화가 미치지 않으리라 어찌 장담할 수 있었겠습니까? 소인, 목숨이 아까워 차라리 자가께 거짓을 고한 것입니다."

"하면 이번에는 어찌 그 서책을 꺼낸 것인가."

"아무리 목숨이 귀하다 한들, 자가께 드린 약조보다 귀하겠습니까."

단영은 짐짓 아련한 눈빛으로 진심을 호소하였다.

"자가의 역사를 지켜드리겠다 약조하였으니, 이 비루한 목숨을 바쳐서라도 자가를 위한 혈지를 찾고자 하는 마음이었습죠."

반은 꾸며내고 반은 진심인 제 말을 믿어줄까, 믿어주지 않을까. 단영은 반신반의한 마음으로 긴장하며 고개를 들었다. 다행히 하늘도 이번만은 눈감아주시려는 모양인지, 이정이 심히 감격한 듯 물빛 어린 눈을 하였다.

"내 그런 줄도 모르고……. 함부로 탓하여 미안하네, 가인. 내 생각이 짧아 공연히 자네를 원망하였군."

"아닙니다, 자가. 사람 간에 신의를 바라는 마음은 당연한 일이니 충분히 이해합니다."

"자네의 아량이 나보다 더 깊네. 내 이렇게 또 한 가지를 배웠어."

송구합니다, 자가. 부디 이 못난 것을 용서치 마십시오…….
약간의 거짓을 더했던 단영은 순수한 얼굴로 감동하는 이정을 보
며 속으로 미안한 마음을 삼켰다.

* * *

단영과 이정, 지엽은 한성에 함께 다녀오기로 하였다. 새 궁가
터에 관한 입안을 받고 견양도 다시 제출하기 위해서였다. 다행
히 안산군 관아에서 말 세 필을 빌려준 덕에 하루면 다녀올 수 있
게 되었다. 임금께서 평민인 가인에게 친히 말에 오르는 것을 허
락하셨단 얘길 듣고 지엽은 한동안 입을 다물지 못하였다.

이른 새벽 출발하여 산등성이와 강을 넘은 그들은 정오가 지
날 무렵 사대문 안으로 들어갔다. 공조에서 혈지를 바꾸도록 피
리를 분 것도 아니건만. 지엽은 보란 듯이 토지 매매 입안과 견양
을 양손에 각각 들고서 한 마리의 맹수처럼 공조를 돌아다녔다.
그 탓에 공연히 겁을 먹은 선진들과 동료 관원들은 순순히 수결
을 내어주었다.

"다 되었습니다. 이번 영건은 모쪼록 잘 마무리되었으면 좋겠
군요."

지엽이 뿌듯한 얼굴로 허가를 받은 입안과 견양을 내밀었다.
서류를 받은 이정도 만족스레 웃으며 고개를 끄덕였다.

"그리되겠지. 가인이 목숨 걸고 찾아낸 혈지이니. 하늘도 이번
엔 필히 보호하여주시지 않겠는가."

이정의 다정한 눈길에 단영은 어색하게 웃음을 흘렸다. 『지화비결』을 두고 어설프게 꾸며낸 이야기를 그는 철저히 믿고 있는 눈치였다. 의미심장한 말에 지엽이 고개를 갸우뚱 기울이니, 지레 발이 저린 단영은 얼른 화두를 다른 곳으로 돌렸다.

"그나저나 안산으로는 바로 돌아가실 것입니까? 날이 저물기 전에 도착하려면 서둘러 출발해야 할 듯싶은데……."

단영의 말마따나 해는 어느덧 서산을 향해 기울고 있었다. 당장 서둘러 말을 몬다면 돌아갈 수 있겠지만, 까딱 잘못하면 성문 밖에서 밤을 지새워야 할지도 모르는 일이었다.

"어차피 새로 택일을 받은 개토젯날까지는 넉넉히 시일이 남아 있으니, 오늘 하루는 연경궁에서 묵고 내일 날이 밝는 대로 출발하는 것이 어떠하겠는가?"

이정의 말에 지엽과 단영 모두 그리하자 고개를 끄덕였다. 기실 두 시진이 넘도록 말을 달린 데다 종일 여러 관아를 돌아다닌 탓에 몸이 제법 곤하던 차였다. 그들은 곧장 말을 몰아 이정의 궁가로 향하였다.

오랜만에 주인을 맞이한 연경궁은 실로 활기가 넘쳤다. 소식을 들은 임금께서 정무로 인해 함께하지 못하는 마음을 각종 하사품으로 대신하사, 그들의 저녁상에 온갖 산해진미가 올라왔다. 초록으로 물든 풍월정의 멋들어진 풍광과 더불어 단영은 실로 오랜만에 마음 편히 배에 기름칠을 할 수 있었다.

"흐흐흥. 이것이 바로 일탈의 맛이로구먼그래……."

일이 잘 해결되었다는 안도감에 긴장이 풀린 걸까, 아니면 애초 술 한 방울도 입에 못 대는 양반이었던 걸까. 임금께서 내리신 향긋한 선온宣醞*에 불과하게 취한 지엽이 반쯤 풀린 눈으로 헤실헤실 웃음을 흘리고 있었다. 얼굴은 말술을 들이부어도 멀쩡할 것처럼 생겨선 고작 술 석 잔에 저리 벌겋게 취하고 말다니. 술병에 물을 채워 거드럭거릴 때부터 알아봤어야 했다. 두 눈이 사시가 되도록 술병과 눈싸움을 하는 것을 보니 곧 일을 치러도 거하게 치를 기세라. 단영은 취한 지엽을 살살 달래어 일으켰다.

"최 판관 나리, 이제 그만 들어가 쉬십시오. 내일 새벽부터 길을 나서야 하는데 이리 취하시면 어찌합니까?"

"내 아직 머얼쩡하네. 흐흥, 이 좋은 날 상감마마께옵서 내리신 술을 어찌 남기겠는가아."

"그 술 안 남겼다간 내일 나리의 몸 상태도 남아나질 않을 겁니다."

"흐흥······. 그런가아."

황소고집이라도 부리면 어쩌나 싶었는데. 술이 들어가자 믿을 수 없을 만큼 유순해진 지엽은 순순히 고개를 끄덕였다. 문제는 고분고분해진 성질과 달리 산만 한 덩치는 고분고분하지 않다는 데 있었다. 잘 일어나지 못하는 지엽을 이정이 간신히 부축하였는데, 그가 되레 낙지처럼 흐물거리며 이정에게 들러붙었던 것이다.

*선온宣醞 임금이 신하에게 궁중의 사온서司醞署(고려시대, 궁중에서 쓰는 주류酒類에 관한 일을 맡아보던 관아)에서 빚은 술을 내리던 일. 또는 그 술.

"다리에 힘 좀 줘보게. 그리 기대면…… 윽, 내가 버티기 힘들 잖은가."

"자가아, 우리 대군 자가. 제가 많이 존경하고 흠모하는 것 아 시지요."

"알지, 알다마다. 하지만 아무리 흠모하더라도 이건 좀……!"

지엽이 거대한 덩치로 이정을 옴짝달싹 못 하게 끌어안았다. 입술까지 쭉 내미는 걸 필사적으로 피한 이정이 단영에게 간절히 구조 요청의 눈빛을 보냈다. 그 모습에 기겁한 단영이 얼른 지엽 의 반대쪽 팔을 떼어 제 어깨에 걸쳤다.

"최 판관 나리, 정신 좀 차리십시오! 내일 무슨 낯으로 자가를 뵈려 이러십니까!"

"어어, 가인. 자네로구먼. 자네, 언제 이렇게 커서 말이야, 응?"

"네네, 제 키가 나리 같은 분들이 기대기 딱 좋은 크기입죠. 그 리 뒤로 기울이지 말고 이리 좀 오십시오."

"요석! 요 귀여운 녀석!"

"으악! 뭐 하는 짓입니까!"

지엽이 난데없이 단영의 중립을 마구 흔들기 시작했다. 딴엔 어린아이한테 하는 양 머리를 쓰다듬고 싶었던 모양인데, 단영에 겐 생사가 오갈 만큼 위협적으로 느껴졌다. 이정이 재빨리 지엽 의 팔을 붙잡지 않았더라면 중립은 물론 입 가리개까지 벗겨졌을 것이다. 술이 사람의 본성을 끄집어낸다더니, 이것이 상궁께 혼 이 나던 최지엽의 본모습이렷다! 내 필시 이 일을 두고두고 놀려

먹으며 약점 삼으리라. 단영은 씩씩 콧김을 뿜으며 제 어깨에 두른 지엽의 팔을 콱 내리눌렀다.

지엽의 술주정은 거기서 그치지 않았다. 대청으로 불어오는 시원한 밤바람에 다시 기분이 좋아졌는지, 난데없이 목청을 올려 노래를 부르기 시작한 것이다.

"가을 강에 밤이 내리니! 물결이히 차갑구나앙. 낚싯대를 드리워도 고기는 물지 아니하니이⋯⋯."

한여름 밤에 웬 추강秋江 타령인지. 거기다 박자도 엉망, 음계도 엉망이라 말 그대로 고막 습격이나 다름없었다. 지독한 음색에 참다못한 단영은 무례인 줄 알면서도 지엽의 입을 틀어막을 수밖에 없었다.

"어우, 그 괴상한 노래는 뭡니까? 부탁이니 제발 조용히 좀 가십시오. 자는 사람 다 깨우겠습니다."

"무심한 달빛⋯⋯. 우읍!"

단영은 벌어지는 지엽의 입술을 은근슬쩍 꼬집어주고서 낑낑 방으로 끌고 갔다. 간신히 손님방에 도착해 던지듯 이불에 뉘여주고 나니, 언제 술주정을 부렸냐는 듯 세상모르게 잠이 드는 지엽이었다.

"어휴, 저 화상⋯⋯. 앞으로 안궐에 시비만 걸어봐라. 아주 확 다 소문내버릴 테다."

단영이 문을 닫고서 손을 탈탈 털었다. 지엽에게 마구잡이로 시달려 옷을 정돈하던 이정도 단영과 눈이 마주치자 허탈한 웃음을 지었다.

"자네는 침루가 익숙할 테니 거기서 묵도록 하게."

"예, 자가."

나름 이 궁가에서 기거한 전적이 있어 혼자 충분히 갈 수 있건만. 굳이 침루 앞까지 데려다주겠다는 이정에 단영은 못 이기는 척 그와 나란히 밤길을 걸었다. 고요한 마당을 가로지르며 안산에서의 할 일을 머릿속으로 정리하는데, 문득 이정이 나직한 목소리로 물었다.

"아까 지엽이 부른 시조……. 그리 이상하였나?"

"완전 음치 중의 상음치지 않았습니까. 박자도 죄 엉망이고, 노랫가락도 잘 안 들리고. 돼지 멱따는 소리도 그보단 고울 겁니다."

"……내가 지은 시조였는데, 그거."

히끅. 예기치 못한 사실에 단영의 목에서 딸꾹질도 숨 집어삼키는 것도 아닌 괴상한 소리가 났다. 하필 대군께서 지은 시조라니. 이럴 줄 알았으면 그냥 아무 말도 하지 말 것을. 뒤늦게 후회했으나 이미 이정은 상처받은 눈빛이었다. 당황한 단영은 한껏 동공을 떨다 다급히 말을 뒤이었다.

"소리! 소리만 아주 괴상망측하였지, 가사는 몹시 훌륭하였습니다. 그 뭐냐, 음절도 부드럽고, 율격도 뛰어나고, 어, 또…… 그 안에 든 뜻이 몹시 깊어 최 판관 나리의 목소리로 듣기엔 심히 아까울 정도였다고 해야 할까……."

평소 시조를 즐겨봤어야지. 시조는커녕 가사도 즐기지 않는 탓에 칭찬이 능수능란하게 나올 리가 없었다. 그 당혹스럽고도 어색한 심정이 고스란히 보였는지, 이정이 푸스스 웃음을 흘렸다. 곱게 눈꼬리를 휜 그가 입가에 미소를 띤 채 물었다.

"정말로 최 판관의 목소리로 듣기에 아깝다 생각하였는가?"

"무, 물론입죠. 소인도 듣는 귀가 있는데……."

그 말에 이정이 걸음을 멈추고 잠시 목을 가다듬더니, 낮고도 부드러운 음색으로 시조를 부르기 시작했다.

가을 강에 밤이 내리니 물결이 차갑구나. 낚싯대를 드리워도 고기는
물지 아니하니 무심한 달빛만 싣고 빈 배 저어 오노라.*

단영은 잠시 넋을 잃고 멍하니 이정을 바라보았다. 이것이 조금 전 지엽이 부른 그 시조와 진정 같은 노래란 말인가. 청아하고 맑은 음색에 단아한 말씨가 어우러진 노래는 담담한 듯 구슬픈 듯 묘한 가락으로 심금을 울렸다. 가만히 눈을 감은 채 한 음절 한 음절 마음을 다해 부르는 이정의 모습은 가히 달밤에 구름을 타고 내려온 신선과도 같아 보였다. 그의 시조를 처음 듣는 것도 아닌데, 이 밤 어찌하여 심금을 울리는지. 멈춘 듯했던 시간은 애달픈 목소리가 허공으로 완전히 흩어지고 나서야 다시 흐르기

* 「추강에 밤이 드니」, 월산대군의 시조.

시작하였다.

"이번엔 좀 들을 만하였는가?"

"같은 시조라는 게 믿기지 않을 정도입니다. 최 판관께선 어찌 이런 훌륭한 시조를 그리 망쳐놓으셨답니까? 이쯤 되면 내일 술 깨자마자 자가께 석고대죄를 드려야 합니다."

쑥스러운 듯 웃으며 묻는 이정에 단영이 눈까지 빛내며 고개를 끄덕거렸다. 그녀의 과장스러운 표현에 이정이 또 한 번 듣기 좋은 웃음을 흘렸다. 단영은 깊이 자리 잡은 감명에 혀를 내둘렀다.

"시조는 늘 어렵기만 하여서 딱히 귀담아들은 적이 없었는데, 자가의 시조는 마치 강이 눈앞에 펼쳐지듯 생생하였습니다."

"내 시조라고 별다를 게 있겠는가. 본디 글 읽는 것을 좋아하나 배운 것을 실천할 기회가 마땅치 않으니, 한 번씩 시조를 지어 내 배움을 다시 확인할 뿐이네."

"서책을 읽어도 그 안의 내용보다는 겉에 적힌 이름에만 관심이 많은 이가 태반이니, 배움을 행하는 대군 자가의 시조가 어찌 그들의 것과 같다 할 수 있겠습니까? 존귀한 마음은 부러 드러내지 않아도 고스란히 담기는 법입니다."

그 말에 이정이 일순 묘한 눈빛으로 단영을 보았다. 누구에게도 내보일 수 없었던, 하여 아무도 알아주지 않던 그의 내밀한 마음들을 단영이 전부 헤아려주는 것만 같았다. 물끄러미 단영의 옆모습을 눈에 담던 이정은 조용히 입가를 늘였다.

"궁가를 다 짓고 나면 그때 다시 시조를 짓고 싶군."

"궁가를 위한 시라니. 현액懸額*으로 새겨 사랑에 걸면 아주 멋들어지겠습니다."

"아니. 가인 자네를 위한 시조 말일세."

천천히 걸음을 멈춘 단영이 이정을 바라보았다. 그저 하는 말이 아닌 듯 이정은 사뭇 진지한 얼굴로 말을 이었다.

"내 한평생 대군으로 살며 요즘같이 진정 살아 있다 느낀 적이 없었네. 이리 사지에 궁가를 지으면서도 희망이 보이니, 자네의 덕이 아니면 무엇이라 할 수 있겠는가. 하여 내가 가장 잘 할 수 있는 방법으로 감사를 표하고 싶네."

부드러이 미소 짓는 이정의 눈부처가 단영의 눈에 선명히 새겨졌다. 단영은 어쩐지 가슴속이 빠듯하게 저려와 나직이 숨을 골라야 했다. 월산대군이 오롯이 저만을 위해 지은 시조를 꼭 받고 싶었다. 그저 궁가에 대한 보상 때문이 아니었다. 영건이 끝나면 자연히 멀어지게 될 이정을, 그의 흔적을 그렇게나마 간직하고 싶었다. 한때의 추억으로. 한때의…… 연심으로.

"밤이 깊었습니다. 자가께서도 얼른 들어가 주무십시오."

어느새 침루 앞에 걸음이 다다라 단영은 꾸벅 허리를 굽히고 돌아섰다. 멋대로 날아와 알지도 못하는 새에 뿌리를 내리고 새삼스레 싹까지 틔운 이 마음을 차마 드러낼 순 없는 까닭이었다. 갑작스럽게, 그러나 아주 자연스럽게 깨닫고 만 이 마음은 아무

---

*현액懸額 그림이나 글자를 판에 새기거나 액자에 넣어 문 위나 벽에 달아놓은 것.

도 모르게 홀로 간직하다 그렇게 조용히 지워내야만 한다. 단영은 아릿하게 번지는 연심의 향을 애써 모른 체하며 침루로 올랐다. 지금 이정의 얼굴을 보면 마음만 더욱 싱숭생숭해질 것 같아 괜스레 사다리를 오르는 팔과 다리만 다급해졌다.

"조심하게. 그리 급하게 오르면 위험하네."

이정의 다정한 걱정이 단영을 더욱 조급하게 만들었다. 성큼 성큼 서둘러 사다리를 오르는데, 중간에 오를 때쯤 그만 발이 미끄러지고 말았다.

"어, 어어!"

어떻게든 사다리를 붙잡으려 팔을 허우적거렸으나 이미 손과 발에 걸리는 것이 아무것도 없었다. 봄날 지붕에서 떨어졌던 끔찍한 악몽이 떠올라 단영이 질끈 눈을 감은 순간. 윽, 어디론가 떨어진 느낌에 억눌린 신음이 새어 나왔다. 한데 아무리 기다려도 몸이 부서질 것 같은 통증은 들지 않았다. 침루 밑에 푹신한 짚더미라도 있었던가. 아니면 벌써 기절하여 꿈을 헤매는가. 의아해진 단영이 천천히 눈꺼풀을 들어올렸다. 흙바닥 대신 시야에 가득 들어찬 건 다름 아닌 이정의 얼굴이었다. 떨어지는 그녀의 몸을 그가 받아낸 것이다.

"가인, 자네……."

한데 저를 바라보는 이정의 낯빛이 어딘가 이상했다. 믿을 수 없다는 듯 그녀를 빤히 내려다보던 이정이 떨리는 목소리로 말했다.

"얼굴에…… 반점이 없었군."

반점……. 반점? 단영은 그제야 허우적거리다 중립과 입 가리 개가 죄 떨어져 나갔다는 걸 깨달았다. 황급히 얼굴을 더듬어보니 분명 끈적거려야 할 반점 부분이 매끈하였다. 여름이라 비지땀이 송골히 맺혀 입 가리개로 조금씩 닦아내었는데, 그 과정에서 염료까지 죄 닦여 나갔던 모양이다. 단영은 소스라치게 놀라 밀치듯 이정의 품에서 벗어났다. 그러곤 아무렇게나 뒹굴고 있는 중립을 허겁지겁 머리에 썼다.

하나 이미 맨얼굴을 모두 보였으니 이걸 어찌 설명해야 할까. 무어라 고해야 제가 여인이란 의심을 사지 않을지 뾰족한 수가 떠오르지 않았다. 계집처럼 생긴 얼굴이 부끄러워 가리고 다녔다고? 아니면 본래 있던 반점이 최근 들어 갑자기 사라졌다고? 무엇을 말하든 믿어주지 않을 것 같았다. 점차 머릿속이 하얗게 변해 이젠 그럴듯한 변명조차 더 떠올릴 수 없었다. 바닥에 주저앉은 단영이 양태를 쥔 손까지 파르르 떨며 얼굴을 가리던 그때.

"자네에게도…… 자네만의 사정이 있었겠지."

차분한 음성이 단영의 황망한 마음을 지그시 눌러주었다. 이정은 멀리 뒹굴고 있는 입 가리개를 들어 깨끗이 털어내었다. 천에 묻은 붉은 염료에 또 한 번 한숨을 삼킨 그는 입 가리개를 고이 접어 단영에게 내밀었다. 겁먹은 손으로 그것을 받으니, 곧 이정이 조심스럽게 그녀를 부축해 일으켜주었다. 차마 똑바로 눈을 마주할 자신이 없어 단영은 뒷목이 뻐근하도록 고개를 푹 숙였다.

"아무에게도 말하지 않을 터이니 염려 말고 올라가 쉬게. 내일 봄세."

이정은 마지막까지 그녀를 탓하지 않고서 발길을 돌렸다. 발소리가 멀어질수록 마음이 더욱 무거워졌으나 단영은 끝내 그를 붙잡을 수 없었다. 여인임을 들키면 모든 게 끝난다는 생각이 목을 틀어쥔 까닭이었다. 결국 단영은 아무런 변명도 하지 못한 채 침루에 올라야 했다.

마음이 소란하여 풍월정으로 홀로 돌아온 이정은 침루가 있는 방향을 돌아보았다. 불빛조차 보이지 않는 캄캄한 침루를 보는데 어쩐지 기분이 이상해졌다. 그간 제법 가까워졌다 생각하였다. 이런저런 일을 함께 겪으며 웬만한 벗보다 더 깊이 마음을 주고받는 사이가 되었다고, 그리 믿고 있었는데. 반점은커녕 티끌 하나 없는 단영의 얼굴을 본 순간, 지금까지 가인이 자신을 속여왔다는 생각에 그만 서운해지고 만 것이다. 적어도 거짓말은 하지 말지. 다른 사람은 몰라도, 나에게만큼은 모든 걸 털어놓지. 무엇이 두려워 내게 얼굴 하나 내보이지 않고 꽁꽁 숨겼단 말인가. 우리 사이에⋯⋯.

"⋯⋯우리 사이가 무어라고."

자신을 단영의 대단한 지인쯤으로 여기던 스스로가 우스워 이정은 허탈한 숨을 내쉬었다. 기껏해야 한낱 의뢰인일 뿐이다. 특수한 상황으로 인해 별별 일을 함께 겪긴 하였지만, 저와 가인은 궁가 영견이란 일을 제외하면 아무것도 남지 않는 사이였던 것이다. 오죽했으면 흉한 반점이 있다는 거짓말까지 해가며 얼굴을 숨겼겠는가. 괜찮다는 단영에게 제 집에서 기거하라 억지로 강요하였으면서 얼굴은 왜 숨기냐 묻던 과거의 제 입을 틀어막고 싶었다. 가인으로 하여금 거짓을 고하여 더 숨게 만든 건 다른 누구도 아닌 바로 저 자신이었다.

"그래도…… 그렇게까지 기겁할 필요는 없었는데."

얼굴을 들킨 게 굉장히 끔찍한 일인 양 벌벌 떨던 단영을 떠올리니 다시금 가슴 한구석이 무지근해졌다. 그러다가도 가리는 것 하나 없이 제 품에 안겨 있던 단영을 떠올릴 적엔 또 가슴이 저릿하도록 벅차오르니, 당최 제가 왜 이러는지 알 수 없어 이정은 혼란스럽기만 하였다.

"별생각을. 나도 술이 과했군."

이만 사랑으로 돌아가려던 그때, 웬 나뭇조각 하나가 그의 눈에 들어왔다. 고개를 들어보니 풍월정의 서까래 중 하나가 끝이 깨져 있었다. 오래전 이 정자를 지을 적에 대목이 귀한 벽조목을 구했다며 올린 서까래였는데, 세월이 흘러 갈라진 부분이 결국 떨어져 나온 모양이었다. 이정은 떨어진 벽조목 조각을 주웠다. 도장을 만들어도 될 만큼 제법 큼지막한 조각이었다. 그걸 보는데 문득 가인의 얼굴이 또 멋대로 눈앞에 그려졌다. 조금 전까지 그리 서운한 마음을 품었으면서, 이것을 가인에게 주고 싶단 생각이 불쑥 고개를 치든 것이다. 짧은 찰나에도 들쑥날쑥하는 이 마음을 어이 다스려야 할꼬.

벽조목 조각을 품에 넣은 이정은 복잡한 생각을 애써 외면하며 사랑으로 향했다. 맴, 매앰. 밤이 늦도록 잠들지 못한 매미가 그의 심정을 대변하듯 소란스레 울었다.

지붕
올리기

가인의 정체

새 터에서의 궁가 영건이 다시 시작되었다. 새 영건은 개토제부터 시작해 터 닦기와 정초, 입주식까지 막힘없이 순조롭게 진행되었다. 게다가 이미 한 번 같은 작업을 시행하며 서로 손발을 맞춘 덕인지, 인부들은 서로 눈만 봐도 무엇을 해야 할지 아는 사람들처럼 한몸으로 움직였다. 덕분에 기둥을 모두 세우기까지 족히 달포는 걸렸을 작업이 스무여 일 만에 끝나게 되었다. 상량식은 닷새 후로 택일이 된 터라. 안궐과 목수들은 그간의 노고를 격려하며 잠시 쉬어가기로 하였다.

"자가, 그럼 상량식 때 다시 돌아오시는 겁니까?"

"아마 그 전에는 돌아오지 않을까 싶네. 한성에 오래 머물러봤자 좋을 것도 없으니."

목수들과 막걸리 잔을 나누던 단영은 귀를 건드리는 목소리에 힐긋 고개를 돌렸다. 얼마 떨어지지 않은 곳에서 이정이 지엽과 함께 대화를 나누고 있었다. 곧 성고聖考*의 기일이라. 이정 역시 배릉을 위해 며칠간 안산을 떠나게 된 것이다. 그간 물심양면으로 공사를 도운 대군의 은덕을 모르지 않는 터라. 갈 길이 바쁜데도 부러 현장에 들른 그에게 안궐 식구들을 비롯한 일꾼들이 무사히 다녀오시라며 인사를 전하는 중이었다.

단영은 멀찍이 서서 그 모습을 우두커니 바라보기만 하였다. 한성에 다녀온 이후로 이정과 그녀 사이에 묘한 거리가 생긴 참이었다. 무어라 콕 집어 설명할 순 없었지만 은연중에 그가 자신을 피하고 있음을 단영은 여실히 느낄 수 있었다. 스스럼없이 나누던 대화도 전과 다르게 줄어들고, 사람들과 여럿이서 함께 있을 때가 아니라면 단둘이 있는 경우도 거의 없었다. 그렇다고 부러 말을 무시하거나 제게 언짢은 기색을 표한 적도 없어서 어찌 이러시느냐 물을 수도 없는 상태였다. 분명 반점이 있다 거짓을 고한 일로 서운함을 느껴 저러는 것일 터. 하나 이것이야말로 사과를 할 수 없는 형편이니 단영은 더욱 답답하기만 하였다. 거짓 핑계에 대한 사과를 하려면 그 이유까지 설명해야 하는데, 여인인 것을 들킬까 봐 그랬다는 말은 절대로 할 수도 없고 해서도 안되는 일이었기 때문이다. 애초에 이정이 얼굴을 궁금해하지 않았

*성고聖考 임금의 돌아가신 아버지를 높여 이르는 말.

더라면 그런 거짓말을 할 필요도 없었을 텐데. 고작 그 작은 거짓말 때문에 이렇듯 거리를 두는 이정이 단영 역시 섭섭하였다.

"어쩌겠어. 먼저 신의를 저버린 건 나인데……."

공연히 이정을 탓하던 단영은 도로 제 잘못을 인정하였다. 모든 걸 꽁꽁 숨긴 저와 달리 이정은 벗이라느니, 지켜주겠다느니 하며 마음을 다해 대해주지 않았던가. 거짓말까지 하며 얼굴을 숨긴 제게 배신감을 느끼는 것도 당연한 일이었다. 마음이란 것이 본디 의지대로 되는 것이 아니니, 노여움이 풀릴 때까지 그저 기다리는 수밖에.

"그럼 다들 몸 성히 잘 지내고 있게."

"조심히 다녀오십시오, 대군 자가."

이정이 길을 떠나려는지 사람들이 일제히 허리를 굽혔다. 제대로 된 인사 한마디 건네지 못한 단영이 얼른 몸을 돌렸으나 이정은 이미 말에 올라 고삐를 부여잡고 있었다. 목구멍에 떡이라도 걸린 것처럼 선뜻 목소리가 나오지 않아 입술만 달싹이고 있는데, 때마침 이정이 고개를 들어 이쪽을 바라보았다. 한순간 마주친 시선에 단영은 그대로 숨까지 멎고 말았다. 그저 스쳐가는 듯, 혹은 깊은 곳을 헤집는 듯, 마음 한 자락까지 죄 옭아매는 시선에 쉬이 눈을 돌릴 수도 없었다. 영원 같은 찰나의 끝에 씁쓸한 눈빛만 남긴 이정은 그대로 고삐를 당겨 말을 움직였다.

"아……."

뒤늦게 입술이 벌어졌으나 이미 송별 인사를 하기엔 늦은 때였다. 멀어지는 이정의 뒷모습을 보며 단영은 길게 한숨을 내쉬었다. 마치 손에 쥐고 있던 아끼는 것을 빼앗긴 양 마음이 헛헛하고 서러워졌다. 이러면 아니 되는데. 마음이란 강물과 같아 급물살에 한번 휩쓸리기 시작하면 다시 빠져나오기 어려워지는데. 저린 명치께를 꾹꾹 누르던 단영은 이내 억지로 몸을 돌렸다. 파도가 지난 자리에 늦여름의 태양빛이 새겨졌는지 속이 죄 쓰라렸다.

* * *

회간대왕의 기일에 맞추어 임금은 동봉현으로 떠났다. 옅은 청색의 참포로 갈아입고 오서대烏犀帶까지 두른 임금은 해가 뜨기 직전 어가에 올라 궁을 나섰다. 국기일로 모든 정무가 중단된 바, 광릉으로 향하는 임금의 여輿 뒤로 월산대군을 비롯한 종친과 시신들이 융복戎服을 입은 채 호종扈從하여 따랐다.

능소 근방에 설치된 대차大次*에서 기다리던 임금은 판통례判通禮의 인도를 받아 비로소 광릉 앞으로 나아갔다. 예를 다하여 사배를 올리는 임금의 뒤로 이정도 아버지의 능을 향해 몸을 숙였다. 엄숙한 배릉의拜陵儀에 하늘도 감히 바람을 일지 않고 침묵을 지켜주었다.

오랜 의식이 마침내 끝이 나고 임금이 대차로 돌아갔다. 이정 역시 종실과 문무백관을 아우르는 통례문을 따라 능소를 벗어나려는데, 문득 내관이 행렬을 멈추게 하고서 그에게 다가왔다.

"전하께서 부르십니다."

부친을 여읜 마음을 유일하게 나눌 수 있는 형제라. 이정은 의복과 몸가짐을 바로하고서 임금이 있는 능소로 다시 향하였다. 대차 안으로 들어가니 임금이 조용히 미소를 띠며 이정을 반겼다. 근신들까지 모두 물린 임금은 친히 이정과 마주 앉았다.

"안산에서 있었던 일은 모두 전해 들었습니다. 그간 고생이 얼마나 심하셨습니까."

"전하의 하해와 같은 은덕 덕분에 무사히 해결할 수 있었사옵니다."

임금께서 은밀히 성균관과 군졸로 하여금 유생들을 보호하게 조치한 덕에 그들이 무사히 권당을 마칠 수 있었다는 걸 이정은 알고 있었다. 임금은 오히려 대신들의 횡포를 더 빨리 막아주지 못해 미안하다며 유감을 표하였다. 잠시간 지난날의 회포를 푼 임금이 사뭇 목소리를 낮추어 말하였다.

"조만간, 창원군에게 고신告身**을 다시 돌려주려 합니다."

"고신을 다시 돌려주신다니요. 아직 죄에 대한 논의가 다 끝나지도 아니하였는데 어찌 복귀를 허락하신단 말씀이시옵니까?"

"대왕대비께서 뜻이 너무도 강경하십니다. 일전에 세조의 자식 중 남은 이가 몇 없다는 이유로 유배를 막으시더니, 오늘날에 이르러선 직첩을 다시 내리지 않으면 곡기까지 끊으신다 합니다. 더 이상은 막을 도리가 없습니다."

---

*대차大次 임금이 아침 일찍 제례에 임하여 시각이 되기를 기다리던 곳. **고신告身 조정에서 내리는 벼슬아치의 임명장. 직첩.

뜻밖의 흉보에 이정은 눈앞이 아득해질 수밖에 없었다. 사람을 죽이고도 뻔뻔히 증거를 인멸하려 한 것은 물론 끝끝내 죄를 인정하지 않던 창원군이다. 그런 자가 다시 군의 작위를 달고 세상 밖으로 나오게 된다면 얼마나 혼란한 세태가 벌어질지 가히 상상도 할 수 없었다. 마음 같아선 무슨 일이 있어도 고신을 돌려주는 건 아니 된다 주청하고 싶었으나, 어찌 자성대왕대비로 하여금 곡기를 끊게 할 수 있을까. 이정은 차마 강건히 반대할 수 없어 임금의 뜻을 받들 수밖에 없었다.

"한성 밖으로는 나가지 못하도록 조치할 것이나, 만일을 대비하여 형님께서도 필히 몸조심하셔야 합니다."

"성은이 망극하옵나이다, 전하."

이정은 깊이 절을 올리고서 다시 능소를 벗어났다. 마음이 심히 어지러웠으나 이미 결정된 일을 두고 걱정만 할 순 없었다. 직첩을 거둔 데 이어 유배를 보내길 주청한 일로 창원군이 제게 몹시 칼을 갈고 있을 터. 옛날부터 성정이 간악하여 무슨 일을 벌일지 알 수 없으니, 이쪽에서도 만약을 대비하여야만 했다. 이정은 서둘러 채비를 마치고 예정보다 일찍 한성을 떠났다.

* * *

추분이 지나며 밤이 길어진 까닭인지, 한낮에도 제법 서늘한 날씨가 계속되었다. 여름 내내 비지땀을 흘리던 인부들은 시원하게 땀을 식혀주는 바람에 절로 콧노래까지 흥얼거리며 일을 하였다.

"시게 좀 쳐유……."

쿵, 쿵, 쿵. 목메를 들고 보를 내리치던 동석이 맞은편 목수에게 외쳤다. 대들보를 얹을 땐 양쪽에서 같은 힘으로 동시에 내리쳐야 어느 한쪽으로 기울어지지 않고 균일하게 맞춰지는데, 동석에 비해 반대편 목수의 힘이 턱없이 부족했던 것이다.

"동석이 자네가 너무 씨게 내리쳐서 그렇당께. 좀만 살살 혀."

"이러다 손으로 누르라 하겠슈……."

"허이구, 자네는 메보다 손이 더 무기여, 무기."

이미 충분히 힘을 빼고 있던 동석은 입술을 삐죽 빼물며 메를 아주 살짝만 들었다. 쿵! 그래도 기둥이 바르르 떨릴 만큼 엄청난 힘인 건 다를 바 없었지만.

상량식까지 거하게 지낸 후엔 추녀와 서까래, 개판蓋板* 등의 지붕틀까지 차례로 완성되었다. 마침내 용마루에서 처마 사이가 살짝 욱은 지붕 위로 싸리나무를 엮은 산자橵子**가 깔리니, 이제부턴 기와장이가 나설 때였다.

"좋아, 좋아. 아주 예쁘게 경사를 잡았구먼."

곡척曲尺을 이리저리 대가며 완벽한 욱은곡***을 이루는 지붕을 만족스레 훑은 황 노인이 아래를 향해 손을 까딱였다. 그러자 미장공과 와공들이 우르르 올라와 산자 위에 보토****를 깔고 발

---

*개판蓋板 서까래, 부연, 목반자 따위의 위에 까는 널빤지. **산자橵子 지붕 서까래 위나 고미 위에 흙을 받쳐 기와를 이기 위하여 가는 나무오리나 싸리나무 따위로 엮은 것. 또는 그런 재료. ***욱은곡 기와지붕의 내려오는 경사면 중간 부분이 좀 더 내려가 있는 것. ****보토 패어서 우묵하게 된 곳에 흙을 채워 메움.

맞추어 기와를 잇기 시작하였다.

"거 임씨, 디새(기와) 안 깨지게 조심조심해서 올려. 누가 보면 딱지 치는 줄 알것어!"

"아이고, 황 옹. 염려 마십시오. 어련히 조심조심 없을까."

"다 내 자식 같은 것들이여. 그거 하나 깨지면 임씨 뚝배기도 같이 깨지는 거여. 알겄어?"

"예, 예. 명심합죠, 어르신."

어느새 거친 농도 아무렇지 않게 주고받을 만큼 서로 끈끈해진 사이라. 척 하면 딱 하는 협동력으로 헐벗은 지붕 위에 빠르게 암키와와 수키와가 채워졌다. 황 노인이 열심히 기와를 올리는 동안, 다른 곳에선 머루가 단청장이, 화공들과 함께 머리를 맞대고 각 건물의 단청에 대해 논의하였다. 대개 사가에는 기둥이나 동자주 등에 무늬 없이 붉은 단색으로 칠하는 가칠단청이 주를 이뤄 단청장이가 고민할 일이 크게 없었으나, 이들을 골머리 앓게 하는 건 바로 월산대군의 궁가에만 있는 특별한 사당이었다. 안산에 지어지는 월산대군의 새 궁가는 나라의 재액을 막기 위한 액막이 말뚝에 가까웠으니, 연경궁에서 모시던 회간대왕의 신주를 이곳에 모실 수 없어 구색만 갖춘 빈 사당을 짓게 된 것이다. 신위神位도 없는 사당이니 그저 가칠이나 긋기단청으로만 마무리할지, 아니면 금단청으로 화려하게 채워 아예 빈 터에 잡귀가 들지 못하게 막을지 마지막까지 고민이 되었다. 하나 아무리 빈 사당이라 한들, 아버지의 제사를 받들던 월산대군의 효심이 함께 깃들 건물이었다. 모든 과정에서 검소를 강조하던 대군이었으니, 그의 뜻대로 여타의 사당들과 같이 긋기단청만 하기로 하였다. 객사에선 청하가 궁가 안에 들일 병풍과 온갖 종이꽃을 일찍이 만들고 있었다. 청하는 이정의 안위와 나라의 태평을 바라는 마음으로 한 수 한 수 정성껏 병풍을 만들었다.

이 모든 과정을 총괄하는 단영은 그야말로 몸이 열 개라도 모자랄 지경이었다. 가뜩이나 새 혈지를 찾느라 한여름에 안산의 온 땅을 돌아다녔는데, 처서가 지나고 나서부턴 쉬지도 않고 영건에 뛰어들었던 것이다. 사내도 퍽 견디기 어려운 노고를 여인의 몸으로 쉬이 감당할 수 있을 리가. 결국 찬 이슬이 내리는 한로에 그녀의 코에도 진득한 이슬이 맺히고 말았다.

"콩…… 황 옹, 저쪽 와구토가 덜 채워졌으니 한번 봐주게. 에, 엣취!"

입 가리개가 크게 펄럭일 만큼 재채기를 한 단영은 연신 코를 훌쩍이며 궁가를 살폈다. 하나 아무리 재채기를 해도 콧속이 시원해지기는커녕 점점 더 숨쉬기가 불편해지는 것이, 아무래도 단단히 고뿔이 들고 만 모양이다. 지켜보던 인부 하나가 걱정스레 말했다.

"가인 나리. 눈이 완전히 반쯤 감기셨는데, 오늘은 여기까지만 하고 이만 들어가시는 게 어떻겠습니까? 흰자위가 시뻘겋게 충혈 된 것이 아주 보통 고뿔이 아닌 모양이구먼요."

"괜찮네, 콩. 이 정도는…… 푸엣취!"

괜찮다는 말이 무색하게도 재채기가 또 뿜어져 나왔다. 머리가 지끈거리고 눈앞이 몽롱한 것이, 열까지 오르고 있는 듯하였다. 공사 현장을 깐깐히 둘러보던 지엽도 단영의 상태가 썩 좋지 않아 보였는지 고집부리는 그녀의 어깨를 억지로 돌려세웠다.

"오늘은 이만 들어가 푹 쉬게. 어차피 곧 해도 질 시각 아닌가."

"정말 괜찮은데⋯⋯. 킁."

"괜히 애먼 사람들한테까지 고뿔 옮길 생각 말고. 난 아픈 건 딱 질색이란 말일세. 자, 어서."

지엽은 아예 터 밖으로 단영을 몰아내었다. 그의 말마따나 한창 몸을 써야 할 인부들에게 병을 옮기기라도 하면 더 큰일이었다. 결국 단영은 안궐 식구들에게 당부에 당부를 더하고서 어쩔 수 없이 객사로 돌아왔다.

"아이구, 오늘은 왜 이리 일찍 오셨데?"

때마침 마당을 가로지르던 수모需母*가 단영에게 알은체를 하였다. 나오려는 재채기를 애써 참은 단영이 코맹맹이 소리로 답하였다.

"고뿔이 걸린 듯하여 좀 쉬러 왔소."

"어쩐지 아침부터 안색이 영 안 좋으시더라니. 이 추운 날 종일 나가 있으니 몸이 병 안 나고 버티우? 이럴 땐 육고기를 든든히 드셔야 좋은데⋯⋯."

---

*수모需母 지방 관아에 속한 반빗아치.

"육고기는 되었고, 생강 한 조각이랑 뜨거운 물 한 잔만 가져다 주오. 고뿔엔 그것만한 것이 없으니."

"에이그, 입도 짧아선. 흙일하는 사람이 이리 비리비리해서 어쩐담. 일단 방에 가서 몸부터 지지고 계십시오. 마침 고뿔에 좋은 약재가 남아 있어 탕약이라도 좀 고아드릴라니까."

"그럼 부탁하오. 에…… 푸엣취!"

결국 수모 앞에서도 대차게 재채기를 한 단영은 비틀비틀 방으로 기어들어갔다. 영건 현장을 지킬 땐 몰랐는데, 막상 방에 들어오고 나니 온몸을 두들겨 맞은 것처럼 쑤시고 오한이 났다. 중립을 벗는데도 욱신욱신, 입 가리개를 벗는데도 욱신욱신, 도포를 벗는데도 욱신욱신. 팔 한쪽 드는 것만으로도 힘이 드는 데다머리까지 핑핑 돌아 그냥 드러누워버리고만 싶은데, 식은땀에 축축해진 몸이 너무도 찝찝하였다. 단영은 얼른 이불 속으로 들어갈 생각으로 하나둘 옷을 벗었다.

* * *

"어쩐지 아침부터 안색이 영 안 좋으시더라니. 이 추운 날 종일 나가 있으니 몸이 병 안 나고 버티우? 이럴 땐 육고기를 든든히 드셔야 좋은데……."

멀리서 수모의 울림통 큰 목소리가 들려왔다. 방 안에서 서책을 읽고 있던 이정은 뒤이어 들려온 단영의 목소리에 저도 모르게 귀를 쫑긋 세웠다. 목이 잔뜩 잠겨 쉰소리를 내던 단영은 객사가 떠나가라 요란하게 재채기를 하고선 이내 방으로 들어갔다. 얼마 전 비가 내릴 때도 밖으로 나가 종일 현장을 지키더니, 기어이 감모에 들고 말았나 보다. 이정은 서책을 보다 말고 걱정스레 문 쪽을 응시하였다. 마음 같아선 곧장 넘어가 괜찮으냐 묻고 싶은데, 어쩐지 몸이 쉬이 움직이질 않았다. 그 밤, 단영의 맨얼굴을 보고 난 뒤 의지와 상관없이 멋대로 이상해지고 마는 제 마음을 경계하는 까닭이었다.

눈앞에 보일 땐 자꾸만 신경이 쓰였고, 눈앞에 없을 땐 걱정이 되었다. 애써 눈길을 돌려봐도 어느 순간 정신을 차리면 다시 단영을 바라보고 있었으며, 생각을 끊어내려 하면 할수록 저 얼굴이 더욱 선명해졌다. 감은이나 우애 따위의 말로는 결코 설명할 수 없는 이상한 현상이라. 하여 아예 단영과 거리를 두기 시작한 것이다. 이렇게라도 해야 기이한 마음을 서둘러 가라앉힐 수 있을 것 같아서. 이번에도 이정은 쿵쿵 낯설게 뛰는 심장을 억지로 외면하며 도로 서책에 눈을 두었다.

하나 신경은 온통 벽 너머 콜록거리는 단영에게 쏠려 있었다. 시간이 지나도록 책장 한 장 넘기지 못하니, 결국 한숨을 푹 내쉰 이정은 서책을 덮어버렸다. 그러고도 고민하길 한참, 바람이라도 쐬면 머릿속이 좀 정리될까 싶어 아예 방 밖으로 나왔다. 아직 노을도 지지 않은 하늘은 쾌청한 쪽빛을 뽐내고 있었다. 하늘에 있어야 할 구름이 죄 제 안으로 욱여들었는가. 마음이 어지러워 하늘의 쪽빛도 거슬리기만 하던 그때. 반빗간에서 나온 수모가 납작한 예반에 탕약 그릇과 생강 몇 조각을 담아 오는 게 보였다. 이정은 저도 모르게 수모를 빤히 쳐다보았다. 이윽고 그를 발견한 수모가 고개를 꾸벅인 순간.

"그것 이리 주게."

이건 절대로 그의 의지가 아니었다. 생각이 머리를 거치기도 전에 멋대로 입 밖으로 튀어나가버린 것이었다.

"예? 이것 말씀이셔요? 이건 저기 가인 나리께 드릴 것인데……."

불쑥 튀어나온 말에 스스로도 놀라 미간을 슬쩍 비트는데, 이번엔 팔까지 멋대로 앞으로 뻗어나갔다.

"알고 있네. 내 가인의 상태를 살필 겸 갖다주고자 하니, 개의치 말고 이리 주게."

대군씩이나 되는 사람이 탕약 시중도 든단 말인가. 수모는 눈을 끔뻑끔뻑하며 약그릇과 이정을 번갈아 보다가 어쩔 수 없이 예반을 건네었다. 놀란 마음과는 별개로 이정은 조심히 탕약 쟁반을 받아들고서 단영의 방으로 향하였다. 이깟 탕약 하나 건네주는 게 무어 큰일이라고. 머리로는 애써 그리 생각하는데, 이상하게 가슴은 몰래 죄라도 저지르는 양 쿵덕쿵덕 난리가 났다.

"내 궁가를 책임지는 자인데 어찌 모른 체할 수 있겠는가. 그저 탕약만 전해주고 오는 거다. 탕약만."

듣는 이도 없는데 괜스레 변명을 중얼거린 이정은 발소리마저 죽이고서 고요히 단영의 방 앞에 섰다. 그런데 굳게 닫혀 있어야 할 문이 조금 열려 있었다. 아파서 문도 제대로 닫지 못하고 들어 갔구나. 안타까운 마음이 들어 단영이 놀라지 않게 슬그머니 인 기척을 내려던 순간. 문틈으로 보인 광경에 이정은 그만 딱딱하 게 굳고 말았다.

틀어 올린 머리 아래로 매끄럽게 이어진 하얀 목덜미, 고운 선 을 그리며 내려가는 둥근 어깨, 곧은 등줄기를 가로지르는 영문 모 를 무명천과 사내의 것이라 보기 어려운 잘록한 허리. 그리고, 얼 핏 몸을 돌린 순간 천 위로 봉긋하게 드러난 젖무덤의 양태…….

덜그럭. 이정은 본능적으로 몸을 돌렸다. 황급히 몸을 트느라 탕약의 절반을 예반에 쏟고 말았지만 지금 그런 걸 신경 쓸 겨를 따윈 없었다. 하필 기척을 들은 것인지 발소리가 다가오고 있었 다. 이정은 숨죽여 건물 옆으로 숨어들었다. 고개만 내밀어 방 밖 을 살피는 듯하던 단영은 다행히 이정을 발견하지 못하고 문을 단단히 걸어 닫았다.

"……."

벽에 기댄 이정은 숨조차 크게 쉴 수 없어 간헐적으로 얕은 숨 만 토해냈다. 심장은 터질 듯이 세차게 뛰어올라 머릿속이 혼몽 하였고, 온몸이 뜨거워졌다 차가워지기를 반복하여 손끝이 잘게 떨렸다. 제가 지금 무얼 본 것인가. 제 눈이 정녕 헛것을 본 것인 가. 하나 문틈 사이로 본 것은 헛것도 아니었고, 상상이 만들어낸 환영은 더더욱 아니었다. 가슴팍에 칭칭 둘러 감은 무명천과 그 위로 보인 도톰한 둔덕. 그것은 부정할 수 없는 여인의 몸이었다.

가인이, 자신의 궁가 영건을 맡은 풍수가가, 요 근래 제 마음을 어지럽게 하던 이가…… 정녕 여인이었던 것이다.

그제야 모든 상황의 아귀가 제대로 맞아떨어졌다. 늘 중립과 입 가리개로 얼굴을 꽁꽁 숨기고 있던 것도, 부러 한껏 낮춘 듯한 독특한 목소리도, 우락부락한 사내들 가운데 있으면서도 늘 두어 걸음 그네들과 거리를 두던 모습도. 이름이 아닌 '가인'으로 불리길 원했던 것도.

"그래……. 그래서 그랬구나."

그래서 늘 그리 숨기고, 늘 그리 경계하였구나. 저 작은 몸으로 그리 큰 짐을 짊어지고 있었구나. 그녀가 짊어진 짐이 얼마나 크고 무거울지 감히 헤아릴 수도 없었다. 다만 사내의 의복을 입을 수밖에 없었을 만큼 가혹하고 서러운 짐이라 지레짐작할 따름이었다.

예반을 쥔 손에 지그시 힘이 들어갔다. 가슴에 감당하기 벅찬 감정이 휘몰아쳤다. 감히 여인임을 숨기고 궁가를 맡은 것에 대해 화가 난 까닭이 아니었다. 지켜주는 부모 형제 없이 얇은 사내 옷 한 자락으로 험한 세상을 버텨왔을 저 가녀린 여인이 한없이 안쓰럽고 불쌍한 까닭이었고, 그럼에도 포기하지 않고 제 궁가를 위해 애쓰고 있는 여인이 대단하고 존경스러운 까닭이었다.

무엇보다 이제껏 뭔가에 짓눌리는 듯하던 가슴이 날아갈 듯 가벼워졌다. 이유는 알 수 없었다. 단지 가뿐할 따름이었다. 오랫동안 이해하지 못하던 서책의 구절을 처음으로 깨달은 것처럼.

비로소 갈구하던 해답을 찾게 된 것처럼, 그렇게.

한참 만에 생각을 갈무리한 이정은 천천히 걸음을 옮겨 다시 단영의 방 앞에 섰다. 사락, 사락. 얇은 문짝 너머로 옷자락 스치는 소리가 난다. 끙끙 앓는 소리가 애처롭게 그 아래 깔린다. 저런 아픔을 이제껏 홀로 얼마나 삼켜왔을지. 물끄러미 닫힌 방문을 바라보던 이정은 조용히 반빗간으로 들어갔다. 그새 수모는 다른 일을 하러 갔는지 약재가 남아 있는 탕약만 그를 반겼다. 이정은 더러워진 예반을 손수 닦고, 반쯤 쏟아낸 그릇에 서툰 솜씨로 탕약을 짜내었다. 그리고 생강 조각까지 새것으로 담아 단영의 방 앞에 섰다. 그는 탕약과 생강 조각이 든 예반을 방문 앞에 놓아주고서 조심히 문을 두드렸다. 곧 건물 옆으로 몸을 숨기니, 문 열리는 소리와 함께 단영이 예반을 들고 안으로 들어가는 소리가 들렸다. 달각, 문이 닫히는 소리와 함께 사위가 조용해졌다.

이정은 오래도록 그 자리에 서서 홀로 고요 속에 잠겼다. 지그시 눈을 감았다 뜨니 그렇게 세상이 맑아 보일 수 없었다. 때마침 맑은 하늘에 거대한 구름 덩어리가 둥실둥실 느리게 떠내려가는 게 보였다. 저것이었나 보다. 제 마음에 들어차 휘몰아치던 게. 이정은 구름이 멀리 흘러가 보이지 않을 때까지 하늘을 바라보았다. 입가에 미소가 걸려 있었다는 건 저녁나절 지나가던 수모가 말을 걸 때까지도 모르던 사실이었다.

* * *

끼이익……. 거친 나무살 소리와 함께 옥문이 열렸다. 짚신조차 신지 않은 발이 문턱을 나서자 횃불이 위태롭게 불그림자를 흔들었다. 고개를 든 창원군이 비로소 되찾은 자유에 씩 입꼬리를 말아 올렸다. 번들거리는 그의 눈동자가 좌우를 살피길 잠시.

"억……!"

이제껏 저를 감시하던 나장에게서 당파창을 빼앗은 창원군이 돌연 그를 향해 창을 휘둘렀다. 나장의 몸을 꿰뚫은 것만으론 성에 차지 않는지, 그는 미친 사람처럼 창을 휘두르며 나장을 난도질하기 시작했다. 이미 숨이 끊어진 나장에게서 식지 않은 피가 튀어 창원군을 참혹히 적셨다. 오래전 고읍지를 처마 끝에 매달고 무참히 베어버릴 때의 희열이 다시금 떠올라 온몸에 전율이 일었다.

"그러게 처음부터 내 말을 거역하지 말았어야지! 날 무시하지 말았어야지! 네놈이나 그년이나, 모두 내 말을 듣지 않아 화를 자초한 것 아니더냐!"

오랜만에 느껴보는 살육의 맛에 창원군이 점차 이성을 잃어가던 그때. 챙! 나장의 목으로 향하던 당파창이 누군가의 검에 의해 가로막히고 말았다. 살기 가득한 눈을 들어 올린 창원군이 검의 주인을 알아보고 섬뜩하게 입가를 늘였다.

"오랜만일세, 영사 대감. 하마터면 내 그대에게도 창을 휘두를 뻔하였지 뭔가."

"……."

"너무 오랜만이라 그새 얼굴을 다 까먹어서."

옥사에서 빨리 꺼내주지 않은 것에 대한 힐난에도 한명회는 별다른 내색을 보이지 않았다. 그저 끔찍하게 도륙당한 나장을 한 번, 나찰처럼 피를 뒤집어쓴 창원군의 얼굴을 한 번 번갈아볼 뿐이었다. 그는 이내 조용히 검을 물리고서 고개를 숙였다.

"후탈이 없도록 조용히 일을 처리하느라 시일이 좀 걸렸습니다. 노여움을 푸십시오, 자가."

"뭐, 그대의 노고를 내 모르는 것도 아니니 이번만큼은 넘어가도록 하지."

창원군은 이미 시신이 되어버린 나졸 위로 당파창을 던지고선 옥사 밖으로 나갔다. 이 얼마 만에 맡는 바깥 공기인지. 옥사를 나선 것만으로도 몸이 개운해져 금방이라도 하늘로 날아오를 수 있을 것만 같았다. 피칠갑을 한 상전의 모습에 기겁한 청지기가 얼른 영견으로 그의 얼굴을 닦고 비단 도포를 둘러주었다. 하나 창원군은 아랑곳 않고 한 마리의 새라도 된 양 두 팔을 뻗으며 신선한 공기로 맘껏 폐부를 채웠다. 시신을 뒤처리하고 나온 한명회는 그런 창원군을 향해 억지로 고개 숙여 복위를 경하하였다.

"잘 버티셨습니다. 대왕대비마마께서 자가를 굳건히 비호하시니, 이제 두려울 것이 무엇 있겠습니까."

"물론 없지……. 분통함은 남아 있을지 몰라도 말일세."

창원군의 두 눈이 나장을 죽일 때처럼 매섭게 변하였다. 저 더럽고 갑갑한 옥사에 있는 동안 얼마나 복수의 칼날을 갈아왔던

가. 매일없이 옥문을 박차고 나가 건방진 월산대군을 도륙하고 싶은 심정이었다. 감히 저를 거부한 고읍지를 처마에 매달아 무참히 베어버렸던 그날처럼 말이다. 턱을 치켜든 창원군은 맹수처럼 이를 드러내며 쉬이 분을 갈앉히지 못하였다. 굶주린 범같이 으르렁거리는 창원군을 한명회가 나직한 목소리로 달래었다.

"때가 이르매 달이 차오르는 법이니, 어찌 섣불리 움직여 일을 그르칠 수 있겠습니까."

구미가 당기는 말에 위험하게 빛나던 창원군의 눈이 호기심을 품었다. 일전에 옥사에서 나누었던 대화가 다시금 떠오른 까닭이다. 월산대군에게 복수를 할 생각만으로도 기분이 나아져 창원군이 킬킬 기분 나쁜 웃음을 흘렸다.

"지금쯤 거의 영건을 마쳤겠군그래."

"중간에 터를 다시 점혈하느라 가을쯤 공사가 끝날 것으로 사료됩니다."

"점혈을 다시 하였다고? 무슨 연유로?"

"아무래도 쉬이 역사를 허락해주기엔 쾌씸하여서 말이지요. 나라에 일어난 재이를 빌미로 새 혈지를 찾도록 만들어 그쪽도 여간 고생을…… 윽!"

간사하게 웃던 한명회가 일순 괴롭게 얼굴을 일그러뜨렸다. 창원군이 그의 멱살을 잡아 목을 옥쥔 것이다.

"그놈은 내 것이다. 그놈의 목숨줄은 반드시 내가 끊을 것이란 말이다! 그러니 감히 내 허락 없이 손댈 생각일랑 하지 말거라."

창원군의 두 동공이 당장이라도 먹잇감의 숨통을 끊어버릴 듯 바짝 조여졌다. 점찍은 사냥감을 가로챘다면 적군이고 아군이고 상관없이 죄 죽여버릴 눈이었다. 지옥의 야차나 다름없는 그 광기에 한명회는 벌겋게 달궈진 얼굴로 캑캑 목청을 짜내었다. 쯧, 혀를 찬 창원군은 내던지듯 멱살을 놓아주었다. 숨이 꼴깍 넘어가기 직전에 간신히 벗어난 한명회는 체통도 잊고서 연신 기침을 터트려야만 했다. 더러운 것이라도 닿은 것처럼 손을 턴 창원군이 도포를 여미며 말했다.

"당분간 전하의 뜻대로 몸을 삼가 은인자중隱忍自重할 생각이니, 달이 차오르면 비단잉어 한 쌍을 보내게. 내 잉어 배를 가를 날만 얌전히 기다리고 있지."

잉어는 곧 연통을 뜻하니, 한명회가 바지런히 물어다 주는 소식만 날름날름 받아먹겠다는 말이나 마찬가지였다. 창원군은 여전히 목을 더듬거리는 한명회를 우습다는 듯 바라보다 이내 비단 도포를 휘날리며 말을 타고 떠났다.

"저 배은망덕한 놈……!"

유유히 멀어지는 창원군을 향해 한명회가 아득 이를 갈았다. 마음 같아선 저 방자한 놈부터 처리하고 싶었지만, 어렵게 얻은 사냥개를 그리 쉽게 내칠 수는 없었다. 일단은 고기를 더 배불리 먹여서라도 길들일 수밖에. 토끼를 잡고 나면, 그때 삶아 죽여도 늦지 않으니. 퉤, 침을 뱉은 한명회는 신경질적으로 초헌에 올라 빠르게 의금부를 벗어났다.

강무

성종 9년, 음력 10월 21일

　임금께서 친림하시는 군사훈련인 강무가 열리게 되었다. 강무에는 문무백관을 비롯하여 왕실의 종친들까지 모두 참여해야 했기에, 이정은 하루 전날 양주목 불암산으로 향하여 치우신을 위한 마제禡祭*를 지내었다.

　저녁이 되어 막사로 돌아온 이정은 지친 몸으로 모포 위에 앉았다. 가만히 고요에 잠겨 있자니 안산에 있는 단영 생각이 간절해졌다. 하루아침에 영건 터의 상황이 바뀐 것도 아니건만. 가인의 비밀을 알고 나니 모든 것이 그녀에게 위험하게만 느껴졌던 것이다. 우락부락 시커먼 사내들 사이에서 단영과 같은 여인은

*마제禡祭 군대가 출정할 때, 그 군대가 머무르는 곳에서 군신軍神에게 무운武運을 빌던 제사.

청하밖에 없고, 그마저도 병풍과 지화를 만드느라 현장에는 거의 없을 테니 더욱 걱정이 될 수밖에. 게다가 묵직한 목재들이 오가고 천 근이 넘는 석재들이 굴러다니는 곳에서 행여 그 작은 몸이 다치기라도 할까 여간 걱정이 되는 게 아니었다.

"이제껏 어련히 잘해왔을 것을 새삼."

괜한 오지랖을 부리는 스스로를 그리 달래도 보았지만, 걱정은 쉬이 가라앉지 않았다. 차라리 현장에 나가지 못하게 막을 수라도 있다면 좋으련만. 지금으로선 단영을 막을 뾰족한 수도 없었다. 현장을 총괄하는 가인을 무슨 핑계로 영건에서 제외시킬 수 있단 말인가. 이 일의 적임자가 그녀뿐이란 걸 모두가 아는데. 아예 여인이란 사실이 밝혀지면 모를까…….

"아니 된다. 그것만은 절대 아니 돼."

이정은 단호히 고개를 저었다. 가인의 비밀이 밝혀지는 순간 궁가 영건에서 제외되는 것만으론 끝나지 않을 것이다. 나라와 왕실을 기만한 죄, 감히 여인의 몸으로 사내들과 함께 일한 죄. 작금의 조선에서 그것은 여인이 멀리해야 할 칠거지악보다 더 중한 죄였으므로. 잘못하였다간 안궐의 존폐는 물론 그녀의 목숨까지 위태로워질 수 있었다.

"어쩌자고 그런 위험한 선택을 하여선……."

고개를 젖힌 이정의 입에서 괴로운 중얼거림이 새어 나왔다. 하나 단영을 탓해선 아니 된다는 걸 그 또한 모르지 않았다. 어찌하여 여인 된 몸으로 사내 행색을 하고 또 어찌하여 거친 일을 하

는 안궐을 도맡은 것인지는 알 수 없었으나, 한 가지 분명한 건 그
것이 그녀가 택한 삶이란 점이었다. 스스로 원했든, 혹은 원치 않
았든, 결국 지금은 안궐의 행수로서 사내의 옷을 입고 흙을 만지
며 살고 있는 이였다. 단영이 생을 걸고 택한 삶을 함부로 막을
권리 따위는 누구에게도 없었다. 심지어 그녀를 진심으로 위하게
된 저 자신조차도. 유학을 깊이 숭상하는 제가 감히 이런 생각을
하는 날이 오다니. 스스로도 당혹스러웠지만 부정할 수 없는 진
심이었다. 그만큼 지켜주고 싶었으니까. 선택을 지지해주고 싶었
으니까. 멋대로 뻗치는 마음과 그리움을 다잡을 길이 없어, 이정
은 쓸쓸한 음색으로 시조를 읊었다.

양 귀밑머리가 이미 다 희었거늘, 이 밤 내 마음만 그윽해지는구나.
먼 하늘에 기러기 줄지어 날아가고 서리 내린 바깥에는 다듬이 소리
가 이어지네. 정원의 나무 너머로 가을 햇볕 넘어가니 처마 위 구름은
저녁 어스름을 만드는구나. 서로 그리워하는 마음 다할 수 없으니 고
개 돌려 그대를 위한 시를 읊으리.*

서서히 눈꺼풀을 들어 올리자 어느새 해는 서산으로 기울어
희미하던 붉은 노을마저 사라진 후였다. 애써 다잡던 그리움은
푸른 밤의 색이라. 하늘을 뒤덮은 마음에 이정의 심곡만 애달파

* 「추야유회秋夜有懷」 월산대군의 시조.

졌다.

"서둘러 돌아가는 게 내가 할 수 있는 최선이겠군."

이번 강무는 다행히 연이은 장마와 가뭄으로 백성들의 부담이 클 것을 고려해 이틀만 치르니, 강무가 끝나는 대로 곧장 안산에 내려갈 생각이었다. 시간이 조금만 더 빨리 흐르기를. 이정은 애타는 마음을 달래며 이른 잠을 청하였다.

* * *

깡깡깡깡! 쿵, 쿵! 불암산 일대에 수천 몰이꾼들의 시끄러운 꽹과리와 북소리가 울려 퍼졌다. 짐승을 몰아 활로 사냥을 하는 사렵이 시작된 것이다. 온 산을 뒤흔드는 굉음에 산짐승들이 혼비백산하여 이리저리 뛰쳐나왔다. 몰이꾼들은 일제히 사방에서 포위망을 좁혀와 짐승들을 임금이 있는 방향으로 몰아갔다. 겨울을 대비하여 온갖 과실을 먹고 토실하게 살이 오른 멧돼지를 향해 임금이 활시위를 당겼다.

"명중이오!"

그렇게 총 세 차례 임금이 활을 쏘아 사냥을 마친 후, 이어 종친들의 사냥이 시작되었다. 혈기로 끓어오르는 어린 왕자들은 날래게 말을 몰아 경쟁하듯 짐승을 잡아 오기도 하였다. 뿔뿔이 흩어지는 이들을 따라 이정 역시 깊은 숲으로 들어갔다. 본디 사냥을 즐기진 않지만 활은 수양의 일종으로 종종 잡아왔던 터라. 그는 능숙하게 시위와 화살을 살피고선 사냥감을 찾아 나섰다. 이

옥고 외따로 떨어져 나온 노루가 보였다. 나직이 숨을 고른 이정은 활을 들어 노루를 겨냥하였다. 마침내 팽팽히 당겨진 시위를 놓은 순간. 휘익, 탁! 눈 깜짝할 새 허공을 가른 화살이 정확히 노루의 왼쪽 넓적다리를 꿰뚫었다. 강무에서 잡은 짐승은 화살이 꽂힌 위치와 관통한 방향으로 품질을 나누니, 방금 잡은 저 노루는 필시 상품에 오를 터였다. 잡은 노루를 갈무리하기 위해 말을 몰아 다가가려던 순간. 어디선가 느껴진 살기에 이정이 황급히 고삐를 잡아당겼다. 히힝, 놀란 말이 앞발을 쳐든 덕에 간발의 차로 빗겨간 화살이 노루의 귀에 박혔다.

"웬 놈이냐!"

이정의 일갈에 우거진 수풀 사이로 말 한 필이 나왔다. 그 위에 올라탄 건 다름 아닌 창원군이었다.

"이런, 목을 조준한다는 것이 그만 귀를 뚫어버렸구먼. 저건 종묘에 천신薦新하지 못하겠어. 쯧쯧……. 아니, 이게 누구신가! 우리 대단하신 제조 대감이 아니신가!"

과하게 반가워한 창원군이 괴이한 웃음을 띠며 이정에게 다가왔다. 제한령이 내려져 성저십리 밖으로는 나오지도 못한다더니, 강무 때문에 일시로 제한구역을 벗어나게 된 모양이었다.

"공사가 다망하신 분께서 예까진 어인 일인고? 한창 땅 파기 놀이로 바쁘셨을 터인데. 응?"

창원군은 일부러 이정의 곁에 바짝 말을 붙여 대고선 치근덕거렸다. 붉게 충혈된 눈은 반쯤 동공이 풀려 있었는데, 허리춤에 매달린 호리병과 술 냄새가 풍기는 것으로 보아 강무 중에 몰래 술을 마신 듯하였다.

"이런, 자네는 내가 반갑지 아니한 모양이군. 난 몹시 반가운데 말이야."

옅게 미간을 구긴 이정의 표정이 퍽 마음에 들었는지, 창원군이 마치 계집 치마 속을 들여다보듯 음흉한 낯빛으로 고개를 들이밀며 실실 웃었다. 이정은 능숙하게 말을 뒤로 물려 그와 거리를 벌렸다.

"강무 중에 어찌 음주를 하셨단 말입니까. 발각되면 근수가 대신 태형에 처해진다는 것을 잊으셨습니까."

"왜. 또 '직첩을 앗고 외방에 부처하십시오!' ……하고 고발하려고?"

목에 핏대가 돋도록 꽥 소리를 지른 창원군이 이번엔 으흐흐 기분 나쁜 웃음을 흘렸다. 도무지 정상으로 볼 수 없는 그의 작태에 이정은 마주 응수하는 대신 무시하기로 하였다. 하나 일부러 그를 쫓아온 창원군이 그리 쉽게 원수를 놓아줄 리 없었다. 그는 자리를 피하는 이정을 향해 다시금 활을 겨누었다.

"어디 한번 도망쳐보거라. 나도 사냥놀이 좀 즐기게."

단순한 겁박이라기엔 잡아당긴 활시위가 금방이라도 화살을 퉁길 듯 팽팽하였다. 진심으로 살생을 저지를 생각인 것이다. 작게 이를 간 이정은 곧장 말에 박차를 가해 달려 나갔다. 창원군도 날쌔게 뒤를 따라붙기 시작하며 불암산에 난데없이 두 종친의 추격전이 시작되었다. 평소에도 응렵鷹獵*이나 견렵犬獵** 등 거친 사냥을 즐기던 창원군이라. 그는 달리는 말 위에서도 능숙하게 활을 쏘았다. 탁! 아슬아슬한 차이로 활을 피한 이정은 더욱 빠르게 말을 몰았다.

"저 쥐새끼 같은 것. 그래봤자 백날 서책만 읽는 네놈이 나를 당해낼 수 있을 것이라 생각하느냐!"

창원군이 간악하게 웃으며 새 화살을 시위에 걸었다. 하지만 그 짧은 새에 어디로 도망친 것인지, 눈 깜짝할 새에 월산대군을 놓치고 말았다. 씩씩거리며 굶주린 승냥이인 양 이쪽저쪽을 살피던 그때. 스릉, 시린 검의 울음과 함께 예리한 칼날이 창원군의 목에 닿았다.

"장난이 과하십니다, 숙부님."

언제 다가왔는지 이정이 뒤에서 그의 목에 검을 겨누고 있었다. 살갗에 스미는 서늘한 감각에 창원군이 지그시 눈을 감으며 섬뜩한 미소를 지었다. 그는 언제나 이 비릿한 쇠내음에 가슴이 뛰곤 하였다.

"글만 읽는 샌님인 척 잘도 내숭을 떨었네?"

"수양은 서책에만 있는 것이 아니라 배웠습니다."

"큭큭, 부왕께서 그리 가르치시던가? 하긴, 그분께선 워낙 활과 말을 좋아하셨으니."

---

*응렵鷹獵 매를 이용한 사냥. **견렵犬獵 사냥개를 이용한 사냥.

창원군이 어깨를 으쓱이며 두 팔을 들어 보였다. 더 이상 공격할 의지가 없다는 뜻이었다. 이정이 서서히 검을 거두니 그는 재밌는 놀이를 하였다는 듯 만족스레 웃으며 돌아보았다. 입은 함빡 웃고 있으나 두 눈은 미치광이처럼 살기등등하였다.

"조만간 또 보세."

"두 번 다시 뵐 일 없을 겁니다."

"혹시 모르지. 내 우리 조카님이 너무 그리워 어느 날 불쑥 찾아갈지도?"

피식 실소를 친 창원군은 마치 아무 일도 없었다는 듯 말을 몰아 사라졌다. 마지막까지 검을 쥔 손에 힘을 놓지 못하던 이정은 그가 완전히 보이지 않게 되고 나서야 긴장을 풀 수 있었다. 타고나길 포악한 성정이란 건 익히 알고 있었지만, 설마하니 왕의 활터에서 같은 종친을 죽이려 들 줄이야. 감히 이해할 수도 없고 이해하고 싶지도 않은 그의 기행에 이정은 화를 금할 수 없었다. 이일을 임금께 고한다면 당장은 그의 발을 묶을 수 있겠지만, 근본적인 문제는 결코 해결되지 않을 것이다.

"기다리고 있겠습니다. 저도 더 이상 도망치지만은 않을 터이니."

고삐를 굳게 움켜쥔 이정도 말을 몰아 자리를 떠났다.

* * *

강무에서 잡은 짐승을 천신하는 천금의가 끝난 후, 의정부와 육조에서 진연進宴을 크게 베풀었다. 친히 강무를 지휘한 임금께 감사를 올리고 군사들의 노고를 격려하기 위함이었다. 역대 강무 중 가장 많은 사냥감이 잡힌 해라. 임금은 천신하고 남은 사냥감을 상중하로 나누어 중품에 해당하는 짐승을 종친과 신하들에게 하사하였다.

"종부시 제조, 이정."

이정이 앞으로 나가 임금께서 내리신 하사품을 받았다. 그는 메추리와 꿩 다섯 마리, 노루 한 마리, 사슴과 멧돼지 각각 두 마리를 잡은 공으로 가장 많은 하사품을 받게 되었다. 말 위로 두둑하게 올린 살진 짐승을 보고 있자니, 불현듯 이정의 머릿속에 단영이 떠올랐다. 그녀가 감모를 떨치고 나서도 몸이 축날 땐 육고기를 먹어야 한다며 수모가 한동안 상에 고기반찬을 올리곤 하던 게 생각난 것이다. 그래봤자 고기보다 무가 더 많은 멀건 국이거나 간장에 오랫동안 졸여 흡사 나무껍질처럼 보이는 장조림이 전부였지만 말이다. 마침 날이 추워지며 기름진 음식들이 더욱 필요할 때니, 이것들을 가져가면 필시 기뻐하리라. 이정은 단영이 해맑게 웃는 얼굴을 상상하며 서둘러 말을 몰았다.

* * *

저녁이 되어 객사로 돌아온 안퀼 식구들은 대청에 차려진 상을 보고 눈이 휘둥그레졌다. 꿩 만둣국에 푹 삶아낸 백숙, 감칠맛이 일품인 갈비찜, 거기에 꾸덕하게 말려 구운 생선까지 진수성찬이 따로 없었던 것이다.

"와아, 이게 웬 고기들이랍니까? 오늘 고사도 없었는데?"

"대군 자가께서 강무를 훌륭히 행하시어 전하께서 하사품을 내리셨다네."

지엽의 설명에 그네들의 눈이 더욱 반짝반짝 빛이 났다. 얌전히 방에 앉아 서책만 읽을 것 같던 대군이 무예 실력까지 출중하다니, 갑자기 사람이 달라 보였다.

"그저 호리호리한 샌님인 줄 알았는데, 숨겨놓은 힘이 있으시었나 봐요."

속닥거리는 청하의 말에 안궐 식구들이 조용히 고개를 끄덕였다. 못 말린다는 듯 작게 실소를 친 이정이 그들에게 자리를 권하였다. 안 그래도 종일 일하고 들어와 뱃가죽이 등에 달라붙기 직전이라. 그들은 너나 할 것 없이 상을 차지하고 앉았다.

"감사히 먹겠습니다, 자가."

"히야, 고기 실한 것 보소."

"어머어머, 나 이렇게 큰 꿩 다리 처음 보잖아요."

"워메…….."

기뻐하는 안궐 식구들의 뒤로 단영도 자리에 앉았다. 어쩌다 보니 서로 마주 앉게 된 단영과 이정은 가벼이 눈인사를 나누고선 식사를 시작하였다. 이젠 사람이 많은 곳에서도 입 가리개를 한 채 밥을 먹는 데 능숙해진 터라. 단영은 입 가리개 아래로 열심히 수저를 놀렸다. 하지만 아무리 빨리 먹는다 한들 다른 인부들에 비하면 깨작깨작 새 모이 먹는 수준에 지나지 않았다. 행여

급히 먹다 입 가리개가 들춰질까, 젓가락으로 야금야금 먹는 동안 다른 사람들은 양손으로 뼈째 들고 뜯었던 것이다. 그 탓에 단영이 겨우 고기 한 점 먹는 동안 다른 사람은 너덧 조각을 입에 넣으니, 자연히 그녀가 먹을 것이 부족할 수밖에 없었다.

"캬아, 이 다리 하나가 내 주먹만 하구나. 어디 한번 뜯어볼까나."

실컷 갈비를 공략하던 지엽이 딱 하나 남은 큼지막한 닭 다리를 뜯어 가려던 순간, 이정이 먼저 잽싸게 손을 뻗어 고기를 가로채버렸다. 그러곤 단영의 그릇에 실한 고기를 놓아주었다.

"그릇이 멀어 손이 안 닿을 듯하여."

멀기로 따지자면 단영보다 지엽에게 더 먼 그릇이었으나, 이정은 뻔뻔하게 그리 말하며 단영에게 어서 먹으라 눈짓하였다. 단영은 배시시 웃으며 제 앞에 놓인 닭고기를 야무지게 발라 먹기 시작하였다. 고뿔을 앓던 게 안쓰러웠던 모양인지, 끙끙 앓고 난 다음 날부터 이정은 다시 전처럼 막역하게 대해주었다. 거짓말을 고한 것에 대한 섭섭한 마음을 드디어 풀었나 보다. 물론 전과 다르게 사사건건 조심하라 이르며 과하게 걱정이 많아진 것은 좀 이상해 보이긴 하였지만, 대군과 다시 전처럼 지낼 수 있는 것만으로도 단영은 그저 좋기만 하였다.

"쩝, 어쩔 수 없지. 그럼 갈비나 마저……."

"자가께서도 얼른 드십시오. 이러다 갈비 다 동나겠습니다."

단영은 지엽의 젓가락이 향하던 큼직한 갈비 덩어리를 먼저 집어 이정의 밥 위에 얹어주었다. 이쯤 되니 졸지에 눈앞에서 두 번이나 고기를 빼앗긴 지엽만 억울해지는 것이다. 씩씩거리던 지엽의 눈에 문득 사이좋게 웃는 단영과 이정이 보였다. 한데 무언가 이상했다. 투실한 닭 다리에 집중하는 단영과 달리, 이정은 시종일관 단영의 먹는 모습에만 관심을 쏟고 있었다. 마치 먹는 모습만 봐도 배부르다는 듯, 그녀의 젓가락이 김치로 향하면 김치 그릇을 앞으로 내밀어주고 소금 그릇이 비면 슬그머니 제 소금을 덜어주었다. 어린 동생을 챙겨주는 형의 마음 같은 것인가.

아니…… 아니다. 저것은 고작 어린 것을 챙기는 측은의 마음이 아니었다. 무엇 하나 더 해주지 못해 안타깝고, 웃음 한 자락에 세상을 다 얻은 듯 기쁘며, 그저 바라만 보아도 충만한 마음. 지금 저들 사이에 생겨선 절대 아니 될 마음, 바로 연심이었다. 두 사람을 바라보는 지엽의 눈이 의미심장해졌다.

* * *

오랜만에 실컷 먹고 마신 단영은 잠시 소화라도 시킬 겸 작은 등롱을 든 채 객사 주변을 슬렁슬렁 걸어 다녔다. 더없이 배도 부르고, 시원한 바람도 불고, 거기에 적당한 취기로 몸에 활기도 도니 산책하기에 더할 나위 없이 좋은 밤이었다.

"하아, 매일이 오늘 밤 같으면 좋을 텐데."

흙먼지 잔뜩 뒤집어쓴 채 지쳐 곯아떨어지는 밤보다야 부른 배를 쓰다듬으며 코를 고는 밤이 더 행복하지 않겠는가. 태평한 생각을 하며 볼록한 배를 두덕두덕 두드리던 그때.

"자네들이 집을 올리는 동안 내 매일 나가 꿩사냥을 해볼까."

"자가!"

언제 다가왔는지 이정이 싱긋 웃으며 그녀의 옆에 서 있었다. 경망스레 배를 두들기던 손을 얼른 내린 단영은 콩닥콩닥 뛰는 가슴을 조용히 달래며 멋쩍게 웃었다.

"이런 호식도 가끔 먹어야 몸에 좋고 맛있지, 매일 먹으면 금세 질려 그 귀한 줄을 모르게 될 것입니다."

"내 지난겨울에 상감마마의 은덕으로 한 달 내리 밀감을 먹어보았는데, 맛볼 때마다 황홀하여 웃음이 나는 것은 똑같더군."

이정의 말을 들으니 단영도 오래전 먹어보았던 새큼달큼한 밀감의 맛이 떠올라 꼴깍 군침을 삼켰다.

"밀감과 고기가 어디 같습니까? 고기보다 더 귀한 것이 밀감인데."

"자네도 먹어본 적이 있는가?"

"수해 전에 어느 대감 댁 사당을 고쳐드린 대가로 한 알 받아 안귈 식구들과 나눠 먹어본 적이 있습니다."

"귀한 값을 받았군."

"반빗간에 한 소쿠리 담겨 있는 것을 보았는데, 기둥 몇 개 더 세워드리고 저걸 달라 청할까 고민도 했더랬지요."

단영의 신소리에 이정이 낮게 웃음을 흘렸다.

"이번 겨울에 밀감을 하사받으면 꼭 안귈에도 나누어주지."

"그럼 꼭 머릿수대로 부탁드리겠습니다. 다섯이서 한 알로 나눠 먹자니 영 간에 기별도 안 가서. 그때 동석이는 개미 오줌 먹는 느낌이었을 겁니다."

"약조하지. 밀감으로 배를 채우는 게 어떤 느낌인지 알게 해주겠네."

"돌아가자마자 수결부터 받아야겠습니다."

시답잖게 오가는 농에 잔잔한 웃음이 낮게 깔렸다. 그렇게 걷다 보니 어느덧 해안가에 다다라, 두 사람은 낮은 바위에 걸터앉고서 저만치 밀려난 바다를 구경하였다.

"강무는 어떠셨습니까?"

"뭐, 늘 그렇듯 다들 호기롭고 활기찼다네."

"꼭 자가께선 아니 그러셨단 말씀처럼 들리네요."

"호리호리한 샌님이 뭐 얼마나 쏘다녔겠나."

조금 전 청하의 말에 부러 뒤끝을 부리는 것이리라. 이정답지 않은 심드렁한 어투에 단영이 못 말린다며 웃었다.

"그래도, 선친의 신위 한 번 더 본 것으로 마음은 족하였지."

이정은 고요히 파도치는 먼바다를 바라보았다. 워낙 어릴 적 돌아가신 탓에 얼굴도 무엇도 기억나지 않는 부친이었으나, 어디선가 굽어살피고 계시리라 생각하면 그것만으로도 적적한 마음이 조금은 달래어지곤 하였다. 어릴 적 조부께서 무릎에 앉히시고 부친에 대해 얘기해주실 적엔 온갖 상상력으로 그를 그려보기도 하였다. 제게 새겨진 부친의 모습들을 하나하나 찾아보는 것도 어린 이정에겐 큰 위로가 되곤 하였다. 어린 날의 기억을 떠올리다 보니 자연 단영의 가족들도 궁금해졌다. 이정은 마침 제 발에 가로막힌 칠게에게 길을 양보하며 물었다.

"그러고 보니 이제껏 자네의 가족에 대해선 들어본 적이 없군. 내 자네에게 빚진 것이 많아 한 번쯤 찾아가 인사라도 드려야 할 터인데 말일세."

그 말에 단영은 대답 대신 멀리 희뿌연 포말이 이는 바다만 보았다. 간단없이 몸을 뻗어도 자꾸만 갯벌 뒤로 밀려나는 바다를 멀거니 응시하길 한참. 단영의 조곤조곤한 목소리가 아득한 파도 소리 위로 얹어졌다.

"어머님께선 소인을 낳으신 지 얼마 안 되어 눈을 감으셨고, 아버님께서도 8년 전 지병이 악화되어 돌아가셨습니다. 위로는 형님이 한 분 계셨는데…… 객지에서 수해를 당하시는 바람에 끝끝내 시신은 찾지 못하였습니다."

바다를 바라보는 단영의 옆모습은 한없이 고요하였다. 저 목소리에 수많은 격랑이 가라앉기까지 얼마나 많은 눈물을 흘렸을까. 혈혈단신으로 세상에 남겨진 여인의 비애가 어떠할지 감히 상상도 할 수 없어 이정은 더욱 가슴이 미어졌다. 어떤 말도 위로가 될 수 없음을 알아 침묵을 지키니, 되레 단영이 웃으며 품속에서 나경을 꺼내었다.

"그래도 돌아가시기 전까지 남겨주신 것들이 많아 외롭진 않습니다. 이 나경도 그중 하나고요."

"선대인께서 직접 만드신 물건이었나 보군."

"예. 겉에 나무는 아버님께서 손수 깎아 만드신 것이고, 안에 적힌 64괘는 형님께서 새겨주신 겁니다."

조선팔도에서 오로지 그녀만이 지니고 있는 물건이라 했던가. 처음 보았을 때도 평범한 나경이 아닌 줄은 알았지만, 사정을 알고 보니 더욱 특별한 물건처럼 느껴졌다.

"여기 4층에 있는 사巳 자는 끝머리가 중앙에 닿아 꼭 일日 자처럼 되어 있는데, 형님께서 글자를 적으실 때 어린 제가 장난을 친답시고 등에 올라타 이리된 것입니다. 그때 형님께서 낭패라며 허망해하시던 표정이 어린 나이에도 얼마나 서러워 보이던지……. 소인이 집이 떠나가라 울음을 터트려 모두가 애를 먹었지요. 정작 울고 싶었던 건 형님이셨을 텐데. 지금 생각하면 참 우습습니다."

단영의 눈꼬리가 어여쁘게 휘었다. 몇 번을 곱씹어도 좋을 만큼 소중한 추억인 모양이다. 나경에 관한 기억을 되새기는 게 좋았던 모양인지, 단영은 들뜬 얼굴로 마저 말을 이어나갔다.

"그리고 이 테두리에 둘러진 108개의 붉은 선은 아버님께서 새기신 것인데, 소인의 이름……."

그런데 한창 신나게 이야기하던 단영이 돌연 말을 멈추었다. 의아한 얼굴로 바라보니, 한풀 가라앉은 그녀의 눈빛에 일순 서글픈 빛이 스쳐 지나갔다.

"소인의 무사평안을 위해 새기신 것이라 하셨습니다."

'이름'에서 '무사평안'으로 바뀌었다. 그 찰나의 순간에서 이정은 그녀가 제게 알려준 이름조차 거짓이었단 걸 깨달을 수 있었다. 하긴, 성별마저 숨긴 이가 자신의 이름을 떳떳이 드러낼 수 있을 리 없었겠지. 아마 지니고 있는 호패도 누군가에게 돈을 주고 샀거나 위조한 가짜일 것이다. 장 일백 대를 각오하면서까지 본인을 숨겼다는 건, 바꿔 말하면 그리하지 않고선 살아갈 수 없었다는 뜻일 테니.

이정은 단영이 내민 나경을 받아들어 그것을 세세히 눈에 담았다. 행여 손이 상할까 모서리마다 면취面取하여 곡선이 미끈하였고, 나무 표면엔 세월이 스며도 갈라지지 않도록 정성껏 유칠이 새겨져 있었다. 테두리를 따라 반듯하게 새겨진 붉은 선을 이정은 하나하나 손으로 어루만져보았다. 선대인께서 적선과 함께 마음에 연거푸 새기셨을 그녀의 이름이 궁금해졌다. 가인 장수모가 아닌, 그 안에 숨어 있는 여인의 진짜 이름이. 그대는 정녕 누구인지. 누구이기에 이리도 내 마음을 어지럽게 하는 것인지. 내가 감히 그대의 진실에 다가설 날이 올 수 있을지. 그대도…… 나와 같은 마음일지.

"무엇 하나 쉬운 것이 없군."

"예?"

"아닐세. 그저 삶이란 누구에게나 참 기구한 것이다 싶어서."

그러자 단영이 커다란 눈을 깜박였다. 평생 호의호식하며 살아온 대군이 남의 팍팍한 삶을 쉽게 재단한다며 속으로 욕을 할까. 뒤늦게 술이 오르나 보다며 얼른 말을 돌리려는데, 단영이 다시 예의 그 고저 없는 평온한 목소리로 물었다.

"소인이 왜 자가의 궁가 영건을 맡기로 마음을 바꿨는지 아십니까?"

"나라와 임금을 지키고자 하였던 내 마음을 믿고 따르는 것이라 하지 않았는가."

"그것도 맞지만, 사실 더 큰 이유는 따로 있었습니다."

이정이 가만히 답을 기다리니, 그녀가 싱긋 미소를 지으며 말하였다.

"진짜 제 삶을 살아보고 싶었거든요."

"진짜…… 삶?"

"예. 무릇 불나방은 불로 뛰어들 때 진정 이름값을 하는 것이니, 가인이란 이름답게 죽더라도 집 짓다 죽어야 하지 않겠습니까?"

단영이 씩 웃음기를 띠며 이정을 보았다. 제법 심각한 이야기를 이리 장난스레 하다니. 어이가 없으면서도 둥글게 휜 그녀의 눈매가 귀여워 저도 모르게 실소가 흘러나왔다. 키득거린 단영도 별이 총총하게 박힌 하늘을 보며 말을 이었다.

"저희 형님께서 그러셨습니다. 사주는 하늘이 적은 것이라 할지라도, 팔자를 엮는 것은 하늘도 아니고 땅도 아니요, 내일을 바꿀 수 있다는 나의 굳건한 희망이라고."

별을 한가득 품은 눈이 다시 이정에게로 향하였다. 그 눈부신

빛이 눈을 멀게 하였는가. 밤하늘도, 철썩이는 바다도, 멀리 옹기종기 모여 있는 초가집들도 죄 사라지고, 눈앞엔 오로지 단영만 남았다. 오로지 그녀만이 제 세상을 이루고 있는 것처럼.

"그러니 의심하지 마십시오. 자가의 팔자는 기필코 귀하게 엮일 것이니."

"……내게 그만한 희망이 없다면?"

"소인이 자가의 몫까지 갖겠습니다. 신분이 미천해도 어릴 때부터 희망은 늘 컸거든요. 대장부라."

이정의 눈동자가 옅게 떨렸다. 고삐 쥐는 시늉을 하며 개구지게 웃는 단영의 모습이 그의 마음속으로 풍당 떨어져 깊이 잠긴 까닭이었다. 그것을 내쉬기 아까워 숨을 참으니, 가슴이 뻐근하도록 벅차올라 감당하기가 버거웠다. 폐부마다 가득 차오른 숨이 너무도 달큰하여 정신이 몽롱해질 것 같기도 하였다. 이 여인은 알까. 빈말일지도 모를 그 말에, 내일이면 그녀는 까맣게 잊을지도 모를 바로 그 말에, 이정은 방금 제 세상을 걸었다는 것을.

그저 잊으라 하였다. 참으라 하였다. 눈앞에서 모든 것을 빼앗겼을 때에도 그는 감히 불만을 드러내어선 아니 되었고, 목줄처럼 좌리공신佐理功臣*에 책록되었을 때에도 이를 드러내기는커녕 바닥에 납작 엎드리어야만 했다. 그 무엇도 손에 쥘 수 없었으며 그 무엇도 바랄 수 없었다. 그에게 있어 대군이란 귀한 자리는 오

*좌리공신佐理功臣 조선 성종의 즉위를 도운 공로로 책봉된 공신.

히려 자유를 빼앗은 옥사에 불과하였다.

한데 이 여인은 제게 바라도 된다고 한다. 오늘보다 나은 내일을 희망하여도 좋다고, 기꺼이 함께 그 희망을 가져주겠다고 한다. 이제껏 억눌러왔던 비참과 울분이 그 귀한 마음에 녹아내려 눈가에 불그스름히 비쳤다.

"누구도, 내게 그런 희망을 갖게 해준 이는 없었는데……."

설운 감정이 파도를 타고 넘어갔는가. 단영 역시 묘한 눈빛으로 이정을 마주 보았다. 허공에서 마주한 두 시선이 서로를 짙게 옭아매었다. 감히 벗어날 수 없는, 벗어나고 싶지도 않은 그 어여쁜 눈길을 이정은 마음속으로나마 욕심껏 움켜쥐었다. 보유스름한 달빛 아래 단영만이 홀로 환하게 빛나 기어이 이정의 세상을 가득 채운다. 이 순간, 그대가 내뱉는 숨이 나의 몸을 채우길 간절히 바라는 건 감히 과분한 욕심일지.

"가인."

애타는 마음이 멋대로 여인을 부른다. 그 앞에서 여인이 된 줄도 모르는 가짜 사내는 애끓는 진짜 사내의 마음도 모르고서 순진한 눈을 내보일 뿐이다. 그 눈을 애틋하게 바라보던 이정은 문득 떠오른 생각에 품에서 무언가를 꺼내었다. 얼마 전 풍월정에서 떨어져 나온 벽조목 조각으로 만든 목걸이였다. 탄흔을 고스란히 살린 나무 표면엔 안킬을 뜻하는 편안할 안安 자가 새겨져 있었다.

"그게 무엇입니까?"

"풍월정의 서까래로 사용하였던 벽조목으로 만든 목걸이네. 내게 풍월정은 답답한 마음을 달랠 수 있는 유일한 공간이었지. 예부터 벼락 맞은 대추나무는 사악한 것을 쫓아내준다 하였으니, 평안을 빌던 나의 마음과 일맥상통하지 않은가. 몸에 지니고 있으면 좋을 걸세."

"이리 귀한 것을 어찌 소인에게……."

"그대는 내 몫까지 희망을 가진 이가 아닌가. 그대가 있어야 내 희망이 지켜지는 것이니, 사양 말고 받게. 내 희망을 지키고자 함이네."

부드러이 웃은 이정이 손수 단영에게 목걸이를 걸어주었다. 목 뒤로 손을 뻗어 단단히 매듭을 지어주는데, 목덜미에 와 닿는 여린 숨결이 다시금 피를 덥힌다. 애꿎은 매듭 끈만 꼭 쥐어보아도 통제를 벗어난 마음을 걷잡을 수가 없다. 허공을 헤매던 손이 밤을 가로질러 여인의 뺨으로 향하려던 순간.

"게서 뭐 하십니까?"

난데없이 들려온 목소리에 이정이 얼른 손을 거두었다. 고개를 돌리자 중립도 없이 망건만 쓴 지엽이 성큼성큼 다가오고 있었다. 밤중에 두 사람만 사라지니 걱정이 되어 찾으러 나온 모양이었다. 잠시 두 사람을 번갈아 보던 지엽은 은근슬쩍 그들 사이에 엉덩이를 비집고 앉아 단영에게 물었다.

"먹다 말고 어디로 갔나 하였더니, 예까지 나와 있었는가?"

"배가 불러 잠시 바람 좀 쐬고 있었습니다. 나리께선 어쩐 일이십니까?"

"그야…… 나도 소화하려고 걷던 중에 자가께서 보이시길래 와보았지."

그러더니 지엽이 돌연 단영을 일으켜 등을 밀기 시작했다.

"바닷바람이 춥네. 얼마 전 고뿔을 앓은 사람이 이리 찬바람을 맞아서 되겠는가?"

"왜 저만 보내십니까? 나리와 자가께서도 같이 가시지요."

"먼저 들어가 있게. 자가와 나는 곧 있을 성주풀이로 긴히 나눌 말이 있으니."

처음 듣는 이야기에 이정이 미간을 좁혔다. 하나 지엽은 어서 들어가라며 단영에게 손짓을 할 뿐이었다. 입택 날짜도 아직 받지 않았는데 뭘 벌써 논의하느냐면서도 단영은 순순히 홀로 발길을 돌렸다. 마침내 멀어지던 발소리가 들리지 않게 될 때쯤, 이정이 바다를 응시한 채 사뭇 낮아진 목소리로 물었다.

"할 말이 무엇인가? 가인 없이 우리끼리 집 고사에 대해 나눌 이야기는 없을 텐데."

정곡을 건드렸는지 지엽이 혀를 내둘렀다. 예나 지금이나 거짓말엔 참 소질이 없다는 걸 혼자만 모르는 모양이다. 하나 막상 잡아두고도 선뜻 말을 꺼내긴 어려웠는지, 지엽은 쉬이 말문을 트지 못하고 한숨만 푹푹 내쉬었다. 무슨 내용이기에 저토록 뜸을 들이는가. 인내심 있게 기다려주니, 지엽이 무겁게 갈앉은 목소리로 입을 열었다.

"지금 하시는 생각, 이만 거두어주십시오."

뜻을 알 수 없는 말에 이정의 양 눈썹이 어긋났다. 지금 하는 생각을 멈추라니. 제가 무슨 생각을 하고 있는 줄 알고 그런 말을 한단 말인가. 얼핏 단영의 얼굴이 머리를 스쳤으나 이정은 짐짓 모른 척 시침을 떼었다.

"알아듣게 얘기하게."

"오늘 향하신 시선들 말입니다."

지엽이 이정을 똑바로 쳐다보며 말하였다.

"줄곧, 가인을 향해 계시더군요."

이정 역시 눈을 들어 지엽을 보았다. 애써 아닐 것이라 부정하였지만 그가 말하고자 하는 바가 점점 분명해지고 있었다. 설마 지엽도 그녀의 정체에 대해 알고 있는 것인가. 아니면 그저 이상한 오해를 하고 있는 것인가. 섣불리 단영의 비밀을 들출 수 없어 할 말을 찾지 못하던 찰나, 지엽이 예상치 못한 사실을 밝혔다.

"저 아이의 죽은 형제. 그자가 제 오랜 벗이었습니다."

이정은 놀라 굳을 수밖에 없었다. 단영의 죽은 형제와 지엽이 친우 사이였다니. 처음부터 그녀가 누구인지 다 알고 있었다는 뜻이 아닌가. 벗의 동생이 이리 위험천만한 상황에 스스로 걸어 들어왔는데도 어떻게 가만히 두고 볼 수 있었단 말인가. 이정의 두 눈이 가엾고 딱한 심정으로 괴롭게 일그러졌다. 급물살을 탄 생각이 애먼 지엽에게 화살을 겨누었다.

"그럼 말렸어야지. 어떻게든 막았어야지! 가인이 저리 도포를 두르고 상투를 틀 때까지 어찌 가만 놔두었는가!"

이정의 힐난은 곧 답이자 수긍이었다. 동시에 지엽이 가장 듣고 싶지 않은 자신의 죄이기도 하였다. 고개를 숙인 지엽은 변명하듯 침통을 쏟아내었다.

"벗이 죽고 저 아이마저 하루아침에 사라져 찾을 길이 없었습니다. 다시 만났을 땐 이미 돌이킬 수 없는 지경에 이르러 달리 방도가 없었습니다."

역시 가인이 스스로 원해서 택한 길이 아니었다. 가족들이 모두 죽고 여인의 몸으로 홀로 남아 어쩔 수 없이 상투를 틀고 도포를 입어야만 했던 것이다. 참담함을 금치 못한 이정이 지엽에게 물었다.

"가인은, 가인은 그대를 알아보던가?"

"다행이라 해야 할지 아니라 해야 할지……. 알아보지 못하는 눈치였습니다."

"그럼 지금이라도 솔직하게 밝히게. 사실대로 말하여 가인에게 본래의 삶을 살도록 하게. 그 정도는 오라비의 옛 벗으로서 할 수 있는 일 아닌가. 응? 뒷일은 내가 책임지겠네."

"이미 늦었습니다. 밝혀지면 저 아이는 진정 무사치 못할 것입니다."

"내가 비호한다는데 어찌!"

"저 아이의 죽은 오라비가……!"

결국 언성을 높인 지엽의 두 눈이 죽은 벗의 원통함으로 붉게

충혈되었다. 눈가에 가득 고인 그리움과 슬픔이 후드득 발치로
떨어졌다.

"홍단건……. 창원군 자가께서 흘리신 거짓 소문으로 억울하
게 유배형에 처해진, 바로 그 상지관이었단 말입니다."

이정의 입에서 거친 숨이 터져 나왔다. 머릿속이 하얗게 변하
여 아무 생각도 떠오르지 않았다. 한참을 진창처럼 뒤엉키다 뚝
뚝 떨어져 나온 생각들이 이정의 가슴을 뒤덮었다. 홍단건. 『지화
비결』. 어느 날 갑자기 나타난 안궐의 새 주인. 궁가 영건을 단박
에 거절하던 단호한 태도와 호의적이지 않던 눈빛……. 조각조각
흩어져 있던 장면들이 하나로 모아지며 그제야 잊고 있던 얼굴이
떠올랐다.

'제 누이가 어린 나이에 벌써 땅을 잘 압니다. 나경을 보는 실력이 아주
탁월하니, 훗날 궁금하신 땅이 있다면 그 아이에게 먼저 살피도록 해보겠습
니다.'

오래전 마주한 적이 있는 자였다. 선빈 안씨의 묘를 선정한 상
지관 중 하나라 하여 지엽을 통해 마련한 자리였다. 짧은 만남이
었으나 한마디 한마디에서 풍겨나는 기품이 가히 흠모할 만하여
오래도록 기억에 남은 자였다. 이후로 저 역시 풍파에 휩쓸려 한
동안 잊고 있었는데, 설마하니 그자의 누이가 가인이었을 줄이야.

"어쩐지…… 처음부터 묘하게 낯설지 않더라니."

꿈에도 상상치 못하였던 진실에 돌차간 가슴을 태우는 불이 다시금 일었다. 갑작스레 가슴을 움켜쥐고 괴로워하는 이정의 모습에 지엽이 놀라 그를 부축하였다.

"자가! 아직도 심병이 낫지 않으신 겁니까? 의원, 의원을 어서……!"

"되었네. 잠시…… 잠시만 이리 있으면 되네."

이정은 가까스로 지엽을 만류하며 거칠게 숨을 몰아쉬었다. 온몸을 태울 듯 작열하던 심곡의 불은 다행히 일각이 지나지 않아 스르르 가라앉았다. 지엽은 딱한 눈으로 이정을 바라보았다. 좌리공신에 책봉된 후부터 이따금 극심한 심병으로 앓아누우시더니. 여태 그 불을 잠재우지 못하여 이리도 괴로워하고 계셨나 보다. 하나 대군의 안위를 걱정하는 만큼 단영의 안위 역시 그에겐 중한 문제였다. 한참을 고심하던 지엽은 간곡히 이정에게 재청하였다.

"진정 저 아이를 위하신다면 그 눈길, 거두어주십시오. 작은 호기심으로도 휘청거릴 수 있는 위태로운 삶입니다."

그 말에 이정의 낯빛이 어그러졌다. 가인을 향한 이 마음을 한낱 호기심으로 정의 내릴 순 없었다. 비록 애달픈 세월을 지내진 못하였더라도 결코 가볍지 않다 자부할 수 있었다. 이정은 함부로 제 진심을 부정하지 말라며 고개를 저었다.

"내 결단코 저 여인에게 그리 가벼운 마음을 품은 적은 없네."

온 생을 다하여 자신의 사명을 지키는 여인이다. 한낱 여인의 몸으로 사내들조차 하기 어려운 일들을 해내며 그 무엇에도 굴복하지 않는 강인한 여인이다. 자포에 빠진 저를 지옥에서 구원하였고, 보이지 않던 희망까지 밝게 비춰준 여인이다. 하여 이정도 그녀를 돕고 싶었다. 누구보다 귀히 아껴주고 싶었다. 비록 시작은 도움을 받았을지언정, 누구도 감히 해하지 못하게 제가 가진 모든 지위와 힘으로 그녀를 지켜주고 싶었다. 이런 마음을 뉘 감히 호기심이라 부를까.

"언젠가 변할 마음은 저 아이에게 더욱 가혹한 현실만 가져다 줄 뿐입니다."

"변하지 않을 걸세."

"사람 마음보다 간사한 것이 없다 하였습니다. 자가께서 아무리 지조가 굳다 하신들 누가 장담할 수 있단 말입니까."

"믿지 않아도 좋네."

"자가!"

"다만, 나는 욕심내지 않을 뿐일세."

이정이 가늘게 입가를 늘였다. 잘 알고 있다. 감히 무언가를 욕심내기엔 제 삶이 너무 위험하다는 것을. 왕위를 물려받지 못한 대군의 죄는 존재 그 자체였다. 언제나 죽음의 위험이 도사리고 있는 제 곁에 언감생심 어찌 그녀를 둘 수 있겠는가. 처음 그녀의 비밀을 알았을 때 섣불리 그 앞을 가로막지 못한 것도 어쩌면 그 때문이었을지도 모른다. 함부로 그녀의 삶에 손을 대었다가 제가 죽기라도 한다면, 그때 가인은 진실로 혼자 남게 될 테니까.

"지엽, 나는 바라는 것이 없네. 아니, 정확히 말하자면 바라선 아니 되는 삶을 살아왔네. 언제 죽어도 이상하지 않을 자리가 왕위를 빗겨간 대군의 자리이니, 내 이 삶에 무슨 미련이 있겠는가."

"……자가."

"그런 내가 처음으로 눈길을 둔 여인이네. 내 남은 생을 다 태우더라도 지키고 싶은 유일한 희망이란 말일세."

이정의 미소가 점차 슬프게 변하였다. 미처 입가에 걸리지 못한 그것은 뺨을 타고 흘러내려 어둠으로 사라졌다.

"내게서…… 이 작은 꿈마저 앗아가지 말게."

일평생 바라는 것 없던 대군이 처음으로 내건 부탁이었다. 차마 움켜쥐지도 못할 꿈을, 그저 바라만 보아도 좋아서, 그렇게 멀리서라도 지켜볼 수 있게 해달라고. 차마 그 마음을 뿌리치지 못하여 지엽은 문드러지는 가슴을 붙잡고 그저 고개를 숙였다. 멀리 파도가 갯벌을 덮으며 거칠게 솟구쳤다. 그들을 대신할 울음이었다.

풍월정

성종 9년, 음력 11월 2일

소설이 지나며 영건 작업에도 박차가 가해졌다. 지붕 공사가 끝나갈 무렵 인방*과 문지방, 머름대** 등을 시공하는 수장재 드리기와 대청, 누마루, 툇마루 등을 설치하는 마루 드리기, 거기에 각 용도에 맞춰 천장 마감까지 끝냈다. 이후 니장泥匠들이 나뭇가지를 가로세로로 얼기설기 엮고 그 위에 황토와 모래, 지푸라기 등을 섞은 점토로 진흙을 바르는 초벽치기, 반반하게 다듬는 고름질, 마무리로 바르는 재벌바름을 차례로 하여 벽을 드렸다. 본디 날이 추우면 점토나 외椳*** 등에 서리가 어릴 수 있어 탈이 나

---

*인방 기둥과 기둥 사이, 또는 문이나 창의 아래나 위로 가로지르는 나무. 문짝의 아래위 틀과 나란하게 놓는다. **머름대 바람을 막거나 모양을 내기 위하여 미닫이 문지방 아래나 벽 아래 중방에 대는 널조각. ***외椳 흙벽을 바르기 위하여 벽 속에 엮은 나뭇가지. 댓가지, 수수깡, 싸리 잡목 따위를 가로세로로 얽는다.

기 마련이건만. 하늘도 영건을 도우시려는지, 외엮기를 할 무렵부터 날이 푹하고 건조해져 구름 한 점 없는 마른하늘이 이어졌다. 덕분에 대설이 오기 직전 마무리로 점토를 바르는 정벌바름에 기단 쌓기까지 무사히 마칠 수 있었다.

그렇게 사방에 콩댐 냄새가 고소하게 퍼지고 장엄한 사괴석四塊石 담장이 햇볕 아래 반짝이던 날, 마침내 새 궁가 영건이 끝이 나게 되었다. 완성된 궁가를 감격 어린 눈으로 바라보던 이정은 안궐 식구들과 인부들의 노고를 치하하며 진심으로 감사를 표하였다.

"모두 고생하였네. 그대들이 아니었다면 이 궁가는 결코 완성되지 못하였을 걸세. 이곳에 새겨진 그대들의 피와 땀을 내 결코 잊지 않을 걸세."

이미 값으로도 충분히 사례하였건만. 마음 깊이 전하는 대군의 인사에 아랫것들은 심히 감격하였다. 더구나 이 궁가에 서린 비통한 사정을 알아 그들은 더욱 마음이 무거울 수밖에 없었다.

"대군 자가, 부디 만수무강하시어 대대손손 발복하십시오."

인부 하나가 눈물지며 절을 올렸다. 곧이어 다른 인부들도 너나 할 것 없이 이정에게 감사와 안녕을 비는 마음으로 절을 올렸다. 단영과 안궐 식구들 역시 그간 자신들을 보호하여준 이정을 향하여 절을 올렸고, 지엽 또한 그의 마음이 평안하길 기원하며 바닥에 엎드리었다. 천군만마를 얻은 장수도 이처럼 마음이 든든하진 못할 것이니, 이정은 함께 눈시울을 붉히며 그들의 마음을 하나하나 소중히 품었다.

"자가."

절을 마친 단영이 커다란 오동나무 함을 들고 앞으로 나왔다. 무엇이냐 눈으로 물으니 단영이 함을 열며 말하였다.

"무릇 집의 이름은 주인의 염원과 지향을 담는 법입니다. 자가의 무사안일을 바라는 마음으로 만든 것이니, 부디 받아주십시오."

이정이 감싸인 종이를 펼치자 은행나무로 만든 현판이 보였다. 은행나무는 예로부터 안정과 번영을 상징하니, 새 궁가에서도 부디 이정이 무사하길 바라는 단영의 마음이 담뿍 담긴 것이었다. 이정은 유려한 필체로 적힌 새 궁가의 이름을 손끝으로 어루만져보았다.

"지정궁至靖宮……."

평안에 이르는 궁이라. 달리 해석할 필요도 없이 직관적이었지만, 그렇기에 더더욱 그 의미가 강렬히 드러나는 이름이었다.

"고맙네. 몹시 마음에 드는 이름이로군."

"입택일에 걸어드릴 터이니 사랑 깊숙한 곳에 넣어두십시오."

"그리하겠네."

부디 이 현판에 새긴 이름대로 자가께서 진정 평안에 이르시기를. 원하시는 뜻에 다다르시기를. 그렇게, 무사히 한성으로 돌아오시기를. 단영은 그 모든 바람을 함 안에 단단히 봉하였다.

"자, 그럼 다들 이만 돌아갑세."

"예, 자가."

입택 전 성주신께 지내는 입주고사는 열흘 후로 택일이 된 터라. 그들은 한성으로 돌아갔다가 고사 날 다시 안산으로 내려오기로 하였다. 짧다면 짧고 길다면 길었던 이 영건의 끝은 과연 어떤 결실을 맺게 될지. 단영은 불안과 걱정, 그리고 희망이 한데 엉긴 눈으로 지정궁을 바라보다 이내 한성길에 올랐다.

* * *

능숙하게 사다리를 오른 단영은 제집처럼 침루에 올랐다. 이번에도 한성에 머무르는 동안 이정의 연경궁에서 지내기로 한 것이다. 웬일로 지엽이 객루에 값을 달아줄 테니 그곳에서 머물라며 한바탕 승강이를 벌였지만, 객루보다 더 양질의 숙식을 놔두고 어찌 헛돈을 쓰느냐며 단영은 기어이 연경궁 침루를 택하였다. 이젠 웬만한 객사보다 이 침루가 더 편하게 느껴지니, 다음 집은 아예 산속에 침루 형식으로 올려볼까 진지하게 고민이 되는 그녀였다.

"무엇보다, 이번이 아니면 더 이상 대군 자가와 함께 있을 기회도 없는걸……."

단영은 창을 열어 멀리 사랑채를 응시하였다. 아직 서책을 읽고 계시는지 창호지에 보얀 달빛을 닮은 빛이 밝혀져 있었다. 입주고사를 치르고 나면 이정은 임금의 허락이 떨어져야 한성으로 돌아올 수 있을 것이다. 하나 그것은 기약 없는 약조에 불과할 터. 어쩌면 두 번 다시 만나지 못하게 될 수도 있는 것이다. 단 며칠만이라도 좋으니 그 전까진 대군과 조금이라도 같은 공간에 있고 싶었다. 어차피 끊어질 인연, 이 정도 욕심은 부려도 되지 않겠는가. 단영은 습관처럼 벽조목 목걸이를 어루만졌다. 전할 수 없는 진심으로 애가 탈 때마다 목걸이를 쓰다듬으니, 자가께서 나무 표면에 새기신 '안安'이라는 글자가 닳기까지 그리 오랜 시간이 걸리지도 않으리라. 그때에 이르러 우리는 평안에 다다를 수 있을는지. 한평생 그리움에 잠겨도 좋으니 부디 이 글자만큼은 그의 삶에 새겨지기를. 염주를 굴리듯 목걸이를 문지르던 단영이 이만 잠자리에 들려던 그때였다.

"자가, 대군 자가! 눈 좀 떠보십시오, 자가!"

사랑채 쪽에서 가슴을 찌르는 소란이 들려왔다. 대군께 무슨 일이 일어난 것인가. 벌떡 몸을 일으킨 단영은 급히 얼굴을 가리고서 침루 아래로 내려왔다. 그리고 야단이 난 곳으로 달려간 순간, 그녀는 눈앞에 펼쳐진 광경에 그만 입을 틀어막을 수밖에 없었다. 사랑채의 열린 문 너머, 이정이 미동도 없이 쓰러져 있었던 것이다.

"의원, 어서 의원을 부르거라!"

비명에 가까운 공 내관의 명령과 함께 흐려졌던 시야가 돌아왔다.

"자가, 자가!"

단영은 간신히 발에 힘을 주어 이정에게 달려갔다. 조금 전 함께 저녁을 먹을 적만 하여도 아무렇지 않으셨거늘. 어찌 지금은 안색이 달빛처럼 파리하고 마른 입술에선 밭은 숨만 겨우 나온단 말인가. 단영은 얼굴에 맺힌 식은땀을 연신 닦아주며 애타게 그를 살폈다. 간간이 미간을 일그러트리며 괴로운 신음을 흘리는 것이 꼭 금성관에서 보였던 발작과 같았으나, 그때와는 비교도 할 수 없을 만큼 상태가 끔찍하였다.

"자가, 눈 좀 뜨십시오. 대군 자가. 자가……!"

단영은 이정의 얼굴을 끌어안은 채 서럽게 부르짖었다. 울음은 사내의 것처럼 꾸미기 쉽지 않아 삼켜야 함을 알면서도 차마 터져 나오는 읍곡을 막을 수가 없었다. 오래지 않아 연경궁으로 달려온 의원과 의녀들에 의해 이정이 그녀의 품에서 멀어졌다. 사람들에게 둘러싸인 이정을 보는데 가슴이 터질 듯 쿵쾅거리고 눈물이 앞을 가려 어찌해야 좋을지 알 수 없었다. 부디 이번에도 무사히 이겨내시길. 아무 일도 없던 것처럼 털고 일어나시길. 간절히 빌고 또 빌며 진맥이 끝나길 기다렸다. 하나 그녀의 바람은 허망하게 부서지고 말았다.

"맥이…… 잡히질 않습니다."

의원이 침통한 표정으로 이정의 팔을 내려놓았다. 믿을 수 없는 말에 단영이 다그치듯 의원을 재촉하였다.

"그게 무슨 말이오. 맥이 잡히지 않는다니! 다시 진맥해보시오, 어서!"

"아무래도, 자가께서……."

의원의 말이 채 끝나기도 전에 찢어질 듯한 귀울림이 단영의 귀를 파고들었다. 휘청거리며 몸의 중심을 잃은 단영은 헛소리를 하는 의원을 밀어내고서 대군을 살폈다. 이정이 숨을 거두었다니. 한 시진 전만 해도 저와 웃고 대화를 나누던 그가 이렇게 갑자기 떠나다니! 믿을 수 없었다. 아니, 믿고 싶지 않았다. 단영은 연신 고개를 저으며 이정의 뺨을 감쌌다. 손바닥 아래 이토록 따스한 온기가 느껴지는데 누가 감히 죽었다 하는 것인가.

"자가, 일어나십시오. 눈을 뜨십시오! 어찌 이러십니까, 이제 겨우 끝이 보이는데 어찌……!"

강하게 흔들어도 보고 주먹으로 가슴을 내리쳐보기도 하였으나 이정은 미동도 하지 않았다. 정말로 혼이 빠져나간 듯 축 늘어져 흔들면 흔드는 대로, 때리면 때리는 대로 힘없이 흔들거릴 뿐이었다. 망자를 마구 흔드는 단영에 공 내관이 옥룡을 시켜 그녀를 사랑채 밖으로 끌어내었다.

"자가, 아니 됩니다. 자가!"

단영이 옥룡을 뿌리치고 다시 이정에게 다가가려던 그때.

"아!"

순간 따끔한 느낌에 단영이 걸음을 멈추었다. 누군가 벽조목 목걸이를 홱 잡아당기는 느낌이 나더니 나뭇조각이 반으로 쪼개져 바닥으로 툭 떨어지고 만 것이다. 분명 침루에서 만질 적만 해도 멀쩡하던 것이 스스로 쪼개지다니. 불길한 예감이 가슴을 훑은 순간, 문득 담희 승려와 나누었던 대화가 머릿속을 스쳤다.

'거사께서는 동기감응에 대해 아십니까?'

'사람이 죽어 땅속에 묻혔을 때 받은 땅의 생기를 자손에게 온전히 전하는 것이 동기감응 아닙니까.'

'맞습니다. 또한 오행의 기는 땅속으로 흐르면서 만물을 낳는다 하였으니, 마치 사람이 그 부모로부터 몸을 받는 거와 같은 이치이지요.'

단영의 숨이 혼란으로 거세어졌다. 동기감응. 생기를 전하는 것. 서산이 붕괴하면 동쪽의 신령한 종이 응하여 울리게 되니……

"풍월정!"

퍼뜩 떠오른 생각에 단영이 부리나케 풍월정으로 향하였다. 뒤에서 가인을 부르는 소리가 들렸으나 무엇도 그녀의 발목을 붙들 순 없었다. 너른 터를 가로질러 숨이 턱에 달할 때까지 뛰어간 단영의 눈에 검은 연기로 휩싸인 풍월정이 보였다. 실로 사특한 것이라도 깃들었는가. 불이 붙지도 않았는데 뿜어져 나오는 검은 연기에 단영은 등골이 서늘해질 지경이었다. 안개처럼 뿜어져 나온 검은 연기는 사방으로 흘러가 돋아난 풀들까지 전부 시들게 만들었다. 묏자리의 뗏장처럼 뒤덮고 있던 풀이 사라지자 땅마저 헐벗듯 본래 모습을 드러내었다. 곳곳이 움푹 꺼지고 결함이 많은 땅은 사람을 심히 상하게 하니, 이제껏 대군의 답답함을 달래주는 곳이라 생각하였던 이 풍월정이 사실 그의 명운을 갉아먹는 원흉이었던 것이다. 감히 믿을 수 없는 현상에 현실감각마저 아득해졌으나 지금은 꿈과 생시를 가릴 때가 아니었다.

"옥룡아, 옥룡아! 도끼를 가져오거라. 어서!"

온 궁가를 울리는 단영의 고성에 옥룡이 영문도 모르고 헐레벌떡 도끼를 들고 왔다. 단영은 단숨에 도끼를 가로채어 풍월정의 기둥을 찍기 시작했다. 다른 이의 눈에는 검은 연기가 보이지 않는 것인지, 옥룡이 사색이 되어 펄쩍 뛰었다.

"가, 가인 나리! 지금 대체 뭘 하시는 것입니까! 그만두십시오!"

"비키거라! 이걸 부수어야 자가께서 사신다!"

만류하는 옥룡을 떨쳐낸 단영이 다시금 도끼를 휘둘렀다. 쿵! 쿵! 있는 힘껏 도끼를 내리치는 그녀의 모습에 누구도 섣불리 다가서지 못하였다. 두 손이 터져 나가도록 도끼질을 하길 한참.

"이야아압!"

단영이 마지막 기합과 함께 움푹 파인 기둥을 한 번 더 내리찍었다. 우지끈! 그 순간 굉음과 함께 우뚝 솟아 있던 풍월정이 모로 기울기 시작하였다. 묵직한 나무의 울음을 쏟아내던 풍월정은 마지막까지 고집스레 버티다 이내 쓰러지고 말았다. 사방을 가득 메운 흙먼지에 단영이 연신 기침을 터트렸다. 풍월정이 쓰러진 자리로 마치 이무기처럼 검은 연기가 솟구쳐 먼 하늘로 사라졌다. 눈으로 보고도 믿을 수 없어 잘게 숨을 떠는데, 그 순간 또 한 번 외당에서 어수선한 소리가 들렸다. 단영은 도끼를 내던지고서 곧장 그곳으로 달려갔다.

"자가!"

앞을 막아선 궁인들을 밀치고 벌컥 문을 열자 이정과 눈이 마주쳤다. 막혔던 그의 숨이 다시 트인 것이다. 단영은 얼굴이 땀과 눈물, 흙먼지로 뒤엉켜 죄 엉망인 줄도 모르고서 황망히 이정에게 다가갔다. 온전히 정신이 든 모양인지, 눈꺼풀은 힘없이 반쯤 감겨 있었으나 그의 눈동자는 정확히 단영을 향하고 있었다. 그와 눈을 마주하자 다시금 차오른 눈물이 후드득 발치로 떨어졌다.

"잠시…… 다들 나가 있게."

이정의 잠긴 목소리가 엄숙히 명령을 내렸다. 힐긋 두 사람을 살핀 공 내관은 조용히 사람들을 물려주었다. 마지막으로 나간 공 내관이 굳게 문을 닫자 사랑채 안에는 단영과 이정만 남게 되었다.

"자가, 혹……. 괜찮으십니까?"

애처로운 흐느낌이 간신히 물음을 건넸다. 이정은 힘겹게 손을 뻗어 단영의 눈가에 어린 눈물을 지워주었다. 단영은 그 손에 얼굴을 묻은 채 서럽게 울음을 터트렸다. 끊어낼 수 있는 인연이라 생각하였다. 찰나에 스친 마음이니 시간이 흐르고 나면 자연 잊힐 인연이라고. 하나 이정이 숨을 거둔 순간, 단영은 깨닫고 말았다. 이 사내가 제 마음속에 아주 깊이 뿌리 내렸음을. 알지 못하는 새에 그 뿌리가 제 속을 모다 뒤덮어 벗어날 수 없게 만들었음을.

상투를 틀고 도포를 둘러야 하는 제 처지가 이토록 절망스럽게 느껴진 것은 처음이었다. 단 하루라도 좋으니 이 사내 앞에 여인으로 서 있을 수 있다면……. 차마 애달픈 마음을 드러낼 수 없어 설운 눈물만 떨구던 그때.

"자네도…… 나와 같은 마음인가."

낮게 갈라진 목소리가 단영의 울음을 잠재웠다. 얕게 숨을 뗀 단영이 고개를 들어 이정을 보았다. 더없이 귀한 것을 다루듯, 엄지를 벌려 소중하게 단영의 뺨을 쓰다듬던 이정이 그녀의 입 가리개를 벗겨내었다. 조심스러운 손길이었으나 한순간에 일어난 일이라 차마 떨어지는 입 가리개를 다시 잡을 수도 없었다.

"나처럼, 자네도 나를…… 바라고 있던 겐가."

이어진 이정의 말에 단영의 눈이 커다래졌다. 그가 뱉은 말 한마디 한마디가 어지럽게 뒤엉켜 무슨 뜻인지 단숨에 이해하기가 어려웠다. 작게 입술을 뗀 단영은 애써 떠오르는 생각을 부정하며 고개를 저었다.

"그게, 무슨 말씀이신지……."

"나는 그대를 원하네, 가인."

"……."

"이전부터…… 그대를 마음 깊이 원하고 있었네."

단영의 눈동자가 크게 흔들렸다. 제 귀가 멋대로 이정의 말을 왜곡하고 있는 것인가. 아니면 죽었다 살아난 대군께서 정신이 온전치 않아 꿈결을 헤매고 계신 것인가. 어찌 사내로 분장한 저를 마음에 품었다 말씀하시는 것인지 단영은 도무지 이해할 수 없었다.

"하오나 자가. 소인은, 같은 사내이온데⋯⋯."

"내 이미 그대의 비밀을 알고 있네."

행여 소리가 문지방을 넘을까, 이정이 숨죽여 단영에게만 들릴 목소리로 말하였다. 그의 손이 숨을 집어삼킨 분홍빛 입술을 조심스레 문질렀다. 그 애틋한 손길에 단영은 설움도, 당혹도 잊고서 옅게 입술을 떨었다.

"그럼에도, 나를 밀어낼 텐가."

입술에 머물렀던 이정의 깊은 눈길이 단영의 눈으로 향하였다. 서로를 담은 두 시선이 허공에서 깊이 얽매였다. 이윽고 단영이 조용히 눈을 감자, 이정이 그녀를 조심스레 이끌어 입을 맞추었다. 포개어진 입술 사이로 서로를 향한 간절한 열망이 짙은 열기로 피어나니, 두 사람은 누가 먼저랄 것도 없이 깊은 숨결을 나누었다.

꿈결이던가. 현실이던가. 폐부를 가득 채운 체향으로 머릿속은 몽롱한데, 입술을 뒤덮은 온기는 불에 델 듯이 뜨거워 이징은 이성을 차릴 수가 없었다. 애절한 마음에 어쩔 줄 몰라 공연히 가녀린 뒷목만 안타까이 움켜쥘 뿐이었다. 그럼에도 행여 작은 몸이 놀라 달아날까, 그는 조심스레 단영의 입술을 머금고서 자신의 온기를 새기고 또 새겼다.

한참 만에 떨어진 입술 사이로 달뜬 숨들이 오갔다. 이정은 촉촉이 물기 어린 단영의 눈가를 손끝으로 쓸었다. 파르르 나비 날개처럼 떨리던 긴 속눈썹이 천천히 올라가 연갈색 눈동자를 내

보였다. 수줍은 것인지, 서러운 것인지, 그도 아니면 두려운 것인지. 깊은 눈 속에 담긴 애처로운 빛이 무엇인지 알 수 없어 이정은 속이 까맣게 타들어갔다.

"내 그대의 비밀을 억지로 들추었는가."

나직이 물으니 붉게 상기된 얼굴이 작게 고개를 저었다. 그러고도 감정이 북받쳐 오르는지 말간 눈동자 아래로 다시 투명한 눈물이 고였다. 이정은 천천히 고개를 내려 단영의 젖은 눈에 입을 맞추었다. 그러곤 그간 그녀가 홀로 삼켜야 했을 설움과 가슴 앓이를 모두 대신 삼켜주었다. 이토록 마음 여린 여인이거늘, 그긴 세월 어찌 홀로 버텨내었을까. 이정은 가늘게 떠는 여인의 어깨를 끌어안아 잠시나마 그녀의 비애를 위로하였다.

* * *

고요한 밤에 잠긴 무위사 안. 찻잔을 기울이던 담회 승려가 일순 무언가를 느낀 듯 먼 하늘을 올려다보았다. 구름 한 점 없이 맑은 하늘에 별들이 심상찮은 빛으로 반짝이고 있었다. 담회 승려는 어지러운 별빛을 눈으로 훑으며 천기를 읊조렸다.

"오랫동안 원을 가두던 빗장이 풀렸으니, 제웅이 달빛을 받을 제 하늘께서 달집을 태우시겠구나……."

결전이 멀지 않았으니, 과연 저들은 지혜롭게 이 시련을 극복할 수 있을는지. 걱정이 일었으나 이미 제 소임은 다한 뒤였다. 오래전 세조의 저주를 씻어내는 대신 부스럼만 거두어준 것처럼,

인간에겐 번뇌에서 벗어나 진리를 깨닫기까지 각자가 반드시 짊어져야 할 삶의 무게라는 게 있었으니.

마지막 차를 비운 담희 승려는 조용히 밖으로 나와 어둠 속으로 사라졌다. 그가 떠난 자리에는 찻잔 대신 반야검般若劍과 푸른 연꽃만이 남게 되었으니, 문수보살이 다녀간 무위사에서 이후 담희 승려를 봤다는 사람은 아무도 없게 되었다.

* * *

"손은 어찌 이리된 것인가."

한참을 그렇게 온기만 나누던 이정이 엉망이 된 단영의 손을 뒤늦게 살폈다. 단영은 부끄러운 듯 두 손을 오므리며 말하였다.

"풍월정을 도끼로 부수었습니다."

"풍월정을?"

"예. 그 정자로 인하여 자가의 심병이 낫지 않았던 것입니다."

믿을 수 없는 이야기에 이정이 작게 숨을 터트렸다. 풍월정이 심병의 원인이었단 말에 놀란 것이 아니었다. 이토록 가녀린 여인이 그 큰 정자를 부수었다는 사실에 놀라 질겁한 것이었다. 철렁 내려앉은 가슴에 이정이 나무라듯 말하였다.

"어찌 그런 무모한 짓을 저질렀는가. 그러다 자네가 크게 다치기라도 했으면 어찌하려고."

"오직 자가를 살려야 한다는 생각뿐이었던지라……."

필사적으로 도끼를 내리쳤을 단영이 떠올라 이정은 목이 메어왔다. 애써 마음을 가라앉힌 그는 밖을 향해 크게 외쳤다.

"공 내관 있는가."

"예, 자가."

멀리서 부름을 받은 공 내관이 종종걸음으로 다가와 문밖에서 하명을 받았다. 괜찮다는 단영의 만류에도 이정은 그에게 상처를 치료할 것들을 가져오라 일렀다.

"가인이 손을 다쳤으니 깨끗한 면포와 물, 그리고 자상에 좋은 약초를 가져다주게."

"예, 자가."

곧이어 공 내관이 필요한 물품들을 툇마루에 대령하였다. 공 내관은 함부로 문을 열어젖히는 대신 얇은 창호지 너머로 상전의 뜻을 물었다.

"의원을 다시 부르오리까?"

"되었네. 이만 물러가게."

"예, 자가."

무언가를 눈치챈 것인지, 아니면 단영이 직접 할 것이라 생각하였는지 공 내관은 가타부타 말을 얹는 대신 조용히 뒷걸음질하였다. 내관의 발소리가 완전히 멀어지자 이정은 물에 적신 깨끗한 면포를 가져와 조심스럽게 단영의 손을 닦아주었다. 얼마나 급했으면 이리 손이 다 터져 나가도록 도끼를 휘둘렀을까. 면포에 핏자국이 묻어날 때마다 심병보다 더 아릿한 통증이 번져왔다.

"이리 주십시오. 소인이 할 수 있습니다, 자가."

"가만히 있게. 이것만은 내가 꼭 해주고 싶으니."

단영이 쑥스러워하며 손을 빼려 하였으나 이정은 잡은 손을 놓아주지 않았다. 대신 정성껏 피와 흙을 닦아내고서 약초를 바른 헝겊으로 손을 감싸주었다. 서툰 솜씨였으나 그것을 바라보는 단영의 낯은 더없이 수줍고 행복해 보였다. 면포를 둘러 지그시 매듭을 지어준 이정이 그녀의 손을 감싸 쥐며 물었다.

"한데 풍월정이 나의 심병을 일으킨다는 건 어찌 알았는가?"

"조금 전, 자가의 숨이 멎으셨을 때……."

떠올리는 것만으로도 눈앞이 아득해지는지, 질끈 눈을 감았다 뜬 단영이 애써 말을 이었다.

"자가께서 주신 벽조목 목걸이가 홀로 두 동강이 났습니다. 『금낭경』에 이르기를 기가 감응하면 귀복이 사람에게 미친다 하였으니, 필시 풍월정에 쓰인 벽조목과 목걸이가 서로 응한 것이라 생각하였습니다."

예상대로 풍월정 주위엔 사특한 기운이 가득 어려 있었고, 감춰져 있던 땅의 본질 또한 드러난 까닭에 곧바로 그것을 부수었던 것이다. 가만히 듣고 있던 이정이 깊이 한숨을 내쉬며 자책하였다.

"이리 가까운 곳에 그런 흉악한 땅이 있었을 줄이야……. 그것도 모르고 매양 그곳에서 답답한 마음을 풀곤 하였으니, 나로 인하여 정자에 흉기가 스민 것이 아닌가."

"반대로 그것이 자가의 어두운 내면을 부러 들춘 것일지도 모

418

르지요. 그래도 원흉은 다 파하여졌으니 더 이상 염려하지 않으
셔도 됩니다. 부서진 정자는…… 시일이 걸리더라도 안궐에서 다
시 복구해드리겠습니다."

멋쩍게 웃던 단영이 슬그머니 이정의 눈치를 살폈다. 아무리
그를 위한 처사였다지만, 임금께서 손수 어필을 내린 정자를 멋
대로 부수었으니 뒤늦게 그 죄가 걱정되었던 것이다. 쭈뼛거리는
단영의 모습에 피식 실소를 흘린 이정은 다정히 그녀를 품에 안
아주었다.

"작금에 이르러 내 그대보다 더 중한 것이 무엇 있겠는가. 그
대가 아니었다면 이미 죽은 목숨이니, 그깟 정자는 백 번이고 천
번이고 부수어져도 상관없네. 다만 고운 손이 그로 인해 망가졌
으니 그것이 마음 아플 뿐……."

일평생 흙과 나무를 만지며 살아와 웬만한 사내 못지않게 거
친 손이건만. 마치 양반댁 규수의 섬섬옥수를 바라보듯 하는 이
정의 눈빛에 단영은 공연히 부끄러워졌다. 사내에게 처음 받아보
는 굄*에 가슴이 콩닥콩닥 간지럽게 뛰기도 하였다. 단영의 보드
라운 맨 뺨을 가만가만 어루만지던 이정이 나직한 목소리로 물
었다.

"궁금한 것이 하나 있는데, 물어봐도 되겠는가."

"무엇이든 하문하십시오, 자가."

*굄 유난히 귀엽게 여겨 사랑함.

"그대의 진짜 이름을 알고 싶네."

단영이 천천히 고개를 들어 이정을 보았다. 제가 여인이란 사실을 알고 있었으니 앞서 밝혔던 이름이 진짜가 아니란 것도 이미 예상하고 있었을 터였다. 어디서부터 어디까지 밝혀야 할까. 혹 저로 인하여 이정에게 화가 미치진 않을까. 두려운 마음에 선뜻 입이 떨어지질 않았다. 한참을 고민하던 단영은 이내 마음을 다잡고 이정과 눈을 맞추었다.

"붉은 단丹 자에 기둥 영楹 자를 쓴, 홍가 단영입니다."

"홍단영……. 어여쁜 이름이군."

이정은 단영이 알려준 진짜 이름을 소중히 입에 담았다. 그에 단영이 그리움 가득한 미소를 지으며 말했다.

"붉은 기둥은 궐의 지붕을 받칠 뿐만 아니라 액운을 쫓고 상서로운 기운을 불러들이니, 이름처럼 복되고 군세게 살아가라 아버님께서 지어주신 이름이었습니다."

하나 살아남으려면 성과 이름을 모두 버려야 했으니, 그녀는 가족을 잃은 날 자신을 지탱하던 붉은 기둥마저 잃어버렸던 것이다. 이름을 잃은 채 살아온 한이 얼마나 깊었을꼬. 이정은 풍파에 수도 없이 휩쓸렸을 작은 몸을 군게 끌어안았다.

"이젠 내가 그대의 붉은 기둥을 다시 세워줄 걸세. 누구도 감히 그대를 무너트리지 못하게, 그리 지킬 걸세."

"자가께서 소인의 고달픔을 아시니 세상 무엇이 부럽겠사옵니까."

단영 역시 너른 품에 몸을 맡기며 눈물을 지었다.

"다만 원하옵기는, 오로지 자가의 무사안일뿐입니다."

나라의 액운을 막기 위해 스스로 제웅이 되어야만 하는 이정이었다. 지정궁에서 어떠한 일이 벌어질지, 또 언제 다시 한성으로 돌아올 수 있을지 알 수 없으니 할 수만 있다면 이대로 이정을 붙들고 싶은 단영이었다. 이정 또한 단영의 불안을 모르지 않는 터라. 그는 단영의 얼굴을 쓰다듬으며 마주한 눈 깊이 다짐을 걸었다.

"약조하겠네. 내 무슨 일이 있어도 그대에게 다시 돌아올 것이라고."

그때가 되면 억울하게 눈을 감은 단건의 누명까지 모두 벗겨주리라. 아직은 함부로 들출 수 없는 단영의 한까지 마음 깊이 새기며 이정은 그리 약조하였다.

"예. 그리해주십시오. 자가께서 오실 때까지 기다릴 것입니다."

애틋한 마음은 눈물이 되어 아롱졌다. 그 굳건하고도 위태로운 약조에 모든 것을 내걸고서 두 사람은 다시금 서로를 끌어안았다. 하여 이 밤의 끝자락을 연인의 품에 고이 묻으니, 달조차 마음이 애달파 구름 뒤로 숨는지라. 일렁이던 촛불마저 어둠에 잠겨 두 사람을 오래도록 세상으로부터 지켜주었다.

입 택

성종 9년, 음력 11월 8일

"불허한다."

임금의 엄중한 목소리가 천추전에 무겁게 깔렸다. 임금은 제
앞에 상당 부원군으로서 나온 한명회와 영돈녕부사 노사신, 문성
군 유수 등을 내려다보며 재차 불허의 뜻을 보였다.

"공신들이 중삭연仲朔宴*을 진연하고자 하는 마음은 잘 알겠으
나, 대왕대비께서 이미 동지의 진연을 윤허하지 않으셨으니 과인
역시 홀로 연회를 받을 수는 없다."

그에 공신들과 은밀히 시선을 주고받은 영돈녕부사가 몸을 숙
이며 말하였다.

---

*중삭연仲朔宴 음력 2월·5월·8월·12월에 공신들이 임금에게 바치던 잔치.

422

"하오나 전하, 소신들이 이미 고견을 여쭌바, 대왕대비마마께옵서도 중삭연이 정지된 것을 몹시 안타까워하셨나이다."

"대왕대비마마께서?"

"예, 전하."

임금의 양미간이 기어이 어긋났다. 감히 임금인 자신보다 대왕대비께 먼저 진언을 올렸다니. 아직도 공신들은 어린 임금을 두고 대왕대비께서 수렴청정을 하시는 때라 착각하고 있는 것인가. 불쾌감에 임금의 낯빛이 사뭇 어두워졌다. 그것을 빤히 눈에 담고도 문성군은 뻔뻔하게 말을 이어받았다.

"작금에 이르러 나라에 대소사가 없고 공신들 또한 대부분 관직에서 물러나 조정에 남은 이가 얼마 없사오니, 바라옵건대 이번 중삭에는 간소한 예로나마 공신들을 위하여 진연할 수 있도록 허락하여주시옵소서."

임금은 선뜻 답하지 못하고 굳게 입을 다물었다. 중삭연은 표면적으론 공신들이 임금을 위하여 올리는 연회였으나, 실상은 공신들의 위세와 무소불위의 권력을 자랑하는 과시에 불과하였다. 자칫 잘못하였다간 공신이 아닌 다른 관료들을 배척하는 것처럼 보이는 것은 물론, 정치적 입지가 불안정하거나 죄를 지은 공신들까지 나라에서 두둔한 꼴이 되고 마는 것이다. 하여 근자에 벌어진 나라의 재이를 이유로 한동안 중지하였거늘. 무슨 생각에선지 공신들이 우르르 몰려와 다시 연회를 올리게 해달라 청하고 있었다. 가뜩이나 월산대군이 나라의 액운을 막기 위해 안산의 새 궁가로 들어갈 날이 머지않은 터라. 섣부른 진연으로 나라에서 대군을 진정 제물로 바친단 말이 퍼질까 임금은 심히 우려되었다.

하나 아무리 훈구대신을 견제하고 있는 중이라 할지라도 대왕대비께서 허락하신 일을 막무가내로 막을 수는 없는 노릇. 어떻게 해야 이번에도 중삭연을 막을 수 있을지 임금이 고심하던 그때, 마침 기다렸다는 듯 한명회가 친히 다른 문을 열어주었다.

"전하, 일전에 구나驅儺*에서 화산대火山臺**를 쓰는 일을 두고 한낱 놀이 도구에 경비가 많이 든다는 이유로 검토관이 정지하길 청하였다 들었사옵니다. 하나 세시歲時(설)에 여는 구나는 궐뿐만 아니라 만민이 가내를 두루 깨끗이 하고 묵은해의 잡귀를 몰아내는 의식이니, 그 무엇보다 정성을 다해 행해야 하는 줄로 아옵니다."

고개를 든 한명회가 묘한 미소를 띠었다.

"무릇 나라의 안위는 백성의 염원을 토대로 서는 법. 백성들을 위한 궁중의 진연은 정지되어선 아니 되니, 이번 중삭까진 공신연을 정지하되 나례의 화포는 허락하시어 백성들에게 왕실이 건재함을 널리 보여주시옵소서."

임금이 경계 어린 눈으로 한명회를 보았다. 공신들만 노날 중삭연을 정지시키는 대신 백성들을 위하여 성대한 구나 의식을 치르는 건 얼핏 보아도 나쁘지 않은 선택이었다. 일전에 광대패가

*구나驅儺 음력 섣달그믐날 궁중에서 역귀疫鬼를 쫓던 의식. **화산대火山臺 조선시대, 대궐에서 불놀이를 하기 위하여 무대 모양으로 만든 대.

대신들을 조롱한 일로 입궐을 금하여 의식을 축소시킨 바 있으니, 화포까지 금하는 건 과한 처사라 할 수 있었다. 월산대군의 입지를 위하여서도 공신연보단 나례를 택하는 것이 여러모로 옳은 선택일 터. 임금은 한명회를 경계의 시선으로 보면서도 그가 열어준 문으로 한 걸음 걸어 들어갔다.

"좋다. 의금부에 전하여 금년까지는 나희에 화산대를 세우라 이르라."

"성은이 망극하옵나이다, 전하."

한명회는 깊이 몸을 숙이며 친히 그 문을 닫아주었다. 이것이 덫임을 알 즈음엔, 이미 모든 것이 끝나 있으리라. 바닥을 향한 그의 입가에 숨기지 못한 사특한 미소가 스며 있었다.

* * *

지정궁 대문 앞에 고사상이 차려졌다. 눈알 성한 통북어에 흰쌀, 초, 해팥과 갓 쩌어 나온 팥시루떡, 과일 등이 붉은 보 위에 정갈하게 올라갔다. 단영은 소금을 한 움큼 쥐고서 지정궁 대문 앞에 세 번 뿌렸다. 커다란 북어에 티 없이 하얀 명주실을 칭칭 둘러 감은 그녀는 소금을 담은 접시에 초를 얹고서 조심히 불을 붙였다. 하얀 연기를 따라 성주신께서 내려오시니, 걸쭉한 탁주 한 사발 올리고서 모두가 일제히 삼배를 하였다. 이윽고 축관을 자청한 지엽이 앞으로 나와 이정이 친히 쓴 축문을 큰 소리로 읽기 시작했다.

"유세차 무술년 11월 12일, 이 땅을 수호하시어 무사히 영건토록 허락하신 성주신께 고하나이다. 회간대왕의 장남 월산대군 이정이 이 터에 궁가를 짓고 지정궁이라 이름하였사옵니다. 이에 신령님 전에 정성을 드리오니 흠향하시고 몸수건강, 만사형통, 발복과 창성을 도와주시며 우연득병이나 관재구설의 시비 등을 피하게 하시어 대대손손 형통하게 하여주시옵소서."

축문을 태워 구덩이에 깊이 묻고 난 후, 이정은 불을 켠 초를 들고서 단영이 뿌린 소금 위를 밟아 대문 안으로 들어갔다. 그는 초를 든 채로 정침과 침전, 그리고 각 채를 차례로 돌며 집안의 부정한 것이 모두 불타 없어지고 성주신의 은덕이 고루 퍼지기를 기원하였다. 그 뒤로 공 내관과 궁녀들이 새벽 나절부터 쑨 팥죽을 지정궁 곳곳에 뿌려 남아 있는 액운을 모두 눌렀다. 마지막으로 당호를 쓴 은행나무 현판이 높이 걸리니, 비로소 입주 고사가 끝이 났다.

모두 한데 모여 팥시루떡을 노나 먹는 가운데, 단영은 홀로 걸음을 옮겨 침전으로 향하였다. 그녀는 품속에서 자그마한 구리 풍령을 꺼내었다. 오래전 무위사에서 담희 승려에게 받은 바로 그 풍령이었다. 처음 풍령을 받을 적만 해도 이리 남루한 것을 궁에 달아도 되나 싶었지만, 풍월정의 일을 겪고 난 후론 어쩐지 승려가 괜한 것을 준 게 아니란 생각이 들었다. 보통 풍령은 정침이나 대청방 등에 거는 게 일반적이라 침전에 다는 것이 조금 이상하긴 하였으나, 이 또한 승려께서 뜻이 있겠거니 생각하고선 사다리에 올라 처마에 풍령을 달았다.

"웬 풍령인가?"

"아……!"

갑작스러운 기척에 놀라 몸이 휘청거린 찰나, 이정이 한발 앞서 단영의 몸을 단단히 끌어안았다. 없어진 그녀를 찾아 예까지 넘어온 모양이었다. 불그스름하게 달아오른 단영의 얼굴을 어여삐 눈에 담은 이정은 그녀가 안전히 땅에 내려설 수 있도록 조심스레 내려주었다.

"몰래 선물을 걸고 있었군."

이정이 웃으며 건넨 농에 단영이 멋쩍게 이마를 긁적이며 답했다.

"담희 스님께서 주신 물건입니다."

"담희 스님께서?"

"예. 궁가가 다 지어지면 자가의 침전에 저것을 달라고 하셨습니다. 본디 풍령 소리는 액운을 막아준다 하니, 자가의 심신이 평온하시길 바라는 마음에 주신 것이 아닐까 합니다."

"내 알지 못하는 새에 스님께 큰 빚을 졌군그래."

이정이 가늘게 입가를 늘렸다. 마침 산들바람이 불어와 청아한 풍령 소리가 하늘을 울렸다. 두 사람은 잠시 툇마루에 앉아 평온한 소리를 함께 나누었다. 가만히 풍령을 바라보던 단영이 이정의 손을 맞잡으며 말했다.

"정히 오늘부터 홀로 지정궁에 계실 것입니까?"

단영의 물음에 이정이 쓸쓸히 미소 지으며 그녀의 손등을 가만가만 쓸어내렸다.

"아무래도 그러는 것이 좋지 않겠는가. 이곳에서 무슨 일이 벌어지게 될지 모르니, 상감마마께 아뢰어 궁인과 호위 역시 최소한으로 두기로 하였네."

"소인이…… 자가의 곁에 함께 있으면 아니 되는 겁니까?"

단영이 간절한 눈으로 이정을 바라보았다. 그의 말대로 앞으로 무슨 일이 벌어지게 될지 모르는 곳이 바로 이 지정궁이었다. 재해는 물론, 대군을 이곳으로 몰아낸 이들이 어떤 간계를 펼칠지 알 수 없는 곳이란 뜻이다. 그런 위험한 곳에서 이정 홀로 지내야 한다니. 생각만으로도 가슴이 아파 단영의 눈시울이 붉어졌다.

하나 이번만큼은 이정도 단영의 청을 들어줄 수 없었다. 하루하루 살얼음판을 걸으며 사방을 경계해야 할 위험 속에 어찌 그녀를 놔둘 수 있을까. 자신은 피치 못할 화를 입게 될지라도 단영만큼은 안전하게 지키고 싶었다. 이미 임금께 청하여 가인과 안궐 식구들의 안위는 보호받을 수 있도록 조치하였으니, 상사로 마음이 애끓을지언정 그리움은 잠시 묻어두어야 할 때였다. 이정은 단영의 눈물을 닦아주며 시선을 맞추었다.

"그대에게 다시 돌아오겠다 한 약조, 벌써 잊었는가."

"하오나……."

"내 이제껏 누구에게도 선불리 약조를 하지 않았으니, 이는 한

번 내건 약조는 반드시 지키기 위함이었네. 시일은 걸릴지라도 반드시 그대의 곁으로 돌아갈 것이야. 그러니 나를 믿고 조금만 기다려주게."

사내가 나직한 목소리로 재차 약조를 새기자 여인은 눈물을 지으면서도 차마 아니 된다 만류할 수 없었다. 그윽한 마음을 감출 길 없어 단영은 스스로 입 가리개를 벗고 먼저 이정에게 입을 맞추었다. 조심히 건넨 입맞춤은 정인의 무사를 당부하는 기원이었으니, 이정은 정갈한 마음으로 단영의 입술을 받아들였다. 하지만 깊은 접문接吻에 연인의 숨이 금세 달아올랐다. 열기에 취해 가녀린 어깨만 공연히 꾹 움켜쥐던 이정은 천천히 단영의 입술을 놓아주었다. 붉게 반들거리는 입술을 미련스레 바라보면서도 그는 도로 단영의 입가에 가리개를 씌웠다.

"바쁘다고 끼니 거르지 말고, 무리하여 손님을 과하게 받지도 말고, 그저 몸 조심히 잘 지내고 있게. 그리하면 내 곧 돌아갈 것이니."

마치 어린아이에게 당부하듯 조곤조곤 이어지는 걱정의 말들이 그리 서글플 수가 없었다. 울음을 참느라 질끈 눈을 감은 단영은 뺨을 어르는 손을 소중히 감싸며 고개를 끄덕였다. 감은 눈 아래로 새로이 눈물이 흘렀으나 이정의 손이 먼저 훔쳐 입 가리개에 스미진 못하였다. 단영은 고집을 부리는 대신 분신과도 같은 자신의 나경을 이정에게 주었다.

"이것이 소인 대신 자가의 곁을 지킬 것입니다."

"이 귀한 걸 내게 주어도 되겠는가."

"완전히 드리는 게 아니라 빌려드리는 겁니다. 그러니 잘 간직하고 계시다 때가 되면 다시 돌려주십시오. 어느 부분 하나 상해선 아니 될 것입니다."

"……내 목숨보다 귀히 지켜야 할 것이 또 생겼군."

이정이 피식 웃으며 나경을 소중히 품에 넣었다. 그러곤 저 역시 단영을 위해 준비한 서신을 건네었다. 단영이 무엇이냐 눈빛으로 묻자, 이정 역시 눈빛으로 어서 읽어보라 권유했다. 곱게 접힌 종이를 펼친 단영의 눈이 옅게 떨려왔다.

새벽이 다가와 여관의 등불은 다하였는데 이 가을 외로운 성에는 가는 비 그치지 않네. 그대 생각에 그리움 끝이 없으니 천리 긴 강이 흐르는 것 같더라.*

"이건……."

"내 말하지 않았는가. 영건이 끝나면 내 그대를 위한 시조를 지어주겠노라고. 비록 가인의 공을 찬미하는 시는 아니게 되었지만…… 그 어떤 시조보다 내 마음을 깊이 눌러 담은 것일세."

단영은 이정이 건넨 시를 소중히 눈에 담았다. 한 구절 한 구절 무엇 하나 가슴을 울리지 않는 말이 없어 자꾸만 눈시울이 붉

* 「기군실총君實」, 월산대군의 시조.

어졌다. 단영은 애써 저미는 가슴을 숨기며 이정을 향해 환히 웃어 보였다.

"소인이 천리 강에 잠겨 죽기 전에 꼭 돌아오셔야 합니다."

"그대가 잠기기 전에 내가 먼저 떠내려갈지도 모르네. 분명 내 그리움이 더 깊을 것이니."

답지 않은 이정의 칭얼거림에 단영이 눈물 밴 실소를 여리게 흘렸다. 오래지 않아 중문 너머로 그들을 찾는 소리가 들렸다. 두 사람은 마지막까지 애틋한 시선을 나누다 결국 서로의 손을 놓아야 했다.

부디 저를 대신하여 자가를 지켜주기를. 단영은 처마 끝에서 작게 흔들리는 풍령을 바라보다 안궐 식구들이 기다리는 곳으로 향하였다. 뎅그렁, 뎅뎅……. 아늑한 풍령 소리가 오래도록 단영의 뒤를 따라왔다.

* * *

"화포는 모두 벽에 붙여 정렬한다! 어이, 거기! 폭약 안 떨어지게 조심해서 옮겨!"

의금부 나졸들이 줄줄이 화포를 옮겼다. 모두 나례 때 임금 앞에서 쏘아 올릴 연종포였다. 수십여 대의 화포와 화약들이 줄줄이 의금부 무기고 안으로 들어가는 가운데, 화포를 옮기던 나졸 하나가 남몰래 주위를 두리번거렸다. 곧 종4품직의 의금부 경력 하나와 시선을 주고받은 나졸은 모두가 정신없는 틈을 타 관청

뒤의 어느 오래된 광으로 은밀히 화포를 가져다 놓았다. 무기고 안에서 화포 개수를 헤아리던 의금부 도사가 기록부를 보곤 고개를 갸웃거렸다.

"화포 개수가 이게 맞나? 하나가 부족한데⋯⋯."

그가 막 상관에게 보고하려던 찰나, 아까 나졸과 시선을 주고받았던 경력이 다가와 능청스러운 얼굴로 말하였다.

"아, 그거. 아까 동지사께 들었는데 기록부에 개수가 하나 잘못 적힌 거라 하시더군."

"그러셨습니까? 전 아무 얘기도 못 들었는데⋯⋯."

"다들 정신없는 때가 아니던가. 괜히 되물었다가 깨지지 말고 알아서 몸 사립세. 아침에 나졸 하나 쥐 잡듯 잡도리하시는 거 못 보았는가?"

"어휴, 당연히 보았습죠. 안 그래도 작년에 폭약이 터져서 화약장들 잔뜩 죽어 나갔는데, 올해 또 화산대를 세운다니 지사 대감께서 아주 뿔이 단단히 나셨지 않습니까."

"그러니 괜히 소란 일으키지 말고 자네 선에서 알아서 처리하게. 빨리 끝내고 탁주나 한 사발 하러 가자고."

"옙, 알겠습니다."

선진의 말을 의심 없이 믿은 도사는 세필로 숫자를 죽죽 그어 기록부를 고쳤다.

밤이 되자 광 안으로 누군가 도둑고양이처럼 숨어들었다. 낮에 나졸을 시켜 몰래 화포를 빼돌린 그 경력이었다. 그는 옥사한 시체들처럼 거적에 둘둘 만 화포와 화약을 수레에 싣고서 의금부를 빠져나왔다. 짝짝이 소리까지 피해가며 광통교를 지난 그는 곧장 광희문으로 향하였다. 시구문을 통과하자 말과 초헌의 그림자가 어둠 속에서 그를 기다리고 있었다.

"말씀하신 것을 가져왔습니다요."

경력이 수레를 대령하고서 바닥에 넙죽 엎드렸다. 말에 올라 있던 이가 자신의 청지기로 하여금 수레의 거적을 들추게 하였다. 안에 담긴 것을 확인한 그의 입꼬리가 찢어질 듯 위로 말려 올라갔다.

"화약도 넉넉히 챙겨왔구나."

"예. 기록부도 모두 은밀히 손봐놓았으니 염려 마십시오."

"일처리가 아주 야무진 관원이로군."

"자가같이 높으신 분들을 위하여 움직이는 것이 소인들의 소임 아니겠습니까. 시키실 일이 있다면 언제든……."

비굴하게 웃으며 손을 싹싹대던 경력의 웃는 낯이 돌차간 하얗게 굳었다. 파르르 입술을 떨던 그가 시선을 내리자 시린 달빛을 품은 검날이 제 목을 꿰뚫고 있었다. 눈 깜짝할 새에 말에서 내린 창원군이 단숨에 경력을 찔러버린 것이다. 경력은 단말마의 비명조차 내뱉지 못한 채 그대로 쓰러지고 말았다.

"쯧, 일을 잘하면 무엇 하나. 아가리 단속을 잘 못 하는데."

창원군이 혀를 차며 검에 묻은 피를 털어내었다. 그가 눈짓하자 따라온 겸종이 서둘러 화포를 가져온 함에 옮겼다. 그러곤 죽은 관원의 옷을 벗긴 후 거적에 말아 수레에 실었다. 시구문 밖 퍼렇게 언 동시凍屍들 위로 관원의 시신을 버리니 감쪽같았다. 피식 웃으며 뺨에 튄 피를 닦아낸 창원군이 초헌에 탄 한명회를 향해 농지거리를 던졌다.

"각 부처마다 관원들 관리는 좀 더 신경을 쓰셔야겠습니다. 저리 쥐새끼 같은 놈들이 곳곳에 퍼져 있으니 조정이 하루도 바람 잘 날이 없지요."

"들키지 말고 조심히 가셔야 합니다. 거사 전에 이 일이 발각된다면 단순히 화포를 빼돌린 죄로 그치진 않을 것입니다."

농을 무시한 채 당부만 전한 한명회는 그대로 초헌을 돌려 자리를 벗어났다. 처음 일을 계획할 적만 해도 입속의 혀가 된 양 굽실거리더니, 이젠 아예 눈조차 마주치지 않으려 했다.

"그깟 멱살 한번 잡힌 일로 저리 꽁해져선. 나이 들면 어찌 하나같이 속만 옹졸해지는지, 쯧쯧."

고개를 절레절레 흔든 창원군이 훌쩍 말에 올랐다. 그래도 덕분에 마음에 드는 무기를 손쉽게 얻었으니, 늙은이의 모침한* 성정이야 몇 번은 눈감아줄 수밖에. 흡족하게 함을 바라본 창원군이 이랴, 박차를 가하며 어둠 속으로 사라졌다.

*모침한 됨됨이가 작고 옹졸하다.

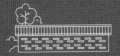

담장
두르기

귀환

섣달그믐을 하루 앞둔 밤. 묵은 한 해를 마무리하고 태평한 새
해를 맞이하기 위해 궁중에서 나례가 열렸다. 임금은 창덕궁 선
정전 월랑에 올라 공신들과 입직한 관원들, 의빈 등과 함께 성대
한 나례를 구경하였다.

관기들의 화려한 군무에도 웃지 않던 임금은 시선을 돌려 어
느 빈자리를 보았다. 제석除夕 때마다 늘 월산대군이 저곳에 함
께 있었건만. 올해는 안산의 새 궁가에서 나라의 액운을 막아야
한다는 이유로 백관들이 입궐을 반대하여 자리하지 못하게 되었
다. 지금쯤 그를 보호하지 못한 저를 원망하고 있을까. 아니면 여
느 때처럼 오로지 충심으로 궐을 향해 절을 올리고 있을까. 무슨
일이 있든 늘 진심을 다해 부복하는 그에게 감사한 마음이 들다

가도, 가끔은 마음이 몹시 무거워져 차라리 원망을 비쳐주었으면 할 때도 있었다. 형을 제치고 왕위에 올랐음에도 피를 나눈 형제조차 온전히 지키지 못하는 이 못난 동생을 어찌 그리 믿고 따르는 것인지. 평생을 다하여도 그에게 진 마음의 빚을 다 갚지 못하리라.

쾅, 콰광! 때마침 연종포를 터트리는 관화觀火가 시작되었다. 화포에서 터져 나온 폭약이 하늘을 온통 철쭉 꽃밭으로 수놓았고, 천둥처럼 거대한 굉음이 천지를 뒤흔들어 악귀를 쫓아내었다. 주위에 묻어놓은 불화살 역시 하늘 높이 쏘아져 장관을 이루어냈다. 하나 이토록 웅장한 화포마저도 임금의 눈에 어린 근심은 몰아내지 못하였으니, 절정에 달하는 불꽃놀이에도 임금의 낯빛은 점점 어두워져만 갔다.

"전하."

그때, 곁으로 다가온 내관이 임금에게 귀엣말을 전하였다. 가만히 듣고 있던 임금의 용안이 삽시간에 흙빛이 되었다.

"뭐라, 그것이 정말이더냐?"

"예. 분명 반 시진 전에 창원군 자가께서 웬 거대한 함과 함께 돈의문을 통과하셨다고 하옵니다. 처음엔 홀로 말을 타고 가시더니, 성저십리를 벗어날 무렵 장정 수십이 그 뒤를 따르기 시작했다 하옵니다."

내관이 전한 이야기에 임금은 머릿속이 복잡해졌다. 화산대라면 사족을 못 쓰던 창원군이건만. 그런 그가 웬일로 감모에 걸려

나희에 나오지 않는다기에 옥사에 갇힌 일로 부끄러움을 느끼나
보다 여기고 가벼이 넘겼더랬다. 한데 감히 거짓을 고하고 성문
밖으로 빠져나간 것이다. 만일을 대비하여 고신을 돌려주고도 몰
래 감시를 붙여놓은 것이 천만다행이었다.

"어디로 향하였다더냐."

"남서쪽으로 향하고 계신다 하였사옵니다."

"남서쪽?"

나례 의식까지 빠져가며 장정 수십을 이끌고 남서쪽으로 향할
일이 뭐가 있을꼬. 곰곰이 생각을 이어가던 임금의 머릿속에 일
순 이정의 얼굴이 스쳤다. 안산. 창원군이 기어이 자신을 옥사에
가둔 월산대군에게 복수를 하기 위해 안산으로 향하려는 것이다!
필시 창원군 혼자 이 일을 계획하진 않았을 터. 고심하던 임금은
폭죽 소리에 어성을 감추어 은밀히 명을 전하였다.

"당장 내금위에 고하여 금군 오십을 지정궁으로 속히 향하
게 하라. 이 일은 절대 밖으로 새어 나가선 아니 될 것이다. 알겠
느냐."

"예, 전하."

내관이 아무도 모르게 어둠 속으로 숨어들었다. 임금은 굳게
주먹을 말아 쥐고서 공신들이 있는 쪽을 응시하였다. 한명회가
요사스러운 빛을 만면에 받으며 간사히 웃고 있었다.

* * *

궐이 있는 방향을 향해 정성을 다하여 절을 올린 이정은 일찍이 잠자리에 들었다. 내일은 섣달그믐이라 온 집안의 불을 밝히고 밤을 새워야 하니, 제석 전날만큼은 편히 잠들고 싶어서였다. 하나 비단 금침 위에 단정히 몸을 뉘이고 굳게 눈을 감아도 잠은 쉬이 오지 않았다. 벌써 지정궁에 들어와 산 지도 보름이 넘어가건만. 새 궁가의 잠자리가 낯선 까닭인지, 아니면 한성으로 돌아간 연인에 대한 그리움 때문인지 그는 늘 이렇게 뒤척이다 잠들기 일쑤였다. 감은 눈꺼풀 너머로 그린 듯 선명히 보이는 단영의 얼굴에 이정은 결국 오늘도 다시 눈을 뜨고 말았다. 그는 늘 품속에 지니는 나경을 매만지며 단영을 생각하였다.

"새집은 괜찮으려나……."

한성으로 돌아간 단영은 청하가 있는 상평방에 새집을 구하였다 하였다. 삼간짜리 초가이긴 하나 이전 집보다 안궐과도 더 가깝고, 또 주변에 민가도 많아 좋다 하였다. 혹여나 지정궁을 지었다는 이유만으로 애꿎은 화를 당할까 안궐에 무사를 두엇 붙여놓았는데, 청하가 그중 한 사내에게 홀딱 반한 모양이라며 편지글에 즐거워하기도 하였다. 단영의 해맑은 미소가 떠올라 이정은 지그시 입가를 늘였다. 어서 하루빨리 나라의 재이가 멎어 한성으로 돌아가면 좋으련만. 이곳에 닥칠 화보다 홀로 사내 행색을 하며 살아갈 단영에 대한 걱정으로 심곡이 애달파졌다.

뎅그렁, 덩덩……. 뎅, 뎅그렁……. 그의 걱정이 저 작은 쇠에도 옮아갔는가. 바람도 아니 부는 밤에 갑자기 풍령이 홀로 소리를 내기 시작하였다. 하나 처음엔 가벼이 울리나 싶던 쇳소리는 점차 누가 부러 흔드는 것처럼 거칠게 울기 시작하였다. 나뭇가지 하나 흔들리지 않는 밤에 풍령이 어떻게 홀로 우는 것인지. 뒤늦게 이상함을 깨달은 이정이 몸을 일으켜 문 쪽을 응시하였다. 그믐을 앞두고 달조차 자취를 감춘 밤, 궁인들마저 잠든 이 야반에 그의 침전으로 낯선 발소리가 다가오는 게 들렸다. 숨죽여 기다리던 이정이 재빨리 장검을 뽑아든 순간.

"……."

소란스레 울리던 풍령이 뚝 멎었다. 이내 지정궁은 죽음과도 같은 적막 속으로 깊이 가라앉고 말았다.

* * *

지정궁의 담벼락 주위로 수상한 그림자들이 포진하였다. 어둠 깊이 숨어든 그것들은 우두머리의 수신호에 일제히 지정궁의 담을 넘었다. 지정궁의 내부를 속속들이 알고 있는 것인지, 그림자들은 곧장 침전으로 향하여 각자 위치를 잡았다. 상황을 살피듯 담장에 남아 있던 이들도 뒤이어 담을 넘어가 소리 없이 대문을 열었다. 그러자 4척이 넘는 거대한 화포가 무시무시한 위용을 떨치며 지정궁 안으로 들어왔다.

창원군은 화포 뒤로 유유히 걸어 들어가 여유롭게 지정궁 안을 둘러보았다. 아무리 깊은 밤이라 하여도 들어오면서 호위나 집지기, 하다못해 비복이라도 몇쯤 벨 수 있을 줄 알았건만. 재액을 누르는 위험한 궁가라 하여 환관과 궁인을 최소로 두었다더니, 한밤중에 침입자조차 막지 못할 만큼 경계가 허술하였다. 수월하다 못해 김이 샐 지경이라 창원군은 절로 헛웃음이 나왔다.

"하긴, 그 고매하신 월산대군께서 어찌 상스러운 쇠칼을 가까이 두실까."

비아냥거리던 창원군이 근처에 있던 드므로 걸어갔다. 화마가 추악한 제 모습에 놀라 달아나도록 늘 물을 가득 채워놓는 독이건만. 수면에 비친 얼굴을 보고도 이 악귀는 놀라 달아나지 않았다. 대신 몸을 숙여 그 안에 든 물을 벌컥벌컥 들이마셨다.

"크으, 물맛 좋구나."

창원군이 물 묻은 입가를 길게 찢듯이 웃었다. 제아무리 용왕께서 이 드므를 통해 오신다 한들, 결코 제 앞을 가로막을 순 없을 것이다. 창원군이 일시에 싹 낯빛을 지웠다. 살기로 가득 찬 눈은 멀리 침전을 노시怒視하였다. 제 목숨을 노리는 이가 찾아온 줄도 모르고 이정은 태평히 깊은 잠에 빠져 있었다. 신나게 베고 베이는 싸움도 좋겠다만, 오늘은 그간의 노고와 근심을 한 방에 날려버릴 화끈한 방법이 좋을 것 같았다. 바로 이 화포를 이용하여.

씩 입꼬리를 말아 올린 창원군이 침전을 둘러싼 그림자를 향해 고갯짓을 하였다. 그러자 그림자들이 준비한 짚더미를 침전 주위에 흩뿌리고서 기름까지 잔뜩 먹였다. 화포를 발사했을 때 빠져나올 구멍 하나 없도록 화마의 먹이를 놓는 것이었다. 대체로 나희에 쓰이는 화포엔 석류황과 반묘, 유회 등을 섞은 염료성 화약을 넣어 살생 무기로서의 기능이 떨어진다. 하나 창원군은 이 안에 염초와 숯, 유황, 그리고 철탄으로 만든 폭약까지 넣었다. 한 번의 발사만으로 지정궁의 침전을 폭삭 무너트리도록 만든 것이다. 거기에 기름을 먹인 짚더미까지 잔뜩 뿌려놓았으니, 한밤중 하늘이 노하시어 지정궁에 벼락을 내리셨다 한들 누가 믿지 않겠는가. 다른 곳도 아니고 살아 있는 제웅이 있는 궁가, 액운을 막을 말뚝인데.

"그러게 적당히 까불었어야지."

벌써부터 화마에게 먹힌 이정의 끔찍한 비명 소리가 들리는 듯하여 새어 나오는 웃음을 참을 수가 없었다. 창원군은 온몸이 기분 좋게 저릿저릿해지는 것을 느끼며 팔을 높이 들어올렸다.

"어디 한번 살아 숨 쉬는 지옥을 보자꾸나."

타오르는 횃불이 화승에 불을 옮겼다. 빠르게 타들어간 도화선이 화포 안으로 쑥 말려들어간 순간. 쾅! 귀를 찢는 듯한 폭음과 함께 화포의 탄알이 쏘아졌다. 빠르게 허공을 가른 탄알은 그대로 지정궁의 침전으로 떨어져 폭발하고 말았다. 폭발로 인해 일어난 불은 기름 먹인 짚을 먹이 삼아 무시무시한 화마로 변모하였다. 삽시간에 거대한 불덩어리로 변한 침전을 보며 창원군의 입이 악귀처럼 찢어졌다. 하지만 악귀의 웃음은 오래 지속되지 못하였다.

쐐액! 일순 어디선가 날아온 화살이 한 그림자의 몸을 관통하였다. 뒤이어 날아온 화살 역시 침전을 둘러싼 그림자를 정확히 명중하였다. 갑작스러운 공격에 당황한 그들은 반격할 틈도 없이 추풍낙엽처럼 쓰러졌다.

"제기랄, 누구야! 누가 내 앞에서 화살을 쏘는 것이냐!"

격분한 창원군이 날아든 화살을 검으로 튕겨내며 고함을 외쳤다. 그러자 침전을 제외한 각 건물의 지붕 위로 활을 든 금군들이 일제히 모습을 드러내었다. 곧이어 검을 빼든 다른 금군들이 쏜살같이 달려 나와 그림자들과 대적하였다.

"젠장, 젠장!"

돌차간 아수라장이 된 지정궁에 창원군은 눈이 시뻘게져 금군이고 그림자고 할 것 없이 죄 베어버리기 시작했다. 임금의 내금위를 베는 것은 곧 용상을 향한 반역이 되거늘. 복수에 눈이 먼 창원군은 그 간단한 사실조차 잊고서 야차처럼 날뛰었다. 핏빛으로 얼룩진 그의 검이 또 하나의 금군을 베려던 순간. 챙! 날카로운 쇠울음과 함께 누군가 그의 검을 막아섰다. 월산대군, 이정이었다.

"이제 그만하십시오, 숙부님. 더 이상 싸움을 이어가봤자 승산 없는 도박일 뿐입니다."

이정의 말에 창원군이 목울대를 울리며 웃었다. 그의 얼굴에 수백의 피를 뒤집어쓴 채 웃는 비사사毗舍闍*의 형상이 적나라하게 드러났다.

"푸흐흐……! 내 다 죽은 패로도 상대의 손목을 날린 기억이

---

*비사사毗舍闍 팔부의 하나. 지국천왕의 권속으로, 사람의 정기나 피를 먹는다는 귀신이다.

있으니, 어찌 멈출 수 있겠느냐. 어차피 예서 죽으나 한성에서 죽으나 마찬가지. 내 네놈을 저승길 동무로 삼아 데려가야겠다!"

창원군이 괴성을 내지르며 이정에게 달려들었다. 하나 사방으로 내리치는 공격에도 이정은 조금도 틈을 보이지 않았다. 오히려 유려한 검술로 창원군의 공격을 막아내며 동시에 그의 허점을 노리는 여유까지 보였다. 왕을 향한 반기로 보일까, 이제껏 무예는 일절 멀리하고 오로지 서책만 곁에 둔다는 소문이 무성하였건만. 과연 강무 때의 일이 우연이 아니었던지 이정의 검술은 예상보다 뛰어났다. 아니, 오히려 창원군이 조금씩 밀릴 정도로 훨씬 더 우월하였다.

"이 영악한 조카님을 보시게. 이제껏 이런 검술을 숨기고 무예엔 소질이 없다느니, 몸이 약하다느니 잘도 거짓말을 했겠다?"

바들거리며 검을 맞대던 창원군이 힘껏 이정을 밀어내었다. 곧이어 내지르는 검을 이정이 다시 막았다.

"검술은 그저 저 자신을 다스리는 방법이었을 뿐, 누군가에게 과시하기 위한 용도가 아니니 드러낼 필요를 못 느낀 것뿐입니다."

"거짓말."

창원군이 조롱하듯 입꼬리를 올렸다.

"때를 기다리며 몰래 칼을 간 게 아니라?"

이정의 미간이 움찔했다. 그 찰나의 기회를 놓치지 않은 창원군이 검을 휘둘렀다. 간신히 그의 검을 피했으나 찢어진 왼쪽 소매에서 검붉은 피가 빠르게 번져나갔다. 상처 부위를 움켜쥔 이정은 정신을 가다듬고서 다시 검을 겨누었다.

"오늘이 오기까지 제 검 끝은 사람을 향한 적이 없습니다."

"당연히 없겠지!"

창원군이 기분 나쁜 웃음을 흘리며 빈정거렸다.

"현실에선 시시하게 대나무 따위나 베었겠지만, 네 상상 속에선 몇 번이고 잘산군을 향했을 테니까!"

검을 쥔 이정의 손이 희게 질렸다. 감히 임금의 옛 군호를 멋대로 입에 담은 창원군을 꾸짖어야 마땅하건만. 목구멍이 콱 틀어막힌 것처럼 아무 소리도 낼 수 없었다. 마음속 깊은 곳에서 애써 억누르고 외면하던 낡고 검은 무언가가 슬며시 눈을 뜬 까닭이었다. 오랜 시간 풍월정에 묻어 봉인해두었던, 단영이 도끼로 찍어내려 전부 부서진 줄 알았던…… 그의 원망과 울분, 그리고 상실의 절망이.

"어디 네 입으로 한번 말해보거라."

동요하는 이정을 보며 창원군이 가늘게 입가를 늘였다.

"정녕 네 마음속에 임금을 향한 살심이 단 한 자락도 없었느냐?"

"……추호도 없었습니다."

"네가 마땅히 올라야 할 왕의 자리를 세자도 아닌 그놈이 차지하였는데?"

"감히 어디서 불경죄를 저지르는 것입니까!"

이정이 분노에 차 검을 휘둘렀다. 그러나 전과 달리 검의 궤도가 위태롭게 흔들려 창원군의 옷자락만 겨우 스칠 뿐이었다. 눈에 띄게 흐트러진 이정의 검술에 창원군이 목젖이 보이도록 웃으며 말했다.

"네놈도 실은 아는 게지. 상감마마께서 얼마나 파렴치하고 간악한 분이신지."

"그만!"

"형은 이미 제 숙부에게 한 번 어좌를 빼앗겼는데, 그걸 뻔히 아는 동생이 형에게 똑같은 짓을 저질렀으니 이 얼마나 뻔뻔하고 악독한 욕심인가!"

"용상의 주인은 하늘이 정하는 것이라 하였습니다! 어찌 하늘까지 욕보이려 하십니까!"

"그 하늘을 원망하고 저주했던 건 네놈 아니었느냐! 어찌하여 나의 것을 앗아갔느냐고, 어찌하여 나의 것을 모조리 동생에게 주었느냐고!"

이정이 울분에 차 검을 휘둘렀다. 더 이상 아무것도 듣고 싶지 않았다. 창원군의 입을 빌려 나온 모든 말들이 마치 제 속에서 나온 것만 같아서. 누구에게도 들켜선 안 되는, 무너진 풍월정과 함께 흔적도 없이 사라졌다 생각한 마음들이 다시 끔찍하게 제 머릿속을 점령하는 것만 같아서.

"그만, 그만!"

이정은 어떻게든 창원군의 입을 틀어막으려 했다. 그러나 아무리 검을 휘둘러도 털끝 하나 베어낼 수 없었다. 오히려 매캐한 불 연기 속에 갇혀 한 치 앞도 보이지 않게 되었다. 그 희뿌연 연기 속에서, 어린 잘산군이 물끄러미 저를 바라보고 있었다.

'형님. 저는 형님을 꼭 닮고 싶습니다. 그리하여 형님처럼 훌륭한 군자가
되고 싶습니다.'

상복을 벗고 관면冠冕과 길복을 갖춘 채 어좌로 나아가던 그날
의 임금이. 작은 몸으로 이 폭풍 같은 세태를 감당하기 버거워하
던, 그날의 동생이.

"경신아……."

이정이 그에게로 다가가 손을 뻗었다. 어린 임금이 입을 벌린
다. 우는 듯. 혹은 웃는 듯. 부정하듯. 혹은 조롱하듯.

전하께선 저를 무어라 생각하시었습니까. 늘 제게 말씀하시었듯
그저 미안하기만 하시었습니까. 아니면 단 한 순간이라도 저를
눈엣가시로 생각하신 적이 있으시었습니까.

"저를…… 죽이고 싶으셨습니까."

제가, 어좌에 오른 전하를 그리 본 것처럼.

"윽……!"

순간 숨이 턱 막힐 듯한 통증이 몸을 관통했다. 연기 속에서
불쑥 나타난 검이 그의 옆구리를 꿰뚫었던 것이다. 어느새 어린
임금의 형상은 사라지고, 눈앞엔 사특하게 웃고 있는 창원군이
보였다.

"절망에 빠진 네놈 얼굴은 참으로 아름답구나."

창원군이 검을 뽑자 뜨거운 것이 울컥 쏟아졌다. 가까스로 장기는 피했으나 쏟아지는 피의 양이 심상치 않았다. 검을 적신 피를 만족스레 바라본 창원군이 검을 바로잡으며 마지막 일격을 준비했다.

"살아서 복수는 불가능할 테니, 원귀라도 되어 임금께 갈 수 있도록 내 친히 도와주마. 폐왕후와 대군의 원귀가 쌍으로 궐을 떠돌아다니면 아주 볼 만하겠어."

창원군이 검을 들어 올리는 모습이 아주 느리게 보였다. 자욱한 연기와 하늘로 높이 솟아오르는 불길, 타오르는 침전, 도처에 흩뿌려진 피와 그 위로 엎어진 이들. 저 피는 오롯이 삼키지 못한 나의 울분이 불러온 화인가. 그 화가 이 땅에 끔찍한 재앙을 불러일으켰던 것인가. 결국 나는, 서서히 자라난 원령이었던가. 끝내 허망하게 스러지는 삶의 끈을 놓으며 이정이 눈을 감았다.

뎅그렁, 덩덩……. 뎅……. 그 순간, 멀리 아득한 풍령 소리가 그를 깨웠다. 저 풍령 아래서 자신의 나경을 건네며 당부하던 단영의 목소리도.

'완전히 드리는 게 아니라 빌려드리는 겁니다. 그러니 잘 간직하고 계시다 때가 되면 다시 돌려주십시오. 어느 부분 하나 상해선 아니 될 것입니다.'

번쩍 눈을 뜬 이정이 내리치던 창원군의 검을 가까스로 막아냈다. 힘껏 검을 튕겨낸 그는 안간힘으로 통증을 버티며 검을 고처 쥐었다.

"어느 한순간엔 원망이란 것을 품기도 하였지요."

"임금을 시해하고 싶었다 인정하는 게냐?"

"하나 그 어떤 원망도 전하를 향한 제 충정을 덮진 못하였습니다!"

이정이 창원군의 검을 매섭게 쳐냈다. 한때는 동생만 없었더라면 제가 어좌에 오를 수 있지 않았을까 생각한 적도 있었다. 세자는 어렸고 저는 이미 한 번 밀려난 적이 있으니, 동생만 없었더라면 제가 용상을 차지했을 거라고. 어린 동생보다 훨씬 잘했을 거라고.

하지만 오래지 않아 이정은 제 생각이 틀렸음을 알았다. 비록 수렴청정을 받을지언정 임금께선 마땅히 제 몫의 역할을 훌륭히 해내셨다. 어린 날 벼락을 맞아 죽은 환관 앞에서 어쩔 줄 몰라 하던 저와 달리 담담히 환관의 시신을 수습하라 명하던 성정답게, 임금께선 위태로운 자리에서도 묵묵히 군주의 도를 지키며 감내하고 계셨다. 자신이 그 자리에 앉았더라면 필시 그러지 못하였으리라.

'저를 원망하셔도 됩니다.'

'전하, 어찌 그런 말씀을……!'

'다만, 저를 원망하는 형님 스스로를 원망하진 마십시오. 그럼 제가 심히 마음이 아플 것 같습니다.'

가슴속에 품은 화병은 그저 사방이 감시뿐인 삶에 염증을 느꼈던 것일 뿐, 임금을 향한 살기라든가 역심 따위가 결코 아니었다. 그렇기에 억울할 것도 없었다. 아무도 믿지 않을지라도 동생을 향한, 임금을 향한 진심만큼은 하늘과 땅이, 그리고 저 자신이 알고 있으니까.

"목숨을 바쳐서라도 전하의 앞길을 밝혀드리고 싶은 마음은 예나 지금이나 마찬가지입니다!"

이정이 다시 정신을 붙잡고 검을 휘두르자 창원군이 속수무책으로 밀려났다. 많은 피를 흘린 사람이라곤 믿을 수 없을 만큼 정교하고 매서운 공격이었다.

"어디서 위선이야!"

더욱 악에 받친 창원군은 미친 사람처럼 검을 휘둘렀다. 그러나 정신을 집중하지 않고 마구 휘두르는 검은 결국 틈을 보이기 마련.

"이야아아악!"

창원군이 일격을 가할 요량으로 검을 높이 든 순간, 기회를 노리던 이정이 단숨에 그의 가슴팍을 꿰뚫었다. 푹! 순식간에 몸을 관통당한 창원군이 붉게 달궈진 눈을 들어 이정을 보았다.

"너……. 네, 이놈……!"

"이건 숙부님의 횡포로 억울하게 비명에 죽은 관노 고읍지의 한이요, 감히 상감마마 앞에서 끝까지 거짓을 고한 죄이며, 무고한 상지관 홍단건을 불명예스럽게 죽게 한 대가이고!"

이정은 그 악독한 눈을 똑바로 마주하며 한 번 더 깊이 검을 박아 넣었다.

"감히, 상감마마를 향한 저의 충정을 더럽히려 한 죗값입니다."

"푸흑……!"

창원군의 입에서 검은 핏물이 쏟아져 나왔다. 이정의 목을 향해 파들거리는 손을 뻗던 창원군은 끝내 그의 목을 틀어쥐지 못하고 바닥에 쓰러졌다.

"대군 자가! 괜찮으십니까? 피가……!"

그림자를 모두 정리한 금군들이 그에게 다가왔다. 간신히 검을 바닥에 꽂고 몸을 지탱한 이정은 거칠게 숨을 몰아쉬며 고개를 들었다. 하늘 높은 줄 모르고 치솟던 불길에 침전이 우지끈 소리를 내며 무너지기 시작했다.

"전각이 무너진다! 대군 자가를 뫼시고 모두 뒤로 물러나라!"

금군들이 이정을 부축해 침전으로부터 멀리 떨어졌다. 화마에 허리가 꺾인 침전은 이내 천지를 뒤흔드는 굉음과 함께 완전히 주저앉고 말았다. 맹렬히 타오르는 불이 잠든 하늘을 깨웠는가. 때마침 하늘이 먹구름으로 뒤덮이더니 순식간에 장대비를 쏟아붓기 시작했다. 온 지정궁을 삼킬 듯이 불사르던 화마는 하늘의 손에 끝내 사그라지고 말았다.

뎅그렁……. 연기처럼 피어오르는 침묵 속, 무너진 침전에서 풍령 소리가 들렸다. 풍령이라도 되찾고자 이정은 천천히 무너진

침전으로 다가갔다. 이윽고 침전에 가까이 다가간 순간, 이정을
부축하던 금군이 믿을 수 없다는 듯 낮게 탄식을 흘렸다.

"저, 저건……."

까만 숯으로 변해 무너져 내린 침전이 마치 인자한 미소를 띠
고 있는 관음보살의 형상처럼 변한 것이다. 눈이 있어야 할 자리
에 풍령을 매단 채 말이다. 와리산의 흉기를 억누르던 말뚝이 스
스로 호마護摩*의 제물이 되어, 고통 가운데 부르짖는 중생의 소리
를 듣고 구제한다는 관음보살의 현신이 되었으니. 수백의 화포로
도 쫓지 못한 이 땅의 액운이 비로소 사라진 것이리라.

모든 것이 끝났음을 직감한 이정은 길게 숨을 내쉬며 지그시
눈을 감았다. 보이지 않던 길고 긴 전쟁도, 악귀나 다름없던 창원
군의 끝없는 악행도, 늘 제 주위를 도사리던 죽음의 위협도. 그리
고, 한 여인이 오래도록 끌어안고 버텨야 했을 원한과 슬픔도.

"나를 위하여…… 하늘께서 새 말뚝을 보내주셨구나."

이정은 풍령을 단 관음보살께 지그시 합장하였다. 그에 화답
하듯 빗줄기를 맞은 풍령이 달그락달그락 소리를 내었다. 너의
모든 고통을 내가 듣고 있었노라, 그리 말하듯이.

---

*호마護摩 불 속에 공양물을 던져 수행하고 기원하는 의식.

푸른 토시에 아홉 발가락

창원군이 월산대군을 죽이려 한 사건으로 새해 벽두부터 온 조선이 들썩였다. 궁중에서 쓸 화포를 빼돌린 것으로도 모자라 그걸로 저를 투옥시킨 조카를 죽이려고까지 했다니, 감히 입에도 담을 수 없는 패륜적인 행위에 모두가 분개하였다.

또한 이번 사건과 더불어 억울하게 유배를 갔다 죽은 상지관 홍단건의 이야기도 다시 화두에 오르게 되었다. 홍단건이 쓴 풍수서엔 각 지역의 명당이라 불리는 땅들이 정리되어 있었는데, 그것을 탐낸 창원군이 부러 서책을 빼앗으려 상지관을 죽음에 이르게 만들었다는 내용이었다. 그 반증으로 소문 속 풍수서, 『지화비결』이 조정에 처음으로 모습을 드러내게 되었다.

"이것은 죽은 홍단건의 옛 벗이 망자의 유언을 지키고자 어쩔 수 없이 비밀리에 보관하고 있다가, 그의 억울한 누명을 뒤늦게나마 벗겨주고자 익명의 투서로 보내온 것이옵니다."

최지엽의 아버지, 이조판서 최필찬이 『지화비결』을 임금께 바쳤다. 『지화비결』 속 수결과 관상감의 옛 문서 속 홍단건의 수결이 동일하니, 의심할 여지도 없는 진품이라. 과연 익명의 투서가 주장한 대로 『지화비결』엔 조선팔도의 명당과 그 그림만 적혀 있을 뿐, 옥촉조천혈이 왕이 될 땅이라느니, 그 땅이 귀성군이 중수한 보훈사 자리라느니 하는 구절은 눈을 씻고도 찾아볼 수 없었다. 결국 창원군이 거짓으로 죄 없는 상지관을 무고하였다는 게 사실로 밝혀진 것이다. 임금은 홍단건의 억울한 누명을 벗기는 것은 물론, 죽은 창원군을 폐서인하여 엄벌을 내릴 것을 명하였다.

"과연 자명한 단서 하나 없이 헛되고 애매한 말로 무고한 이를 죽음에 이르게 하였으니 실로 원통하고 민망할 따름이다. 망자의 한이 남지 않도록 직첩을 되돌려주고 적몰당한 재산이 있다면 필히 되돌려주어 신원토록 하며, 투서한 자의 청에 따라 『지화비결』은 태워 없애도록 하라. 또한 창원군 이성은 폐서인하여 그 시체를 국법으로 엄히 수습치 못하게 하고, 이와 관련된 이들을 모두 국문토록 하라."

"성은이 망극하옵나이다, 전하."

한명회는 속으로 이를 바득바득 갈면서도 깊이 몸을 숙일 수밖에 없었다. 자신이 살기 위해 모든 죄를 창원군에게 뒤집어씌우고 간신히 포위망을 빠져나갔으니, 한동안은 그 역시 쉽사리

나서지 못하리라. 어지럽게 흐트러졌던 나라의 기강이 비로소 바로 잡히는 순간이었다.

이와 같은 소식은 금세 안궐까지 전해졌다. 손님들이 물러가기 무섭게 안궐을 찾아온 지엽이 직접 단영에게 이야기를 전한 것이다. 단건이 누명을 벗었다는 말에 단영은 눈물을 금치 못하고 끝내 엎드려 오열을 쏟아내었다. 이제껏 오라비의 억울함을 밝힐 수 없어 얼마나 깊은 한을 끌어안아야 했던가. 잠덕潛德의 숨은 빛이 드디어 세상에 드러났으니, 이제라도 아버지와 오라버니가 편히 눈을 감으실 수 있겠다는 생각에 그간 억눌러왔던 울분이 죄 쏟아져 나왔다. 안궐 식구들 역시 어르신 뵐 낯이 생겼다며 함께 울음을 터트렸다.

"자가께서도 이제 한시름 놓으셨겠습니다."

지엽의 말에 이정은 그저 조용히 입가만 늘였다. 죽은 창원군의 죄가 낱낱이 밝혀지고, 오래지 않아 몸이 회복된 이정도 다시 한성으로 올라올 수 있게 되었다. 불탄 침전이 관음보살의 형상을 띠게 된 이후, 나라의 재이가 전부 사라지게 됐던 것이다. 이에 임금은 사림의 의견에 따라 침전이 무너진 자리에 관음전을 짓도록 명하고 이정을 다시 한성으로 불러들였다. 사찰이 지어지고 나면 온 세상의 고통을 굽어살피시는 관음보살의 풍령 소리가 그곳에서 오래도록 울리게 되리라.

그때, 탄성과 울음소리만 가득하던 안궐에 대문 두드리는 소리가 끼어들었다. 훌쩍이던 동석이 팔로 아무렇게나 눈물을 닦으며 걸어 닫았던 대문을 열자 그 너머로 꾀죄죄한 몰골의 용배가 나타났다. 한성까지 급히 달려오느라 쉬지도 못하였는지, 거칠게 숨을 몰아쉬던 용배는 이윽고 단영을 향해 엎드려 절하였다. 그러곤 그들과 같이 붉어진 눈시울로 서럽게 고하였다.

"찾았습니다. 푸른 토시에 아홉 발가락⋯⋯!"

곡성마저 멈추어 옅게 떨리던 단영의 입에서 벅찬 흐느낌이 새어 나왔다. 오랜 세월 구천을 떠돌다 이제야 진정 한을 풀었는가. 누명을 벗었다는 소식이 전해지기 무섭게 단건의 시신까지 찾았으니, 단영은 더 이상 바랄 것이 없었다.

이튿날, 단영은 이정과 함께 곧장 용배가 알려준 곳으로 향했다. 단건이 발견된 곳은 그가 부처되었던 포항의 장기읍에서 200리나 떨어진 영덕의 어느 바닷가 마을이었다. 이곳에 사는 늙은 농부 내외가 8년 전 난데없이 떠내려온 시신을 수습하여 손수 무덤까지 만들어주었다는 것이다.

"거, 눈도 못 감고 여게꺼진 떠내려온 거이 불쌍해가, 할 수 있는 정성맹키로 묻어주었심더."

"감사합니다⋯⋯. 참으로 감사합니다."

"그케 보니 참 희안하제. 메칠 전에 퍼런 토씨 낀 머스마가 꿈에 나와가, 인자 고마 인사 올리고 간다 캤다 하지 않았심꺼."

"그제⋯⋯. 이기 다 즈 가족 만날라고 그칸 거겠제."

에서 기다렸구나. 동생이 데리러 와주기만을 그 오랜 세월 기다렸구나. 인자한 노부부가 전해준 말에 단영은 다시금 눈물을 삼켜야 했다.

　이정의 도움으로 단영은 이장과 제사까지 무사히 마칠 수 있었다. 이제는 아버지도, 오라버니도 외로움 없이 오래도록 따뜻하고 평온하게 쉬실 수 있으리라. 단영은 고운 뗏장을 덮은 지반과 단건의 묘에 정성을 다해 절을 올렸다. 함께 온 안궐 식구들도 가져온 술과 음식을 올리고서 차례로 인사하였다.

　"어르신, 이제 걱정은 다 내려놓고 도련님과 편히 쉬십시오."

　황 노인이 지반의 묘에 맑은술을 뿌리며 넋을 위로하였다. 그에 청하가 단영에게 다정히 팔짱을 끼며 말을 거들었다.

　"가인 나리는 지금까지 그랬듯 저희가 곁을 지킬 터이니 염려 마시어요."

　"이리 돌아와주셔서 감사합니다, 도련님."

　"푸욱 쉬시어유. 안궐과 나리는 저희가 지킬란께."

　머루와 동석까지 곁에 서니, 단영은 마음이 몹시 든든하였다. 쾌청하던 하늘에 어느덧 붉은 노을이 스몄다. 그것이 꼭 나란히 누운 아버지와 오라버니가 고생했다, 수고하였다, 그리 말해주는 것만 같더라. 단영은 또 오겠다 마음 깊이 인사를 전하고서 이들과 함께 산을 내려왔다.

　"그런데 대군 자가랑은 어찌 되는 것이어요?"

　"어?"

　바짝 붙어선 청하가 왜 모른 척이냐며 샐그러지게 눈을 흘겼다.

　"이제는 마음 편히 대군 자가께 기대시어도 되잖아요."

그에 다른 안궐 식구들도 눈을 빛내며 단영을 주목하였다. 다들 말은 아니 해도 은연중 두 사람의 관계를 짐작하고 있던 차라. 단건의 누명도 벗겨졌겠다, 이정의 목숨을 노리던 위협도 사라졌으니 그만 여인으로서 당당히 그의 옆에 서라는 것이었다.

하나 단영은 멋쩍게 웃기만 할 뿐, 선뜻 아무런 말도 하지 않았다. 안궐 식구들이 숨넘어갈 듯 대답을 재촉하였으나 역시 어물쩍 답을 미룰 뿐이었다. 마침 마을 어귀에 들어설 무렵, 이정이 이쪽을 향해 환히 웃으며 손을 흔드는 것이 보였다. 단영이 돌아올 때까지 저기서 기다리고 있었던 모양이다. 오가는 길마저 더뎌질까 예까지 나와서 기다리는 연심이란. 못 말린다는 듯 웃으며 안궐 식구들이 단영의 등을 밀어주었다.

"어서 가보시어요. 칠렐레팔렐레 붙어 다니시다 이상한 소문만 나지 않게 조심하시구요."

"청하, 너!"

짓궂게 행수를 놀려먹은 그들은 까르르 웃음을 터트리며 저만치 도망을 갔다. 홧홧해지는 목덜미를 쓸어내린 단영은 공연히 쑥스러운 마음을 달래며 이정에게 다가갔다.

"어찌 여기 계십니까? 연경궁에 계시면 소인이 곧 간다 하지 않았습니까."

"억겁의 시간에 몇 걸음을 뺀들 그리움이 짧아지진 않았으니, 너무 나무라지 말게."

이정이 어리광을 부렸다. 목이 빠지게 기다리다 결국 참지 못해 나온 것이니 봐달라는 뜻이었다. 그에 짧게 헛웃음을 터트린 단영은 푸스스 웃으며 그와 나란히 길을 걸었다. 연경궁이 있는 황화방으로 향하려던 찰나, 이정이 은근히 단영의 옷자락을 붙들고서 멈추었다.

"오늘은 이쪽 말고."

그의 눈길이 향한 곳은 단영의 집이 있는 방향이었다. 누구의 눈치도 볼 일 없이 단둘이 있고 싶다는 뜻이었다. 단영이 부끄러워 얼굴을 붉히니, 이정이 싱긋 웃으며 그녀의 손을 잡아 이끌었다.

* * *

이불 위로 드러난 맨 살갗을 살살 건드리는 손길에 단영이 어깨를 움츠리며 나직이 웃었다. 사랑스럽게 웃는 얼굴을 귀히 눈에 담은 이정은 그녀의 이마에 한 번 더 입을 맞추고서 작은 몸을 품에 가두었다. 가만히 이정에게 안긴 채 행복에 잠겨 있던 단영은 문득 떠오른 생각에 눈빛이 가라앉았다. 사뭇 달라진 낯빛에 이정이 그녀의 뺨을 감싸며 걱정스레 물었다.

"무어 신경 쓰이는 일이라도 생긴 것인가."

그의 다정한 물음에 단영은 느리게 고개를 저었다. 그러고도 한참을 더 생각하다 이내 조심스럽게 입을 열었다.

"소인이 계속 이리 자가의 곁에 있어도 될지 걱정이 되어서……."

그 말에 이정이 굳은 얼굴로 몸을 일으켰다. 설마 단영이 제

결을 떠나려는가 두려워진 까닭이었다. 뒤늦게 제 말이 오해를 불러일으켰다는 걸 깨달은 단영이 얼른 이정의 손을 맞잡으며 말을 이었다.

"오라버니의 누명도 벗겨졌고, 더 이상 소인의 정체를 숨길 이유가 없어졌지 않습니까. 그럼에도 안궐을 평온히 이끌어나가려면 홍단영이란 이름보단 그저 가인 장수모로 남아 있는 편이 나을 터인데, 그리한다면 자가의 곁에 온전히 여인으로 있을 수는 없으니 그것이 염려되어 드린 말씀입니다."

이정은 그제야 안도의 한숨을 내쉬며 단영을 도로 꼭 끌어안았다. 가녀린 몸을 감싼 손이 더없이 애틋하였다.

"남들 앞에 어떠한 모습인들 그것이 무어 중요하겠는가. 나는 그대가 바지를 입든 치마를 입든, 하다못해 거적때기를 걸치고 있다 하더라도 아무 상관 없는데."

"하오나…… 자가께선 왕실의 일원이지 않으십니까."

단영은 굳이 뒷말을 더하지 않았으나 의미하는 바는 명확했다. 왕가의 후손으로서 평범하게 가정을 이루고 대를 이을 의무가 있다는 뜻이었다. 하나 남들 앞에 사내로 서야 하는 자신과 마음을 나눈다면 후사를 장담할 수 없으니, 감히 제 손을 놓지 말아달라 할 수 없는 일이었다. 그것을 누구보다 잘 알고 있음에도 불구하고 이정은 이번에도 단호히 고개를 저었다.

"일평생 뜻대로 해온 것이 없는 삶이었네. 늘 남들이 요하는 모습대로 살기에 급급하였지. 하나 그대만큼은 그리 두고 싶지

않아. 도에 맞게, 남들 눈에 좋아 보이게……. 정작 내 기쁨을 모
다 저버린다면, 그것은 과연 누굴 위한 선택이란 말인가."

이정이 단영의 뺨을 어루만지며 진심을 전하였다.

"정인이 나로 인해 삶의 가장 큰 부분을 포기하게 만들어야 한
다면 그건 진정한 연모가 아니라 생각하네. 반대로 나 또한 그러
한 정인을 놓을 수 없으니, 도와 예가 다 무슨 상관이고 격식과 형
식이 다 무슨 상관인가."

그저 흙냄새가 나는 작은 몸피를 끌어안고 매일 밤 이리 잠들
수 있다면 족한 것을. 그러니 시간에 맡기자. 시간에 맡기다 보면
언젠간 다 순리대로 흐르지 않겠는가. 나직이 속삭이는 이정의
말에 단영은 눈물 어린 미소를 지으며 고개를 끄덕였다.

"내 평생 연모할 여인은 그대뿐이네."

"소인도…… 아니, 소녀도 마찬가지입니다. 제 평생에 마음 다
할 사내는 오로지 자가뿐이니, 무엇을 더 바랄 수 있겠습니까."

"나에 관한 것이라면 얼마든지 더 바라도 되네. 내 삶은 이미
그대의 것이니."

속삭인 이정이 고개 숙여 지그시 입술을 포개었다. 그러곤 그
들만의 안락한 금침으로 다시금 연인과 함께 숨어들었다.

부디 긴긴날이 지나도록 세간의 눈길에 마음 아파할 일은 없
기를. 상투를 틀어도, 곱게 댕기 머리를 드러도, 그대는 언제까지
나 내게 아름다운 여인, 홍단영일 뿐이니.

다시, 봄

여물어가는 어느 봄날, 양태 넓은 중립에 입 가리개까지 써 얼굴을 숨긴 풍수가가 청주목 수심면에 있는 장명리 땅을 두루 살폈다. 그를 안내한 필공 목씨가 사내의 눈치를 살피며 조심스럽게 물었다.

"어떻습니까? 이 땅은 이제 영 못 쓰겠지요?"

"어쩌다 이리되었소?"

풍수가의 안타까운 물음에 목씨가 울분을 토하며 말하였다.

"아니 글쎄, 한성의 한명회라 하는 어느 대감께서 집을 지을 때 청주의 푸른빛이 도는 신이한 비석으로 초석을 괴면 대대손손 발복할 거란 승려의 말만 믿고 땅이란 땅은 죄 뒤엎게 한 것 아니겠습니까? 그 탓에 옆에 붙어 있던 애먼 제 땅까지 죄 파헤쳐놓았으니, 고향에 돌아와 집 짓고 싶어 하는 저희 아버지는 이제 어디로 모신답니까."

목씨는 분통이 터지는지 가슴을 쿵쿵 내리쳤다. 풍수가, 단영은 난처한 눈으로 엉망이 된 땅을 둘러보았다. 무릇 입수맥이 손상된 곳은 혈을 결지할 수 없는 법이다. 단절된 입수맥을 미처 보지 못하고 음택이나 양택을 세운다면 절손이 될 위험이 있을 것이요, 그 위에 흉한 악석까지 있으면 당대에 크나큰 참화가 닥치게 된다. 한데 사람들이 청석을 캐느라 갈아엎은 한명회의 땅이 바로 그러한 형세였던 것이다. 듣기론 저곳을 제 묏자리로 점찍어놓았다던데.

"……사후가 썩 좋진 않겠군."

뭐, 이것도 결국 자업자득이려나. 작게 혼잣말을 중얼거린 단영은 목씨에게 새 땅을 봐주겠노라 약조하고서 발길을 돌렸다.

늦은 밤. 한성에 돌아온 단영이 서둘러 집으로 돌아가려는데, 바삐 걸음을 걷던 두 아낙의 대화 소리가 귀에 들어왔다.

"그게 참말이여?"

"그렇다니까요, 성님. 불동인지, 개똥인지, 하여간 그 배불뚝이 반풍수가 하루아침에 흔적도 없이 사라져버렸대요. 그치가 대추나무 댁에 삼대독자 다시 찾아주겠다고 받아간 돈이 어마어마하다는데, 땅으로 꺼졌나, 하늘로 솟았나……."

잠시 걸음을 멈추어 이야기를 듣던 그때. 익숙한 체향이 코끝을 스치더니, 곧 따스한 손길이 단영의 어깨를 감쌌다. 고개를 들자 중립 너머로 부드러이 웃는 이정의 얼굴이 보였다.

"자가, 또 이리 나와 계셨습니까?"

"내게 오는 걸음이 급하지 않은 모양인 듯하여, 결국 또 이리 먼저 당도하고 말았네. 무슨 재미난 이야기기에 오던 길도 멈추고서 듣고 있는가?"

"아닙니다. 아무것도."

단영은 아낙들의 대화를 뒤로한 채 이정과 나란히 길을 걸었다. 그들이 지나간 길 양편에는 밤이슬을 머금은 영산홍이 연인의 다정한 마음인 양 붉디붉게 피어나고 있었다.

입택

작가의 말

　누군가는 사람의 운명이 이미 처음부터 끝까지 정해진 것이라
하고, 또 누군가는 개척할 수 있는 것이라 합니다. 이와 관련해서
명리학이 내놓은 명쾌한 답이 있습니다. 사주는 사람이 갖고 태
어난 천부적인 선천이요, 팔자는 본인의 의지와 신념이 빚어낸
후천이란 것입니다. 적장자임에도 불구하고 끝내 숙부와 동생에
게 밀려나 왕위에 오르지 못한 월산대군 이정, 여인의 몸으로 태
어났으나 스스로 사내의 의복을 입고 사람을 기쁘게, 이롭게, 배
부르게 만드는 '인태리어人兌利䌁' 정신으로 땅을 뛰어넘는 집을 짓
고자 하였던 홍단영은 이러한 생각을 바탕으로 서로를 만나게 되
었지요. 모든 것을 숙명처럼 받아들이며 체념하듯 살아가던 한
사내가 성별의 한계까지 뛰어넘으며 운명을 개척하는 한 여인을
만나 변해가는 모습을 그리고 싶었습니다.

그 과정에서 조선 초기 건축에 대해 함께 다룰 수 있었던 건 정말 행운이었습니다. 기초 지식이 없는 상태에서 우리나라의 아름답고 다채로운 한옥 양식과 전통적인 시공 방법을 처음부터 공부하는 것은 조금 어려웠지만, 동시에 참 재미있고 값진 경험이었습니다. 조선 중기까진 존재하였으나 거듭된 전쟁과 전면 온돌의 보급화로 점차 사라지게 된 다층 침실, 침루까지 소개해드릴 수 있어 더없이 기쁩니다. 비록 얕은 지식 탓에 더 많은 전통 건축의 아름다움을 보여드리지 못해 아쉽기도 하지만 모쪼록 한옥에 대한 관심이 더욱 살아나길 기원하는 마음입니다.

작품을 쓰는 동안 참으로 행복하고 즐거웠습니다. 집필하며 작가가 느낀 모든 감정은 고스란히 독자들에게 전해진다 믿는 만큼, 제가 느꼈던 기쁨을 오롯이 느끼셨길 바랍니다. 더불어『가인, 홍단영』을 세상에 내놓을 수 있도록 힘써주신 북레시피 출판사에도 진심으로 감사의 말씀 드립니다.

단영과 이정의 긴 여정에 함께해주신 모든 분들께 평안이 깃들길 바랍니다. 감사하고 또 감사합니다.

참고 문헌

이규혁, 『한옥, 자연을 담다 자연을 닮다』, 이새, 2022.

강문종·김동건·장유승·홍현성, 『조선잡사』, 민음사, 2020.

조전환, 『한옥 설계에서 시공까지』, 한문화사, 2012.

정경연, 『정통풍수지리』, 평단문화사, 2003.

김동욱, 『조선시대 건축의 이해』, 서울대학교출판문화원, 1999.

박영서, 『시시콜콜 조선부동산실록』, 들녘, 2023.

이순자, 『조선의 숨겨진 왕가 이야기』, 평단문화사, 2013.

안장리, 「정몽주鄭夢周의 '단심丹心'과 이정李婷의 '무심無心' 비교」, 『포은학연구』 11, 2013.

『한옥문화 18호』, 한옥문화원, 2007.

『조선왕조실록』, 국사편찬위원회 한국사데이터베이스.

가인, 홍단영

초판 1쇄 발행 2024년 12월 24일

지은이   이은비
펴낸이   김요안
편집   강희진
디자인   윤애라

펴낸곳   북레시피
주소   서울시 마포구 신수로 59-1
전화   02-716-1228
팩스   02-6442-9684
이메일   bookrecipe2015@naver.com | esop98@hanmail.net
홈페이지   https://bookrecipe.modoo.at
등록   2015년 4월 24일(제2015-000141호)
창립   2015년 9월 9일

ISBN 979-11-93551-32-5 03810

종이 · 화인페이퍼 인쇄 · 삼신문화사 후가공 · 금성LSM 제본 · 대흥제책